西班牙摩尔人和地中海巴巴里海盗的故事

斯坦利·莱恩-普尔精选集

[英] 斯坦利·莱恩-普尔 著

张炜晨 李珂 译 / 刘萌 审阅

台海出版社

图书在版编目（CIP）数据

　　西班牙摩尔人和地中海巴巴里海盗的故事：斯坦利
·莱恩－普尔精选集 /（英）斯坦利·莱恩－普尔著；张
炜晨, 李珂译. －－ 北京：台海出版社, 2019.1
　　ISBN 978-7-5168-2206-7

　　Ⅰ. ①西… Ⅱ. ①斯… ②张… ③李… Ⅲ. ①历史故
事－作品集－英国－近代 Ⅳ. ①I561.44

　　中国版本图书馆CIP数据核字(2018)第300963号

西班牙摩尔人和地中海巴巴里海盗的故事：斯坦利·莱恩－普尔精选集

著　　者：[英]斯坦利·莱恩－普尔　　　　译者：张炜晨 李珂　审阅：刘萌

责任编辑：俞滟荣　　　　　　　　　　　策划制作：指文文化
视觉设计：周　杰　　　　　　　　　　　责任印制：蔡　旭

出版发行：台海出版社
地　　址：北京市东城区景山东街 20 号　　　邮政编码：100009
电　　话：010 － 64041652（发行，邮购）
传　　真：010 － 84045799（总编室）
网　　址：www.taimeng.org.cn/thcbs/default.htm
E－mail：thcbs@126.com

经　　销：全国各地新华书店
印　　刷：重庆共创印务有限公司
本书如有破损、缺页、装订错误，请与本社联系调换

开　　本：787mm×1092mm　　　　　　1/16
字　　数：390 千　　　　　　　　　　 印　张：25
版　　次：2019 年 3 月第 1 版　　　　　印　次：2019 年 3 月第 1 次印刷
书　　号：ISBN 978-7-5168-2206-7

定　　价：159.80 元

目录
CONTENTS

◆
地中海巴巴里海盗的故事
◆

西班牙摩尔人的故事

译者：张炜晨

前言
———— PREFACE ————

    西班牙的历史向我们呈现出令人扼腕的对比和落差。1200 年前[①]，摩尔人塔里克（Tarik，即塔里克·伊本·齐亚德）占领了西哥特人的这片土地，在穆斯林征服的一长串王国名单上又增加了一笔。近 8 个世纪以来，西班牙在伊斯兰统治者的治理下，成为全欧洲一株耀眼的文明之花和开明国家的典范。征服者利用他们先进的工程技术，令西班牙肥沃的土地果实累累。富饶的瓜达尔基维尔（Guadalquivir）和瓜迪亚纳（Guadiana）河谷中兴起了无数城市。然而它们的荣光早已消逝，只剩下城市的名称还隐约叙述着当年的辉煌。

    当欧洲其他地域还是一片文化荒漠时，西班牙的艺术、文学和科学却欣欣向荣。法国、德意志和英格兰的学生们蜂拥而来。只有在摩尔人的城市里，他们才能尽情饮用知识的甘泉。安达卢西亚（Andalusia）的医生和学者们可以自由钻研科学；妇女得到鼓励，可以研究严肃的学术问题，甚至女医生在科尔多瓦（Cordova）也不鲜见。当时的欧洲诸国，也只有西班牙掌握了数学、天文学、植物学、历史、哲学和法学等各学科知识。西班牙的摩尔人还完善了很多实用工程技术，诸如科学灌溉方法、防御工事和船舶建造、精密纺织机、雕刻刀和锤子，以及陶轮和泥瓦匠的泥刀。他们的战争水平也绝不亚于和平的艺术，一直以来遥遥领先。摩尔人的舰队在地中海同法蒂玛人（Fatimites）争夺霸权，他们的陆军则裹挟着火与剑

---

    ① 译注：本书成书于 19 世纪末，按现在的时间应该是 1300 年前。

▲ 莎士比亚笔下的奥赛罗

在基督徒的领地上横行。西班牙的民族英雄熙德（Cid）长期为摩尔人作战，如果考虑教育背景，他几乎算得上半个摩尔人了。伊斯兰化的西班牙正是由那些能够造就一个王国的伟大和繁荣，创造精致和文明的事物构建。

　　1492年，斐迪南（Ferdinand）和伊莎贝拉（Isabella）的十字军攻陷了摩尔人的最后堡垒，西班牙的伟大也随着格拉纳达（Granada）的陷落而烟消云散。摩尔文明曾经像耀眼的阳光那样令这片土地的历史辉煌灿烂，灭亡后在短时期内尚有余光残存。在伊莎贝拉、查理五世（Charles V）、菲利普二世（Philip II）的统治时代，在哥伦布（Columbus）、科特斯（Cortes）、皮萨罗（Pizarro）等冒险家的探险时代，西班牙确实如日中天，但这只是这个强大国家弥留之际时的回光返照罢了。此后，西班牙就一直被黑暗笼罩着，统治国家的是宗教裁判所，文明一片荒凉。西班牙曾一度将科学置于至高无上的地位，如今这里的医生们却以无知和无能而臭名远扬。

统治者们认为牛顿和哈维[①]的发现对信仰有害，而对其大加斥责。科尔多瓦曾经拥有 70 家公共图书馆，收藏有 50 万册书籍，学者们利用这些资源创造出很多泽被后世的科学技术成果。然而在新首都马德里（Madrid），直到 18 世纪还没有公共图书馆。在我们这个时代首位研究摩尔文明的历史学家看来，即便收藏在埃斯科里亚尔修道院（Escurial）[②]的手稿也不过如此，尽管他自己就是西班牙人。塞维利亚（Seville）本来有 16000 多台织布机，结果规模很快就缩减到原先的五分之一。托莱多（Toledo）和阿尔梅里亚（Almeria）的艺术水准和工业实力已经变得无足轻重。实用与美观相得益彰的公共建筑被破坏殆尽，如完善的澡堂，因为清洁有太强烈的异教徒味道。人们废弃了摩尔人建造的高超的灌溉工程，土地因而变得贫瘠，曾经最富饶、肥沃的山谷凋敝不堪。原本人口稠密，城市星罗棋布的安达卢西亚陷入了毁灭性的衰退。学者、商人、骑士被乞丐、修士和强盗取代。当摩尔人被驱离出西班牙后，这个国家便一蹶不振。这就是西班牙的历史中令人扼腕的对比和落差。

好在本书只涉及摩尔人治下西班牙的辉煌，没有讨论在波旁王朝统治下的衰退。我们努力在毫无偏见或贬低的情况下，呈现西班牙在伊斯兰统治下 8 个世纪里的最主要历史事件，当然也没有忽略那些能够刺激读者想象力的英雄人物和传奇故事。我们尤其试图清晰地描绘种族和宗教间的斗争画面。这些斗争正是形成中世纪西班牙政治运动的主要原因。

鉴于本书篇幅有限，想要进一步研究这个课题的学生应该阅读以下我们极力推荐的权威著作。已故多齐教授（Dozy）撰写的《西班牙穆斯林史》（Histoire des Musulmans d'Espagne）和《中世纪西班牙历史和文学的异国风情》（Récherches sur l'histoire et la littérature de l'Espagne pendant le moyen âge）是最重要的参考资料。这些作品中充满了以某种形式呈现的有价值的信息，尽管有些零散，但其文

---

① 译注：17 世纪初英国著名的生理学家和医学家，提出了人体血液循环理论。
② 译注：位于马德里西北约 50 公里处的庞大建筑群，珍藏了欧洲各艺术大师的名作和西班牙文献。

学性和历史性读起来同样令人愉悦。多齐教授既是历史学家，也是东方学家，他的作品见识卓著且意义深远。唐·帕斯夸尔·德·盖昂格斯（Don Pasqual de Gayangos）翻译的埃尔·马卡里（El-Makkary）的著作《西班牙穆斯林王朝史》（History of the Mohammedan Dynasties in Spain）也很有价值。虽然多齐教授对其进行了一些不必要的激烈批评，该书在某些次要方面也不甚准确，但依然值得我们的重视。不管怎样，有参考资料总比一无所有好，该书即便不完美，大家也会高兴能以欧洲人的语言阅读一位阿拉伯作家的作品。此外，唐·帕斯夸尔在注释中还写下了大量在其他地方找不到的宝贵原始资料。除了这两位权威作者之外，本书还参考了许多阿拉伯历史学家的作品，但这些书籍几乎都没有被翻译成英文，所以无法向普通读者推荐。奥古斯特·贝贝尔的《伊斯兰时期的阿拉伯文化》（Die Mohammedanisch-arabische Kulturperiode）以西班牙历史发展的眼光，概略地讲述了阿拉伯文明的基本框架，可读性强。华盛顿·欧文（Washington Irving）的《征服格拉纳达》和斯特灵·麦克斯韦爵士（Sir W. Stirling Maxwell）极为出色的《奥地利的唐·胡安》（Don John of Austria）这两部书描写了摩尔人统治的最后时期，有大量引用，值得单独阅读。所有在盖昂格斯和多齐之前撰写的关于摩尔人的历史书籍都应该在研究中刻意避免，因为它们使用的大部分原始资料在后来的著作中被发现是错误的。这些作品还基于孔代（Conde）的《西班牙的阿拉伯统治者》（Dominacion de los Arabes in España）的内容创作，他的书虽然有巨大的文学价值，但历史学术价值甚低。我不能确定我的书在何等程度上借鉴了扬小姐（Miss Yonge）的《西班牙的基督徒和摩尔人》（这是我听说的唯一一部有关这段时期的英文畅销历史书籍），当我满怀钦佩之心兴奋地阅览她的著作时，发现她的书涉及相关领域的很多内容。读过之后，我甚至担心写自己的书时会无意间模仿她。

除了得益于多齐和盖昂格斯的作品，以及亚瑟·吉尔曼先生（Arthur Gilman）的友好合作之外，我的朋友 H. E. 沃茨先生（H. E. Watts）在西班牙语方面也给予了我特别的帮助，非常感谢他。

S. L.-P.

里奇蒙德，萨里，1886 年 7 月

I

最后的哥特人

当亚历山大的大军横扫东方的古代帝国时，有一个地区却泰然自若，毫不妥协。阿拉伯人并未向这位征服者派去恭顺的使者。亚历山大十分愤怒，决心将这些不逊的阿拉伯人踩在脚下。可是，当他正准备入侵时英年早逝，阿拉伯人也因此幸运地逃过一劫。

这发生在基督降生前 300 多年。独立的阿拉伯人已经在这片广阔的沙漠半岛上居住了很久，此后又几乎与世隔绝在这里生活了 1000 多年。伟大的帝国在域外起起落落：亚历山大的继任者在叙利亚和埃及分别创立了塞琉西王朝和托勒密王朝，奥古斯都加冕为罗马帝国皇帝，君士坦丁成为拜占庭帝国的第一位基督教君王，蛮族部落大肆入侵罗马帝国的各个行省；而阿拉伯地区依然保持原样，无人关注，自然也无人有兴趣来征服。该地区的边缘城市可能会向霍斯劳（Khosrow，波斯萨珊帝国皇帝）或恺撒表示效忠，罗马军团可能一而再，再而三地席卷阿拉伯后又匆匆离开，但外界对阿拉伯的影响微乎其微，阿拉伯人仍旧我行我素，不理世事。他们被历史上著名王朝统治的地域所局限，无法向外发展；阿拉伯人的骁勇善战和沙漠也将入侵者拒之门外。从遥远的古代到 7 世纪的基督教时代，世人一直对他们知之甚少，如果有人想侵犯阿拉伯，必然遭受惨重损失。

可是，阿拉伯人忽然性情大变。他们不再追求与世无争，反而开始直面外部世界，热衷扩张。这都是由一个人引起的。阿拉伯先知穆罕默德在 7 世纪初开始宣扬伊斯兰教，他教导的内容简单易学，他的教义使人民感同身受，进而引发了一场革命。穆罕默德在希伯来人古老信仰的基础上加以增补和修改，该信仰在阿拉伯地区本来就有不少信徒；同时，穆罕默德大力反对偶像崇拜，而是宣讲一神教义。我们现在很难理解穆罕默德宣扬的单纯、非情绪化的教义为何能给整个阿拉伯民族带来如此不可抑制的冲动和改变，但我们知道宗教革命已经发生了。这位真正的先知浑身都充满了神秘且强大的人格魅力。

到目前为止，穆罕默德都是真实的存在。他真诚又勤奋地教导民众他所相信的唯一正确的信仰，其教义充满了崇高的理念。先知和信众用无比热忱——有人亦称之为狂热——征服了普罗大众的情感。在穆罕默德时代之前，阿拉伯人像一盘散沙，是各种敌对部落或氏族的集合。他们推崇原始野蛮的武力，热情好客甚至颇有骑士精神，热衷于追逐战利品。先知现在把阿拉伯部落的人转变成了穆斯林，令他们充盈着殉道者的热情。

穆罕默德去世前就已成为阿拉伯的统治者，团结在伊斯兰教义下的阿拉伯部落开始大肆向外扩张，令邻国震惊不已。在穆罕默德的继任者——多位哈里发的领导下，他们的军队占领了波斯、埃及和北非，直到赫拉克勒斯之柱（即直布罗陀海峡）；从中亚的奥克苏斯河（Oxus）到大西洋海岸的广阔土地上，虔诚的人们在穆安津①的召唤下一起祈祷。

穆斯林或萨拉森人（Saracens）的攻势在小亚细亚被希腊皇帝②的部队阻止，直到15世纪，奥斯曼土耳其人才获得梦寐以求的君士坦丁堡。在地中海的另一边，同样也是一位希腊皇帝的将领暂时阻止了阿拉伯人的前进。作为征服者的阿拉伯人横扫了北非的各个行省，经过长时间的斗争，好战的柏柏尔（Berber）部落消停下来，向阿拉伯人俯首称臣。挡在他们前进道路上的只剩下休达（Ceuta）要塞了。与地中海南岸的其他地方一样，休达也属于希腊皇帝，但是它离君士坦丁堡太远，只好向邻近的西班牙王国寻求支援。当时，西班牙虽然名义上仍归希腊皇帝管辖，但实际统治者是托莱多国王。就算西班牙倾其所有，似乎也不太可能消弭萨拉森人入侵的狂潮。这时，恰巧休达总督朱利安（Julian）和西班牙国王罗德里克（Roderick）之间又发生争执，为入侵者打开了方便之门。

当时，西班牙正处于西哥特人（Visigoths）——原本是蛮族部落，同其他蛮族一样，趁罗马帝国衰落时占领了这个行省——的统治下。东哥特人（Ostrogoths）占据了意大利，他们的亲戚西哥特人征服并取代了苏维人（或斯瓦比亚人）和其他野蛮的日耳曼部落，于5世纪在原罗马帝国的伊比利亚行省（西班牙）建立了自己的政权。他们发现这里同帝国其他地方一样，充斥着导致罗马帝国毁灭的奢华和堕落。罗马人同很多尚武的民族类似，完成征服并将整个已知世界踩在脚下后，便刀枪入库，马放南山，一头倒在温柔乡中不可自拔。曾几何时，当西庇阿（Scipio）或恺撒号召罗马人保卫自己的国家或征服新领土时，罗马人会毫不迟疑地放下犁

---

① 译注：穆安津即宣礼员，是清真寺呼唤信徒礼拜的人物。
② 译注：即东罗马帝国皇帝。

▲ 410年，西哥特人洗劫罗马

头，挥舞利剑为国出征。然而，现在他们不再是那些过着俭朴生活的勇士了。

在西班牙，富裕阶层只知道享乐，他们生活的唯一目的就是吃喝玩乐、赌博，进行那些能刺激感官的活动。但绝大部分人要么是奴隶，要么是依附于土地的苦工，他们连同耕种的田地在地主手里转来转去，其实跟奴隶差不多。在富人和奴隶之间还有一个所谓的中间阶层——市民。不过，市民的境遇可能更糟。他们肩负着国家正常运行的一切重担：纳税、服徭役，为富人浪费在奢侈品上的费用埋单。生活在这样一个怨声载道的国家，没人会去抵抗强悍的入侵者。那些富裕的贵族正沉浸在享乐中，面对敌人入侵居然无动于衷，他们的宝剑因长时间闲置竟生锈了。奴隶们对更换主人一事毫不关心，反正新主人也不可能比以前的更坏。市民阶层则不满，为了抵御入侵，他们不得不承担大部分开支；与此同时，他们却没有获得任何好处。

这样一个群体显然不可能组建成一支强军，哥特人因此不费吹灰之力就攻入西班牙。那些城市心甘情愿为哥特人打开了城门，哥特人轻轻一击就令罗马的病态文明屈服了。事实上，之前的蛮族部落——阿兰人（Alans）、汪达尔人（Vandals）和苏维人——早已为哥特人准备好了征服路线图，他们只用跟着走就行了。罗马化的西班牙人清楚地知道蛮族入侵的悲惨后果，他们曾经目睹城市被烧毁，妻儿被掳掠，那些勇于抵抗的领袖被屠杀；他们经历了野蛮人带来的各种灾祸——瘟疫、饥荒、废弃的家园、随处可见的饥民，整个国家都陷入无法无天的混乱状态。西班牙人明智地吸取了教训，认可了哥特人的统治。

8世纪初，当萨拉森人抵达大西洋的非洲海岸，越过直布罗陀海峡来到阳光灿烂的安达卢西亚时，哥特人已经统治西班牙200多年了，这段时间足够洗刷掉旧王国的腐朽痕迹。古老的文明有时也能因引入野蛮且阳刚的种族而重新焕发青春的活力。哥特人本应该能够改善西班牙的状况，他们勇敢、坚强，而且不易被安逸的生活腐蚀。他们信仰基督，以他们的方式成为非常虔诚的信徒。虽然君士坦丁皇帝将基督教立为罗马帝国的国教，但基督教在帝国的西部行省并未落地生根。所以当哥特人到来时，西班牙人只是名义上皈依了基督教。一旦哥特人这样愚昧却虔诚的民族出现，就能激发人们对新宗教的热忱，天主教神父也对教会的发展充满了希望。实际情况却事与愿违。哥特人依然虔诚，但他们把自己的宗教行为视为对不端恶行的赎罪。他们在犯罪的同时也会忏悔，这样就能心安理得地继续淫乐享受，而无良心不安。哥特人和之前的罗马贵族一样腐败和鲜廉寡耻，他们的基督教行为方式并没有引导他们努力改善臣民的生存条件。农奴的状况甚至比以前更加悲惨，他们不仅依附于土地或者主人，甚至未经主人的许可不能结婚。如果与邻近庄园的奴隶通婚，他们的子女就会在数个所有者之间进行分配。同罗马时代一样，中产阶级还是得承担税收重负，直到最后破产。土地仍然掌握在少数人的手中，大量悲惨的奴隶如行尸走肉般在庄园耕种。他们的惨境毫无改变的希望，唯一的梦想就是能在死之前获得自由。那些曾经大谈特谈基督徒之间应充满兄弟情谊的神职人员现在已经变得富有，拥有大量地产，也接受了传统的社会管理方式。他们对待自己的奴隶和农奴毫无怜悯之心，跟当年的罗马贵族一样凶恶。导致罗马毁灭的堕落同样也在富人中间流行，比起之前罗马人的恶行，这些信仰

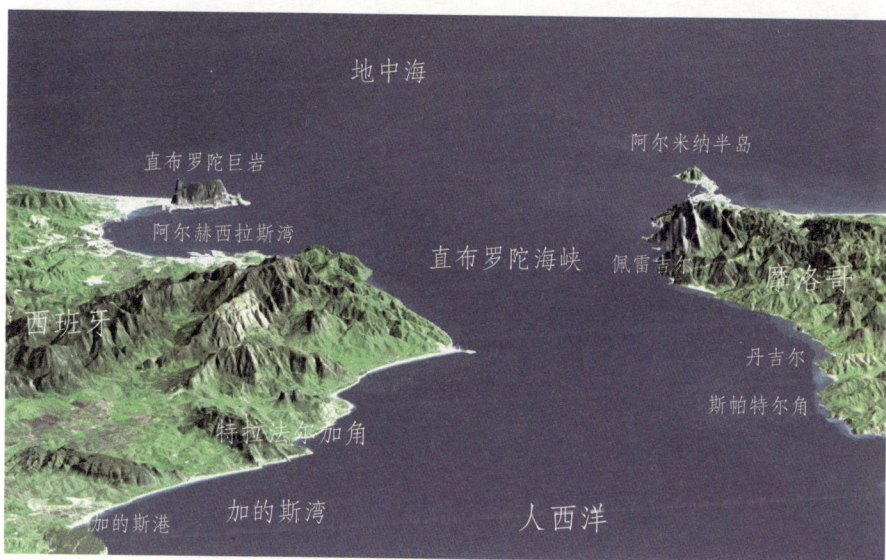

地中海

直布罗陀巨岩

阿尔米纳半岛

阿尔赫西拉斯湾

直布罗陀海峡

佩雷吉尔

摩洛哥

西班牙

丹吉尔

特拉法尔加角

斯帕特尔角

加的斯港

加的斯湾

大西洋

▲ 直布罗陀海峡3D地形图

基督教的哥特人有过之而无不及。一位迫切希望找到萨拉森人为何能征服西班牙基督徒的编年史作家写道："国王维提萨①将西班牙引入罪孽。"事实上，西班牙人对如何犯下罪孽可谓驾轻就熟，维提萨也并不比前任们更糟。哥特人只是给全民堕落颁发了新的许可证。野蛮人的恶习往往与腐化的文明有相似之处，在这种情况下，道德水准并没有因统治者的变化而有任何改善。[1]

当穆斯林抵达西班牙边境时，西班牙的状况正岌岌可危。腐败的贵族将所有土地一抢而光，绝望无助的农奴辛勤地耕耘着农田，市民阶层纷纷破产。而在直布罗陀海峡的另一边，正聚集着伊斯兰教的战士，他们都是强悍的武士，心中燃烧着新信仰的熊熊烈火。他们从幼年时代就手持武器，过着单纯、简陋的生活，而且渴望掠夺异教徒的肥沃土地。这样的两个民族毫无疑问会爆发战争，而且，入侵者得到了叛国者的协助，消除了最后一丝和平的可能。

当时，维提萨国王已被罗德里克推翻。一开始，罗德里克统治得似乎还不错，但他很快就屈服于财富和权力。西班牙的社会矛盾严重，只要一颗火星就能引爆并摧毁罗德里克的王国，而他自私享乐的性格无疑是在往火堆上添薪。那时，地方首领会按惯例将子女送到宫廷接受良好的教育和礼仪礼貌的训练。休达总督朱利安伯爵就把女儿弗洛林达（Florinda）送到罗德里克位于托莱多的宫廷，跟皇后的侍从女官学习。罗德里克有义务将弗洛林达视作自己的女儿加以保护，然而弗洛林达非常美丽，罗德里克竟不顾操守侵犯了她。[2]朱利安伯爵的妻子是前国王维提萨的女儿，如今连哥特王族的血脉也如此被玷污，是不可接受的耻辱。年轻的姑娘在痛苦中给她的父亲写信，并唤来一个可靠的侍从，吩咐他，如果希望获得骑士的荣誉或女士的欢心，他就必须日夜兼程，马不停蹄越过陆地和海洋，直到把这封信交到朱利安伯爵手里。

朱利安原本就与被废黜的维提萨颇有渊源，更何况维提萨还可能是被谋杀的，所以他对罗德里克毫无好感。如今亲生女儿被其凌辱，伯爵更是愤怒，发誓要复仇。迄今为止，是朱利安伯爵成功抵御住了阿拉伯人的攻击，现在他决定不再履行

---

① 译注：687—710 年，西班牙的西哥特国王。

▲ 最后的西哥特国王罗德里克　　　　▲ 古城托莱多今貌

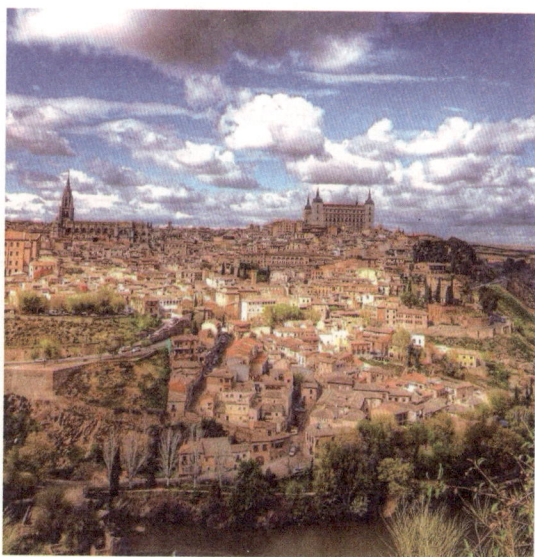

暴君防御边境的责任了。萨拉森人的实力本来就能征服西班牙，朱利安又恰逢其时地向萨拉森人展示了一条捷径。

　　满怀着复仇怒火的朱利安伯爵赶到宫廷，同罗德里克商议防御事宜。他巧妙地压制住对国王的仇恨，装作什么事情都没发生。罗德里克以为弗洛林达没有向伯爵告发自己的龌龊行径，居然产生了一丝懊悔之意。他授予朱利安各种荣誉，对其提出的国防议案言听计从，还采纳了其狡诈的建议——将全西班牙最好的战马和武器置于伯爵的全权指挥之下，运往南部防区抵御异教徒的入侵。朱利安伯爵带着国王的信任离开了位于托莱多的宫廷，随他一起回家的还有女儿弗洛林达。临别前，罗德里克要求伯爵稍后进贡给他一些专门用于打猎的鹰隼。他一口答应下来，承诺将向国王进贡之前从未见过的品种，这几乎就是在暗示阿拉伯人就要来了。然后，他返回了休达。

　　朱利安一回来就拜访了阿拉伯帝国的北非总督穆萨·本·努赛尔（Mūsa bin Noseyr），他俩曾多次交锋。朱利安告诉穆萨，从今往后他将不再与穆斯林为敌，两人必将成为朋友，接着向这位阿拉伯将军大肆渲染了一番西班牙的美丽富饶：水草丰饶，遍布葡萄和橄榄，拥有宏伟的城市和宫殿，到处都是哥特人的宝藏，简直就是流着奶和蜜的应许之地！穆萨要做的就是将西班牙据为己有。朱利安表示自己将为其引路，并提供渡海的舰船。穆萨是非常谨慎的阿拉伯将军，他认为这项诱人的提议很可疑，说不定是西班牙人的诡计，但他还是向主人——位于大马士革的哈里发报告了该消息，并请求指示。与此同时，他也没闲着，派遣泰利夫（Tarīf）率领一支 500 人的小队，于 710 年在西班牙的安达卢西亚海岸登陆。渡海的交通工具正是朱利安伯爵提供的 4 艘运输船。阿拉伯人当年还不熟悉地中海海况，所以穆萨断然不会鲁莽地将大军匆忙送进深海，暴露在不可预测的风险中。

泰利夫出色地完成了任务，于当年 7 月返航回来。他登陆的地方直到现在还是以他的名字——"泰利夫"命名。他洗劫了港口城市阿尔赫西拉斯（Algeciras），确信朱利安伯爵提供的关于西班牙未设防的情报是真实的，其对入侵者的忠诚可以信赖。穆萨仍然不愿意冒太大的风险去征服新领土。大马士革的哈里发也禁止穆萨将大军派往未知险地，只授权他进行一次小规模的远征。然而在泰利夫大获成功的鼓舞下，穆萨决心发动一场更大规模的冒险行动。711 年，罗德里克正在北方忙着镇压巴斯克人①（Basques）起义。得此情报后，穆萨命令一支大部分由摩尔人组成的 7000 人的部队，在摩尔人塔里克将军的指挥下，再次袭击安达卢西亚。[3]这次行动远远超出了他的预料。塔里克在一处叫"狮子岩石"的海岸登陆，那个地方后来被称为"Gebal-Tarik"，也就是"直布罗陀"（Gibraltar）。他指挥部队攻陷卡尔泰阿城（Carteya）后，便挥师向内陆挺进。很快，罗德里克就率领哥特人的主力部队前来拦截进犯之敌。两支军队在瓜达莱特（Guadalete）附近的一条被萨拉森人称为瓦迪贝卡（Wady Bekka）的小河岸边相遇，该河经过特拉法尔加角（Cape Trafalgar）流入海峡。

此前一段时间，西班牙曾流行一个传说。当罗德里克国王坐在古老的托莱多

---

① 译注：巴斯克人直到现在还有脱离西班牙的倾向，甚至还建立了武装组织。

▲ 塔里克渡过直布罗陀海峡，登陆伊比利亚半岛

▲ 塔里克

▼ 瓦迪贝卡战役前，罗德里克向西哥特军队发表战前演说

城的宝座上时，有两个老人进入拜谒大厅。他们穿着古老的白色长袍，腰带上装饰着黄道十二宫的符号，身上挂着数不清的钥匙。"国王啊，您知道吗？"他们说道，"很久以前，当大力神赫拉克勒斯在海峡树立起他的擎天巨柱时，他就在这托莱多古城附近建造了一座坚固的高塔。他将一道魔法咒语封闭在塔内，并用钢锁将厚重的大铁门锁死。他规定每一个新登基的国王都应该设置一把新锁但绝不能入内，并预言那些擅自进入高塔，企图揭开其神秘面纱的人，必将招致灾难和毁灭。从赫拉克勒斯时代一直到现在，我们和我们的祖先都一直守护着这座塔。虽然有些国王想要破坏大力神的规定，但是他们的结局无一不是死亡，没有一个人能跨越门槛。国王啊，现在我们来请求您，把您的钢锁附在魔塔入口上，就像您之前的所有君王做的那样。"说完，两位老者就离开了。

罗德里克听到老人所说的故事后，却按捺不住进入魔塔的强烈欲望。主教和辅臣们都再次告诫他，没有人曾进入过塔内，即使是伟大的恺撒也不敢尝试。

古老的文献说，它永远也不应被打开，

直到来了一个末代国王，

此刻他的帝国正摇摇欲坠，

背叛在地下挖掘致命的陷阱，

复仇之神则高悬上空。

罗德里克不顾所有人的劝诫，在骑士们的陪同下骑了一天马后来到了魔塔下。魔塔耸立在一块高高的岩石上，四周都是悬崖峭壁。魔塔由碧玉和大理石构造，到处镶嵌着精美的装饰品，在阳光的照射下闪闪发光。要进入塔内必须通过一段石质通道，而且有一道沉重的铁门堵住了去路，上面挂着从赫拉克勒斯到维提萨，历经了无数个世纪已锈迹斑斑的各种铁锁。那两个不久前去过拜谒大厅的老人正恭候在通道两侧。看门人已等候多时，预感不祥。在衣着华丽的骑士们的帮助下，他们费力地试图打开锈锁。直到日落时分，大门终于被打开了，国王带领队伍通过了入口。随后，大门在他们身后缓缓关闭。一行人来到一个大厅，大厅尽头又有一扇门，一个容貌恐怖的巨大铜像守在门边。它不停地挥舞着沉重的狼牙棒，一遍一遍击打地面。

罗德里克看到这座铜像时，有片刻时间心慌意乱，觉得不可能通过它的狼牙棒。但他发现在铜像的胸口上刻着"我尽我责"几个字后，便鼓起勇气向铜像解释自己并无亵渎神灵的意图，只是希望了解这座塔的奥秘，恳请铜像让他通过。于是，铜像抬起狼牙棒，静止不动了。国王和随从们从它下面穿过，进入了第二个房间。这个房间镶满了宝石，正中间有一张大力神摆放的桌子，桌上有一只盒子，上面的铭文写着："塔之奥秘，就在其中。只有国王，方能开启。他必通晓，美妙之事。务必当心，死前告知。"

罗德里克打开盒子，发现除了一张折叠在两块铜板之间的羊皮纸外什么也没有。纸上画的是一群骑在马背上的人，他们凶神恶煞，手持长弓和弯刀。画上还有一段格言："看啊，鲁莽之人，那些人将把你从宝座上抛下，征服你的王国。"罗德里克一行人凝视着画面，忽然听到战争的声音，仿佛看到那些奇怪的骑兵的身影开始移动，画面变成了战争的景象：

> 在罗德里克悲伤的眼前，画面徐徐展开，
> 依次呈现神秘的景象，
> 在他们流血前，就显示了战争的迹象，
> 战争还未发生时，天机便已被透露。

"他们面前出现一个宏大的战场，基督教徒和摩尔人在那里殊死搏杀。他们听到奔腾的战马的嘶鸣声、嘹亮的号角、铜锣的铿锵以及无数战鼓的轰鸣；他们看到刀光剑影、长槊交织、乱箭纷飞。基督徒的战线岌岌可危，异教徒向他们压来，使他们溃不成军。神圣的十字被碾碎，西班牙的旗帜被踩在脚下，空气中回响着胜利的呼喊，伴随着愤怒的号叫以及垂死之人的呻吟。在骑兵阵列中，罗德里克国王看见一个头戴王冠的武士背对着画面，骑着一匹白色战马，同他自己的战马'奥利里亚'一模一样，而且那人也装备着他的盔甲和武器。混战中，武士落马，消失在乱军中。奥利里亚在战场上狂奔，马鞍上却没有骑手。"[4] 国王和侍从们仓皇逃出这座被诅咒的魔塔，大厅里的巨大铜像也跟着消失了，两名年老

的看门人则死在入口处。当狂风暴雨来临时，魔塔突然起火燃烧，石块纷纷塌落，在风中乱舞。尘埃落到地上，旋即就变成一滴滴火红的鲜血。

中世纪的编年史学家，无论是基督徒还是阿拉伯人，都对此事津津乐道，他们写道：

传说与幻象，预言与启示，

阿拉伯所向披靡，屡创神迹，

无尽的阴影中，只有哥特人的叹息。

从编年史中我们读到，交战双方都为各种各样的预兆欢呼或沮丧，甚至有传言先知穆罕默德就附体在塔里克身上，命令他鼓起勇气去战斗，去征服。类似的故事不胜枚举。但是在瓜达莱特的河边安营扎寨、隔岸对峙的两支军队不论各自怀着怎样的愿景和想象，最后的战斗结果都是不可置疑的。

塔里克的确得到了5000名柏柏尔人的援军，总兵力达到12000人，但他对手罗德里克的兵力是他的6倍多。不过，入侵者拥有能征善战、勇猛无比的战士，并且有一位枭雄统帅。反之，西班牙军队则是由一群受尽虐待的奴隶组成的乌合之众，指挥官里还有不少首鼠两端的贵族。维提萨的族裔就在西班牙军队中间，他们表面上服从罗德里克的传唤来到战场，却准备在战斗中向敌人投降，帮助萨拉森人赢得胜利。殊不知他们的行为却背叛了西班牙。他们以为入侵者只是为了抢夺战利品，袭击结束获得足够的财富后就会返回非洲老家，那时维提萨的家族就能重登王位。由于他们在战役中发挥了重要的作用，因而西班牙最富庶的行省被穆斯林统治了长达8个世纪之久。

罗德里克穿着威武的盔甲站在华盖下，身后是他征召来的大军。摩尔人见此情景，一时间竟丧失了战斗的勇气。塔里克情急之下高喊："战士们，敌人在你们面前，大海在你们背后。除了施展勇敢和决心，你们无处可逃。"士兵们鼓起勇气喊道："我们将跟随你，塔里克。"然后跟着将军冲入战场。战斗持续了整整一个星期，双方都记录下不少英勇的事迹。罗德里克一次又一次地集结军队，然而维提萨的族裔逃离战场改变了局势，导致西班牙军队遭到灾难性的溃败。

唐·罗德里戈①的军队惊慌失措，

他们在第八次鏖战中惨败，他们失去了勇气，也失去了希望；

他看到大势已去，希望烟消云散，

便离开大军，独自一人上路。

盔甲上落满了硝烟和血渍，就像冒烟的烙印。

罗德里戈手握利剑，拨开火焰，

剑上血迹斑斑，

镶有宝石的盔甲伤痕累累，他的头盔布满凹痕。

他爬上山巅，登高远眺，

长久注视着全军溃败；

他看见撕裂的王家旗帜被血水浸透，

他听见阿拉伯人获胜后发出的呼喊和轻蔑的嘲笑。

他寻找指挥西班牙大军的勇敢队长，

但除了死人，尽皆逃跑。

谁数得清死者的数目？

他的视野所达之处，大地被鲜血浸透，

他泪如雨下，悲痛欲绝：

昨夜，我是西班牙国王，今晨我失去王位；

昨夜，美丽的城堡应有尽有，今夜我将在何处安睡？

昨夜，一百名侍从在我膝下服侍——

---

① 译注：即国王罗德里克。

▲ 西班牙画家萨尔瓦多·马丁内兹·库韦利斯创作的《瓜达莱特战役》，西哥特人在柏柏尔骑兵前退却

今夜，我无人使唤，无人跟随。

啊，不幸啊，那是不幸的时刻，那是被诅咒的一天！
就是当我降临人世，拥有无上权威的那天。
今夜，悲哀的我本应该看到夕阳落山！
啊，死亡，为何你如此迟缓，为何你还不将我毁灭？ [5]

　　这是首古老的西班牙民谣。然而，罗德里克的命运至今还是一个谜。战斗结束后的次日，有人在河边找到了他的马和便鞋，不过旁边并未发现他本人。他毫无疑问是被淹死了，尸体被冲进了大海。但西班牙人不愿相信，他们给死去的国王披上了一件神秘的外衣，而国王活着的时候可没享受过这样的待遇。他们把这最后一个哥特人臆想成亚瑟王那种传说中的救世主，并且相信他会在伤口痊愈后，就从海岛上的安息之所回来，带领基督徒们再次对抗异教徒。在西班牙的传说中，罗德里克余生都在虔诚地忏悔，毒蛇慢慢啃噬他的灵魂，这是对他曾经犯下的罪孽的惩罚，最终他的罪行被洗净。"肉体之痛救赎了灵魂之疼"，于是"唐·罗德里戈"获准离开平静之岛，他的同胞们经过漫长的等待后终于迎来了他的凯旋。

征服的狂潮

非洲总督穆萨在向哈里发韦里德（Welīd）报告瓜达莱特战役胜利的信件中写道："啊，虔诚的司令官！这不是寻常的征服，那些基督教国家犹如遭遇末日审判一般。"就连萨拉森人也对他们自己取得如此完美的胜利感到惊讶。抛开那些有关罗德里克堕落的神秘故事不谈，瓜达莱特之役使西班牙确定无疑地全部落入摩尔人之手。塔里克和他的12000名柏柏尔人一举夺取了整个半岛，但是仍有少数城市负隅顽抗，他们还得费点功夫来扑灭这些微弱的抵抗。

塔里克毫不迟疑继续穷追猛打。不过，穆萨嫉妒塔里克这个柏柏尔人助手取得的如此出乎意料的辉煌胜利，便命令他停止前进。塔里克置若罔闻，硬要将征服进行到底。他兵分三路，在半岛上所向披靡，轻易地占领了一个接一个城市。

塔里克派遣手下的军官穆基斯（Mughīth）带领700名骑兵攻占科尔多瓦。穆基斯小心翼翼不暴露行踪，直到黑夜降临才悄悄向城墙靠近。忽然一场冰雹不期而至，掩盖了嘈杂的马蹄声，穆基斯认为这是上天对他的特殊眷顾。一名牧羊人向摩尔将军透露了城墙上有一个缺口的消息，于是穆基斯决定在那儿立即发动进攻。一名身手矫健的摩尔人顺着缺口下的一棵无花果树爬上城头，然后把长长的头巾一端扔到下面，将同伴们一个个拉上来。卫兵对敌人的突然出现大惊失色，混乱中城门被打开，入侵者的主力部队一拥而入。整座城市没怎么抵抗就完全落入穆斯林之手，总督和守军退进了一所女修道院，入侵者很快就冲上去将他们围得水泄不通。坚持了3个月后，西班牙人不得不投降。

因为犹太人在征服过程中证明自己是穆斯林的忠诚盟友，于是科尔多瓦城便被划给犹太人管辖。此后，征服者对犹太人的态度也相当友善，承认彼此之间的密切关系，以后很长一段时期，他们都没有像哥特神父那样迫害犹太人。无论萨拉森人的军队在哪里，我们总能发现犹太人跟随其后。阿拉伯人负责打仗，犹太人为军队提供补给；战争结束后，犹太人、摩尔人和波斯人就专注于研究学问，弘扬知识、哲学、艺术和科学。在黑暗的中世纪，萨拉森人的统治因此显得卓尔不群。

犹太人亲力合作，塔里克的征服极为顺利。阿奇多纳（Archidona）的居民都逃到了山上避难，没有抵抗就被占领了，马拉加（Malaga）投降了，埃尔韦拉（Elvira，现格拉纳达附近）遭到扫荡。穆尔西亚（Murcia）地区的山峦隘口则在西奥德米

▲ 西哥特士兵

亚①（Theodemir）无比勇猛和稳健的防守下坚持了相当长一段时间。然而，有人劝说西奥德米亚将部队移到平原与敌人决战。他接受了这个蹩脚的建议，导致基督徒军队被入侵者杀得片甲不留，西奥德米亚只带着一个男侍从狼狈地逃到奥里韦拉城（Orihuela）。在那里，为了摆脱追捕，西奥德米亚设计了一个非常巧妙的计谋。当时，穆尔西亚的大部分男丁都在战场上阵亡，城里基本上没几个男人了。西奥德米亚于是命令妇女穿上男人的服装，手持看上去像是长矛的棍子，戴上头盔，把头发披散在下巴上，就像留着胡子一样。然后，他将这支奇怪的守备部队调到城墙上。当敌人在夜色中抵达后，他们沮丧地发现该城已严阵以待，守卫森严。西奥德米亚让男仆穿上传令官特有的无袖外套制服，自己举着一面休战旗。主仆两人走进敌营，提出有条件投降。穆斯林将军亲切地接待了他们，并没有识破西奥德米亚的真实身份。

"我代表本城指挥官而来，"西奥德米亚说，"他同意开城，但条件应该足以配得上您的宽宏大量和他的尊严。如您所见，奥里韦拉城防御完备，能够承受很长时间的围困。指挥官之所以投降，只是不忍他的士兵丧命。您必须承诺所有居民都能携带个人财产，不受骚扰地自由离开，第二天清晨本城便能毫发无损地落入您的手中。否则我们将战斗到最后一个人。"双方拟好了投降条款后，摩尔将军便在文本上盖下印章。西奥德米亚也在提笔签下自己的大名后说："你瞧，

---

① 译注：一名西哥特伯爵。

我就是这里的总督。"

黎明时分，城门缓缓打开，穆斯林看到一支强大的军队向城外走来，但仔细观察才发现只有穿着破烂盔甲的西奥德米亚及其男仆，后面跟着的一大群人都是妇女、老人和儿童。"士兵们在哪儿？"摩尔人问道，"我昨晚在城墙上看到的军队呢？""士兵，我一个也没有。"西奥德米亚回答说，"至于防守部队，他们就在你面前。这些妇女就是城墙上的大军。这个男仆是我的信差、护卫和随从。"

摩尔将军被西奥德米亚的胆大和机智所折服，于是任命他为穆尔西亚省的总督，后来这片区域甚至在阿拉伯语中都被称之为"西奥德米亚之地"。即使在征服初期，摩尔人也尊重并实践了真正的骑士精神，他们无愧于骑士称号。许多个世纪后，就连获得最终胜利的西班牙人也不得不承认摩尔人也是"格拉纳达骑士"和"绅士"。

与此同时，塔里克继续向哥特王国的首都托莱多城进攻，并且一直在搜捕哥特贵族。在科尔多瓦，塔里克曾与他们交战，但他们中不少人都逃跑了；在犹太人献给塔里克的托莱多，这些贵族再次遁匿；他们逃到更远的地方，躲进了阿斯图里亚斯（Asturias）的群山。只有诸如维提萨家族成员和朱利安伯爵这样的叛徒留在故土，在新政府中拥有一席之地。剩下的那些贵族都无处寻觅，整个国家被遗弃给了摩尔人。事实上，西班牙已经成为阿拉伯帝国的一个行省。这个哈里发帝国的首都在大马士革，疆域从印度的山脉一直延伸到直布罗陀海峡。最后，平定西班牙的工作因穆萨总督的干扰而受到影响。穆萨听闻塔里克还在不断获得胜利，便急忙带领自己的阿拉伯亲兵跨过海峡，试图分享征服西班牙的荣誉。他率领 18000 名士兵于 712 年夏渡海。在攻陷了卡莫纳（Carmona）、塞维利亚（Seville）和梅里达（Merida）之后，与塔里克在托莱多会师。征服者和他上司的会面并不友好。塔里克前来迎接这位阿拉伯帝国西部疆域的总督，但穆萨却用皮鞭抽打塔里克，斥责他无视停止前进的指令。穆萨宣布，穆斯林的安全绝不能依靠这样鲁莽和冲动的将领，接着就把塔里克扔进了监狱。哈里发韦里德听说了这桩因嫉妒而引发的暴虐行径后，便传唤穆萨返回大马士革，并恢复了塔里克在西班牙的指挥权。

回叙利亚之前，穆萨曾站在比利牛斯山脉（Pyrenees）上，遥想未来整个欧

▲ 穆斯林士兵

洲都被伊斯兰征服的远景。虽然他的雄心壮志因这次召回戛然而止，但自有后来者继续向前挺进。719年，一位阿拉伯的统治者占领了位于高卢南部的塞普提曼尼亚（Septimania）、卡尔卡松（Carcasonne）和纳博讷（Narbonne）地区的多座城市。以此为中心，他继续向勃艮第（Burgundy）和阿基塔尼亚（Aquitania）发动攻击。721年，阿基塔尼亚公爵尤德斯（Eudes）在图卢兹（Toulouse）城下挫败了萨拉森人的进攻，不过这只改变了萨拉森人的征服路线。萨拉森人接着洗劫了博恩（Beaune），向桑斯（Sens）索要贡品，然后在730

年占领了阿维尼翁（Avignon），并对邻近地区进行了多次袭击。纳博讷地区的新总督阿卜杜勒·拉赫曼（Abd-er-Rahmān）决心彻底征服高卢。尤德斯公爵取得图卢兹大捷后，也曾计划反攻到萨拉森人的地盘。不过拉赫曼没有给他机会，开始攻击塔拉克奈斯（Tarraconaise），并大胆地入侵阿基坦（Aquitaine），在加伦河（Garonne）边击败尤德斯后占领了波尔多（Bordeaux）。732年，拉赫曼得意扬扬地向图尔（Tours）进军，他听说该城的圣马丁修道院藏有大批财宝。

当时名义上统治法国的是衰弱的墨洛温王朝，但事实上的"国王"为丕平二世之子——生于埃斯塔勒[①]（Heristal）的查理。在从普瓦捷（Poictiers）到图尔的行军路上，拉赫曼遇见了这个劲敌。萨拉森人对这场战斗渴望已久，他们期望这里成为第二个瓜达莱特。只要获胜，穆斯林就能统治从加莱到马赛的土地，乃至整个法国。欧洲历史上最关键的时刻就要到来了，这场战役将列为影响世界历史

---

① 译注：位于今比利时列日附近。

▲ 决定欧洲命运的关键之战——732年的图尔战役，查理·马特大战阿卜杜勒·拉赫曼

的15个决定性战役之一。双方将以武力来决定，欧洲到底是基督徒的还是穆斯林的；未来的巴黎圣母院到底是教堂还是清真寺；甚至梵蒂冈的圣保罗大教堂建成后，里面到底是吟唱天主的圣歌还是回响伊斯兰的喃喃祈祷。假如萨拉森人没有在图尔受挫，他们的锋芒必然会越过英吉利海峡。

可惜谁也摆脱不了命运的安排，伊斯兰的征服已经达到了极限，接着就要迎来衰退了。查理和他的法兰克人并不是罗马化的西班牙人和哥特人那样的孬种。法兰克人至少同摩尔人一样勇敢坚强，而且他们还有一项不容忽视的优势：身材魁梧。开战前六天，双方一直是小规模的局部交火。到第七天，查理加入混战，他以雷霆之势击穿了穆斯林的阵列。从那天起，他就得到了"铁锤查理"（Karl of the Hammer）的绰号。查理的法兰克勇士们为领袖的勇猛所感召和鼓舞，排山倒海般压向萨拉森人。穆斯林阵列顷刻间土崩瓦解，穆斯林四散逃走。在穆斯林统治的安达卢西亚，人们很长一段时间都以"殉道者之路"来命名这场战役的发生地点。

西欧的危险解除了。统治南部西班牙的摩尔人在之后几个世纪再也没有入侵法国的企图。虽然直到 797 年他们还保留了纳博讷和比利牛斯山脉北坡的一些地区，甚至还冒险袭击过普罗旺斯（Provence），但摩尔人的野心至此终结。图尔战役维持了法国独立，为穆斯林的征服设下了不可逾越的红线。犹如汹涌澎湃的海浪，撒拉逊部落在大陆上倾泻而出，现在法兰克人通过他们的铁锤大声疾呼："到此为止，你们不要再来了，你们的征服浪潮将定格在这里。"

另一方面，法国国王不敢小觑穆斯林邻居的勇气，但他们有时还是会发动袭击，试图占领西班牙。号称"亚历山大第二"的查理曼（Charlemagne）不能容忍在比利牛斯山另一侧存在穆斯林势力。作为一名虔诚的基督徒，他发誓要消灭异教徒；作为帝国征服者，他极其厌恶独立的安达卢西亚王国。他终于等到一个绝好的机会——当外来的倭马亚（Omeyyad）家族中第一位西班牙统治者登基时，部分派系对此咬牙切齿，这些人邀请他介入冲突，帮助他们驱逐篡位者。西班牙编年史学家在记录中写道，是"老佩拉约"①后裔——阿斯图里亚斯国王阿方索（Alfonso）[6]召唤法兰克国王来帮忙的。但更多的证据显示，该邀请来自某些失望的穆斯林首领，他们不能容忍倭马亚王朝的阿卜杜勒·拉赫曼②的权威，宁可向穆斯林的死敌俯首称臣，也不愿臣服于新统治者。

这项邀请看起来恰逢其时。查理曼刚刚完成了对撒克逊人的征服，撒克逊首领维特金德（Wittekind）被流放，其成千上万的部下正前往帕德伯恩③（Paderborn）接受洗礼。查理曼于是能腾出手来转向其他的目标。按计划，他入侵西班牙后，穆斯林中的反对派首领将在 3 个不同地点牵制防御部队，配合他的进攻。然而，

---

① 译注：西哥特的贵族，在穆斯林入侵期间顽强坚持，建立了阿斯图里亚斯王国，后文有具体讲述。
② 译注：这位阿卜杜勒·拉赫曼是从北非逃亡而来的阿拉伯贵族，属于倭马亚家族，后文中有专门章节记述，不是前文在图尔战役中失败的纳博讷总督阿卜杜勒·拉赫曼。当时不论是基督徒还是穆斯林，名字多有相同，容易混淆，请读者根据年代和出生地的不同而加以分辨。有些著名人物还会有特殊的绰号。
③ 译注：现位于德国北莱茵－威斯特法伦州。

新建立的科尔多瓦王朝相当幸运。因为查理曼的西班牙盟友们错估了时机，彼此还互相倾轧，导致强大的联盟居然化为乌有。于是，当查理曼于 777 年翻越比利牛斯山到达西班牙后，发现所谓的支援无影无踪。他只好硬着头皮开始围攻萨拉戈萨（Zaragoza），不料又有消息传来：维特金德卷土重来，撒克逊人再次拿起武器，最远已推进至科隆（Cologne）。

查理曼别无选择，只能赶回去保卫自己的领土。大军急速撤退。当主力部队通过山区后，后卫部队却在穿越朗塞瓦尔峡谷[①]（Roncesvalles）时遭遇埋伏。当地巴斯克人对法兰克人怀有不可化解的仇恨。他们在比利牛斯山脉的岩石峡谷中设了一个陷阱。他们放法兰克军队的前锋部队先走，然后等待带着辎重的后军慢慢进入山口，见时机成熟便向敌军发起致命攻击，几乎没有一个法兰克人生还。

▲ 查理曼大帝肖像，如果读者看起来眼熟的话，说明经常打扑克，此君就是红心老 K，不过查理曼在扑克中没有胡须

基督教的编年史家们描述了那天发生的恐怖的屠杀事件。根据他们的说法，同莱昂骑士[②]并肩作战的正是萨拉森人，他们一起给予查理曼沉重的打击。我们在古老的西班牙民谣中能够读到传奇英雄贝纳多·德尔·卡皮奥（Bernardo del

---

① 译注：位于西班牙北部纳瓦拉地区。
② 译注：来自伊比利亚半岛西北部莱昂地区的武士。

Carpio）是如何带领莱昂骑兵屠杀法兰克人的：

> 贝纳多和三千名战士，
> 保卫伊比利亚的土地，免遭法兰克敌人的长矛攻击；
> 他们来自古老的莱昂，
> 为了守护老佩拉约的名声和胜利的荣誉。①
>
> "我们生来自由，"他们大声疾呼，"这是我们国王的恩惠。"
> 我们的忠诚跟着他的王冕前进，
> 在上帝训谕下，我们为他而战，
> 上帝却不允许我们的子孙继承一片奴役之地。
>
> 我们的胸膛并不胆怯，我们的臂膀也不脆弱，
> 我们热血沸腾，绝不违背誓言，
> 即使失去了我们的自由，也要换得查理曼和圣骑士的恐惧：
> 若要我们出卖宝贵的天赋权利，至少他们要血流满地。
>
> 至少查理曼，假若上帝允诺他一定成为西班牙之主，
> 应该目睹莱昂人的奋起不会徒劳无益：
> 他将见证我们是为古老的先祖而亡——
> 并非如吟游诗人的故事所言，仅仅为努曼西亚②的自尊。
>
> 雄狮的利爪浸泡在利比亚人的血海中；
> 难道他不应为昔日的律法和自由而战？

---

① 译注：前文提到佩拉约是反抗穆斯林的基督徒，而此时他的后裔却和穆斯林一起，与同是基督徒的法兰克人作战。当时各方势力的关系错综复杂，不能简单以宗教区分同盟或敌人。

② 译注：一座消失了的伊比利亚古城，其遗址位于今西班牙北部索里亚地区。

受膏的懦夫可能会送去他们喜爱的黄金，
但阿方索永远不能征服坚定的勇气和灵魂。

因阿斯图里亚斯君主向查理曼效忠，所以英勇的莱昂武士拒绝加入他的阵营。根据传记文学的描述，他们与大批勇敢的萨拉森人并肩战斗，攻击正在退却的法兰克人。《查理曼和奥兰多》这部传奇史诗记载了这场残酷的战斗，30000名萨拉森生力军抵达战场，他们居高临下向因战斗太久而疲惫不堪的基督教军队发起猛烈进攻，致使敌军无人逃脱。有的人被长矛刺死，有的被棍棒打死，有的身首异处，有的被烧死，有的被活活剥皮，有的尸体被挂在树上。大屠杀异常恐怖，这一天的情景从未从当地农民的记忆中褪色过。很久以后，当英国军队穿越朗塞瓦尔峡谷追击拿破仑的元帅时[1]，他们还能听到当地人唱着描述这个死亡战场的古老民歌。西班牙的吟游诗人写下了许多有关这场战争或真或假的故事，其中最著名的一首民谣是关于舰队司令加利诺斯（Guarinos）的。在塞万提斯（Cervantes）的著作中，堂·吉诃德和他的仆人桑丘·潘沙就是在托沃索（Toboso）听到了这首歌谣：

法国人啊！对你们而言，朗塞瓦尔的一天是凄凉的一日，
查理曼国王的长矛被劈成两半，
你们应诅咒那片悲伤之地，
有多少贵族倒在贝纳多的长矛下，战死沙场。
敌人俘虏了加利诺斯——查理曼的舰队司令，
七个摩尔国王包围了他，他被铐起来成了奴隶。

这首民谣还讲述了加利诺斯被囚禁后的复仇故事，他在角斗竞赛中杀死了俘获他的人，获得自由后回到了法国。
那天遇难的还有布列塔尼（Brittany）边境指挥官——武力超群的罗兰骑士

---

① 译注：指的是发生于1808—1814年的半岛战争。

▲ 罗兰吹响象牙号角

（Roland），他是查理曼时代传记文学中的主角之一，有很多关于他的英勇事迹。在战斗最激烈的那天，罗兰挥舞宝剑"迪朗达尔"①（Durenda），拼死抵抗战斗了整整一天。可是勇猛如斯，也不能力挽狂澜。罗兰受了致命伤倒下了，身边全是战友们的尸体。他坚持不下去了，只能等待死亡的降临。但他还是高举忠诚的宝剑，大呼道："宝剑啊，你有无与伦比的光辉、完美的尺寸、令人敬佩的风骨、洁白的剑柄，你装饰着华丽的黄金十字架，顶端镶嵌着绿宝石，你敏锐，具有所有美德。现在谁将是你的主人，谁能挥舞你战斗？曾经拥有你的人永远不会被征服，永远无惧强敌，就连幽灵也不会使他畏惧。他用你摧毁了萨拉森人，弘扬基督的信仰，赢得至高无上的荣誉。美好的宝剑啊，你是独一无二的，铸剑师再也不能重复你的辉煌！无人能在你的剑锋下生还。"为了不让迪朗达尔落入懦夫或异教徒的手中，罗兰挥剑劈向一块巨石，将其折为两段。②接着，他吹起号角，那声音如此震耳欲聋，以至于压制住了其他所有号角的声音。罗兰竭尽全力吹号，直到脖子上的血管爆裂。

可怕的号声在富恩特拉维亚（Fontarabian）的大地上响起，甚至传到了 8 英里之外查理曼的耳朵里。他的大军正在安营扎寨，他完全不知道自己的后卫部队正遭受毁灭性打击。号声听起来如此绝望，国王本想立即派出救兵，然而一个叛

---

① 译注：传说迪朗达尔是天使送给查理曼大帝的，后者将之转赠给罗兰。
② 译注：根据《罗兰之歌》的内容，迪朗达尔剑极为坚硬，反而将巨石劈裂。此处原文如此，可能是作者引用自不同版本的《罗兰之歌》。

徒骗他，罗兰已经安全返回了，查理曼因此没有理会他最忠诚的骑士的呼唤。无助的罗兰在祷告和忏悔后最终牺牲在战场。这时，另一个法国贵族鲍德温（Baldwin）跑到国王面前禀告，后卫部队已全军覆没，罗兰和奥利弗①双双遇难。于是，国王及其军队立即转身回到朗塞瓦尔峡谷，他们悲伤地看到那儿遍布着尸体。查理曼第一个发现了英雄罗兰，其遗体呈十字状，号角和断剑在

▲ 查理曼找到罗兰的遗体

其身旁。查理曼悲痛欲绝，抚摸其双手，扯着自己的胡须啜泣道："你是君主的左膀右臂，你是法兰克人的荣耀，你是正义之剑，你是永不屈服的利矛，你是牢不可破的盔甲，你是坚固的盾牌，你是基督徒的高贵护卫者，你是萨拉森人的灾难，你是保卫神父的藩篱，你是孤儿寡母的良友，你就是公正和忠诚的审判！声名显赫的法兰克伯爵，我们军队的英勇统帅，为什么我把你留在这里，使你灭亡？我怎能目送你离去，却不与你共赴黄泉？为何我形单影只，一个可怜的悲惨的国王？而你能抵达天国，享受天使和殉道者的陪伴！"查理曼直到生命的最后一天，都在为罗兰哀悼。大军在他死去的地方停了下来，罗兰的尸体上涂满了香脂、沉香和没药。

那天晚上，法兰克全军都守在那里。他们在周围的山上点燃篝火，用赞美诗和哀曲歌颂烈士的英灵。他们以最庄重的礼仪安葬了罗兰和战友们的遗体，这不幸的一天就这样落下帷幕——

勇敢的罗兰和奥利弗，
每一位圣骑士和战友，

---

① 译注：罗兰最亲密的战友之一。

都殉难于朗塞瓦尔山谷。

　　这场发生在比利牛斯山的战斗相当于古代希腊的温泉关战役，成为无数英雄传说和歌谣的主题。该战役的重要性虽然与温泉关相比微不足道，但依然魅力无穷。

Ⅲ

安达卢西亚人

萨拉森人在 733 年①被铁锤查理·马特击败，入侵欧洲的步伐就此终止。他们不再渴望进一步征服，而是专注于巩固已获得的土地。此间除了查理曼发动的一次短暂而损失惨重的入侵外，萨拉森人几乎不受干扰地占领了新领土约三百年。被驱逐的哥特人后裔在北方山区依然顽强地坚持独立，而且时不时夺回一部分他们祖先的地盘。这些侵犯虽然会制造些麻烦，但直到 11 世纪，摩尔人在西班牙绝大部分区域的统治并未受到实质性的威胁，他们把北方诸省的独立视为不可避免的顽疾。为了根除哥特人的残余势力，摩尔人不得不流更多的血，从效率角度分析似乎得不偿失。只要基督徒不妨碍摩尔人享受温暖肥沃的南部及东部地区，就让加利西亚（Galicia）、莱昂、卡斯蒂利亚（Castile）和比斯开（Biscayan）地区的基督徒们在贫瘠的北部山区自生自灭吧。

　　从 8 世纪末摩尔人停止向北入侵，到 11 世纪基督教王国开始反攻，北方基督徒和南方穆斯林统治区域的分界线大致与瓜达拉马山脉（Sierra de Guadarrama）重叠，从葡萄牙的科英布拉（Coimbra）向东北方向延伸至萨拉戈萨，再到埃布罗（Ebro）。摩尔人除了占据安达卢西亚诸多名城外，还拥有富饶的塔霍河谷（Tagus）、瓜迪亚纳河谷和瓜达尔基维尔河谷。从瓜达尔基维尔河这个名字就能知道谁是这片土地的主人，因为它是从阿拉伯语词汇"大河"（Wady-l-kebīr）演变来的。

　　在古罗马时代，安达卢西亚就因得天独厚的自然条件，经济繁荣、商业发达。这种南北分裂其实是顺其自然的，自古以来两部分就存在明显的地理差异，进而导致气候迥然不同。北方阴冷刺骨、寒风凛冽、大雨滂沱，也许是很好的牧区，但大部分地区都不适宜耕种。南方虽然受到来自非洲的热风折磨，但总的来说气候温和，雨量丰沛，农作物得以高产。

　　一片面积辽阔的高原将南北方分开，大部分高原虽然归摩尔人所有，但在某种程度上属于争议地区，双方都未能完全控制自己的地盘，处于拉锯状态。高海拔导致寒冷，这令喜好阳光的摩尔人感觉不快，于是他们将该高原交由当初随塔里克登陆的第一批柏柏尔人管辖。柏柏尔人在真正的阿拉伯人眼里地位低下，而

---

　　① 译注：原文如此，应为 732 年。

▲ 阿尔坎塔拉桥,建于2世纪初的罗马帝国时期,在安达卢西亚,罗马古迹随处可见,阿尔坎塔拉地区于8世纪被阿拉伯人占领,在1221年被莱昂国王阿方索十世收复

且征服所得的财物往往被阿拉伯人攫取。

　　伊比利亚半岛上有三分之二的区域被阿拉伯人占领,阿拉伯人称之为"安达卢斯",欧洲人的叫法为"安达卢西亚"。摩尔人在这里建立了辉煌的科尔多瓦王国,不啻为中世纪的一个奇迹。当整个欧洲陷入野蛮无知和纷争的时候,科尔多瓦独自擎起知识和文明的火炬,在西方世界面前熠熠生辉。摩尔人不像他们之前的野蛮人那样,带去的是荒芜和暴政。相反,历史上从来没有征服者像他们那样温和、公正、明智地统治安达卢西亚。

　　很难确定阿拉伯人到底从哪儿学的管理才能,要知道他们可是从阿拉伯大沙漠中走出来的。在胜利来得如此之快的情况下,他们应该没有工夫去研究如何治理外国的艺术。他们确实得到过一些希腊和西班牙顾问的帮助,不过这并不能解释这个问题。因为这些顾问在其他地方却不能产生相同的结果。之前哥特王国即便拥有西班牙的全部管理人才,也未能使臣民感到满意。另一方面,不同种族和

▲ 一名正在冲锋的阿拉伯武士

信仰的人对摩尔人的统治总体而言颇为中意。西班牙人虽然与旧君主有共同的宗教信仰，不过他们更乐于在穆斯林的治下生活。虽然宗教问题今后会演变成一个大麻烦，不过在征服之初，它只是摩尔人需要处理的问题中并不重要的一个。在摩尔人眼里，西班牙人和基督徒一样都是异教徒，他们大部分人依然如罗马人那样生活，君士坦丁皇帝颁布的新教义在这里几乎无人理睬。西班牙人想要的不是教义，而是能够赐予和平与繁荣的力量，他们的摩尔主人恰恰能满足这一点。

当然，刚开始肯定有一段短暂的混乱期，不时发生纵火、掠夺以及屠杀等事件，但阿拉伯统治者很快就制止了上述行为。局势渐渐平静下来后，广大民众发现他们自己过得并不比之前更糟，甚至很快就察觉到换了统治者之后，还从中获益了。他们被允许保留自己的法律和法官；居住地的最高长官可以由本族人担任，此人负责收税，并调解内部分歧；公民阶层不再承担全部的国家财政支出，只需要缴纳一笔数额不高的人头税，而且没有任何义务，若拥有可耕地，那么他们需要支付"Kharaj"，翻译过来就是"土地税"。

人头税根据纳税人的等级，每人每年的税款从 12—48 第纳尔不等，按照我们现在的购买力来计算就是 3—12 英镑，并且该税能够以 12 个月分期付款的方式缴纳，使纳税人更容易承受。[1]人头税只向非穆斯林的异教徒收取，即基督徒和犹太人。

---

① 译注：本书写于 1886 年，根据 https://www.measuringworth.com 网站的计算，1886 年英镑零售价格指数约为 2017 年的 100 倍，因此在摩尔人统治时期，人头税相当于现今每人每年 300—1200 英镑，合人民币 2600—11000 元。

至于土地税，则根据土壤的生产力而变化，对基督徒、犹太人和穆斯林一视同仁。根据规定，原不动产业主和市民通常都能保留自己在征服之前的财产；教会以及逃到北方山区的那些地主的地产被没收，即使这样，他们的农奴也可以作为耕种者留在原土地上继续生活，只需要付三分之一到五分之四不等的收成给新的穆斯林领主。有时像梅里达（Merida）和奥里韦拉（Orihuela）等城市还能够从征服者那里获得特别优惠的条件：只需要进贡固定数量的财物就能保留既有土地和财产。①

即使在最糟糕的情况下，除了人头税之外，基督教徒并没有比他们的穆斯林邻居们承担更重的苛捐杂税。他们甚至获得了一项从未被哥特国王允许的权利：可以转让自己的土地。[7]基督徒对前所未有的宗教宽容氛围没有什么可抱怨的。阿拉伯人让人们自由地崇拜他们所信仰的人或事物，而不像哥特人对待犹太人那样，迫害并强迫他们皈依基督教。人头税是重要的税源，因此科尔多瓦的苏丹，倾向于反对而不是欢迎充满宗教激情的传教士发展更多的穆斯林，因为这将使对国家而言很重要的收入来源大幅减少。结果，基督徒对新政权感到满意，并公开承认他们更乐于接受摩尔人，而不是法兰克人或哥特人的统治。来自贝雅（Beja，葡萄牙南部城市）的伊西多尔（Isidore）曾于754年在科尔多瓦写下一部编年史书，上面记载，连基督教会中最失落、损失最惨重的神父也开始接受统治者的变化。基督教的修道士也没有被罗德里克的遗孀和穆萨儿子之间"邪恶"的联姻震惊到。但基督徒对新统治者深感满意的最好证明是，8世纪没有爆发过一次宗教起义。

最重要的是，那些被哥特人和罗马人虐待的奴隶们，如今有足够的理由为自己现状的改变而庆幸。奴隶制在善良的伊斯兰教徒掌控下，是一种非常温和、仁慈的制度。虽然奴隶制同伊斯兰教义中的社会主义信念格格不入，阿拉伯先知却不能废除这一古老的社会制度，不过他竭尽全力地软化奴隶制的严酷性。他说："……你的奴隶也是你的兄弟。因此你必须给予他食物，为他提供衣被，不命令

---

① 译注：梅里达，位于西班牙中西部，是埃斯特雷马杜拉大区的首府；奥里韦拉，位于西班牙东南部巴伦西亚自治区，奥里韦拉山脉脚下。

他做超越他能力的任何事情……虐待奴隶的人是不会进入天堂的。"在伊斯兰教提倡的道德中，没有比解放奴隶更值得赞扬的举措了。依照先知的吩咐，如果奴隶主曾经有过不相称的举止或不公正的行为，释奴是最好的赎罪。

在安达卢西亚，穆斯林从逃亡的基督徒手里获得了土地，原来依附其土地上的奴隶如今几乎都处于小农场主的地位。因为他们的穆斯林主人更看重贸易，将农业看作卑贱的工作而极端鄙视，任由奴隶们随心所欲地耕种田地，主人只收取合理的部分收成就心满意足。基督徒的奴隶们原先会永远被奴役，毫无改变命运的希望，如今他们得到了一条通往自由的最便捷的路，在附近找一位有声望的穆斯林，跟着他重复入教誓言。仪式完毕后，他们当即就能被解放。难怪我们会发现西班牙的奴隶们个个急于宣誓接受新的信仰，从而成为自由人。

天主教的神父们想方设法将基督教教义灌输到人们的心中，不过他们照顾自己的财产和贵族的灵魂就够忙了，压根没心思去满足所谓"无知者"的精神需求。那些一半是无神论者，另一半是基督徒的奴隶们本来就对两种宗教的教义一知半解，因此他们的心灵不用太纠结就能改宗为穆斯林。奴隶也不是唯一皈依新宗教的人群，许多富人和位高权重的人也改宗成了伊斯兰教徒。他们要么是为了避税，要么是为了保护财产，或者是被这种教义新颖且简洁宏大的一神教吸引。

然而正如后世所知的那样，这些皈依者或叛教者注定会给国家制造不少麻烦。虽然阿拉伯人承认从基督徒转变为穆斯林的人与自己是平等的，但他们实际上并没有得到平等的权利，他们不得成为国家公职人员。而且，坚持传统教义的穆斯林认为他们是为了利益而皈依的，为了财物就可以出卖灵魂，一直对他们防范有加。这些歧视最终会烟消云散，但在此之前，却产生了严重的分歧甚至引发了起义。

阿拉伯人对安达卢西亚的征服对被征服的人来说，整体上是受益的。它避免了贵族和神职人员拥有过多地产，变成小业主；它减轻了中产阶级的沉重负担，向穆斯林和基督徒都征收地税，将人头税限制在非信徒范围内；它引发了广泛的奴隶解放。那些仍旧保持奴隶身份的人几乎成了独立的农民，服务于不善务农的伊斯兰主人，生存状况得以大大改善。

阿拉伯人的情况却完全不一样，他们以令人瞠目结舌的速度席卷了已知文明世界的大半区域。人们可能想当然地认为他们无比团结，然而这是一个巨大的误解。即使在穆罕默德活着的时候，阿拉伯人也只是维持了一种表面上的统一。这种团结依赖于先知高超的外交技巧和他非凡的个人声望，阿拉伯民族其实是由许多敌对的部落或宗族组成的，部族之间依然相互猜忌，会因前几代人遗留下来的世仇而相互厮杀。如果新成立的伊斯兰国家被限制在阿拉伯边界内，那么，它毫无疑问会在几个部族的对抗中迅速崩溃。事实上，一旦先知去世，阿拉伯国家内部就会群雄并起。只有当伊斯兰教披上铠甲成为富有战斗精神的宗教组织后，它才变成一种永久的、世界性的宗教。

征服拯救了信仰。阿拉伯人暂时搁置了自相残杀和猜忌，共同参加一场盛大的财富狩猎，追逐无可限量的战利品。当然，征服的热情中包含强烈的狂热。阿拉伯人之所以战斗，部分原因是他们要与敌人做斗争，如果在"通往真主之路"——他们口中的宗教战争——的途中倒下，殉教的穆斯林就能获得便雅悯式的荣宠①。不可否认的是，欧洲国王的财富、周边国家肥沃的土地、繁荣的城市，都是刺激穆斯林狂热传播信仰的重要因素。

由于入侵战争激烈，而且大家都能获得庞大的战争红利，部落间各种猜忌和纷争在一定程度上减少了。然而一旦征服结束，内讧就可能再次爆发。阿拉伯部落山头林立，不同派别的势力延伸到他们所征服的庞大帝国的各个角落，甚至影响了大马士革的哈里发。偏远行省的总督人选实际上取决于派系间斗争的结果。在西班牙，最高长官的正式头衔为"安达卢西亚的埃米尔"，他一般由非洲总督或大马士革哈里发亲自任命。在摩尔人统治的前 50 年中，派系分歧严重破坏了该地区的和平与秩序。西班牙埃米尔可能由于派系斗争结果获得任命，或者被放黜，甚至被谋杀。理由千奇百怪，比如有人怨恨麦地那派的人控制政权，或决不允许凯斯（Kays）部落的人掌权，或反对也门派（Yemen）的任命。在被摩尔人统治的年代，这些干扰对西班牙造成了持续伤害。[8]

此外在安达卢西亚，除了各阿拉伯派系外，还有另一股非常重要的势力，即

---

① 译注：便雅悯是《旧约》中雅各的幼子和宠儿。

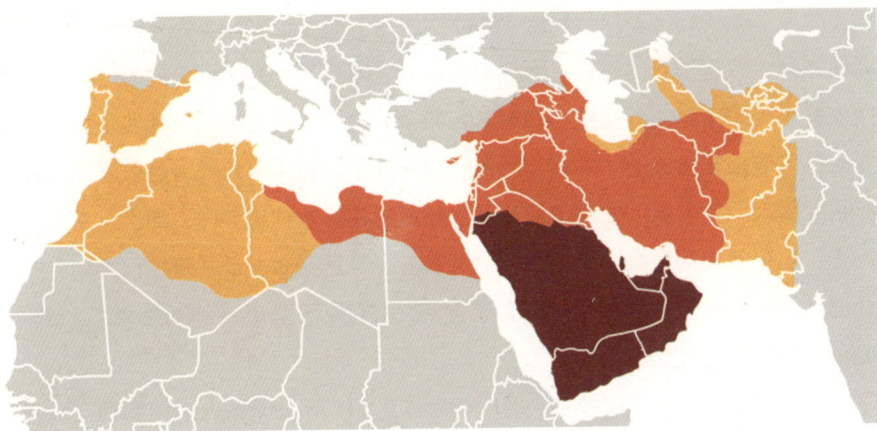

▲ 阿拉伯帝国疆域图（622—750年），褐色部分是穆罕默德时期（622—632年）扩张的领土，橘色部分是四大哈里发时期（632—661年）扩张的领土，黄色部分是倭马亚王朝时期（661—750年）扩张的领土

柏柏尔人。征服伊比利亚半岛的伟业几乎完全是由塔里克和他的柏柏尔人完成的，这些柏柏尔人[①]主导了西班牙发生的重大变革。他们不像罗马化的西班牙人那样已进入没落时期，而是一个激情四射、充满活力的尚武民族。从埃及到大西洋的广阔平原上，在连绵不绝的高山上，分布着众多战斗力极强的柏柏尔人部族，他们比训练有素的波斯或罗马士兵更加善战，为阿拉伯人提供了强大的武力支持。

柏柏尔人同征服他们的阿拉伯人在很多方面类似。两者都是氏族部落的战士，他们的政治观念和阿拉伯一样民主，对高贵的家族也怀有同样的崇敬，这就避免了无知民众在实施纯粹民主时可能导致的危险。他们的战争方式也几乎是阿拉伯式的；70年来，这两个游牧民族相互厮杀，最后是阿拉伯人占了上风。这绝不是柏柏尔人单方面投降，而是他们暂时默认阿拉伯人有一定优势罢了。他们同意阿拉伯总督在海岸边设置官邸，但坚持要保留他们自己的部族统治，并要求阿拉伯对手把他们当作兄弟而非仆人对待。这套彼此友好的体系一度运作良好。

柏柏尔人是一个容易被洗脑的民族，很快就能接受新信仰，于是他们毫

---

① 译注：他们又被称为摩尔人，这个词也泛指阿拉伯人和柏柏尔人的混合群体。

不犹豫地热情拥抱了伊斯兰教，以至于任何一个阿拉伯人都不会怀疑他们的虔诚。巴巴里地区①（Barbary）很快就成为反传统教义的火药桶；伊斯兰的枯燥教义补充了更具神秘色彩和情感的元素，富有想象力的思维很快就能被嫁接到任何信条上；被严格遵循正统教义的地区赶出来的伊斯兰异议分子发现柏柏尔人的简单头脑正是推广自己教条的沃土。于是巴巴里很快就成了滋生宗教争端的温床。柏柏尔人对宗教的感情极易受影响，使得柏柏尔将军和12000名柏柏尔士兵征服了西班牙，不久后还将引发更大的局势动荡。与部落酋长或阿拉伯统治者相比，马拉布特②——或类似角色的圣徒、传教士、神父——对他们的影响更大。这只要在马拉布特圣祠周围对一群目瞪口呆的信众稍微展现一点伪造的神迹就能做到。一名阿拉伯将领看到当地某女祭司装神弄鬼产生的效果后，便意识到了这一点。这名敏锐的阿拉伯将领也如法炮制，熟练运用那时的各种花招或降神术，取得了很好的效果。但是这样一个容易受此类手段影响的民族，由神职人员支配的国家，往往也容易因一句刺激神经的话而发动突如其来的革命。

柏柏尔人建立了法蒂玛王朝、穆拉比特王朝、穆瓦希德王朝③，很早就开始反对阿拉伯总督的统治。当其中一个统治者因沉迷于奢侈享乐而残酷剥削民众时，马拉布特们便鼓动柏柏尔人造反，很快，北非西地中海沿岸有一半的地方都拿起了武器。当地的阿拉伯人惨遭失败后，3万名来自叙利亚的新兵被派去收复这些省份，但这些士兵与仍留在非洲的阿拉伯人被柏柏尔人大规模屠杀，侥幸活下来的人被关押在休达，他们每天都可能因饥饿和虐待而死。

居住在安达卢西亚的柏柏尔人一直与族人通过海路保持着联系，741年在非洲爆发的起义很快就影响了他们。他们有理由怨恨阿拉伯人：西班牙本来是

---

① 译注：位于北非中部及西部的地中海沿岸地区，该词衍生自北非的柏柏尔人，正确的译法应该是"柏柏里"，但本书还是根据习惯译法翻译为"巴巴里"。
② 译注：西非马格里布地区对伊斯兰教领袖或教义学者的称呼。
③ 译注：法蒂玛王朝（909—1171年）、穆拉比特王朝（1040—1147年）、穆瓦希德王朝（1121—1269年）均为北非的伊斯兰教王朝，后文中有相关记述。

他们用弓箭和利矛征服的，如今却成为阿拉伯人的战利品。阿拉伯人只是在恰当的时候赶到，就收获了征服之后的胜利果实，将半岛上最富庶的地区占为己有；柏柏尔人则被贬谪到最令人反感的地方，如尘土飞扬的埃斯特雷马杜拉（Estremadura）平原或莱昂的冰封山区。他们都是在炎热的非洲长大的，在那些地方不得不面对严峻的气候考验。阿拉伯人的如意算盘是将柏柏尔人安置在那里，由此在北方的基督徒和自己的地盘之间形成一个缓冲区，从而保障自己的安全。

柏柏尔人心中开始不满。塔里克手下的柏柏尔将军莫诺萨（Monousa）与阿基坦公爵尤德斯的女儿结了婚，当他听到自己的同胞在非洲受到压迫时，便趁势发难，扩大了叛乱的规模。柏柏尔本土的胜利传到海峡这边后，西班牙北部行省接连爆发起义。在加利西亚、梅里达、科利亚（Coria）等地边境驻防的柏柏尔人纷纷拿起武器，南下托莱多、科尔多瓦和阿尔赫西拉斯。他们打算从那里乘船回巴巴里，加入同胞的军队。

局势极端危险。安达卢西亚埃米尔阿卜杜勒·梅利克（Abd-el-Melik）曾拒绝向驻扎在北非休达，来自叙利亚的阿拉伯人提供支援，如今却发现自己陷入了困境。他要么向他自己领土内的柏柏尔叛乱分子屈服，要么邀请那些叙利亚人登陆半岛帮助镇压。不过，叙利亚人带来的麻烦可能比叛乱更糟。梅利克权衡再三后派船接来了叙利亚人，并要他们保证一旦完成任务后就返回北非。

在援军的帮助下，安达卢西亚的阿拉伯人彻底击溃了柏柏尔人，把他们当作野兽一样到处追杀，如此满足自己的复仇欲望。接着，梅利克当初最担心的事还是发生了：叙利亚军拒绝离开安达卢西亚的富饶土地。他们再也不想回非洲沙漠，面对那里柏柏尔人的长矛。他们杀了梅利克，推举自己的首领取而代之。于是，原先的阿拉伯人与新来者之间展开了一场长期且失控的斗争，随之而来的必然是血流漂杵和破坏。

大马士革的哈里发只好派一名有能力的新总督来收拾残局。新总督把敌对的各派别分开，让他们分别居住在相隔甚远的城市，并驱逐了各阵营的刺头。于是，叙利亚军队中的埃及支队被安置在穆尔西亚；巴勒斯坦支队在西多尼亚（Sidonia）和阿尔赫西拉斯；约旦支队在雷希奥（Regio），也就是现在的马拉加；大马士革支队在格拉纳达的埃尔韦拉（Elvira）；肯奈斯林①（Kinnesrin）支队在哈恩（Jaen）。[9]
从此，导致安达卢西亚不安定因素才得以移除，不过各派系之间的敌对情绪仍然
高涨，西班牙时不时就会陷入无政府状态。

　　结束混乱局面的是一位有着特殊威望的统治者，他身体内流着大马士革哈里
发家族的血液，也拥有哈里发的权威；他一来到西班牙，就掌控了半岛局势，成
功将所有派系都团结在科尔多瓦苏丹的旗帜之下。这个年轻人就是来自倭马亚王
室，击败了查理曼大帝的阿卜杜勒·拉赫曼一世。

---

　　① 译注：叙利亚北部古城。

IV

年轻的篡位者

六百年以来，伊斯兰帝国的大部分领土名义上都由一名自称"哈里发"的集权统治者管辖。"哈里发"的含义是"继承者"或"替代者"。起初，他的权威真实有力：从西班牙到兴都库什①，帝国所有行省总督都由他任命；只要他乐意，能随意剥夺任何总督的职务。

然而帝国太大了，以致权力无法长时间集中于中枢，各地总督逐渐将治下的行省变成了事实上的独立王国。虽然他们宣称对哈里发无比忠诚，愿意奉献一切尊崇，但他们不会服从哈里发的命令。渐渐地，表面的尊重也被抛弃了，各地出现了信奉异端信条的王朝。它们否认哈里发至高无上的地位，并谴责他和他的继承人都是篡位者。最后，哈里发的世俗权威就像如今的罗马教皇一样无力，他们雇来保护自己免受反叛贵族侵害的卫兵，竟将他们囚禁在宫殿里。这一切发生在哈里发制度建立约300年后，此后3个世纪哈里发不过是帝国实权人物所玩弄的傀儡，是其加冕礼上一丝华丽的点缀罢了。直到13世纪蒙古人入侵，哈里发制度才终于被废除。虽然后来土耳其苏丹仍然保留了该称谓，但具有原始含义的"哈里发"已经从世界上彻底消失了。[10]

最早摆脱哈里发统治的省份是安达卢西亚。为了理解这是怎么发生的，我们必须记着，哈里发并非总是产生于同一个家族，前四位（或"正统"）哈里发，阿布·伯克尔、欧麦尔、奥斯曼和阿里，或多或少都是通过民众选举产生的。后来，叙利亚派在大马士革推立穆阿维叶（Moāwia）为哈里发，他也是倭马亚王朝的第一任统治者。

倭马亚王朝共有14位哈里发，统治时间为661—750年。阿拔斯家族（Abbāside）是先知穆罕默德的叔父——阿拔斯的后裔，他们推翻了倭马亚王朝，建立了哈里发制度下的第二王朝：阿拔斯王朝。第一任阿拔斯统治者自称"赛法"——阿拉伯语中"屠夫"的意思。阿拔斯哈里发将首都从大马士革迁移到巴格达，该王朝直到1258年才被蒙古人灭亡。

被废黜的倭马亚家族中有个叫阿卜杜勒·拉赫曼的年轻人，其名字的含义是"仁

---

① 译注：兴都库什山脉位于亚洲中南部，大部分在阿富汗境内。

慈真主的仆人"。阿拔斯人满世界搜捕拉赫曼的族人，一旦发现便毫无怜悯地处死，于是倭马亚家族中绝大部分成员都被残忍的阿拔斯人杀害。阿卜杜勒·拉赫曼也四处逃亡，幸运的是，他安全到达了幼发拉底河岸边。有一天，拉赫曼坐在帐篷里看着小儿子在外面玩耍，忽然儿子惊恐地跑了进来，他便马上跑出帐篷查看情况。他发现，整个村庄正处于混乱之中，地平线上摇晃着阿拔斯家族的黑色旗帜。[①]年轻的王子急忙抓起他的孩子冲出村落，来到河边，跳入激流，奋力向对岸游去。此刻敌人几乎赶上了他们。阿拔斯人叫喊着，试图说服拉赫曼一行人不要害怕，并保证不会伤害他们。拉赫曼的一个弟弟实在游不动了，便转身往回游去，结果一上岸脑袋就跟身体分了家。拉赫曼带着儿子坚持到了对岸，身边还有一名叫白德尔（Bedr）的仆人。他们总算再次踏上了坚实的土地。接着一行人昼夜不停地跋涉，直到抵达非洲才喘了口气。稍后，拉赫曼的家人也先后到来。这时，倭马亚王朝唯一生还的王子才开始有时间思考他的未来。

当时，拉赫曼只有 20 岁，他血统高贵、意志坚定、精力旺盛、勇气非凡，充满了希望和野心。然而阿拉伯的历史学家们却给他的特征又加上了一些令人不快的细节：他有一只眼睛瞎了，还失去了嗅觉。在拉赫曼的童年时代，就有智者预言他未来必成就大业。尽管家族已经毁灭，但他并没有气馁。在帝国东部，阿拔斯家族势力庞大，他认为自己不会有任何机会，因此一开始就将目标锁定在非洲。但在巴巴里海岸游荡了五年后，他意识到这里的阿拉伯总督并不容易被推翻，已经反抗过的西部柏柏尔人也不愿意放弃刚刚获得的独立，臣服于一个无权无势、空有头衔的倭马亚王子。因此，他将目光转到了安达卢西亚，那儿的政治派系永远都在争吵，任何一个精明的王位觊觎者都有机会上下其手，像自己这样有着高贵王族血统的人则有更多胜算。他派遣仆人白德尔去拜访西班牙的叙利亚派首领——他们中有不少人是倭马亚家族解放的自由人。这些首领受阿拉伯人的荣誉约束，必须帮助他们前庇护人的亲属。白德尔发现他们愿意接纳年轻的王子，并且在与敌对派别进行了多

---

① 译注：中国古代称阿拉伯帝国为大食，阿拔斯王朝尚黑，称为黑衣大食；倭马亚王朝尚白，称白衣大食；后文将提到的法蒂玛王朝尚绿，称绿衣大食。

▲ 位于西班牙格拉纳达阿尔穆涅卡尔市的阿卜杜勒·拉赫曼一世雕像

轮谈判后，说服也门派也提供支持。接着，白德尔就返回了非洲。

当带着好消息的船出现在视野中时，阿卜杜勒·拉赫曼正在海边祷告。随船一同到来的还有一名安达卢西亚使者，名叫阿布－加利卜·塔曼，其名字含义是"征服之父"。东方人擅长从微不足道的事件中发掘未来的征兆，这位使者的名字显然是个好兆头。"我们将实现我们的目标，"王子喊道，"我们将征服大地！"他毫不犹豫登船驶向西班牙，这个历史性时刻发生在755年9月。倭马亚家族的幸存者阿卜杜勒·拉赫曼到达安达卢西亚的历程犹如一部传奇，后世只有在1745年登陆苏格兰的年轻小僭王才能与之媲美[1]。这消息像一场燎原大火那样传遍了半岛。倭马亚王室的老部下们纷纷前来宣誓效忠；被释放的自由民的后代也愿意接受阿卜杜勒·拉赫曼的统治。即使是也门派，尽管他们不可能对年轻的王子有

---

① 译注：指的是查尔斯·爱德华·斯图亚特试图复辟斯图亚特王朝。

▲ 阿卜杜勒·拉赫曼一世在西班牙建立了后倭马亚王朝

任何特殊的感情，但拉赫曼的追随者们的热情却促使他们遵守诺言，团结起来支持他。安达卢西亚总督发现大部分军队都离他而去，自己成了孤家寡人后，只好等新部队来了后再做打算。另外，战役也不可能在冬日的雨季展开，这就给了阿卜杜勒·拉赫曼足够的时间招募和组织军队。

第二年春天，战斗正式打响。阿卜杜勒·拉赫曼在阿奇多纳（Archidona）和塞维利亚受到热烈欢迎，接着他准备向科尔多瓦进军。总督尤素福派兵前去对阵。当时大雨连绵，瓜达尔基维尔河河水暴涨。两支大军隔岸相望，加速朝科尔多瓦前进，都希望先抵达目的地以便占得先机。最后，阿卜杜勒·拉赫曼使出了欺骗手段，他假借和平之名，说服尤素福让他的军队渡过水位正在下降的河流。一到对岸，拉赫曼就向毫无防备的敌军发起进攻，没有悬念就取得胜利，进入了科尔多瓦。他马上下令禁止部下抢掠财物，并保护前任总督的女眷安全。756 年还未结束，拉赫曼便控制了西班牙地区的所有穆斯林领地，并建立了延绵 3 个世纪之久的科尔多瓦倭马亚王朝。[11]

然而，新上任的科尔多瓦国王依然面临很大挑战。阿卜杜勒·拉赫曼确实获得了王权，不过西班牙仍旧是一片被大量派系势力分割的地区，只有一部分穆斯林派别支持他。好在这位新苏丹比其他王公贵族更善于在斗争中保持自己的地位，他行动起来毫无顾忌，迅速且果断。他的政策也总是为了应对当前的紧急情况，在坚守誓言和背信弃义之间转变，并且这套策略经受住了考验。

他抵达安达卢西亚后不久，从非洲追来的伊本·穆基斯就从贝雅省登陆，在西班牙树立起阿拔斯王朝的黑旗。他很快在不满的人群中找到了支持者，这些人随时准备为新势力效劳。他将阿卜杜勒·拉赫曼围困在卡蒙娜（Carmona）长达两个月之久。这种局面极度危险，因为每延长一天时间，敌人就有更多机会增加他们的兵力。阿卜杜勒·拉赫曼的计谋层出不穷，他探听到敌人的防御有所松懈，便召集帐下最勇敢的700名壮士点燃一团大火后说，现在要么死亡，要么胜利。说着，他就将刀鞘掷入火焰中。700名勇士也跟他一样，决心直到最后胜利，否则刀就再也不入鞘，他们跟着自己的领袖，同攻城者展开肉搏，终于粉碎了阿拔斯人的入侵。

阿卜杜勒·拉赫曼偶尔也会展现出残暴一面，他将敌军将领们的头颅装在一个口袋中，还在他们的耳朵上挂上描述性的标签，然后将这个珍贵的包裹委托给一位打算去麦加的朝圣者，告诉他一定要将包裹亲手交给阿拔斯王朝的哈里发——曼苏尔本人。当哈里发看到包里的东西时非常愤怒，但他还是忍不住大声地说道："感谢真主，在这个男人和我之间安置了一片大海！"曼苏尔尽管对科尔多瓦苏丹拉赫曼深恶痛绝，依然对其能力和勇气表示钦佩，他称拉赫曼为"古莱氏族之鹰"①。"太了不起了，"他惊叹道，"他真是集胆大、智慧和谨慎于一身！踏进毁灭之路，流放到难以企及的边远地区，想方设法保全自己的性命，利用教派纠纷获利，使他们相互对抗而不是反对自己，赢得臣民的敬意和服从，克服一切困难，最后成为至高无上的领主。没有人能够做到，然而他却做到了！"

击败阿拔斯人的入侵后，新苏丹又接连取得胜利。他劝诱长期反对他的托莱多人接受和平，交出了他们的首领，这些人惨遭羞辱后被钉上十字架处死。也门派的首领对他而言也是个危险因素。于是，拉赫曼允诺保障该首领的安全，诱使他来到自己的宫殿里。他原计划亲自手刃此人，但发现这名阿拉伯人武力甚高，只好召唤来卫兵将其暗杀。几乎与此同时，北部边境的柏柏尔人爆发了一场大起义。数十年来，他们对阿拉伯人的统治很不满，也门派也因其首领被谋杀而满腔怒火。于是，这些势力趁拉赫曼尚未关注北部，纷纷起兵造反，但他们还没意识到这位新苏丹是多么精明狡诈。

拉赫曼利用起义的柏柏尔人的妒忌，挑拨他们内部不和，并使出浑身解数，在也门人之间挑拨离间。起义军大部分都由柏柏尔人组成，于是拉赫曼贿赂柏柏

---

① 译注：先知部落的鹰隼。

▲ 倭马亚家族的拉赫曼登陆西班牙，受到各方势力的热烈欢迎

尔人在战斗中撤退。结果，阿卜杜勒·拉赫曼的军队乘此机会如猛虎般扑向溃退的敌军，战场上留下了起义军约3万具尸体。如果你好奇的话，直到现在都能在当年的战场旧址发现这些人的巨大坟墓。拉赫曼接着面对的是由查理曼大帝和另外3个不满的阿拉伯首领所组成的同盟，他历经艰辛创建的王国几乎毁于一旦。他非常惊险地在萨拉戈萨击败敌军，那些差点成为毁灭者的敌人败退到朗塞瓦尔峡谷后遭遇伏击，一个活口也没留下。

此后，苏丹得以在相对和平的环境中享用他的胜利果实。他征服了西班牙所有的敌对势力；他打倒了那些敢于与他较量，自命不凡的阿拉伯首领；他逐一屠戮或暗杀了所有叛军领袖，终于用实力证明自己才是真正的主人。但是，种种暴虐、残酷和背信弃义，也给他带来了惩罚。暴君可能会迫使人民臣服，但不能强迫他们忠诚，用刀剑建立的帝国也必须用刀剑来维持。诚实的人拒绝侍奉随时会辜负和杀戮民众的主人，就像这位苏丹所做的那样。当拉赫曼早期的支持者——那些一开始曾热烈欢迎他来到西班牙的人，看到这个暴君赤裸裸的残忍行为后，便冷漠地离开了他。拉赫曼的亲信，曾将拉赫曼王朝看作逃避阿拔斯人迫害的避难所，纷纷聚集到他身边的那些人，如今也不能忍受他的专制，一次又一次密谋废黜他，就算掉脑袋也在所不惜。阿卜杜勒·拉赫曼落了个孤家寡人的下场，他的老朋友都抛弃了他；他的敌人虽然无可奈何他，却在心里诅咒他；他的亲人和仆人都背叛了他。

之所以会这样，部分原因源自长期的教派战争破坏了伊斯兰教的和谐，部分原因则是拉赫曼的冷酷无情。他再也不能像以前那样，在科尔多瓦的大街上体察民情了；他怀疑每一个人，他沉浸在阴郁的思绪中，不时回想起当年的那些血腥回忆；只有周围有一群强壮的外国卫兵时，他才敢骑马穿行在街道上。4万名非洲士兵对主人有多忠诚，遭受他们压迫的人民的仇恨就有多强烈。苏丹正是依靠这些士兵保护自己，镇压被自己踩在脚下的人民。同大多数在安达卢西亚安家的阿拉伯人一样，拉赫曼也从自己祖先生活的土地上移来了一棵棕榈树。孤寂中，他在这棵树上写下了一首诗，抒发自己对远离故土的棕榈树饱含的同情："像我一样，你与亲朋分离；你远离故乡的土地，在不同的土壤中生长。"

当年，年纪轻轻、野心勃勃的拉赫曼以外乡人身份抵达西班牙时，便立下凭一己之力征服整个国度的宏图大志。现在他的目标达成了：阿拉伯人和柏柏尔人在他的带领下实现了征服，并使这个国家恢复了秩序与和平，但他所做的一切都是以牺牲臣民的忠心为代价。这位英俊的年轻人初来时像"年轻的骑士"一样，赢得了西班牙阿拉伯人的尊敬和爱戴；此后到他进入坟墓的 32 年间，他又变成了一个被人憎恶的暴君。他只能用黄金购买雇佣兵们的忠诚，依靠他们的利剑，他继续拥有那座血染的王座。他开创了西班牙的刀剑统治，他的继任者们也将遵循这一原则。正如一位伟大的摩尔历史学家指出的那样，为了解决阿拉伯人和柏柏尔人的教派纷争，为了维持社会秩序，为了结束无政府状态，除了严厉的镇压手段外，很难再找到其他有效方法，这些民族本来就习惯于君主统治。这个靠暴政来持续的王朝尽管有很多辉煌的胜利和荣耀来装点门面，但依然充满了忧郁和悲凉的气质。

古代阿拉伯历史学家伊本·海因（Ibn-Hayyān）这样描述了科尔多瓦王国第一位苏丹："阿卜杜勒·拉赫曼心地善良，常常以仁慈之心处理事务，他的演讲很有说服力，而且他具有敏锐的洞察力。他从不轻易做出决策，不过一旦下定决心就坚持不懈执行下去。他生性活跃且激昂，他绝不会躺在床上休息，也不会沉溺于放纵。他从不把政府事务托付给别人，而是事必躬亲。然而当问题十分棘手时，他也会向足智多谋和经验丰富的人征询意见。他是一个勇敢无畏的战士，永远站在战场的最前面；他愤怒起来令所有人感到恐惧，他对任何反对的声音都毫不宽容。他的容颜使那些接近他的人，不论是朋友还是敌人都感到敬畏。他常常站在棺架旁边，为死者祈祷；他经常在周五[①]走进清真寺，登上布道台，向民众讲话。他会

---

① 译注：伊斯兰教规定每个星期五穆斯林都要到清真寺参加集体礼拜，因此周五是穆斯林一周中最神圣的日子。

去探望病患，走进人群中，赢得人们的由衷欣喜。"这些无疑描述的是年轻时的阿卜杜勒·拉赫曼，那时敌人和阴谋还没来得及将他变成一个多疑残暴的君王。权力总是用这种可怕的方式来惩罚它的主人。

当一个暴君去世时，人们常常会问，谁会来接替他？答案往往是革命和无政府状态。内忧外患之下，这个王座可不会轻易从父亲传给儿子。不少人预测，许多被拉赫曼竭力控制的反对势力在其死后必然会更加活跃。然而，实际情况却并非如此，阿卜杜勒·拉赫曼创立的王朝并没有因他死亡而崩塌。部分原因是拉赫曼生前令人害怕得无以复加，以

▲ 阿卜杜勒·拉赫曼一世

至于他们反抗的勇气一时难以恢复；另一个原因是他的继任者，于 788 年继承王位的 30 岁的希沙姆（Hishām），与其性格迥异。希沙姆是一位受人爱戴和尊敬的王子，具有所有美德，王国也因此保持了好几年的平静。为了确保希沙姆在短暂的统治期间勤勉地实践这些优点，一位占星家预言他将只有 8 年的寿命。苏丹当然要向这个世界奉献美德，为进入天堂做好准备。

希沙姆年轻的时候，宫殿里充满了各种各样的科学家、诗人和哲人。他的善举不可胜数，贫困者和被宗教迫害的人都纷纷前来投奔，因为他会为所有人提供庇护。他派遣可靠的密探到其领土全境寻找恶行并当即纠正，进一步促使公正得以实施。夜间，他上街巡查，制止放荡和堕落的行为；他把从作恶多端者那里收来的罚款分给那些即便在寒冷的雨夜也会前往清真寺做礼拜的善良的灵魂；他亲自探望病人，经常在暴风雨的夜晚出去把食物送到那些虔诚的残疾者手里，并在床边看护。

他虽然善良，但绝非胆小鬼。他像纯粹的阿拉伯人那样，率领军队对抗北方

的基督徒。尽管人们亲切地称他"和善"和"公正"，但是当他的叔叔们策划阴谋威胁其统治时，他亦表现出足够的坚定。他增加了手下马穆鲁克（mamlūk）[①]，也就是保镖的数量，还有1000名守卫在河两岸日夜巡逻，以保护他的宫殿。如今，科尔多瓦还保留有一座希沙姆重建的桥梁。虽然这是件善举，但当他听到臣民们都在私下说，苏丹是为了方便举行狩猎派对而兴建这个宏大的工程后，他便发誓再也不跨越该桥。他也确实做到了。在这8年中，这位堪称楷模的苏丹为自己赢得了足以升入天堂的资本。不过，他的善良却诱发了将导致国家再次出现叛乱的新因素，即伊斯兰神职人员的力量。

"神职人员"这个词是不准确的，因为在伊斯兰教中并无如天主教神父那种严格意义上的"神职人员"。那些在清真寺里吟诵祷文，每周布道的人并非全职，他们有自己的职业，只是在某段时间领导教众集会而已。在伊斯兰教义中，普通人和教士其实并无区别。尽管如此，有些人的职务还是与我们所说的神职人员意思差不多。伊斯兰国家有一群人，他们将生命奉献给了信仰。他们可能是遵循特殊教规的苦修士，也可能是名著的吟诵者或宗教导师，还有可能只是神学院的学生、有名望老师的门徒，他们信仰的教义使他们充满了非同寻常的狂热和激情。每个伊斯兰国家都有这样一个群体。开罗阿兹哈清真寺的学生、君士坦丁堡的伊斯兰教法学研习者、许多东方城市的毛拉[②]在时局动荡时就会展现对信仰狂热的影响。在安达卢西亚，这种力量即将显现出来。谁也预料不到，阿卜杜勒·拉赫曼死后的第一场叛乱不是来自基督徒，也不是来自任何阿拉伯人或柏柏尔人的政治派别，而是来自伊斯兰教虔诚的孩子——科尔多瓦的宗教学生们。

这群学生主要由叛变者或他们的后裔组成。显而易见，西班牙人已愉快地信奉伊斯兰教。阿卜杜勒·拉赫曼非常精明，也很世俗，因而不允许神学家尤其是西班牙血统的神学家，对他的王国施加影响。但虔诚的希沙姆既没有意识到危险，

[①] 译注：马穆鲁克是从9世纪至16世纪之间直属于阿拉伯哈里发和阿尤布王朝苏丹的奴隶兵。后来随着主人式微，他们反而逐渐成为强大的军事统治集团，建立了自己的王朝。直到拿破仑战争前，马穆鲁克都是冷兵器时代的一支劲旅。广义上马穆鲁克也可以泛指伊斯兰国家领袖的侍卫。

[②] 译注：伊斯兰国家或地区对人的一种敬称，意译是先生或老师。

也不认为这是危险。他对这些宗教人士信心有加，确信他们的行为严格遵守了教义的规定，但未察觉到世俗世界常见的野心和对权力的向往正在他们内心萌芽。神学家们一致推举一名天资聪颖、头脑活跃的人为首。他是阿拉伯先知安葬之地圣城麦地那的一位宗教领袖最喜爱的学生，他的灵魂混合着宗教狂热和政治野心。这往往会导致国家遭受浩劫。

得益于希沙姆对伊斯兰教的奉献和虔诚，这位名叫叶哈雅（Yahya）的学者将科尔多瓦神学家的影响和权势提升到了一个前所未有的高度。如果希沙姆精明的父亲阿卜杜勒·拉赫曼知道了，一定会急得从坟墓里跳出来。神学家们按自己的方式行事，长期以来倒也相安无事，但是796年，当好心的希沙姆携带圣洁的声誉离世时，宫廷内发生了彻底的变化。

新苏丹哈卡姆（Hakam）并非恶棍，对宗教也不是漠不关心，但他放荡不羁，热衷于社交、享受生活的乐趣，对禁欲主义完全无感。这令那些顽固的神学家极为反感。他们痛述苏丹的恶行，公开祈求他能够痛改前非，甚至当着面辱骂和斥责苏丹。神学家们发现他不可救药后，便计划扶植王室家族中另一人登上王位。图谋失败后，许多参与阴谋的贵族和一些狂热的宗教人士都被钉上了十字架。反叛者并未被吓倒，806年，顽固分子煽动人群再次发动起义，但跟之前一样，起义又一次被镇压。那些习惯叛乱的托莱多贵族也跟着发难，不过他们被骗了，落到狡猾的王储手里被杀得一个不剩，然后他们的尸体被一股脑地投入一条壕沟。可是，就连这些贵族的可怕命运也没阻止科尔多瓦再次发生叛乱。

托莱多大屠杀又被称为"壕沟之日"（Day of the Foss）。事实上，该事件七年来的确使科尔多瓦的狂热分子有所收敛，但是随着那个可怕的埋尸坑的记忆逐渐模糊，首都出现了新的暴动迹象。民众的对抗情绪很强烈，不仅仅是针对苏丹的奢侈享乐，更多的是反对他那庞大的"哑巴"保镖集团，因为里面的黑人和外族人一句阿拉伯语也不会说。除非成群结队，否则"哑巴"们压根不敢在科尔多瓦大街上露面，落单的士兵会被围攻甚至被杀。有一天，一名肆意妄为的卫兵激起了全体市民的愤怒，居住在城南郊区的数千名宗教学生带领暴民一起冲向王宫。尽管王宫有完备的防御工事和卫队，他们也执意要将其攻占。哈卡姆苏丹惊愕地发现，如潮水般的民众击退了自己训练有素的骑兵的进攻。但在此危急时刻，他没有失去大人物与生俱来的沉着冷静。他回到大厅，命令侍从给他一瓶麝香油，然后不紧不慢地开始给头发和胡子上油，这令侍从吃惊不已。哈卡姆完全知道自己正身处险境，当凶残的暴徒攻打到宫殿门口时，他却说："少安毋躁！你想想看，如果我的头发没有香味，反叛者怎能在人群中找到我的头颅呢？"然后，他召集军官，下达了一道道防御命令。他的指令简洁明了，却行之有效。

哈卡姆派他的表弟带领一支骑兵迂回到南面郊区，然后四处放火。人们立刻放弃围攻宫殿，惊恐地调头就跑，试图从燃烧的家园中救出他们的妻子和孩子。哈卡姆率领王宫内剩下的卫兵乘机反攻，在人群后面追杀。悲催的暴乱分子受到两面夹击，队伍被打散。冷酷的"哑巴"卫兵骑着马在人群中横冲直闯，砍倒了一百多人。不少人伏地祈祷，恳求宽恕，"哑巴"一概无视，估计他们也听不懂这些人祈祷的是什么。哈卡姆的军事反击挽救了王宫，挽救了王朝。这次起义接着就转变成为一边倒的溃败。[12]

不过就在即将取得胜利的那一刻，苏丹放下了屠刀。他没有将敌人斩尽杀绝，只是下令将叛乱地区的房屋夷为平地，将居民尽数驱离。他们只好逃到国外。有15000名男人及其女眷、孩子流亡亚历山大城，最后又辗转到达克里特岛（Crete）；另外8000人到了非洲的法斯城（Fez）。大多数流亡者都是西班牙原住民后裔，虽然皈依了伊斯兰教，但他们借此机会来表明对阿拉伯人统治的反感。然而，主要的犯罪分子——神学院学生却没有受到惩罚。部分原因显然是许多学生是阿拉伯人，另一原因是出于对其正统职业的尊重。

V

殉教的基督徒

822 年，哈卡姆苏丹在统治 26 年后去世。他的儿子阿卜杜勒·拉赫曼二世继承了局势相对稳定的国家。科尔多瓦的叛乱者已被制服，并遭到流放；那些偏执于宗教信仰的人也尝到让他们终生难忘的教训；只有在靠近基督徒控制区的边境附近还会发生穆斯林早已习以为常的动乱，他们时不时需要派兵前去镇压。阿卜杜勒·拉赫曼二世没有继承父亲的自控能力，却遗传了其享乐的个性，这是他最大的软肋。

新苏丹处处效仿哈伦·拉希德①（Harūn-er-Rashīd）的挥霍之举，试图把科尔多瓦变成第二个巴格达。他建造宫殿，布置花园，并到处兴建清真寺、豪宅和桥梁装点首都。就像所有有修养的穆斯林君主一样，他是诗歌的狂热爱好者，声称自己是诗词大家，只不过他署名的诗有时是付钱请他人捉刀。他品位优雅、性格温和，容易被人诱导。在帝王生涯中，他深受四个人的影响：一名歌手、一名神学家、一名女人和一名黑奴，其中最具影响力的是神学家叶哈雅。他之前曾煽动学生反对哈卡姆，现在则完全操控了新苏丹。不过，泰鲁卜王后（Tarūb）和奴隶奈斯尔（Nasr）也权势熏天，操纵着政治事务。歌手齐尔雅卜（Ziryāb）的兴趣在于审美和文化，一点也不想掺和庸俗的政事。他是波斯人，曾拜巴格达著名的音乐家摩苏尔人以撒为师。有一天在为哈里发哈伦表演时，齐尔雅卜因表现超越了老师而闯下大祸。妒火攻心的以撒演出后立即给了他两个选择：要么死，要么自我流放。齐尔雅卜选择自我流放，来到了西班牙，受到苏丹的热烈欢迎。苏丹非常欣赏齐尔雅卜的才华，向其提供了丰厚的年金以及食物、住房，还有一些特权和津贴，这名幸运的歌手得到了可观的收入。他们同席而坐，同桌而食。苏丹可以连续数小时听齐尔雅卜唱歌或讲述过去的美妙生活。齐尔雅卜也似乎阅读了无穷的书籍，常常发表精彩的智慧之言。他心里装有数不清的歌，每首歌都有不同的曲调，他将这种天赋归功于旋律之神的教诲。齐尔雅卜还在鲁特琴上增加了第五根弦，而且其演奏风格与其他人完全不同，所以那些听过他弹琴的人再也不愿听别

---

① 译注：阿拔斯王朝的第五代哈里发。

▲ 阿卜杜勒·拉赫曼二世接见巴斯克大使

▼ 齐尔雅卜与老师以撒在巴格达为哈里发表演

人演奏了。齐尔雅卜的训练手法也很稀奇，他总是让那些想当歌手的初学者先坐下来，试着唱出最嘹亮的歌声。如果声音微弱，他就叫此人在腰上系一条带子以提高音量；如果此人在演讲中结结巴巴或有其他缺陷，齐尔雅卜便在他嘴里塞一块木头，直到下巴得到适当的伸展。在这之后，如果初学者可以大声喊出"啊"并保持，齐尔雅卜就会收此人为徒，并精心教导；如果不能，则直接让他走人。[13]

在整个安达卢西亚，从没人如此优雅、机智和令人愉快，因此齐尔雅卜很快就成为最受欢迎的人，成为如佩特罗尼乌斯或博·布鲁梅尔①那样的时尚仲裁者。他还改变了人们对发型的品位，并且将芦笋和加料肉丸引入安达卢西亚，很久以后都还有一道菜名为"齐尔雅卜煨肉"。他的饮具是玻璃而非金属器皿；他在用革制成的床上睡觉，在皮革餐垫上就餐。他还坚持服饰应精心分类，衣服要从冬天的厚重递减到夏天的轻薄，而不要陡变，就算今天的人也没这么讲究。无论他做了什么规定，随后都会风靡世界；这个令人愉快的享乐主义者总能让大众相信，他提倡的生活方式不仅必要，而且迷人。

---

　　① 译注：佩特罗尼乌斯（27—66 年），罗马帝国朝臣、抒情诗人与小说家；博·布鲁梅尔（1778—1840 年），英格兰摄政时期的潮人，重新定义了男性时尚。

不过当宫廷沉迷于品尝新菜肴，忙着改换新发型时，在科尔多瓦也有一些苏丹的臣民被更深刻的思想所吸引。危及摩尔王国和平的敌人并非来自外部。虽然阿卜杜勒·拉赫曼二世没兴趣去证明他有勇气，也不在乎取得所谓的军事荣耀，但他还是常常率领军队击败北方的基督徒——这些人在德博奈尔（Debonnaire）的路易[①]的帮助下，不断越过边界向穆斯林发动袭击。微不足道的军事骚扰还不足以撼动穆斯林统治的稳定，早期的麻烦总是来自内部，当时，它是由科尔多瓦少数基督徒过度崇高的精神导致。实际上，大多数基督徒并不急于强调他们的信条，他们发现自己的待遇好，可以按自己的意愿做礼拜，不会受到统治者的阻挠；可以同穆斯林邻居一样，自由贸易和发家致富。他们还能期待更多么？难道要恢复他们的古老王国？显然这是不可能的，他们对现状很满意，充分享受着统治者温和宽容的政策。

▲ 一名伊斯兰音乐家在主人的花园里弹唱

▼ 这是一份16世纪的手稿，描绘了阿卜杜勒·拉赫曼二世和他的大臣议事的场景，其文字内容为：科尔多瓦埃米尔阿卜杜勒·拉赫曼二世将维京人赶出了塞维利亚，并为了防止继续受到攻击而加强了城防，维京人在摩尔西班牙几乎没有残留痕迹

安达卢西亚的社会氛围基本上是相当宽松的，不过总有些野心勃勃或豪情万丈的基督徒对教友们臣服于"异教徒"的统治而心生怨恨。他们依然记得从前的教会是多么有威望，多么生机勃勃。他们愿像古老的圣人那样被迫害；他

[①] 译注：即虔诚者路易（778—840 年），法兰克国王，查理曼大帝的儿子和继承人。

们渴望成为殉教者；他们对穆斯林气愤不已，因为异教徒竟然不主动迫害自己，使自己失去了升入天国的机会。他们尤其憎恨奔放的摩尔人公开表达欢乐，憎恨摩尔人竟敢享受生活的乐趣。摩尔人的精致和文雅，音乐和歌唱，知识和科学，对这些持禁欲主义的基督徒而言是极端可恶的。对真正的信徒来说，生命的意义在于受苦受难，修行和忏悔，这必须通过肉体的磨难与精神的苦修才能净化。事实上，以上现象不过是被征服人群中部分基督教禁欲主义者或修道士的仪式表现罢了。可是，突如其来的宗教狂热取代了西班牙基督教迄今为止尚且保持的淡定态度，一场殉教比赛开始了。

看到善良的人为了一个梦想而抛弃自己和别人的生命实在令人深感遗憾。发生在安达卢西亚的群体殉教事件毫无理性可言，比起巴力神教（Baal，一种原始宗教）的祭司用匕首在身上切口子或者印度教苦行僧让指甲穿过手掌生长，它也没有什么神圣的地方。西班牙"殉道者"执迷于追求神圣的事业，因而变得更加疯狂。基督教教义中并没有让门徒为了享受被折磨和杀害的喜悦，而放弃自己生命的内容。基督徒并没有被迫害，也无人干涉他们的宗教活动；摩尔人对基督教并非一无所知，当然也就无需他们说教。伊斯兰教承认耶稣受灵性启示的本性，并向他致以深深的敬意。穆斯林了解基督教，但他们更偏爱自己的宗教信条。当穆斯林允许基督徒保留自己的信仰时，后者便没有借口摆出一副受到迫害但英勇无比的样子。事实上，没有所谓理性的殉难方式，因为基督徒能够自由举行宗教仪式，不受任何阻碍开坛布道。他们找不到被迫害的正当理由，除非他们自己就离开福音之路，抛开了耶稣基督的伟大教导："要爱你们的仇敌，对那恨你们的行善，为逼迫你们的祷告。"

他们并没有被恶意对待或被骚扰。基督教徒的弥撒是完全不受干扰的，虽然神父有时会受到街头男孩和普通百姓的嘲笑，但穆斯林上层阶级从来没有这么干过。

然而，这些可怜的基督徒没有试图去爱温和的异教徒，反而诅咒异教徒，亵渎他们的宗教，逼迫他们惩罚自己而达到殉教的目的。伊斯兰国家都有一条众所周知的法律：如果有人亵渎先知穆罕默德或他创立的宗教，就必须被判处死刑。这是一项严厉和野蛮的法律，但是后世基督教的法律更差劲。如果不信，

▲ 科尔多瓦的圣欧洛吉亚

不妨看看为了执行火刑而摆在史密斯菲尔德[①]和牛津的柴堆。故意挑起宗教冲突，伤害他人的信仰，对真正的基督徒来说其实没有任何意义，也算不得功绩。故意违背法律而被处死不是殉教，而是自杀。我们当然会同情这些科尔多瓦的"殉教者"，就跟我们同情许多根本就谈不上崇高的歇斯底里症病人一样。这些可怜的受害者看上去好像是为他们的信仰而死，其实是因心理疾病而死。

来自科尔多瓦古老家族的基督教狂热分子欧洛吉亚神父（Eulogius）[14]是自杀者们的精神支柱。他花费多年时间来祷告和斋戒，坚持苦修和自我禁欲，使自己陷入狂喜的状态，结果使自己误入了歧途，而非为主英勇献身。他身上没有什么世俗气，也从不考虑自己的利益或满足个人野心。欧洛吉亚的所作所为都是为了抵制傲慢的摩尔人，并唤醒同宗者中崇高的牺牲精神。在此过程中，他得到了科尔多瓦富有的年轻人阿尔瓦罗（Alvaro）以及少数神父、修道士和几个普通妇女的热烈支持。

与这位虔诚的年轻神父有密切关系的人中还有一个名叫弗洛拉（Flora）的漂亮姑娘。她是异族通婚的孩子，信仰基督教的母亲秘密把她培养成了基督徒。多年来弗洛拉表面上装作伊斯兰教徒，内心却充盈着与欧洛吉亚相同的、炽热的献身精神。她被《圣经》中一句短文深深感召："凡在人面前不认我的，我在天上的父面前也必不认他。"弗洛拉在父亲死后便离家出走，躲在了基督徒中。她的兄长是穆斯林，到处找了她好久。很多基督教神父被指控为绑架者的同谋而锒铛

---

① 译注：位于英国伦敦市西北部，历史上有许多叛党、异教徒在此地被处死，其中就包括著名的苏格兰贵族威廉·华莱士。

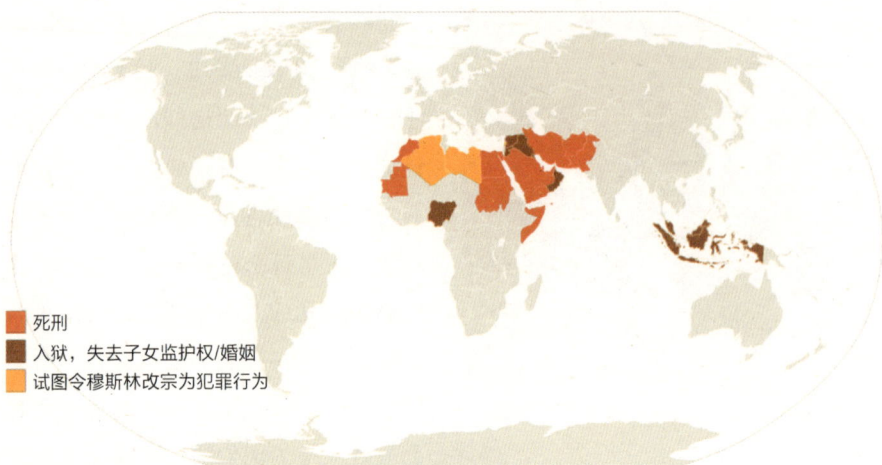

死刑

入狱，失去子女监护权/婚姻

试图令穆斯林改宗为犯罪行为

▲ 2013年时不同伊斯兰国家对"叛教罪"的处罚（引自维基百科）

入狱。弗洛拉不忍别人因自己的过错而受苦便回到家里，承认自己是基督徒。兄长使用了各种手段也未能迫使她放弃基督教，最后愤怒地把她带到了伊斯兰教法官面前，指控她叛教。

在伊斯兰教法中，一个孩子的母亲就算是基督徒，但只要父亲是穆斯林，一生下来就会被认为是穆斯林，叛教一律会被处以极刑。直到现在，该教法在土耳其依然有效，只是在过去 40 年里，大家都心照不宣，没有强制执行罢了。1000 年前，我们可不能指望对叛教者的处罚会如此温柔。审判弗洛拉的法官颇同情这个痛苦的女孩，他没有按照法律的规定判处她死刑，甚至连羁押都没有，只是将弗洛拉痛打一顿后，让其兄长带她回家，并引导她服从安拉。可是弗洛拉又逃跑了，同一些基督徒朋友在一起。在这里，她第一次遇见了欧洛吉亚。神父与这个美丽不幸的年轻女孩建立了一种纯洁温柔的爱，就像两个天使彼此相爱一样。在欧洛吉亚眼里，弗洛拉的虔诚和无所畏惧的勇气使她具备了某种圣徒的气质。6 年后，当欧洛吉亚回忆与弗洛拉第一次会面时的情形，所有细节仍历历在目。他写道："圣洁的姐妹，你屈尊向我展示了脖子上的鞭笞伤痕以及沉重的锁链造成的伤害。这是因为你把我当作精神之父，相信我如你一样纯粹和贞洁。我轻轻地把手放在你的伤口上；我用嘴唇来医治它们，我敢说……当我离开你的时候，就像一个在梦里行走的人，不停叹息。"不久，弗洛拉和一个追随她的姐妹搬到另一个安全的藏匿处。一段时间内，欧洛吉亚再也没有见到她。

与此同时，科尔多瓦基督徒的狂热开始惹出事端了。神父帕菲克塔斯（Perfectus）因诅咒伊斯兰教，在开斋节被处决。当时，所有人都为持续了整整一个月的斋戒的结束而兴高采烈。穆斯林们，不论男女都在开斋节开展庆祝活动。人们涌上街头，在河上寻欢作乐，在城外的大草地上嬉闹。处决神父为欢乐的人群又增添了一个激动人心的主题。穆斯林围着可怜的神父，无情地嘲笑他。神父勇敢地面对死亡，直至最后一口气都不屈服。科尔多瓦大主教带领一群神父和信徒取下帕菲克塔斯的遗体，与教堂内圣阿西克鲁斯——戴克里先①迫害基督徒时期的一位殉道者——的遗骸埋葬在一起，并立即封他为圣人。

当天夜里，有2名穆斯林淹死了，基督徒马上将该事件看作异教徒谋杀帕菲克塔斯招来的上帝的审判。同年，监督行刑的黑奴奈斯尔也暴毙。基督徒得意扬扬地宣布，帕菲克塔斯早已预言了他的死亡："这是另一次判决！"

不久，一位名叫以撒（Isaac）的僧侣以皈依伊斯兰教为借口试图与法官面谈。正当博学的法官刚开始解释伊斯兰教教义时，这个根本就不想改变信仰的人便对他要求讲授的信条进行恶毒的攻击。正如以撒所计划的那样，震惊不已的法官当即给他戴上了镣铐。"你难道不知道，"法官说，"按照我们的法律，你因这些大逆不道的话将会被处死？""当然知道，"僧侣回答说，"死刑，正是我所期盼的，因为我知道耶和华曾经说过，'义受逼迫的人有福了，因为天国是他们的。'"法官并不想让僧侣得逞，便乞求苏丹赦免他的罪行，但徒劳无功。以撒被斩首，随即成为圣人。人们煞有介事地宣称他还是小孩子的时候甚至在出生前，就有许多神迹。

接着，苏丹的卫兵桑乔（Sancho）也丢了脑袋。他是欧洛吉亚的学生，公开咒骂先知。第二个礼拜日，6名僧侣冲到法官面前喊道："我们也要说出我们的圣

---

① 译注：戴克里先（244—312年），罗马帝国皇帝。303年，罗马帝国开始最后且最大的一次对基督徒迫害，持续至313年君士坦丁大帝颁布米兰敕令为止。

兄弟以撒和桑乔所说的话。"随即亵渎穆罕默德，并叫嚣道："这是报复你们受诅咒的先知！用尔等之野蛮来对待我们吧！"他们的头随即落地。另外3名感染了自杀狂热病的神父或僧侣也兴奋地冲过来把脖子伸给了刽子手。851年夏，在不到2个月时间内，共有11人被处以极刑。

大部分基督徒都对他们的教友如此冲动而惊愕不已。别忘了，到目前为止，西班牙并无令人瞩目的宗教狂热，他们不太看重教义，而且很多人皈依了伊斯兰教。两种宗教和两个种族的人民通过友好交往在一定程度上已经融合在一起了。基督徒开始鄙视他们古老的拉丁语和文学，学习阿拉伯语，很快就写得和阿拉伯人一样好。欧洛吉亚对这种变化痛心疾首，他说，基督徒喜欢阿拉伯诗歌和浪漫故事而忽视《圣经》和神父们的著作，年轻一代只懂阿拉伯语。他们进入藏书丰富的图书馆，积极阅读穆斯林的书籍，却不会浏览一本基督教图书。欧洛吉亚补充道，他们忘记了自己的语言，一千个人中几乎没有一人能写出像样的拉丁字母；然而他们却能创作出优美的阿拉伯语诗歌。事实上，基督徒们发现阿拉伯的浪漫故事和诗歌比教堂神父们的著作更有趣，他们变得越来越阿拉伯化，更文明、优雅，对信仰的区别也更漠不关心。他们很感激摩尔人善待自己，对同胞向穆斯林表现出莫大的仇恨深感震惊。为了避免即将来临的可怕风暴，他们试图向激进分子证明，这种所谓的"殉教"是徒劳无益的。他们争辩道，穆斯林一直对基督徒宽容有加，并提醒狂热的教徒记住福音的和平教导与使徒的箴言："诽谤者不能进天国。"可是，宗教狂人们辩称："只要信仰真，上帝自会为殉难者复仇。"

这些人无愧于"基督徒"的称号，然而他们并不知道，狂热无论好坏，都会带来巨大的力量。他们只能对一意孤行的教友尽责，用简单、老式的方式祈祷，试图浇灭他们的狂热。他们意识到这些对伊斯兰教持续不断的侮辱以及穆斯林迅速而来的惩罚，最终将导致真正的迫害降临。欧洛吉亚却渴求出现这样的结果。他用《圣经》和圣徒的事迹来驳斥反对者，真正的虔诚者一无所求，除了迫害的烈焰。由温和伊斯兰教派控制的宗教当局和摩尔人政府不允许这种精神反抗在不受惩处的情况下继续，塞维利亚大主教也召集基督教主教们开会商议对策。虽然他们不能剥夺之前教会已经封出去的"殉教者"称号，但决定立即停止这种颂扬。为了促使该决议能够被有效执行，狂热分子的领导人都被投入了监狱。欧洛吉亚与弗洛拉在这里再次相遇了。之前有一天，她正在一所教堂里虔诚地祈祷，看到身边也跪着一名教友——玛丽——最早的"殉教者"之一以撒的姐姐。玛丽想跟哥哥一起升入天国，弗洛拉决定陪她同去。

她们走到伊斯兰教法官面前，竭力亵渎穆罕默德的名字和伊斯兰教以便激起法官的愤怒。两个年轻漂亮的姑娘真诚地宣称，基督教是"世间和平与对人类充满善意"的宗教，同时嘴里满是咒骂和怨恨，斥责法官的信仰是"魔鬼的工作"。但称职的法官不那么容易被激怒，他已经厌倦了这种歇斯底里的狂热。当这些人拼命作死的时候，他常常装聋作哑。他觉得这两个女孩就这么死去太可惜，希望她们不要这么愚蠢。他劝说女孩们回去，仿佛自己什么也没听到。但是女孩们坚持她们的目标，法官只好把她们关进监狱。

少女们在长时间的监禁中畏缩了，为基督献身的热情也开始动摇。欧洛吉亚出现了，他的目的是增强她们的信念和毁灭她们的生命。欧洛吉亚的任务是世界上最难的：鼓励自己全心全意爱的女人上断头台。尽管他也有七情六欲，但这个铁石心肠的神父还是摒弃私情，给两个少女煽风点火，说服她们勇敢地殉教。对神父来说，每天都是痛苦的，但是为了促成这高尚的牺牲，他从来没有放弃努力，甚至写了一篇论文来说服弗洛拉——她其实并不需要——为了信仰而殉道是终极善举和最高荣耀。欧洛吉亚日夜都在读书和写作，试图从心中消除内疚和爱恋的感情，这正成为动摇他决心的威胁。可是这种感情实在太强烈了。尽管法官想帮弗洛拉和玛丽自救，但她们仍然毫无退缩之意。死刑判决下达后，欧洛吉亚最后一次同弗洛拉见面。"在我看来她就是天使，"他后来怀着精神胜利的喜悦写道，"天国的光芒环绕着她；她的脸上洋溢着幸福的光芒，她似乎已经在品尝天堂的欢乐了……我的信念因她的临终别言而更加笃定，回到我那阴暗的牢房后，我的悲伤也减轻了。"最后，弗洛拉和她的同伴玛丽于 851 年 11 月 24 日被处决。欧洛吉亚写了一首赞美诗来庆贺教会这次伟大的胜利。

此后不久，欧洛吉亚和其他神父从监狱被释放出来。次年，阿卜杜勒·拉赫曼二世去世，由儿子穆罕默德继承王位。穆罕默德是一个死板、冷酷、自私自利的人，他为节省开支，克扣大臣的薪水，他因吝啬和卑鄙遭到普遍憎恶；只有神学家才喜欢他，因为他似乎很有可能因那些狂热的异教徒侮辱伊斯兰教而向基督教复仇。根

▲ 油画《圣欧洛吉亚殉难》，现藏于科尔多瓦大教堂

据欧洛吉亚和阿尔瓦罗的说法，大多数基督徒都放弃了信仰，可是教堂依然被拆毁，残酷的迫害开始了。阿卜杜勒·拉赫曼及其大臣曾经的政策是明智和仁慈的，他们对基督徒的胡作非为不闻不问，如今却改为残酷镇压，基督徒叛教自然司空见惯。

话虽如此，一小群狂热分子的影响力依旧很大，已经超出了科尔多瓦。欧洛吉亚被提名为托莱多主教，可是苏丹不认可，该职务也就一直空着。两名法国僧侣来到科尔多瓦，求了一些殉教者的遗物，并带着一包圣骨回到了圣日耳曼德佩教堂，展示给巴黎的忠实信徒。但沉重的打击即将落在狂热者身上，又有一个女孩抛弃了父母，追随欧洛吉亚。她和导师欧洛吉亚都被带到了伊斯兰教法官面前，欧洛吉亚的罪行是"劝诱改宗"①。根据法律，他接受的惩罚只是鞭笞。他在上

---

① 译注：是一种使他人改变宗教，接受另一种宗教或观念的行为。在一些国家，劝诱改宗被认定为非法。

帝面前谦卑且长期受着苦难，愿意为了自己的信仰而遭受任何折磨，但他不能屈服于异教徒的鞭笞。"让你的剑更锋利些，法官。"他喊道，"把我的灵魂送给我的创造者，但不要以为我会接受自己的身体被皮鞭损伤。"接着，他开始辱骂穆罕默德及其信仰的宗教。

法官可不会单独承担处死著名宗教领袖欧洛吉亚的责任，于是将其带到枢密院。一个大臣为了劝欧洛吉亚，问道，为什么一个有理智和受过良好教育的人甘愿冒死。如果傻瓜和疯子这样做，他可以理解，但欧洛吉亚是不同的。"听我说，"他补充道，"我恳求你，在必要时刻屈服一次吧，撤回你在法官面前说的话。只要一句话，你就可以获得自由。"但为时已晚。尽管欧洛吉亚倾向于担任"烈士教练"的角色，但他不可能在放弃立场的同时还保留尊严，他必须坚持到底。拒绝反省后，欧洛吉亚于859年3月11日，满怀着勇气和献身精神被处死。[15]

▲ 859年3月11日，欧洛吉亚被斩首，少女莱奥克利西娅正在为欧洛吉亚祈祷，3月15日，她也被处决

▼ 装殓欧洛吉亚和莱奥克利西娅遗骨的银制圣物箱，现藏于西班牙奥维耶多大教堂

失去了领袖，基督教的殉道者也丧失了信心，之后就再也听不到他们疯狂献身的事迹了。

VI

伟大的哈里发

读者们可能有些失望，到目前为止，本书主要关注种族和宗教的大规模运动，而非个人英雄，涉及高尚行为和宏大战争的记述也不多，但本书是以一个激动人心的故事为开端，讲述塔里克和他的柏柏尔军队取得的辉煌胜利。这绝非传说，而是确凿无疑的史实。后来我们[1]赢得了伟大的、决定性的图尔战役，但这场战役中可能引起读者极大兴趣的细节却很欠缺。与此相反，本书在讲述法兰克人在朗塞瓦尔峡谷的会战时，又有太多笼罩着神话的故事。

从朗塞瓦尔峡谷会战算起，时间又过了 100 年。读者已经看到欧洛吉亚的死亡和基督徒殉教运动的终结。在那个世纪里，人口混杂的西班牙半岛上充斥着不同种族和不同宗教之间的斗争。然而，金子般高尚的行为极为罕见，这些故事更多时候是诗人的虚构。诗人在作品中臆想出拥有完美属性的骑士形象，一厢情愿地认为这种骑士在战争中随处可见。我们不能因为没有英雄主义行为，或缺乏个人魅力，而认为这些历史颇为无趣。与狂暴的骑士在战场上所表现出的冲动行为相比，无数被忽视的男男女女在令人唏嘘的科尔多瓦殉难时代献身，或许是更加真实的英雄主义。勇往直前，勇敢面对死亡，比忍受长期监禁带来的恐惧和痛苦要容易得多。这些基督教殉道者无故放弃生命，确实误入了歧途，但他们的勇气是值得钦佩的，正如他们的智慧是可悲的。弗洛拉是真正的英雄，因为她是为了心中崇高的事业而牺牲的。欧洛吉亚尽管偏执，但也不愧为真正的英雄楷模。在这些关于种族或信仰的伟大历史事件中，有无数虔诚献身、坚贞不屈的人物。尽管为历史学家所忽视，但同军人立下最耀眼的功绩一样，他们的事迹也需要决心和坚韧才能达成。当人类履行艰难的责任时，往往看不到英雄行为；在大规模群体冲突中，英雄行为则有无穷无尽的机会可以展现。

在个人身上实现英雄主义，比在一个种族甚至一座城市中要容易得多。下面我们将了解一个人，他建立了少有人企及的丰功伟业。时代的需求造就伟大的国王。当国家被伤痛困扰时，当地平线上显现毁灭的迹象，到处充斥着灾祸的不祥预兆时，伟大的国王就会来拯救他的人民于危难之中，恢复社会秩序和福祉，为王国的再

---

① 译注：指的是基督徒。

次繁荣安康而奋斗。10世纪初，西班牙正焦急地等待这样一个统治者。

科尔多瓦基督徒的殉教事件后，各省紧接着又发生了更危险、范围更广的叛乱。王位被无能的君主占据。蒙齐尔（Mundhir）于886年接替了父亲穆罕默德的王位，在位时间不到2年，就于888年被人害死。他的弟弟阿卜杜拉（Abdallah）正是教唆谋杀的元凶，然而阿卜杜拉却无力应对危机四伏的局势。他狡猾、多变，轮流使用武力威胁和调解。通常的结果是，这两种政策都失败。而且他是如此卑鄙、残忍和邪恶，以至于他统治范围内的所有政治派别都一致憎恶他，决心推翻他的统治。在他不满3年的统治期间，安达卢西亚大部分地区实质上处于独立状态。所有派系再一次蠢蠢欲动，反对中央政权。不论是阿拉伯人、柏柏尔人，还是西班牙人，每个贵族或首领都抓住王国正在衰败、君主无能的机会，利用遍及全国的无政府状态，大肆侵占土地，然后躲进自己的城堡里面无视苏丹的权威。当年征服西班牙的那些阿拉伯部落后裔如今都是各地区的贵族，但他们的人数与其他民族的人数相比少得可怜，这是阿拉伯统治阶层的软肋。他们应该忠于科尔多瓦的阿拉伯王国，而不是群起反抗，并在自己的领地建立独立王国。在科尔多瓦的对手中，塞维利亚尤其强大。虽然其他城市的阿拉伯贵族还没有强大到可以公然与苏丹决裂，但他们只是象征性地向苏丹效忠。洛尔卡（Lorca）和萨拉戈萨总督则从软弱的王国中彻底独立了出来。在科尔多瓦以外的地方，苏丹的雇佣兵四处平叛，迫使人们重新效忠国王，但再也无法指望阿拉伯人来保护倭马亚王朝的政权了。

柏柏尔人的数量比阿拉伯人多得多，同样也心生了反意。他们撕去了臣服于苏丹的伪装，恢复了原先氏族部落的政治制度。埃斯特雷马杜拉（Estremadura）等西班牙西部省份和葡萄牙南部现在成了柏柏尔人的私有财产。他们还在安达卢西亚本土，如哈恩地区把控了多个重要职务。德南（Dhu-n-Nun）地区有个柏柏尔家族，族长穆萨是"一个登峰造极的无赖和可恶的小偷"，他的3个儿子都继承了他的健壮体格和无与伦比的野蛮。这一族人到处杀人放火，所到之处无不被洗劫和屠杀。

皈依了伊斯兰教且吸纳了很多阿拉伯文明精髓的西班牙本地人不像柏柏尔人那样粗野，不过他们对中央政权的敌意丝毫不逊色于蛮族。阿尔加韦省（Algarve）

位于半岛的西南角，已完全落入西班牙本地人的掌控中，并且他们在安达卢西亚也拥有众多独立的城市和地区。事实上，所有重要城市都或明或暗在反抗。阿拉伯总督、柏柏尔首领、西班牙叛逆者都拒绝或无视阿卜杜拉的权威，其中基督徒伊本·哈弗逊（Ibn-Hafsūn）的势力最强大。他领导埃尔维拉省（格拉纳达）的山民发动起义，以波巴斯特罗山（Bobastro）上一座石质堡垒为大本营，在周边地区建立了牢固的统治。苏丹一再攻击他，但每次都惨遭失败，只好转而采用可耻的怀柔政策，却又发现哈弗逊已经准备好诡计欺骗自己。

穆尔西亚，即西奥德米亚地区也独立了，由一位温和、有教养的改宗亲王治理。他统治英明，很受臣民爱戴。他热爱诗歌，但并没有忽视军队建设，他有一支数量可观的军事力量，其中包括 5000 名骑兵。托莱多像之前一样，也反叛了。现在只有北方基督徒之间的猜忌和分裂才能阻止他们收复丢失已久的领土。安达卢西亚正分裂成不计其数的小领地，每一块都相当于封建贵族的私人庄园或小王国，而不是那个曾经强大的国家的一部分。面对入侵的敌人，安达卢西亚将无力抵抗。[16]

在这黑暗的无政府状态中，不乏一些闪光点。前面已经写过，穆尔西亚的统治者是一位开明仁慈的亲王。卡兹洛纳（Cazlona）领主也因对诗人和艺术的慷慨赞助而闻名。他的殿堂由大理石柱子支撑，墙上镶满了大理石和金子。所有令人愉快的东西都能在他的宫殿里找到。

伊本·哈吉（Ibn-Hajjāj）几乎就是塞维利亚的阿拉伯国王，他迫使苏丹与自己达成合作协议，还和苏丹交上了朋友。他以最高贵的方式在其领地内行使着无限的权威。他的城市治理得秩序井然，不受侵扰，作恶者会遭到严厉而公正的惩罚。伊本·哈吉的一举一动都像皇帝那样，他的护卫队由 500 名骑兵组成，他的皇家长袍由锦缎织成，上面用金线绣着他的名字和头衔。远在海外的国王送给他各种礼物：埃及的丝绸、麦地那的法律学者以及无与伦比的巴格达歌手。当时一位叫"月亮"的美丽女歌手以她甜美的嗓音、华丽的修辞和诗意的激情而闻名遐迩。她这样唱道："在整个西方，我找不到任何人的品格能与伊本·哈吉的媲美。同他接触的人都能感知到生活的快乐，如果离开他住在别处，就会痛苦不已。"科尔多瓦的诗人都被他那辉煌的宫廷所吸引，只要去那儿肯定会受到热烈欢迎。只有一次，一名诗人遭到哈吉的儿子易卜拉欣的冷淡接待。此人为了取悦王子，朗诵了一首关于科尔多瓦贵族的下流诗词,他知道塞维利亚的统治者对这群人相当反感。"你错了,"伊本·哈吉评论道,"难道你认为像我这样的人听到这种低劣的中伤就会心满意足吗?"

然而,这些偶然的亮点依然无法改变半岛的无政府乱象。由于中央权力被削弱,在数不清的小领主和匪首的袭扰下,安达卢西亚成了各方争抢的猎物。这个国家正处于凄惨的境地,甚至科尔多瓦自身也遭受伊本·哈弗逊及其勇敢山民的威胁,笼罩在令人惋惜的悲哀中。"她虽然还没有被真正围困,但已经是四面楚歌。"一个阿拉伯历史学家写道,"科尔多瓦变成了一座暴露在所有敌人面前的边境城市。"在一个又一个午夜,酣睡中的市民被河对岸不幸的农民发出的悲惨求救声惊醒,原来是波利(Polei)骑兵正把剑刺进他们的喉咙。"国家正面临彻底解体的威胁。"一位同时代的当事人写道,"灾难接踵而至,偷窃和抢劫横行,我们的妻儿沦为奴隶。"人们纷纷抱怨苏丹软弱无能,卑鄙可憎。军队因领不到军饷而怨声载道,各省已经停止向首都供应物资,国库空空如也。

苏丹只好四处借贷,贿赂各省假装支持自己的少数阿拉伯人。废弃的市场展示了贸易是如何被摧毁的,面包的价格涨到了令人瞠目结舌的地步。没有人再对未来抱有希望,所有人都陷入绝望之中。一些偏执的人将所有不幸都归为真主的惩罚,把伊本·哈弗逊看作祸根,他们的悲观预言使整座城市备受折磨。"你有祸了!科尔多瓦!"他们喊道,"你有祸了!你沉沦于道德败坏,腐朽堕落,你必承受灾祸和痛楚。你没有朋友,也没有同盟。当有着大鼻子和丑陋面孔的伊本·哈弗逊,在穆斯林和皈依者的前呼后拥之下来到你的城门前时,你的宿命就将终结。"

▲ 繁荣喧嚣的摩尔大巴扎

▲ 阿卜杜勒·拉赫曼三世在电脑游戏《文明》中的形象，这幅图的背景是阿尔罕布拉宫，始建于公元13世纪

　　在局势最糟糕的时候，一线希望之光照射到了这座城内悲惨的人民身上。阿卜杜拉和他的臣民一样绝望，情急之下尝试了一项大胆的策略。尽管他的部属都灰心丧气，四面八方是不计其数的敌人，阿卜杜拉还是设法取得了一些优势。然后，他做了他能为国家做的最好的事情：24年痛苦的统治后，他于912年10月15日去世，享年68岁。他见证了后倭马亚王朝突然且无可挽回的衰落，他的继任者注定将迅速复兴王朝。

　　新苏丹是阿卜杜拉的孙子，史称阿卜杜勒·拉赫曼三世。他继位时年仅21岁，时局动荡不安，而且身边有好几个叔伯和其他亲戚在觊觎王位。然而，没有人与他公开对抗。相反，各方都很满意他能就任苏丹。他成功地赢得了人民和宫廷的支持。阿卜杜勒·拉赫曼三世相貌英俊，风度翩翩，心智强大，受到普遍欢迎。他现在能统治的臣民就只剩下科尔多瓦人了。人民也重新燃起了信心，对新苏丹的首次行动拭目以待。

　　阿卜杜勒·拉赫曼没有试图掩饰他的计划。他彻底摒弃了祖父制定的软弱或残酷的策略，这些策略曾对国家造成了严重伤害。他宣布绝不允许有人在倭马亚王朝的领土上抗命不遵；他召唤有叛意的贵族和酋长前来，向他们施加权威；他让所有人都相信，他不会让叛军控制他王国内的任何一片领土。只有最乐观的人才会赞同这个大胆的计划，该计划似乎更有可能促使所有反叛者联合起来，组成一个大同盟以粉碎无知无畏的年轻哈里发。但是阿卜杜勒·拉赫曼了解他的同胞，看似冒进的方案其实是有根据的。自从伊本·哈弗逊和其他叛乱者起兵以来，已经过去了几乎一代人的时间，每个人都受够了。早期曾促使诸如西班牙人、穆斯林和基督徒为独立而斗争的狂热，现在已经冷却下来了——除非他们在狂热处于白热化时就取得了成功，否则独立运动不会永远持续下去。叛乱的领导人不是死了就是老了，追随者则变得更加冷静。人们开始问自己，革命到底带来了什么好处？他们没有把安达卢西亚从"异教徒"手中解放出来，反而把她拱手交给了一群最坏的异教徒——土匪头子和卑鄙的冒险家。无法无天的强盗成群结队地折磨着国家，他们摧毁了精耕细作的良田和葡萄园，把土地变成了哀号的荒野。任何政权都比强盗的暴政要好，科尔多瓦的苏丹绝不会比盗匪更糟。此时民众也在观望，看苏丹是否有能力改善现状。

于是，阿卜杜勒·拉勒率军进攻叛乱地区时，发现超过半数的地区愿意屈服。他的部队见英勇无畏的年轻君主战斗在第一线而备受鼓舞，义无反顾地紧紧跟随他。这种景象自阿杜拉时代以来，已多年不曾见到。反叛分子也厌倦了混乱的世道，仅象征性地抵抗了一下就打开了城门。安达卢西亚的大城市一个接一个任由苏丹通过自己的城墙，科尔多瓦南部地区最先投降，然后塞维利亚大开城门，西部的柏柏尔人变得顺从听话，阿尔加韦亲王向苏丹敬献贡品。

接着，苏丹向雷希奥省（Regio）的基督徒发起进攻。伊本·哈弗逊和胆大妄为的山民依托高山要塞已经举起叛旗30年了。阿卜杜勒·拉赫曼比所有人都清楚，速战速决是不可能的。经过一步步艰难的围剿，雷希奥被制服了。苏丹公正无私，重视荣誉，以最大的善意遵守与基督徒签订的条约，并对屈服的人显示了极大的宽容，于是该地区的堡垒也相继投降。伊本·哈弗逊还龟缩在自己的要塞里，如从前那样桀骜不驯，目空一切，但他已经老了，离死期不远了。苏丹的大军攻破波巴斯特罗山要塞只是时间问题。当苏丹终于登上这座坚不可摧的要塞，从高得令人头晕目眩的悬崖峭壁俯视着这片叛军根据地时，不禁感慨万千。他双膝跪地，感谢赐予他的伟大的胜利。[17] 然后，他对反叛者施以宽恕和怜悯，并待在要塞里

▲ 托莱多全景

▼ 1000年，科尔多瓦哈里发国疆域图

坎塔布连海

法兰西王国

莱昂王国

纳瓦拉王国

里瓦戈萨

巴塞罗那伯国

卡斯蒂利亚伯国

萨拉戈萨

列伊达

大西洋

梅迪纳塞利

上边疆地区

科英布拉

托尔托萨

下边疆地区

托莱多

中部边疆地区

巴伦西亚

莱万特地区

科尔多瓦哈里发国

里斯本

巴达霍斯

科尔多瓦

马略卡岛

加尔布地区

穆尔西亚

地中海

西尔韦斯

塞维利亚

莫瓦特地区

贝纳阿杜斯

阿尔梅里亚

阿尔赫西拉斯

丹吉尔

泽纳塔部落

尼科尔酋长国

数天不出，进行庄严的斋戒。

穆尔西亚地区现在已经向苏丹宣誓效忠，只有托莱多还继续负隅顽抗。这座位于塔霍地区的城市傲慢地拒绝了阿卜杜勒·拉赫曼的特赦协议，信心满满地等着苏丹的大军攻城。之前，包围都城科尔多瓦的叛军纷纷折戟而归，这次围城却大不一样。为了向守城者证明他的围困不是短暂的威胁，苏丹迅速在城市对面的山上建起了一座他称之为"胜利"（El-Feth）的小镇，并在那里住了下来。托莱多最终在饥饿的压迫下投降了，这是反叛者控制的最后一个据点。930年，阿卜杜勒·拉赫曼三世完全收复了与其名字相同的祖先阿卜杜勒·拉赫曼一世开拓的所有领土，统治疆域再次达到全盛。

阿卜杜勒·拉赫曼花了18年时间才恢复前任国王丧失的全部领土。虽然历尽艰辛，毕竟还是取得了胜利，王室的权威已经牢牢建立在阿拉伯人、柏柏尔人、西班牙人身上。从此以后，阿卜杜勒·拉赫曼不允许任何一个派别势力过于膨胀，并残酷镇压阿拉伯旧贵族。看到压迫者再也不敢趾高气扬，那些被视作贱民的西班牙本土人都欢呼雀跃。从此，苏丹成为国家的唯一权威。不过，他的统治是公正、开明和宽容的。经过这么多年的混乱和无政府状态，人民兴高采烈地接受了新的专制，毕竟再也没有强盗来摧毁自己的庄稼和果园了。虽然苏丹拥有绝对的权力，但他没有滥用。农民回到了和平富足的状态，他们终于能够用自己的方式勤劳致富，享受生活的乐趣。

VII

圣战

阿卜杜勒·拉赫曼三世的统治原则是，将权力完全掌握在自己手中，根据自己的喜好任命、提拔管理王国的官员。最重要的是，他小心翼翼地不让任何曾经为前统治者效力的旧阿拉伯贵族握有实权。受惠于苏丹的新权贵都出身于普通阶层，对主人忠心耿耿，因为他们明白，若没有阿卜杜勒·拉赫曼三世的保护，自己必将被那些古老的阿拉伯家族踩在脚下。

苏丹建立了一支大型常备军来维持中央政权的权威，中坚力量都是他亲自挑选出来的斯拉夫卫兵或外国雇佣军。他们最初以斯拉夫人为主，也包括法兰克人、加利西亚人、伦巴第人，这些人从小就被希腊和威尼斯商人带到西班牙卖给苏丹，并接受伊斯兰教育。他们中许多人的文化程度相当高，自然而然地依附于他们的主人。这支军队在很多方面都同马穆鲁克军团类似。萨拉丁①的继承人将马穆鲁克作为贴身侍卫引入埃及，后来他们的声望几乎等同于埃及和叙利亚苏丹了。就像那些成为马穆鲁克的土耳其和切尔克斯②奴隶一样，这些安达卢西亚军人也拥有自己的奴隶，并获得苏丹赠予的财产，形成一类封建阶层。他们准备随时听从召唤，与战友一起战斗在最前线，为领主服务。阿卜杜勒·拉赫曼三世及其继任者离世后，中央权威又一次衰落。同埃及的马穆鲁克一样，他们也抓住机会扩充实力，成为颇有影响的一派势力，甚至还建立了独立王朝。穆斯林在西班牙的统治最终被推翻，也有部分原因在于此。

在"斯拉夫人"的帮助下，苏丹不仅将强盗和叛军驱逐出西班牙，还与北方的基督徒进行了战争，并取得了辉煌的成功。现在，科尔多瓦哈里发国受到的外部威胁的影响比内乱更大。它被夹在两个危险好战的国家之间，需要对每一个王国都保持警惕。在南部，新建立的北非法蒂玛王朝是一个直接威胁。巴巴里海岸的统治者应该记得，阿拉伯人曾经就是利用非洲作为跳板入侵西班牙的。只要有机会，非洲各个时期的王朝就会将吞并安达卢西亚富饶的土地作为既定国策。苏

---

① 译注：Saladin（1138—1193年），是库尔德族的穆斯林，埃及和叙利亚苏丹，阿尤布王朝的建立者。他在领导穆斯林对抗十字军东征的过程中，表现出了卓越的领袖气质、骑士风度、军事才能。
② 译注：Circassian，切尔克斯人是居住在高加索西北部切尔克斯地区的一个民族，大部分信仰伊斯兰教逊尼派。

丹巧妙地利用非洲柏柏尔人之间的宗派分歧和随之而来的暴动，成功将法蒂玛王朝势力阻挡在西班牙之外。他确实成功了，甚至可以说做得非常好。巴巴里海岸大部分势力都承认了西班牙统治者的权威，苏丹还获得了休达的战略要塞。阿卜杜勒·拉赫曼将西班牙财政收入的很大一部分用于建设一支强大的舰队，借此与法蒂玛人争夺地中海的统治权。

在北方，科尔多瓦哈里发国面对的是一个更强的敌人。阿斯图里亚斯的基督徒刚开始实力很弱小，但现在他们的力量正在增长，他们相信正在重新征服曾经属于他们的土地，并为此自我激励。当年他们第一次遭遇穆斯林入侵时，几乎被打蒙了，很快就彻底崩溃。部分基督徒只得逃入阿斯图里亚斯山区，因为此地人烟稀少而且交通闭塞，因此得以免遭穆斯林的攻击。伯拉纠（Pelagius），在民谣中又叫"老佩拉约"，仅带领 30 名男人和 10 名女人躲进科瓦东加（Covadonga）的山洞——哥特基督徒的难民营。为了抵达洞穴深处，人们必须穿过一段狭长的山口，还得爬 90 级台阶。阿拉伯人认为不值得花费精力去追捕这些残余势力，然而就是这一小撮人发展成了一支反抗军。

阿拉伯历史学家[18] 曾经轻蔑地描述基督教王国的起源："在安巴萨①（Anbasa）统治期间，一个名叫佩拉约的卑贱野蛮人在加利西亚地区崛起，他斥责同胞不思进取，因怯懦而逃跑。他鼓动基督徒为过去所受的伤害复仇，将穆斯林从自己先辈的土地上赶走。从此以后，安达卢西亚的基督徒为了保护他们的财产和妻女，开始在该地区抵抗穆斯林的攻击。叛乱就这样发生了：当时加利西亚所有的城市、乡镇、村庄都控制在穆斯林手中，佩拉约只能将一片陡峭的山区当作避难所。他们跟大群蜜蜂一样，居住在山洞里。佩拉约的伙伴逐渐因饥饿而死去，人数减少到 30 个男人和 10 个女人。除了从岩石裂缝采集到的蜂蜜外，他们没有任何其他食物来源。然而，佩拉约及其伙伴在这偏远的山区里坚持下来，并逐步在隘口构筑防御工事。穆斯林终于发现了他们的动静，不过得知佩拉约一伙人的数量如此之少后，穆斯林根本就不把他们放在心上，放任他们积蓄力量，'30 个野蛮人待

① 注：721—726 年期间，安达卢西亚的穆斯林总督。

▲ 阿斯图里亚斯首位国王佩拉约

▲ 佩拉约在科瓦东加的山洞里举起义旗，建立独立的基督教国家对抗摩尔人政权。718年或722年科瓦东加战役的胜利被视为西班牙基督徒从摩尔人手中收复伊比利亚半岛的开始，即"收复失地运动"的起点

在岩石上能成什么事呢？就让他们自生自灭吧！'"

另一个历史学家补充道："如果穆斯林当时能立刻扑灭这微弱的火苗就好了，因为它注定将变成熊熊烈火，吞噬伊斯兰在那里的全部领地！"

不时有小股难民加入反叛军。渐渐地，反叛军变得自信了，敢于离开根据地骚扰在边境定居的柏柏尔人。摩尔军最后不得不在洞穴中寻找这些无畏的袭击者。结果令人沮丧，他们在遭受惨重损失后，被迫仓皇撤退。751 年，坎塔布里亚（Cantabria，穆斯林从来没有入侵过这个地方）的阿方索（Alfonso）迎娶了佩拉约的女儿，基督教力量联合起来，并呼吁北方各省反抗摩尔人统治。在西部加利西亚地区的配合下，佩拉约发动了一系列精彩的战役，将敌人逐步向南方压缩。布拉加、波尔图、阿斯托加、莱昂、萨莫拉、莱德斯马、萨拉曼卡、萨尔达尼亚、塞哥维亚、阿维拉、奥斯马、米兰达，一个接一个城市被穆斯林收复。基督教势

▲ 藏匿于山区的基督教武士同前去围剿的摩尔士兵战斗

力的边界现在推进到了大山脉—科英布拉—科里亚—塔拉韦拉—托莱多—瓜达拉哈拉—图德拉一线,潘普洛纳(Pamplona)成为穆斯林的前沿要塞。阿方索实际上已经收复了昔日的卡斯蒂利亚、莱昂、阿斯图里亚斯和加利西亚等省,但是基督徒人数太少,而且他们也无财力在这样一片辽阔的土地上建造要塞、开垦耕地。于是,他们仅满足于把收复的领土作为与摩尔人的缓冲地带,然后退至与比斯开湾接壤的地区,直到他们的人数增长到能够占领更广阔的土地。

9世纪,基督徒开始巩固从摩尔人手中收复的部分土地,并向前进攻。他们的势力遍布莱昂,建造了萨莫拉、德尔戈麦斯、奥斯马和西曼卡斯等要塞以威慑敌人。现在,缓冲地带更加狭窄了,敌对双方在边境多个地方差点发生直接接触。10世纪初,边境地区的摩尔人决心倾尽全力,重新夺回失去的领土。可是,基督徒在托莱多人和北方基督教堡垒纳瓦拉(Navarre)王国的君主桑乔的援助下,大败穆斯林,并越过边境打击对方。基督徒的攻击对受害者而言是可怕的诅咒,他们是粗鲁无礼的文盲,很少有人识字,其言行举止与教育水平相当,不难预料这样一群野蛮人的狂热和残忍。莱昂的士兵几乎从不宽恕丧失了防卫能力的敌人。莱昂和卡斯蒂利亚的野蛮强盗疯狂劫掠,屠杀要塞与城市中的居民,而幸存者也都沦为奴隶。

阿卜杜勒·拉赫曼三世才刚刚登基两年,莱昂国王奥多尼奥二世(Ordoño II)就全面攻击梅里达的城墙。巴达霍斯(Badajoz)因此也极为恐惧,于是急忙上交保护费来安抚莱昂国王。这些城市离科尔多瓦并不太远,只有莫雷纳山(Morena)的高耸山脉将倭马亚王朝首都与奥多尼奥的军队隔开。局势相当危急。

年轻的苏丹如果心生怯意的话，完全可以不理会梅里达发出的救援请求，因为这座尚处于叛乱状态的城市还没有承认他的权威，基督徒的攻击其实跟他无关。然而，这可不是阿卜杜勒·拉赫曼的策略，也不符合他的性格。他集合军队，派遣一支远征军直扑北方，成功突袭了基督徒。第二年，即917年，他又下令进行第二次进攻。不过在圣埃斯特万德戈尔马斯（San Estevar de Gormaz）城下，穆斯林军遭到奥多尼奥的沉重打击。勇敢的阿拉伯司令官见大势已去，便径直冲入敌军，手中的利剑直到战死也没松开。莱昂国王是个可耻的懦夫，他把这名英勇将军的头颅与一个猪头一起钉在城堡的大门上。莱昂军队士气大振，翌年，他们与纳瓦拉人联合起来蹂躏了图德拉（Tudela）地区。但他们两次遭到科尔多瓦军队重创，没能全身而退。见基督徒接连失败，阿卜杜勒·拉赫曼决定采取更强硬的攻势。920年，他亲自指挥军队进攻，其行军之迅速和谋略之精妙令奥斯玛（Osma）城猝不及防，随后城里的防御要塞被夷为平地。在发现圣埃斯特万被守军遗弃后，阿卜杜勒·拉赫曼摧毁了这座城市，接着将矛头转向纳瓦拉。他在野战中两次击退了桑乔。这时，来自莱昂的增援部队赶到，形势对基督徒有利起来。双方在芦苇峡谷（Val de Junqueras）展开大战，苏丹彻底击败了联军。不幸的是，摩尔人在一些战役中也仿效起对手的凶残，特别是军中混杂着相当多臭名昭著的非洲野蛮人时。

虽然基督徒失败了，但他们的英勇决心却不可战胜。他们虽然粗野，但从不缺乏勇气。他们一次次溃不成军，又一次次从灾难中重整旗鼓。芦苇峡谷战役结束恰好一年后，作为基督教抵抗运动的灵魂人物，奥多尼奥率部又一次突袭了边境地带。923年，纳瓦拉的桑乔也不甘落后，重新夺回了一些坚固的城堡。苏丹再次被激怒，于是发兵北进，决心彻底解决问题。他散布的恐怖气氛太可怕了，以至于很多城市在苏丹刚一接近时便空无一人。阿卜杜勒·拉赫曼兵临城下后，桑乔在混乱中逃走，潘普洛纳首府被遗弃，任由穆斯林占领。城内的大教堂和许多房屋被摧毁，苏丹将整个纳瓦拉地区踩在了脚下。与此同时，莱昂国王奥

▲ 阿卜杜勒·拉赫曼的军队俘虏了大量基督徒

多尼奥去世，一场内战在他的儿子们之间爆发。苏丹借此机会腾出手来去处理其他事情。

胜利归来后，阿卜杜勒·拉赫曼僭取了一个新头衔。迄今为止，安达卢西亚的历代统治者对拥有埃米尔（意为总督）、苏丹（意为统治者）、"哈里发之子"这样的头衔就很满足。尽管他们是倭马亚王朝哈里发的后代，也从来没有认可推翻他们家族的阿拔斯王朝，但安达卢西亚苏丹却一直没敢使用神圣的"哈里发"头衔，他们认为只有控制麦加和麦地那的人才配拥有它。因此，统治这两座圣城的阿拔斯人无可争辩地拥有"哈里发"头衔。然而，现在全西班牙人都知道，阿拔斯的哈里发只要离开巴格达，就不可能再行使真正的统治权，甚至是在巴格达，他也同囚徒无异。① 在阿拉伯帝国各个地方政权纷纷独立的情况下，阿卜杜勒·拉赫曼于 929 年自称哈里发，自诩为"真主信仰的捍卫者"。[19]

此后，哈里发又继续统治了 30 多年时间。他以睿智和教化来管理内政，定期甚至每年都要向基督徒发动进攻。就这一点而言，他确实无愧于伊斯兰教的"捍卫者"。内战一度使莱昂的实力大减，现在则消弭于伟大的奥多尼奥的杰出继承者拉米罗二世（Ramiro II）的统治下。他于 931 年继位，他的好战性格使他很快就向哈里发的军队宣战。不久，西班牙北部的基督徒与萨拉戈萨地区的阿拉伯总督结成强大的联盟，阿卜杜勒·拉赫曼不得不急忙去救火。937 年，他粉碎了萨拉戈萨军队，并向纳瓦拉进军。纳瓦拉的摄政女王西奥达（Theuda）被哈里发散布的恐怖气氛吓倒了，急忙向其效忠，承认其宗主地位。不过，拉米罗是绝不会投降的，他重新组织人马于 939 年在阿尔汉德加（Alhandega）大败穆斯林军队。共有 50000 名摩尔战士阵亡，哈里发本人仅以身免，逃跑时身边只剩不到 50 名骑兵。这灾难的一年在安达卢西亚被称为"阿尔汉德加年"。

如果基督徒能够好好利用取得的优势，西班牙历史本来可以改写。但是同往常一样，基督教的各首领又开始自相猜忌，反而帮了哈里发的忙。当敌人争吵不

---

① 译注：750 年，阿拔斯家族取代倭马亚王朝，统治阿拉伯帝国，并迁都巴格达。9 世纪中叶以后，巴格达哈里发的权力逐渐被削弱，最后成为各方势力的傀儡。

休时，哈里发渐渐恢复了元气，他重新招募军队，为下一场战役做准备。原来属于莱昂王国的卡斯蒂利亚地区发动叛乱，进而引发了基督徒之间的内战，这无疑对哈里发极为有利。

当时的卡斯蒂利亚伯爵就是著名的费尔南多·冈萨雷斯（Fernando Gonzalez），有无数吟游诗人传颂过他的事迹。他是西班牙历史上最伟大的英雄之一，其夫人也是一位巾帼英雄。纳瓦拉和莱昂的统治者因猜忌他，先后两次把他投入监狱，他的妻子便两次将他营救出来。尤其是第二次，她通过同丈夫交换衣服的手段，将自己暴露给了愤怒的狱卒。第一次解救发生在伯爵夫妇结婚之前，费尔南多·冈萨雷斯前往纳瓦拉拜访国王加西亚，向他的女儿求婚，奸诈的国王却羁押了他。一首歌谣讲述了他是如何获释的：

他们把伟大的卡斯蒂利亚伯爵带入遥远的纳瓦拉，
他们紧紧地束缚着他，束缚着手和脚……
抓住了伯爵，纳瓦拉兴高采烈，宴请四方。
在国王加西亚的地牢里，关押着西班牙最勇猛的贵族。

歌谣接着讲述了一名诺曼骑士是如何来到纳瓦拉的：

为了上帝的意旨，他来到这里对付摩尔人的弯刀。

以及他如何告诉加西亚的女儿，囚禁冈萨雷斯有多么糟糕，西班牙的基督事业将遭受怎样大的伤害：

摩尔人也许会弹冠相庆，但更加沉痛的是我们，
若卡斯蒂利亚失去了她的领袖，西班牙也必将失去自己的守护人。
摩尔人的势力像河流一样倾泻，席卷大地——
冈萨雷斯的手被捆绑，诅咒这基督徒的镣铐！

▲ 费尔南多·冈萨雷斯

诺曼骑士接着请求公主释放囚犯：

公主默不作声，但在漆黑的夜晚，
当所有女仆都进入梦乡，她起身
离房。
她用珠宝和黄金收买狱吏，
狱吏将囚徒交给了她。[20]

于是公主将伯爵带出地牢，一起策马返回了卡斯蒂利亚。

如今我们知道，以上只是古老的传说罢了，冈萨雷斯那时已经结婚，而且确信卡斯蒂利亚是一个独立王国，不是莱昂的附庸。为此，他再次被拉米罗抓住并囚禁。不过，卡斯蒂利亚人只承认冈萨雷斯是他们唯一的领主，宁愿对伯爵的雕像表示敬意，也绝不臣服于莱昂的统治者。拉米罗只好在强迫冈萨雷斯宣誓效忠莱昂王国后放他回去，同时还要求伯爵将女儿嫁给自己的儿子奥多尼奥。此次蒙羞后，费尔南多·冈萨雷斯便不再愿意和莱昂人并肩战斗，共同对抗摩尔人了。他决心要让莱昂人也受点羞辱。950 年，拉米罗二世在塔拉韦拉附近赢得了对穆斯林的又一次胜利，第二年却带着无比的荣耀去世了。冈萨雷斯在他死后便开始担任"国王制造者"的角色。他首先支持桑乔①对抗其兄长奥多尼奥三世。957 年，桑乔成功上位后，冈萨雷斯转变立场，又将其驱逐出莱昂，扶持一个卑鄙的瘸子登上了王位，史称奥多尼奥四世，绰号"邪恶者"。桑乔逃到祖母——纳

---

① 译注：指的是莱昂的桑乔，不是前文提到的纳瓦拉的桑乔。

瓦拉女王西奥达——那里避难，接着他俩请求科尔多瓦哈里发的援助。桑乔长期受肥胖病折磨，若无人帮忙，甚至没法走路，他决定向科尔多瓦一位举世闻名的医生咨询。于是，西奥达女王派出多位使节拜会阿卜杜勒·拉赫曼。哈里发的回应是，派那位犹太名医——哈斯代（Hasdai）为桑乔治疗肥胖症。不过，哈里发也提了条件：一是桑乔和西奥达女王要放弃一些城堡；二是桑乔和西奥达女王到科尔多瓦后，得改变个人衣着。前往摩尔人的宫廷是一段艰难的漫长旅程，况且女王心知肚明哈里发要自己去的原因。这就是一场表演，让女王目睹哈里发的强大。但女王还是去了，一同去的还有她的儿子纳瓦拉国王和被放逐的外孙莱昂国王。阿卜杜勒·拉赫曼以高规格礼仪接待了女王一行。在哈斯代的治疗下，桑乔迅速地消除了脂肪。接着他又得到哈里发军队的支持，于 960 年夺回了莱昂王位。

▲ 莱昂的桑乔一世，据记载他非常胖，以致行动不便。所以，肖像上的他要么是被美化了，要么是因为治疗效果明显

　　第二年，伟大的哈里发去世了，享年 70 岁，统治了西班牙几乎 50 年。即使是最厉害的预言也无法预料到他给西班牙带来的巨大变化。当他在 21 岁刚刚继位时，一大群盗匪和冒险家将他继承的遗产看作待捕的猎物；地方行省长官纷纷自立门户；民众分成很多派别，每一派都无视苏丹的权威；无政府状态和肆无忌惮的抢掠正在摧毁国家；南部，非洲的法蒂玛王朝威胁要吞并西班牙；北方，基督教诸侯似乎已经准备好重返他们祖先的领土，赶走摩尔人。阿卜杜勒·拉赫曼成功地消弭了混乱和迫在眉睫的毁灭，为西班牙带来秩序和繁荣。

　　在统治的前半期，阿卜杜勒·拉赫曼便恢复了穆斯林所辖疆域的和平与良好秩序，他废除了教派和党派势力，将所有臣民不分阶级地置于他的绝对权力之下；在统治的后半期，他面对外部敌人，维护了国家尊严和实力。他在休达兴建要塞抵御非洲暴君的进攻，将其阻滞于国门之外，并在海洋上与之分庭抗礼。在北方，他遏制了莱昂、卡斯蒂利亚和纳瓦拉基督徒日益增长的势力，使他们承认自己的权威。基督徒甚至还主动上门请他解决内部分歧，或寻求他的帮助以重新执掌政权。他将安达卢西亚从自我沉沦和异族统治中拯救出来[21]，不仅使她免于毁灭，还使她幸福和伟大。科尔多瓦从来没有像他统治时那样富有和繁荣。安达卢西亚的土地在大自然的恩赐和勤劳智慧的人民的耕种下，从未像他统治时那样丰饶多产。从来没有哪个国家如此彻底地战胜了混乱，使法律的威严得到如此广泛的传播和尊重。君士坦丁堡的皇帝、法国、德国、意大利纷纷派遣使者前来示好。欧洲和非洲，甚至穆斯林帝国在亚洲的边疆都在谈论他的力量、智慧和财富，如此神奇的改变都得益于伟大的哈里发阿卜杜勒·拉赫曼三世的一己之力。他在绝境中利用自己的才智和坚韧将安达卢西亚从无望的痛苦深处解脱出来，抵达实力与繁荣的高峰。

摩尔历史学家描述的这位刚毅男子似乎与其强势的执政方式很不一样。不管怎样，他们总是深信不疑地写道："他是统治者中最温和、最开明的君主。他的彬彬有礼、慷慨大方以及对正义的热爱众所周知。他在战场上的勇敢和对伊斯兰教的热爱超过了任何一位先王。他爱好科学，乐于赞助研究，喜爱与学者交谈。"许多故事讲述了他严格执法、追求正义的品质。

阿拉伯历史学者记述道，当哈里发死后，有人发现了一篇他亲笔写下的文章，文中记录了他在漫长的统治生涯中感觉无忧无虑的快乐时光——只有区区 14 天。"啊，睿智的读者，你会惊奇地发现，命运赐予最幸运之人的，居然是如此寡薄的欢愉。"[22]

VIII

哈里发之城

"科尔多瓦，"过去曾有位阿拉伯作家写道，"是安达卢西亚的新娘。她美貌优雅，足以吸引所有人的目光。苏丹的大军为她打造荣耀的王冠；诗人从语言的海洋采集珍珠为她制作美丽的项链；科学家编织的知识绶带覆盖着她的华服；各类艺术大师和能工巧匠为她镶嵌曼妙的装饰。"这位东方的①历史学家用如此夸张的方式来描绘他所热爱的城市。

　　在大哈里发的统治下，科尔多瓦确实是值得自豪的首都，除了拜占庭之外，没有哪座欧洲城市能够与之相提并论。她的建筑宏伟高大，生活奢侈精致，居民知书达礼。读者能够从阿拉伯作家的著作中窥见 10 世纪科尔多瓦的盛景。而同时期我们的老祖宗撒克逊人还住在木制的小屋里，踩着肮脏的稻草；我们的语言还没成型，只有极少数僧侣能够阅读和写作。由此对比，读者便能知晓摩尔文明多么辉煌。当时整个欧洲都陷入了野蛮和无知中，只有君士坦丁堡和意大利部分地区因为还残留有罗马帝国的余脉，尚保留了一丝古代文明的痕迹，安达卢西亚首都体现的文明盛况得到了更好的评价。

　　另一位阿拉伯作家写道："（科尔多瓦）是一座要塞城市，被高耸的巨大石墙环绕，街道非常漂亮。旧时许多异教徒国王曾居住在这里，他们城墙内的宫殿仍然可见。这里的居民以彬彬有礼、举止优雅、才智过人、品味高雅、饮食讲究、衣着华丽、热衷骏马而远近闻名。科尔多瓦拥有知晓各类知识的学者，贵族以美德和慷慨著称，勇士们因远征异教徒国家而声名在外，军事将领能熟练应对各种战争。世界各地的学生汇聚到科尔多瓦，他们渴望研修诗词，学习科学或接受神学与法学的指导。这座城市成为文明的汇聚地、博学者的居所、好学者的向往之地，随处可见各国的高贵人士。文学家和武士为了赢得声望，不断与同僚展开竞争。科尔多瓦一直是杰出人士的竞技所、诵经师的赛马场、高贵者的驻留地、真理和美德的资源库。科尔多瓦对安达卢西亚而言，就像大脑对于躯体，胸襟对于勇士。"[23]

　　东方历史学家的赞美往往有点夸张，但科尔多瓦确实值得被如此称赞。然而，以它的当前状态（19 世纪下半叶），我们很难想象这座摩尔旧都在大哈里发时代

---

　　① 译注：在欧洲人的意识中，阿拉伯人是东方人。

▲ 1860年时的科尔多瓦全景图

有着怎样的美丽和宏伟。狭窄的街道上并列着刷有白漆的房屋，依稀给人一种曾经辉煌的印象；阿尔卡扎城堡（Alcazar）破败不堪，遗址被可鄙地用作监狱；瓜达尔基维尔河上仍有桥梁，倭马亚王朝宏伟的清真寺成了旅行者眼中的胜地。不过在阿卜杜勒·拉赫曼三世或稍后一点的时代，还有一位伟大的首相会扩建城市，那将是科尔多瓦的全盛时期。

　　这座城市到底有多大，历史学家对此众说纷纭，不过大家都认为其周长至少有 10 英里（约 16.1 千米）。瓜达尔基维尔河沿岸都是大理石别墅、清真寺和花园。阿拉伯人在花园中精心培育来自各国的奇珍异草，还引进了独特的灌溉体系——不论之前还是此后，西班牙人都未曾建造出可与之媲美的系统。倭马亚王朝的第一位苏丹从叙利亚移栽了一棵椰枣树①，以解思乡之情。为此，他还写了一首悲伤的小诗哀叹自己的流亡生涯。他的祖父希沙姆在大马士革有座花园，他从小就在

---

　　① 译注：即阿卜杜勒·拉赫曼一世，本书第四节写的是棕榈树，疑为原著者笔误。

里面玩耍，于是他在科尔多瓦也建造了一座相仿的花园。他派人去世界各地收集稀有的树木、花卉和种子，技能高超的园丁很快驯化了这些外来作物，还将它们从宫廷散播到整个王国。石榴就是这样从大马士革引进到西班牙的。浇灌花园的水注满了金属水槽、湖泊、水库、储水池以及用希腊大理石建造的喷泉，这些水是通过铅管从山区（水利工程的遗迹仍然可以看到）引来的。

历史学家告诉了我们很多有关苏丹宫殿的事情：宫殿面向花园和河流，通往大清真寺的宏伟大门。每周五，无论苏丹到哪里，他所经之处都铺着珍贵的地毯。其中一些宫殿被称为"花宫""情人宫""知足宫""王冕宫"，还有一处宫殿保留着倭马亚家族故乡的名字，被称为"大马士革宫"。它的屋顶落在大理石柱上，地板上镶嵌着马赛克图案。宫殿如此美丽，一位诗人称颂道："与大马士革宫相比，世上所有的宫殿都不值一提。它的花园里到处是美味的水果和甜蜜的花香，它景色如画，清流淙淙，建筑高耸，云雾中孕育着芬芳的露珠。这里总是香气怡人，因为仆人白天会四处摆放龙涎香，夜间则换成黑麝香。"科尔多瓦的一些花园有诱人的名字，吸引人在涓涓细流的溪水旁驻足休憩，享受鲜花和果实的芳香。在"水车花园"里听着把清水泵入苗圃的水轮发出单调的吱嘎声，使人舒服地享受慵懒；在炎热的天气里，"呢喃水草甸"定是科尔多瓦人的乐园。瓜达尔基维尔河静静地流淌，令居民倍感愉悦。东方人（西班牙摩尔人除了经度位置不属于东方外，其他都是）最喜爱的美景就是潺潺的流水，河面上有一座17孔大桥，足以彰显阿拉伯人的工程实力。城里到处都是华丽的建筑，有5万多幢贵族和官员的宅邸、10万多幢平民住宅、700座清真寺和900所公共澡堂。澡堂是穆斯林城镇的重要特征，因为在伊斯兰教徒中，洁身不仅是美德，也是任何祷告或奉献前的必要准备。中世纪的基督徒认为洗澡是异教风俗而加以禁止。僧侣和修女吹嘘自己的身体污秽不堪，一位女圣徒骄傲地记录道，在60岁之前，除了为做弥撒而清理指尖外，她从未洗过身体的其他任何部位。同基督徒认为尘土是基督的神性特征相反，穆斯林对清洁极为重视，他们只有在全身洁净后才敢靠近真主。当西班牙最终恢复为基督教统治后，英格兰女王玛丽的夫君菲利普二世以公共澡堂是背神者的遗俗为由，下令将其尽数摧毁。

在科尔多瓦伟大的建筑中，大清真寺永远是最引人注目的。784年，阿卜杜勒·拉

▲ 现代的科尔多瓦，近景有罗马时代瓜达尔基维尔河的古桥，远处有大清真寺

▼ 科尔多瓦大清真寺内景

赫曼一世从攻打哥特人收获的战利品中拿出 8 万枚金币兴建大清真寺。他虔诚的
儿子希沙姆，利用从纳博讷地区征讨来的财富继续修建，并于 793 年完工。此后，
每位苏丹都要给大清真寺增添亮点，使之成为早期撒拉逊艺术的典范之一。有的

苏丹在立柱和墙壁上铺金，有的增加一座新宣礼塔，有的修建拱廊来容纳不断增加的教众。从东到西有 19 座拱廊，从北向南有 31 座。21 扇闪闪发光的黄铜门迎接信徒。礼拜堂内铺满了白银，镶嵌着华丽的马赛克。屋顶下有 1293 根立柱，上面有精美的雕刻和黄金、青金石装饰物。圣坛由象牙和精选的木料构成，表面有36000 块独立嵌板，很多嵌板上都有用黄金钉子固定的各种宝石。山上的溪水日夜不息流入 4 座喷泉，供信众在礼拜前净身。清真寺西侧修建有房屋，贫穷的旅客和无家可归的人可以在那里受到热情的招待。穆斯林将基督教堂里的大钟熔化，制作了数百盏铜灯，每盏灯的巨大蜡芯都重达 50 磅。在斋月，铜灯昼夜燃烧，清真寺内灯火通明。香炉里焚烧着龙涎香和沉香木，300 名侍从还准备了供铜灯使用的香薰油。清真寺的大部分美景如今依然存在。游客站在如丛林般的立柱群内倍感惊奇，因为向四周看去，空间似乎无边无际。花岗斑岩、碧玉和大理石还在原位，拜占庭艺术家制作的华丽玻璃马赛克仍然在墙上如宝石那样闪闪发光。设计大胆的礼拜堂连同它那奇异的交叉拱顶，仍然像以前一样壮丽。庭院仍旧种满了枝繁叶茂的柑橘，令柱林看上去更为广阔。人们站在大清真寺前，思绪便会回到科尔多瓦的辉煌时代，那是大哈里发的全盛时代，但早已随风而逝。

阿卜杜勒·拉赫曼三世在科尔多瓦近郊建造了宰海拉宫（Zahrā），这座宫殿就算不是王国内最美的，也一定是最令人惊叹的。宰海拉其实是阿卜杜勒·拉赫曼三世的宠妃，原意就是"最美的佳人"，她恳求哈里发以她的名字建造一座宫殿。哈里发像大多数伊斯兰教君主那样热衷于建筑，便采纳了这个建议。他立即在相距科尔多瓦仅几英里，一座名为"新娘之山"的山脚下开始修建宫殿。每年他都把收入的三分之一花在这项工程上，在其后来 25 年的统治期内一直这样，接着他的儿子又花了 15 年扩建。每天有 10000 名工人工作，有 6000块石料在被切割抛光后用于宫殿房屋的建设，3000 头牲畜为工地输送材料。为了建造宫殿，工人一共树起了 4000 根大理石立柱。石料除了开采自塔拉戈纳（Tarragona）和阿尔梅里亚地区外，很大一部分来自罗马、迦太基（Carthage）、斯法克斯（Sfax）等地的采石场，有的还是君士坦丁堡皇帝的赠礼。宫殿有15000 扇门，每扇门都包铁或镀铜。哈里发大殿的屋顶和墙壁都是由大理石和黄金建造。大殿还有一座雕塑喷泉，这是希腊皇帝赠送的礼物，他还送给哈里发

▲ 科尔多瓦大清真寺鸟瞰图

▼ 大清真寺柱廊

▲ 接待大厅，宰海拉宫遗址，如今已经看不出当年的奢华

一颗稀有的珍珠。大殿中央有一个水银盆，内设机关，能使银湖振动。大殿两旁是 8 扇用象牙和乌木制作的嵌满宝石的门。当阳光穿过这些门，整个房间便会充满闪电般的光芒，朝臣只好遮住眩晕的双目。

阿拉伯作家兴奋地描述这座以哈里发爱妃宰海拉命名的"佳人之宫"。"就算只是把在宰海拉宫看到的自然美景和人造奇观一一列举出来，我们恐怕也需要很长一张纸。"其中一位写道，"这里有流动的溪水、清澈的湖泊、奢华的花园、为皇家卫队建造的庄严建筑、供高级官员居住的豪宅；不同地区、不同宗教信仰的士兵、仆从和奴隶穿着丝绸长袍和锦缎礼服，穿梭于宽阔的街道上。一群群法官、神学家和诗人仪态庄重地走过宏伟的殿堂和宽敞的广场。宫中男仆估计有 13750 人，他们一天消耗的新鲜肉食就达 13000 磅（约 5.9 吨），这还不算禽类和鱼肉。女人据说超过 6314 人，包括哈里发的女眷、贵妇、女佣等。斯拉夫仆从和宦官共有 3350 人，每日得 13000 磅鲜肉供应，根据其职位及身份高低，有些人可以获得 10 磅供给，有些人则略少。家禽、鱼肉、野味、松鸡及其他鸟类等另计。宰海拉宫池塘的鱼每天要吃掉 12000 条面包。除此之外，每天还要用在水中泡软的黑豆喂鱼 6 次。这些细节都能在当时的历史书中完整地找到。作家和诗人用尽华丽语言才能形容宰海拉宫的样貌。所有见过该宫殿的人都说，在伊斯兰世界里，它是独一无二的奇迹。这里有诸侯、大使、商人、朝圣者、神学家和诗人，这些人来自世界各地且职业相异，地位高低有别，还信奉不同的宗教。但他们都说，在漫长的旅途中，他们从没有见过任何事物可以与宰海拉宫相比。宰海拉宫的迷人之处在于，它不仅拥有无与伦比的大理石露台、金色大厅、环形凉亭、各种精致的艺术作品，而且结构精妙、设计大胆超前、比例和谐；它用光亮的大理石或闪闪发光的金子装修，还有典雅的装饰物和门帘；这里的立柱平滑如镜，完美对称，看上去就像是现代车床的杰作；

宫内悬挂的绘画描绘了最美丽的风景；人工湖建造坚固，水池永远盛满了甘泉，清澈见底，还有令人惊叹的雕刻着各种生物形象的喷泉。宰海拉宫的神奇几乎超出了人的想象。赞美至高无上的真主，让他所创造的卑微的人得以设计和建造出这样迷人的宫殿，并允许他们住在其间作为奖赏。虽然宰海拉宫远不及真信仰者必将进入的神圣天堂，但它是天国在人间的投影，鼓励人们踏上美德之路，获得永恒的快乐。"

　　哈里发在宰海拉宫接见纳瓦拉女王和桑乔，听取各地重要人物的汇报，还热烈欢迎希腊皇帝派遣而来的使者："伊斯兰教历338年（公元949年），赖比尔·敖外鲁月（伊斯兰教历第三个月）的第11天，星期六。他坐在宰海拉宫的拱形大厅里接受使者递交的国书，高级官员和军队指挥官受命为盛典做准备。大厅装饰华丽，位于正中央的王座上镶嵌着宝石，包裹着黄金，闪闪发光。哈里发的儿子们伫立

▼ 几乎成为废墟的宰海拉宫

▲ 阿卜杜勒·拉赫曼三世在宰海拉宫接见各国使者

在王座两边，接下来是维齐尔①，然后是内臣、维齐尔之子、哈里发的释奴以及王室管家。宫殿的庭院铺着最贵重的地毯，大门和拱廊上覆盖着最华丽的丝绸遮阳篷。进入大厅的使者被眼前的富丽堂皇惊得目瞪口呆，苏丹的威严也令他们敬畏不已。然后，他们向前走了几步，将他们的主人——利奥之子君士坦丁，君士坦丁堡的皇帝——用金色墨水写在蓝色纸上的希腊文信件呈交给哈里发。"

阿卜杜勒·拉赫曼让使者中最具口才的人发表一篇恰当的致辞，但是这名使者被华丽的场景和满朝文武的庄严肃静震慑得不知所措，于是瘫倒在地板上，舌头顶在嘴巴里，一句话都说不出来。另一位使者试图完成他的任务，但只说了几句话后，也突然结结巴巴说不下去了。

哈里发在他的新宫殿里流连忘返，连续3个周五没去清真寺了。当他终于现

---

① 译注：伊斯兰国家对宫廷大臣的称谓，首席大臣或宰相称为大维齐尔。

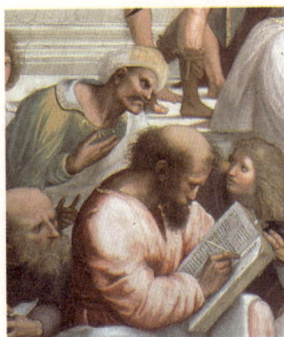

▲ 拉斐尔名画《雅典学院》中的伊本·鲁世德，他正伸着脖子看古希腊哲学家毕达哥拉斯在写什么，他对希腊古典哲学的传播起到了重要作用

▲ 安达卢西亚舞蹈

身时，布道者甚至威胁他将受地狱之苦。

科尔多瓦的宫殿和园林确实美得异常，同时她对高尚事物的追求也不逊色于此。科尔多瓦的心灵同她的外貌一样绚烂。教授和老师将她变成欧洲的文化中心，这里的学生来自欧洲各地，他们投拜名师学习，甚至还有从遥远的萨克森高特西姆（Gaudersheim）修道院前来的修女罗斯薇萨（Hroswitha）。当她讲述圣欧洛吉亚的殉教事迹时，也忍不住为科尔多瓦大唱赞歌："全世界最耀眼的辉煌。""在那里，科学的每一个分支都有学者在认真研究。在安达卢西亚医生的推动下，医学界取得了长足进步，医学研究的成就超过了自盖伦（Galen）①时代以来所有世纪的总和。"宰赫拉威（Albucasis）是 11 世纪最出色的外科医生，他的一些手术方法与现代医学相当吻合。稍后，阿文祖尔（Avenzoar）也有许多重要的医学发现和手术创新。植物学家伊本·拜塔尔（Ibn Beytar）走遍整个东方寻找草药，他写了一篇详细的专著。哲学家伊本·鲁世德（Averroes）将古希腊哲学思想同中世纪欧洲的经院哲学串联在一起，打造

---

① 译注：古罗马的医学家及哲学家。在他死后的一千多年里，其医学理论一直在欧洲占支配地位。

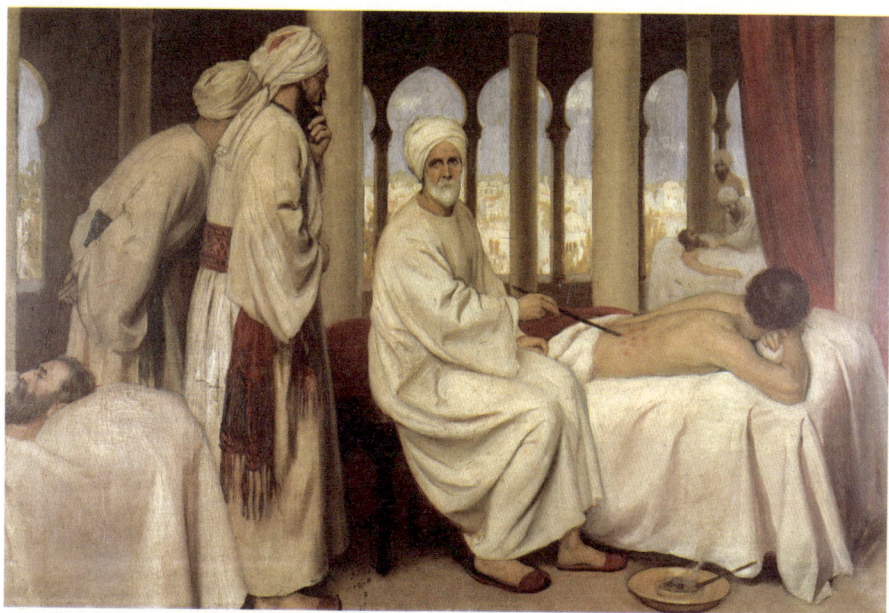

▲ 宰赫拉威被誉为"外科学之父"，他正在整洁的医院用发疱法为病人治病，这种医院在中世纪条件非常好。发疱法就是令病人皮肤起疱并放出液体排毒，本质上同放血疗法差不多

了思想链条中的重要一环。天文学、地理学、化学、博物学，这些都是科尔多瓦人积极研究的学科。至于文学，欧洲从来没有出现这样的盛况：每个人都口吐莲花，各个阶层的人都创作阿拉伯诗文。这些词句可能就是西班牙、普罗旺斯和意大利吟游诗人编写民谣和叙事诗歌的灵感来源。如果演说中没有即兴发挥的诗句或引用著名诗人的名篇，那么演说便不会被认为是完整的。伊斯兰世界似乎被缪斯附体，哈里发和船夫一样吟诵着诗句，歌唱安达卢西亚城市的美丽、河流的呢喃、宁静星空下的迷人夜晚以及爱情与美酒的欢愉。歌手们被美女的柳眉魅惑，同她悄悄幽会，度过快乐的时光。

在艺术方面，安达卢西亚是卓越的。要是工匠的手艺不高超，是不可能建造出"最美的城"宰海拉宫或科尔多瓦大清真寺的。丝织工艺是安达卢西业最珍贵的艺术之一，据说，仅科尔多瓦的织工就不下13万人，阿尔梅里亚的丝织品和地毯更出名。马略卡岛（Majorca）的陶器生产工艺已经十分完美，陶工发明了能够

▲ 阿卜杜勒·拉赫曼三世发行的金币

闪烁金光或黄铜光泽的陶器，这类陶器在意大利语中被称为"马略卡陶器"。玻璃器皿、黄铜和铁制品则在阿尔梅里亚制造，现存的一些精美象牙雕刻品上面还刻着科尔多瓦宫廷高级官员的名字。这些艺术无疑引进自东方，摩尔工匠也因此成为拜占庭、波斯和埃及大师的优秀学生。有一件珠宝是大哈里发之子的遗物，保存在赫罗纳（Gerona）教堂的最高祭坛上。它是一个镀银的骨灰盒，装饰着珍珠，上面刻着用阿拉伯语撰写的，祝福虔诚的哈卡姆二世的铭文。在基督教圣坛上读到这些阿拉伯文字确实很奇怪。摩尔人的刀剑和珠宝也非常精致，只要观赏了格拉纳达最后一位国王布阿卜迪勒（Boabdil）的剑，就知所言不虚。萨拉森人一向以金属制品而闻名，即使是如钥匙这样的小物件也很精致。西班牙摩尔人的青铜艺术品同样出色，其中为格拉纳达国王穆罕默德三世打造的一件清真寺铜灯至今还保存在马德里。至于金银花丝艺术，当时只有大马士革和开罗的工艺品才能与之相比。我们一遍又一遍读着同样的阿拉伯文铭文，这是格拉纳达国王的座右铭："没有征服者，只有安拉。"我们谈过科尔多瓦宫殿的铜门，这种大门的遗迹依然可以在诸多西班牙大教堂里看到。每个人都听说过托莱多剑，虽然西班牙人在阿拉伯人入侵前就掌握了炼钢的回火处理技术，但科尔多瓦的哈里发和苏丹还是为托莱多培养了很多技艺高超的武器匠。阿尔梅里亚、塞维利亚、穆尔西亚和格拉纳达也同样是著名的盔甲和武器产地。14 世纪的西班牙贵族唐·佩德罗（Don

Pedro）在遗嘱中写道："我把在塞维利亚制造的上面装饰着宝石和黄金的卡斯蒂利亚剑留给我的儿子。"在艺术、科学和文明方面，摩尔人的城市科尔多瓦确实是"全世界最耀眼的辉煌"。

▲ 基督徒占领科尔多瓦后，将原来的宫殿变成了宗教裁判所，这张19世纪的明信片显示了科尔多瓦宫当时破败的模样

IX

首相

阿卜杜勒·拉赫曼三世是科尔多瓦王国与后倭马亚王朝最后一位伟大的苏丹，他的儿子哈卡姆二世是个书呆子。虽然书虫在恰当的地方也很有用，但他们很少能成为合格的统治者。国王无需接受太高深的教育，他只要知晓阳光下的重要事物就够了。就像科尔多瓦的前任苏丹一样，他可以在闲暇时间享受音乐和诗歌，但绝不能埋头于图书馆不能自拔，或者钟情手稿甚于政治活动，或者研究书本装订术而不关心臣民的疾苦，然而这些都是哈卡姆最热衷的。他的另一种乐趣是建筑，这来自他的好学天性。这种天性包含了与文学修养一脉相承的艺术品位。他不是软弱的人，也并非无视肩负的重大责任，可是他一心研究学问，以至于忽视了对战争荣耀的追求。好在哈卡姆平和、学究气的性格没有给国家带来巨大伤害。他毕竟是大哈里发的儿子，当莱昂的基督徒不遵守条约时，哈卡姆也能率兵前去讨伐。他父亲的威名依然名震天下，人们对大哈里发的权势仍旧心存余悸。因此，北部基督教诸侯们在处理内部纠纷时，会邀请哈卡姆前去。其中一个首领甚至来到科尔多瓦，极尽献媚之能事，乞求苏丹帮他恢复王位。双方很快就签订了和平协议，于是哈卡姆得以悠闲地收集书籍，丰富他那著名的图书馆。他派代理人到东方各地购买稀有的手稿，然后带回科尔多瓦。他的外交代表还经常在开罗、大马士革和巴格达的书店为苏丹的图书馆搜寻罕见的图书。如果这本书无论如何也不能出售，他就会让人抄下来。有时，听说某个作者正在构思一部书稿，他就会慷慨地送作者礼物，请求作者把第一份稿子寄到科尔多瓦。通过各种方式，他收集了不少于四十万册的书卷。要知道，那个时候还没有印刷术，每份拷贝都是由专业的抄写员用清晰的手写字体抄出来的。他不仅拥有这些藏书，而且还把这些书都读完了，甚至还做了很多注释，这与许多藏书家不同。他很博学，他在书籍空白处的注释受到后世学者的极大重视。后来，图书馆大部分被柏柏尔人破坏了，这是阿拉伯文献的严重损失。

大哈里发的继承者大可以在父亲的光环下优哉游哉，继续过着研究学术的生活，而且他的敌人也没有抓住这个可以再次发动攻击的机会，但是两个这样的统治者就足以毁掉阿卜杜勒·拉赫曼的伟大事业，令科尔多瓦王国的君权又一次轰然崩塌。

哈卡姆二世统治14年后，他12岁的儿子希沙姆二世登基。如果年幼的苏丹能够得到公平的机会，有可能成为伟大的帝王。据记载，他在童年时期就表现出相当的智慧和理性的判断，很有希望步其祖父的辉煌。然而，在平易近人的哈卡姆的统治下，希沙姆却被剥夺了控制实权的任何机会。当哈卡姆心急火燎地校对手稿或向抄写员和书籍装订员发出指示时，国家的高级官员渐渐获得了当年阿卜杜勒·拉赫曼三世绝对禁止他们拥有的权力，苏丹的后宫也开始对国家政治施加影响。阿卜杜勒·拉赫曼曾经为取悦妻子而建造了一座宫殿，但假如宰海拉王妃胆敢对自己发号施令，指定治安长官的任命人选，他一定会惊愕不已。当哈卡姆死后，后宫的影响力变得相当大。年轻的哈里发希沙姆的母亲奥罗拉（Aurora）也许是王国里最有权势的人，但她的宠臣很快就会成为更有影响力的人物。

宠臣名叫伊本·艾卜·阿米尔（Ibn-Aby-Amir），但我们以他多次战胜基督徒后使用的头衔"阿尔曼左尔"（Almanzor）来称呼他，意思是"神之恩典的胜利"。阿尔曼佐尔早年是科尔多瓦大学一名微不足道的学生，父亲是学识渊博的律师，但其家世并不显赫。他不甘心自己的雄心壮志被父亲的平庸身份限制，还是学生时就梦想着权力，并自信地预言有一天自己会成为安达卢西亚的主人。他甚至问校友——不过是群小孩——当他掌权的时候，希望得到什么职位。值得注意的是，当阿尔曼佐尔的目标实现后，他并没有忘记自己早年的诺言。他的奋斗生涯是个有趣的例子，说明了在伊斯兰国家，勇气、天赋和自我奋斗是如何发挥作用的。在那里，就算起点低，通往权力的道路依然向天才开放。

阿尔曼左尔开始只是宫廷里的专职文书，总是竭力讨好御前大臣（相当于现在的首相）。于是没过多久，他就得到了宫廷内的小官职。他因风

▲ 一名穆斯林抄写员

度翩翩且善于奉承得到了王室女眷，尤其是奥罗拉的青睐。她爱上了这个才华横溢的年轻人。通过送给王妃和公主的奢华礼物（有时是用公款），阿尔曼左尔的官阶升了。到31岁时，他已经身兼多个肥差，包括法定继承人的财产监督员、一个或两个法官职务和城防卫队司令。每个人都对他的礼貌、慷慨大方以及乐于助人而倾倒，他已经成功将自己推销给位高权重的人。当哈卡姆去世后，年幼的新任哈里发的母亲奥罗拉便成为举足轻重的关键人物。阿尔曼左尔预感到攫取权力的机会来了，他和奥罗拉默契合作，只谋杀了一个竞争者，就确立了幼童希沙姆的王位。接着他又迅速镇压了斯拉夫禁卫军的阴谋，使之只能默认希沙姆为苏丹。

当时的政府首脑是穆斯塔法（Mus-hafy），就是那位曾帮助阿尔曼左尔爬上权力台阶第一步的御前大臣。作为下级官员，阿尔曼左尔很乐意加入他的政治派系。那时人们十分仇恨外国佣兵，因此当斯拉夫禁卫军遭到镇压，很多人被流放后，阿尔曼左尔和穆斯塔法在科尔多瓦的人气随之大涨。然而，这个联盟只是暂时的。阿尔曼左尔一看到有除掉穆斯塔法的机会，便毫不犹豫予以实施。第一件事就是增加自己的支持度，他大胆地抓住了机会。

在北方边境一带，基督徒又一次蠢蠢欲动。穆斯塔法不是军人，不知道如何应对入侵。阿尔曼左尔曾经是法官和巡查员，与穆斯塔法一样不是战士，但他来自一个相当古老的家族，其祖先是首次入侵西班牙时就同塔里克及其柏柏尔士兵并肩作战的少数阿拉伯人中的一员。阿尔曼左尔一刻也没犹豫，也从没有怀疑过自己的能力，便主动请缨领兵抗击基督徒。他对莱昂的突袭是如此成功，他对士兵是如此慷慨。因此，当他回到科尔多瓦后，已不仅仅是一名文职将军，更是整支军队的偶像。

第二次针对北部基督徒的战役由边防部队司令迦利布（Ghālib）实际指挥，阿尔曼左尔很明智地将这位勇敢的将军拉入了自己阵营。迦利布斩钉截铁地断言，穆斯林的胜利都依赖于这位年轻文职官员的才能，大肆吹捧他的远见卓识。于是，宫廷和人民都相信这位前律师是一个军事天才。事实也的确如此。

在迦利布的支持和一系列战功的帮助下，阿尔曼左尔接着便将御前大臣之子从科尔多瓦地方行政长官的位置赶下来并取而代之。他很好地行使着权力，

▲ 油画《在后宫》

这座城市因此前所未有地变得秩序井然，且有着公正的法律。他的儿子在违法后也被处以鞭挞之刑，被活活打死，他就像尤利乌斯·布鲁图斯（Junius Brutus），执法时从不允许例外。由于执法严明，阿尔曼左尔的威望更高了。军队早就支持他，民众对他也很有好感，现在他又赢得了法律界所有人士的青睐。是时候用狡诈手段打击政敌了。他巧妙地让虚弱的御前大臣与伤痕累累的迦利布对抗，扩大了将军与御前大臣之间本来就存在的裂痕。这两家族原本订有婚约以结成政治同盟，但阿尔曼左尔诱使迦利布弃盟，转而将女儿嫁给自己，给了御前大臣最后一击。

阿尔曼左尔在政治牌局上娴熟地出牌。978 年，哈卡姆去世仅 2 年，他就指控穆斯塔法侵吞公款——这个理由并非不充分——将其逮捕、审讯并定罪。这位曾经权势显赫的御前大臣在阿尔曼左尔的脚底下过了整整 5 年悲惨的生活，然后死于狱中，可能是被胜利者毒死的。他死时一无所有，只有一件狱卒的破烂斗篷覆盖在身体上。这就是那些阻拦阿尔曼左尔实现野心的人的悲惨下场。当穆斯塔法处于权力和荣耀的巅峰时，成千上万的人拜倒在他的膝盖下乞求恩宠，甚至有位莱昂国王谦卑地亲吻过他的手；但他到头来被一个出身平凡却才华横溢的年轻人击败，最后变得潦倒不堪，一文不名。

阿尔曼左尔在穆斯塔法被贬谪的那天，正式成了政府首脑。他现在权势熏天，成了西班牙伊斯兰王国事实上的统治者。安达卢西亚政府由以哈里发为首的议会构成，但哈里发已被软禁在后宫。至于本应就国家事务向他出谋划策的维齐尔议会，也被阿尔曼左尔安插了心腹。他住在郊外的宫殿里统治整个王国，信函和公告都以他的名义下发。他在祭坛上祈祷，并在钱币上铸自己的头像，甚至还穿着有金线织的自己名字的长袍——这原本是国王才有的特权。野心会给自己带来危险，被侵害的人往往会报仇，阿尔曼左尔也不能不受敌人的攻击。斯拉夫禁卫军曾经计划发动政变更换苏丹，但阿尔曼左尔及时挫败了阴谋，放黜了所有参与者。其中一人试图刺杀阿尔曼左尔却再次失败，大批受牵连的要员连同始作俑者被捕，审判结束后被钉在十字架上处死。

由于年幼的哈里发并没有因受到监护表现出不满，太后奥罗拉依然是盟友，于是阿尔曼左尔现在是科尔多瓦的至高权威了。只有一个人貌似同他平起平坐，那就是他的岳父迦利布。军队钦佩阿尔曼左尔，对这个没有任何军事经验的人居然敢对基督徒发动战争而啧啧称奇；然而，军队更爱戴和崇拜迦利布，他是一名真正的勇士，武力超群，永不屈服。迦利布也因此成了阿尔曼左尔的强大对手，必须被清除。他以一贯的果断默默地开始了这项工作，无论做什么，他都带着不可动摇的镇静和钢铁般的意志步步推进。

下面这个故事能突显他的这种性格。一天，阿尔曼左尔来到维齐尔议会开会。当时大臣们正在讨论公共事务议题，忽然闻到室内有一股烧焦的肉味，原来是一块炙热的烙铁在灼烧首相的大腿，而他还平静地辩论着国家大事呢！这种人清除任何障碍都不会有什么困难，即便是对付迦利布将军。他仔细制定了计划，而他的计划从未失败过。当他的措施过于强悍而不能立即得到人民的认可时，他总是会拿出备用方案，让暴怒的民众默默接受。因此，当首相探知几个重要人物即将反叛并策划暗杀自己时，他就意识到在神学和法律界存在敌人，于是立即同这些人和解。他召集教义权威专家开会，要求他们列出危险和异端的哲学著作。西班牙的穆斯林以严谨而闻名，哲学家受到了非常严厉的对待。专家们很快就拟定了一份"禁书目录"（Index Expurgatorius），即一系列被谴责的书籍，阿尔曼左

▲ 阿尔曼左尔雕像，位于西班牙卡拉塔尼亚索尔

尔立即公开焚毁禁书。尽管他确实是一个善于接受不同观点且宽容哲学思想的人，却通过这个简单的方法，成功使自己成为正统的捍卫者，神学家们便不再反对他了。[24]

阿尔曼左尔如此足智多谋，对付迦利布自然毫无压力。他首先开展了一系列军队改革，减少指挥官们的个人影响力，将士兵效忠的对象从部队长官转移到自己身上。他从非洲和西班牙北部基督徒中间招募新兵，这些士兵当然不会偏向某个特定的穆斯林将军。他们很快被阿尔曼左尔的慷慨与一再被证明的军事才能折服，依附于他。阿尔曼左尔是一个严厉的指挥官，据说曾经用某人的刀砍掉了他的头，因为这把刀本应在刀鞘中，那人却在参加检阅时让刀刃若隐若现。虽然在训练和纪律问题上很严格，但士兵们只要勇敢战斗，服从命令，他就会像士兵的父亲一样亲切。他的影响力无处不在，有一次，他在营地看到士兵队伍惊慌失措地跑进来，原来是基督徒军队在后面追赶。他扔掉自己的头盔跳下王座，一屁股坐在尘土中。士兵们意识到将军十分绝望，便突然转过身扑向基督徒，击溃了他们，甚至一直追到了莱昂的街上。阿尔曼左尔率领军队在对抗北方基督教诸侯的战争中取得了 50 次以上的胜利，没有人能像他那样让士兵收获如此多的战利品。

新兵组成的部队向阿尔曼左尔效忠，迦利布和他的边境守备部队中的老兵则迅速衰落下去，迦利布也在一次交战中阵亡。另外一名将领扎卜亲王贾法尔（Ja'far），因为极受部队爱戴而威胁到阿尔曼左尔的统治。于是，贾法尔被邀请参加首相的宴请，喝得酩酊大醉后，在回家的路上被刺死。这绝不是阿尔曼左尔仅有的一次背叛和血腥杀戮，尽管他有很多配得上英雄地位的杰出品质，但这些恶行使他与英雄称号无缘。然而，正是依靠严厉和不择手段，阿尔曼左尔才使安达卢西亚辉煌得连大哈里发阿卜杜勒·拉赫曼三世也不曾期望。

阿尔曼左尔需要压制科尔多瓦城内尚存的反对势力，令其不能兴风作浪；他需要给科尔多瓦的大清真寺增添华丽的建筑和装饰以安抚民众的不满，因为他发现市民开始对年幼的哈里发一直被隔离在后宫一事愤愤不平；他也要当心奥罗拉和宫廷内部的风言风语，她们开始猜忌他；他要通过个人影响力威慑哈里发；他要用警惕的目光盯住政府的每一个部门，确保没有什么能够逃出监视；他还要花大量时间来发展文学。

尽管有各种各样的工作要做，这个不知疲倦的人还是在非洲发动了一场战争并获胜，将哈里发的疆域扩展到巴巴里沿岸地区。此外，每年春季和秋季，他会率领军队袭击莱昂和卡斯蒂利亚的基督教势力。他会像文化人那样，总是把书同剑放在一起——书也象征着一直陪伴他战斗的诗人。他总是连战连捷，是位常胜将军。在强悍的外国士兵以及许多被高额军饷和战利品吸引的基督徒的支持下，他用剑和火横扫了北方土地。他攻克了莱昂，把它的巨大城墙和塔楼夷为平地。他占领了巴塞罗那，甚至冒险进入加利西亚隘口，彻底摧毁了圣地亚哥－德孔波斯特拉（Santiago de Campostella，加利西亚地区首府）宏伟的教堂。这座教堂曾是无数朝拜者的圣地，几乎就是欧洲的克尔白①，好在他收殓了圣人遗骨，曾无数

---

① 译注：麦加大清真寺中央的方形高大石殿，为全世界穆斯林做礼拜时的朝向，又称"天房"。

次显灵的圣雅各神龛得以幸免。据说，当征服者进入被遗弃的城市时，他发现居民都逃走了，只有一个孤独的僧侣仍然在神龛前祈祷。"你在做什么？"阿尔曼左尔问道。"我在祷告。"年老的僧侣回答说。他立即被赦免。一名守卫在神龛周围巡逻，以保护僧侣和神龛免遭暴力。与此同时，穆斯林大军则继续摧毁城市。

阿尔曼左尔"胜利者"的称号当之无愧。只要他的军队每半年进行一次远征，基督教诸侯们就会束手就擒。莱昂及其邻邦成为科尔多瓦王国的附庸行省，卡斯蒂利亚、巴塞罗那和纳瓦拉多次被击败。他曾经攻陷了莱昂、潘普洛纳、巴塞罗那以及圣地亚哥－德孔波斯特拉。有一次，他让纳瓦拉国王跪在地上，仅是因为强硬的首相了解到纳瓦拉王国还有一个穆斯林女俘虏。该女子立即被释放，国王为自己的疏忽大意不停道歉。又有一次，基督徒占领了穆斯林后方一个坚固的阵地，阿尔曼左尔发现自己和军队回科尔多瓦的路被切断了。这没有什么可担忧的。他命令军队清剿周边地区，并收集可以制造棚屋和农具的物资。那些基督徒不敢主动进攻阿尔曼左尔，但自信抓住了敌人的软肋。他们发现穆斯林军队正有条不紊地搭建营房，不慌不忙地耕耘土地，准备各种农事活动。他们大为诧异，得到的答复是："我们为什么要回家，下一场战役马上就要开始了，所以我们要让自己在休息的时候舒舒服服的！"见穆斯林似乎要永久占领家园，基督徒充满了恐惧。

他们不但放弃了那块要地，还同意敌人携带战利品毫发无损地离开，甚至向穆斯林提供负重的骡马。

尽管阿尔曼左尔所向披靡，但他毕竟不是不死之身。在战胜卡斯蒂利亚的最后一次战役后，他得了致命的疾病，死在了梅迪纳塞利（Medinaceli）。有位撰写编年史的修士用一句简洁的评论概括了基督徒如释重负的心情："阿尔曼左尔死于1002年，埋葬在地狱里。"

▲ 1002年，阿尔曼左尔在班师回朝途中病逝，他的殉葬物是一堆尘土，这是每次出征回来后，从盔甲上清扫下来的

X

柏柏尔人当权

一旦引导国家的强大意志消失，就算是权力结构最好的国家有时也会陷入无政府的混乱状态，这也是一些人坚称国家应该由大多数人民管理的最有力论据之一。他们认为，若一个民族一直被严加管教，当约束消失或减弱后，人民就会无所适从。然而，这个理论只是对一个显而易见的道理的泛泛而谈，其应用范围很大程度上取决于民族特性。一些国家的人民似乎总是需要严格管教，而且也没有哪个国家能够完全独立于主导思想的支配。这种独立性并不可取，除非我们认为国家的理想状态就是在没有主导的情况下平庸无为、死气沉沉。

　　安达卢西亚无论如何也不能没有领袖。她的首脑离世之日，就是国家崩溃之时。当"伟大的恺撒倒下"时，那么"我、你们，我们大家都随着他一起倒下"[1]，这不是出于同情，而是出于无奈。在摩尔人的统治下，各种各样相互敌对的政党和派系使得在西班牙建立稳定的政治体制成为空中楼阁，只有强权才能抑制安达卢西亚境内不同宗教和种族之间的仇恨。只要认真研究爱尔兰人的性格和历史，认识到爱尔兰南北方各种派系之间有着不可调和的敌意，我们就得承认阿拉伯人并非发现这个统治秘诀——内部统一的国家所采取的温和执政方式在一个民族和宗教混杂的国家里是行不通的——的唯一民族。

　　正如我们所说，安达卢西亚的历史就是一系列的大起大落。首先，我们看到的是天生的战士发动了声势浩大的突袭，并以意想不到的征服而结束。然而，他们并没有在伊比利亚半岛获胜。他们相互猜忌，搞分裂，靠武力收获的利益被耗尽。接着，天才国王阿卜杜勒·拉赫曼一世登场了，安达卢西亚至少在表面上再次统一。"不朽之王"，这是波斯君主的传统称呼，人们总是倾向于认为，只要国王能够永生，便会有解决所有政治难题的方案。安达卢西亚的第一位国王当然不会长生不死。他死后，强权消失时总会发生的事情发生了：人民再次陷入内战和混乱。然后，安达卢西亚又出现了一位大赋异禀的国土，他拯救了这个国家：大哈里发阿卜杜勒·拉赫曼三世推行法律和秩序，击退了侵略者，将反叛者踩在脚下。50 年来，安达卢西亚是和平与繁荣的天堂。假如阿卜杜勒·拉赫曼三世能永生，这片土地

———————————

　　[1] 译注：出自莎士比亚戏剧《恺撒大帝》第三幕第二场。

可能至今依然保持安宁。我们不会听到宗教裁判所对犹太人和摩尔人施加的可怕迫害，卡洛斯分子①也不会出现。遗憾的是，这种梦想不可能成真。

不过，大哈里发为国家留下了领袖。国王拯救了西班牙两次，现在则是首相将国家团结在一起。不可战胜的首相阿尔曼左尔能让半岛的每个角落感受到他卓越的意志，西班牙因他的治理变得繁荣富裕，拥有无懈可击的秩序和安全，各派敌对势力在他的铁腕下被压制。但他也是凡人，他死后（正如基督教僧侣希望的那样）"被埋葬在地狱里"，王国变成了政治派别斗争的牺牲品。80年来，安达卢西亚被猜忌心重的头领和凶狠好斗的暴君、摩尔人、阿拉伯人、斯拉夫人、西班牙人撕成了碎片。许多纷争的根源已经随时间流逝而无人记得，人们有时会因失去自己的家族传承，遗忘了当年先祖为追寻部落荣耀而产生的分歧。不过，安达卢西亚依然充斥着个人、种族和宗教冲突，是一所人间地狱，正好符合那位修士对阿尔曼左尔下葬之地的形容。

首相死后6年间，他的儿子穆扎法尔（Muzaffar）维持着王国的统一，随后便是层出不穷的贪婪冒险者、争强好胜的哈里发和无耻的骗子。西班牙人是由不同种族的人融合来的，他们欢迎国王的统治，喜欢头上有个王朝，为伟大的倭马亚家族感到自豪。首相统治，无论正义与否，都不是他们期望的理想政府形式。他们认为，国王必须亲自执政。当阿尔曼左尔次子公开宣称要继承王位后，人民义愤填膺地发起暴动，坚持要求哈里发把政权控制在自己手中。不幸的希沙姆因此突然被拖出后宫——他在那里快乐地当了30年的囚犯。希沙姆乞求人们不要让他做自己做不到的事。当人们意识到这个中年男人像婴儿一样无助时，就让他退位，扶植了其家族的另一人取而代之。实际上，安达卢西亚的倭马亚王朝此时就终结了。

接下来的20年，哈里发们轮番登场。第一个是科尔多瓦人的傀儡；第二个是斯拉夫禁卫军的木偶；第三个则由柏柏尔人操纵；第四个哈里发有名无实，只是为了遮掩塞维利亚统治者的狼子野心。这些哈里发都是不同派系的棋子，毫无权威可言。王宫的宝座大厅里，谋杀一幕接一幕上演，就像哈里发们一个接一个上台。一个倒霉鬼躲在浴室的烘箱里，暴露藏身之处后被拽了出来，当着下任哈里发的面受戮，

---

① 译注：拥护卡洛斯争夺西班牙王位的人。

▲摩尔宫廷的一名禁卫军

而新哈里发的在位时间也长不了。希沙姆二世，这个被阿尔曼左尔和太后奥罗拉控制，长期处于未成年状态的可怜人，在这场闹剧中还有表演。他又一次被拥立为王，然后又被废黜。在华丽后宫囚禁他的丝绸"锁链"，如今变成了地牢的阴暗墙壁，他的下场无人知晓。他的王妃说他设法逃走了，在亚洲或者麦加避难。王位对这位可怜的哈里发毫无吸引力，他喜欢隐居和虔诚祈祷。他一定知道，只要他还在安达卢西亚，就会刺激野心勃勃的政客，导致进一步的冲突。所以他希望结束作为哈里发的日子，在伊斯兰教的圣殿度过余生。一个外貌非常像希沙姆的骗子在塞维利亚自立为哈里发，大家都知道这个人其实是该城势力强大的领主为了方便统治而扶植的傀儡，真正的希沙姆永远消失了，再也没人知道他的消息。

凶狠的摩尔人和斯拉夫人反客为主，轮番将曾经的主人作为棋盘上的棋子加以利用。希沙姆三世①的废黜就是不幸的倭马亚王朝的写照，其命运令人唏嘘。这个温和仁慈的君王及其家人一起被带到了科尔多瓦大清真寺的一个地窖里。那儿一片漆黑，并且寒冷潮湿、空气污浊。可怜的哈里发坐在里面，胸前抱着他唯一的孩子——一个小女孩。他的妻子们穿着单薄的衣服，蓬头垢面地围坐在他身旁，一边哭泣，一边颤抖。他们已经很久没有进食了，毫无人性的狱卒把他们扔在那里不理不睬。国务议会紧急召开会议讨论如何处置希沙姆，并派几位谢赫②将结果告诉他。可怜的

---

① 译注：科尔多瓦哈里发国的最后一任哈里发，在位时间为1026—1031年。
② 译注：阿拉伯语中一个常见的尊称，意为长老、酋长、村长、族长。

哈里发正想方设法让小女孩能稍微暖和些，不耐烦地打断使者的话："好的，好的！不管他们的决定是什么，我都会服从。给我点面包吧，这个无辜的孩子快要饿死了。"谢赫们其实无意折磨哈里发，于是命人送来了面包。然后他们又开始说："陛下，国务议会已经决定，黎明时分将您带走，关押到一座要塞。""就这样吧，"哈里发回答，"我只有一个请求：给我们一盏灯，因为这阴暗的地方令我们害怕。"

这样的场景在科尔多瓦一再出现。每一次革命都会带来一轮新恐怖。科尔多瓦人口已经大大增加，商业和手工业蓬勃发展，并由此产生了一个活跃的工匠阶级，滋生了市民不服管束的情绪。于是，市民变成暴民，以暴民的惯用手段推翻了阿尔曼左尔的王朝。为了发泄愤怒，他们掠夺了首相在首都附近建造的供他自己和政府官员使用的美丽宫殿。他们把宫殿里的无价之宝尽数洗劫后，又将其付之一炬。无法无天的暴徒到处屠戮、掠夺和行刺，骚乱整整持续了四天，科尔多瓦城一片混乱。

然后便轮到柏柏尔人呼风唤雨了。1010 年，人民极为痛恨的专横的斯拉夫禁卫军被残忍的柏柏尔人取而代之。柏柏尔人同样热衷于抢劫，他们所到之处无不哀鸿遍野，火光冲天。一座又一座宫殿遭到抢掠和焚毁。大哈里发钟爱的宰海拉宫也被洗劫一空，随后陷入火海之中，两代哈里发不计成本建造的宫殿和装饰的精美艺术品变成了一堆发黑的石头。守军被杀，居民逃到清真寺避难。柏柏尔人没有丝毫同情心，他们在那神圣的场所杀起人来也毫不顾虑，男女老少一律倒在了他们的屠刀下。

首都被野蛮的斯拉夫人和柏柏尔人撕成了碎片。科尔多瓦人将倭马亚家族、哈木德（Hammūd）家族的成员一个接一个立为哈里发，或者尝试城市议会管理，但外省的诸侯早就自行其是，完全无视中央政权了。阿尔曼左尔治下的稳定和统一消失了，每个城市或地区都有自己的独立领主。大量四分五裂的小政权突然出现，西班牙人深受其害。当异族人强行分裂他们的土地时，西班牙人无力反抗，只能旁观和哀叹。柏柏尔将军在南部大发横财，斯拉夫人占领了东部。当年阿卜杜勒·拉赫曼三世和阿尔曼左尔竭力压制的贵族中有少数人侥幸逃脱，于是安达卢西亚的其余部分便落入这群贵族和一些新贵手中。安达卢西亚境内最重要的两座城市——科尔多瓦和塞维利亚成立了共和国。[25] 不过，这只是字面意义上的，绝非事实，所谓的穆斯林第一执政官的地位其实跟皇帝差不多。

11世纪上半叶，安达卢西亚共出现了20来个独立小王朝。其中比较重要的有马拉加和阿尔赫西拉斯的哈木德王朝、塞维利亚的阿巴德王朝（Abbadites）、格拉纳达的齐里（Ziri）王朝、萨拉戈萨的贝尼胡德（Beny Hūd）王朝、托莱多的左农（Dhu-n-Nūn）王朝以及巴伦西亚（Valencia）、穆尔西亚、阿尔梅里亚的政权。①这些小王国的君主有一部分算是好统治者，大多数则是残忍的暴君。但奇怪的是，他们都是优雅的绅士，以研究学问、钻研书法为荣，将宫廷变成诗人和音乐家的乐园。比如塞维利亚的穆尔台迪德（Mo'temid）就精通各种艺术，成就非凡。

▲ 阿方索六世

可是他喜欢砍下敌人的双肩，将收集的头颅展示在花园，还引以为豪。虽然此时的局势与大哈里发刚刚登基时不尽相同，没有伊本·哈弗逊那样的领袖发动基督徒大起义，但总的来看，安达卢西亚成了混乱不堪的牺牲品，普遍处于无政府状态，完全崩溃的危险比以往任何时候都更容易发生。

北方的基督徒开始行动了。他们看到并充分利用了这个机会。阿方索六世统治着阿斯图里亚斯、莱昂和卡斯蒂利亚3个王国，他清楚地知道现在应采取的策略：只要煽风点火，这些穆斯林诸侯就会自取灭亡。这些短视的暴君确实只关心他们

---

① 译注：后倭马亚王朝在安达卢西亚的统治解体后，出现了很多穆斯林小王国，历史上将他们统称为"塔法"（Taifa）。

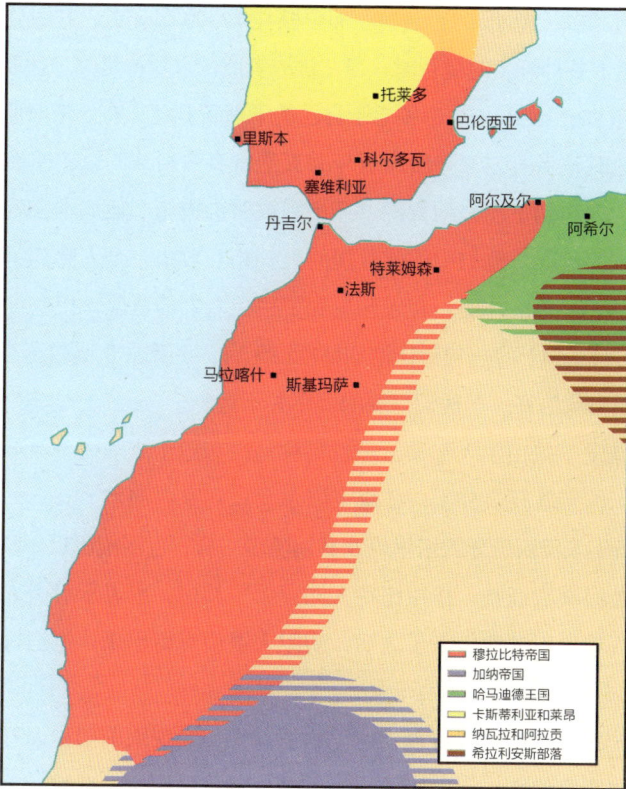

▲ 穆拉比特王朝疆域图（1040—1147年）

那微不足道的个人权力，并且会热心地配合任何可能削弱对手的势力。只要发现自己被强大的邻居压制着，他们就会乞求帮助，争相拜倒在阿方索的脚下。加之穆斯林害怕卡斯蒂利亚人发起猛烈的进攻，因此很多伊斯兰国家纷纷成为卡斯蒂利亚的附庸，包括偏远的加的斯港（Cadiz）。阿方索六世要求的年贡越来越多，美其名曰"维持友谊的代价"，其实是他在为将来伟大的征服积蓄物资。北方很穷，讽刺的是，阿方索六世相信，安达卢西亚贡献的巨额财物将能摧毁这些穆斯林属国。

尽管穆斯林诸王朝受困于分裂和猜忌，但他们的忍耐也是有限的。当阿方索的军队穿越整个西班牙抵达海边，得意扬扬地饮马直布罗陀时；当阿方索占领穆斯林的中心阿利多（Aledo）要塞，在那里驻扎 12000 名守卫，并四处出击、践踏周边地区，犯下各种野蛮的暴行时；当"挑战者熙德"罗德里戈·迪亚斯·德·维瓦尔（Rodrigo Diaz de Bivar）率领忠于自己的卡斯蒂利亚人在巴伦西亚自立为王，四处侵占土地时；当阿方索夺回西班牙并灭绝所有穆斯林的企图昭然若揭时，伊斯兰君主终于意识到了面临的危险，开始采取防御措施。他们本来就势单力孤，面对即将到来的危险，他们中彼此敌视的人仍相互攻击，令人感到绝望。他们只有一招可用了——聘请外援。有人预见到了引狼入室的危险，但塞维利亚国王穆尔台迪德（Mo'temid）的一句话让他们都哑口无言："我去非洲沙漠养骆驼，也比在卡斯蒂利亚当猪倌好。"他们需要的援军并不远。

北非又爆发了柏柏尔人起义。一群自称马拉布隐士或圣徒（西班牙人称之为穆拉比特人）的宗教狂热分子，征服了阿尔及尔到塞内加尔（Senegal）的广阔区域。他们与当年入侵西班牙的塔里克及其追随者一样，也觊觎西班牙富饶的土地，随时准备穿越海峡去征服。穆拉比特人同意派军救援，也表示对引人入胜的安达卢西亚毫无兴趣。不过他们来了之后，明眼人很快看得出来，他们打算待在这里不走了。

这是穆拉比特人第一次进入安达卢西亚。他们发现眼前门户大开，于是像蝗虫那样吞食这个令他们一饱口腹的国家。自从阿尔曼左尔去世后，无尽的混乱就摧毁了绝大部分安达卢西亚人的幸福生活。他们渴望能再次出现一个可以恢复国家秩序的强悍政权。那些穆斯林暴君要么是邀请穆拉比特人的祸首，要么也无力抵抗。不管怎样，他们还是很高兴看到卡斯蒂利亚人被击退。作为塔什芬之子的穆拉比特国王尤素福（Yūsuf）侵占了阿尔赫西拉斯，得到了一座良港，并将整个地区变成了能为下一步行动提供必要支援的基地。他所向披靡，于 1086 年 10 月 23 日同阿方索在巴达霍斯附近的宰拉盖（Zallūka）相遇，这是西班牙人称为萨克拉利亚斯（Sacralias）的地方。阿方索自恃拥有一支强大的军队，高调宣称："依靠这样的战士，我能同魔鬼、天使和幽灵对抗！"他略施小计将柏柏尔人和安达卢西亚人的伊斯兰联军打了个措手不及。但尤素福可不是那么容易就惊慌失措的，他巧妙地将卡斯蒂利亚军队截为两段，在前军和后军之间燃起大火。尽管卡斯蒂利亚忠诚的勇士从未放弃抵抗，尤素福依然彻底击垮了他们。阿方索

▲ 天启四骑士，据《圣经启示录》记载，当世界即将终结时，七封印中的第一印被揭开，分别骑着白、红、黑、绿四种颜色的马的四名骑士将战争、饥荒、瘟疫和死亡带给接受最终审判的人

以及 500 名骑兵勉强活着逃离了战场，成千上万名优秀的卡斯蒂利亚战士却倒在了那片致命的战场上。

胜利后，穆拉比特首领尤素福为安达卢西亚人留下 3000 名柏柏尔士兵，接着便返回了非洲。除了阿尔赫西拉斯的港口外，他保证不再染指安达卢西亚其他地方。到目前为止，他还算信守了诺言。安达卢西亚人对他颇有好感，他们赞美尤素福的英勇，为他拯救了这片土地而欢欣鼓舞。他们钦佩他的虔诚，因为做任何事前都要听取宗教人士的建议。在他们的劝说下，尤素福除了保留伊斯兰早期哈里发奥马尔制定的少数税种外，免除了其他苛捐杂税。上层人士嘲笑过尤素福的无知和粗鲁的举止，他几乎不会说阿拉伯语，当诗人朗诵歌颂他荣耀的诗歌时，他通常会错过恭维的要点。优雅而精致的安达卢西亚人即使双膝跪在血泊里，也从来不会忽略诗词。在上流社会看来，尤素福只是没头脑的野蛮人罢了。不过，他们对尤素福教育程度的蔑视无关紧要，没有尤素福的利剑，他们什么也干不成。对广大人民而言，生活舒适安宁远比吟诗作乐重要，因此乐意接受尤素福成为安达卢西亚的统治者。

1090 年，塞维利亚国王再次邀请穆拉比特人前来帮他抵御基督徒。这一次基督徒比以前更加胆大妄为，竟然以阿利多要塞为大本营实施无限期的骚扰战。尤素福假装不情不愿，但还是同意了。这一次，安达卢西亚诸王和卡斯蒂利亚基督徒都成了他的攻击对象。这些愚蠢的人沉溺于互相指责、互相背叛，使得尤素福很快就有理由不再信任他们所有人了。他站在了人民尤其是宗教势力这

12世纪中叶的基督徒雇佣军　　　　穆斯林剑士　　　　12世纪初的穆拉比特鼓手

▲ 全副武装的战士

一边。尤素福曾发誓绝不染指安达卢西亚，但宗教长老们赦免了他不遵守承诺的罪过，进而催促他承担起他的责任——为这片四分五裂的土地恢复和平与繁荣。一直受宗教人士影响的尤素福，就算没有外部原因，他的野心也会驱使他接受这个建议。

　　1090年，尤素福开始发动征服西班牙的战争。11月，他占领格拉纳达，将那里无数精美的宝物——钻石、珍珠、红宝石、璀璨的金银首饰、水晶杯子、华丽的地毯以及各种闻所未闻的财宝——分发给军官，这些土包子从来未曾见过如此精美的东西。12月，泰利夫陷落。次年，塞维利亚和安达卢西亚其他重要城市纷纷落入尤素福之手。一支由阿方索派遣的著名指挥官阿尔瓦尔·法内兹（Alvar Fañez）率领的军队被尤素福击败，南部地区落入穆拉比特人之手。仅剩巴伦西亚还在苦苦支撑，只要熙德还活着，并指挥防御，那里就不会沦陷。1102年，英雄

▲ 穆拉比特火球投手

熙德去世，紧接着巴伦西亚就屈服了。现在除了托莱多，伊斯兰旗帜下的西班牙已成为强大的非洲穆拉比特帝国的一个行省。

安达卢西亚人暂且对主动请求外国人"入侵"的结果感到满意，少数受过教育和地位较高的人却并不乐意。"清教徒"的统治时代到来了，却没有"弥尔顿"来软化其中的严苛。[1]诗人和文学家在众多分离的小朝廷中生活滋润，最嗜血的暴君在那里热切地欢迎天才光临。他们时常即兴创作诗歌来赞美领主，对粗俗的柏柏尔人极度厌恶，因为野蛮人无法理解他们的精致优雅。柏柏尔人有时也尝试模仿之前彬彬有礼的领主，但他们模仿得太拙劣，以至于旁人都禁不住发笑。在持自由主义思想和赞同文化包容观点的人看来，宗教狂热分子介入世俗权力并不可取，可是穆拉比特王朝的谋臣就由大批这样的人组成。他们不仅偏激，反对任何哲学思辨，而且只允许用一种观点来解释《古兰经》。

犹太人和基督徒很快就体会到穆拉比特人的"宽容"：他们遭到残酷的迫害，或者被屠杀或者被驱逐出家园。古老的贵族已经所剩无几，残余的小国君绝望地发现当年花钱请来的外来人永久占据了自己的地盘，并想起在科尔多瓦哈里发国晚期，类似的柏柏尔游牧部落的那些恐怖行径。但是人民很高兴看到穆拉比特人留在这里，至少他们的生命和财产有了保障。之前安达卢西亚被分割成好多个独立公国时，只有为数不多的几个政权还有力量能够在城堡外保护属民。如今道路上没有了肆虐多年的盗匪，基督徒再也不敢偷袭村镇、掠夺乡野。出

---

①译注：这是一个类比。弥尔顿是清教徒，英国著名文学家，代表作《失乐园》。穆拉比特人同清教徒类似，也信奉一个极端虔诚的主张圣洁生活的穆斯林教派，但没有出现如弥尔顿这样的文学大家。

于对柏柏尔人的恐惧和内部的长期斗争，基督徒都退回到自己的领地，与穆斯林保持着一段安全距离。秩序和安宁暂时恢复了，法律得到尊重，人民又一次梦想着财富和幸福。

这都是幻觉。穆拉比特王朝的臣民们没能享受繁荣，发生在罗马人和哥特人身上的事现在发生在了柏柏尔人身上。进入西班牙之前，他们都是吃苦耐劳的武士，不习惯于安逸或奢侈，欣赏力量和勇猛，对宗教充满了强烈且单纯的热情。汉尼拔的战士占领加普亚后，陷入温柔乡中不能自拔，战斗力很快锐减。如今柏柏尔人的遭遇与其相似，享受胜利果实的日子也长不了。他们失去了尚武精神，不再热衷冒险，也不再享受在战争中忍受苦难的快乐——他们以不可思议的速度遗失了所有男子气概。20年后，已经没有一支柏柏尔军队还能抵御卡斯蒂利亚人的进攻，柏柏尔人成了一群放荡不羁的乌合之众、终日酩酊大醉的可耻懦夫和沉醉于口腹之欲的奴隶。他们是秩序的破坏者，不再维护秩序；他们是强盗，如果还有胆量，就会去袭击一个手无寸铁的旅行者；他们是小偷，不会放过任何盗窃的机会。这个国家也比以往任何时候都糟，甚至那些小暴君统治的时代也没这么糟。软弱的柏柏尔人被坏女人和野心勃勃的宗教分子蛊惑，经常会朝令夕改，出尔反尔。这样的统治者不会掌权太久，一场大革命正在非洲吞噬着穆拉比特人的力量。

与此同时，卡斯蒂利亚人在阿方索的指挥下，又开始向安达卢西亚发起袭击。1125年，他们在南部肆掠了整整一年。1133年，他们焚毁了科尔多瓦、塞维利亚和卡蒙娜的郊区，洗

▲ 穆拉比特宫廷卫兵

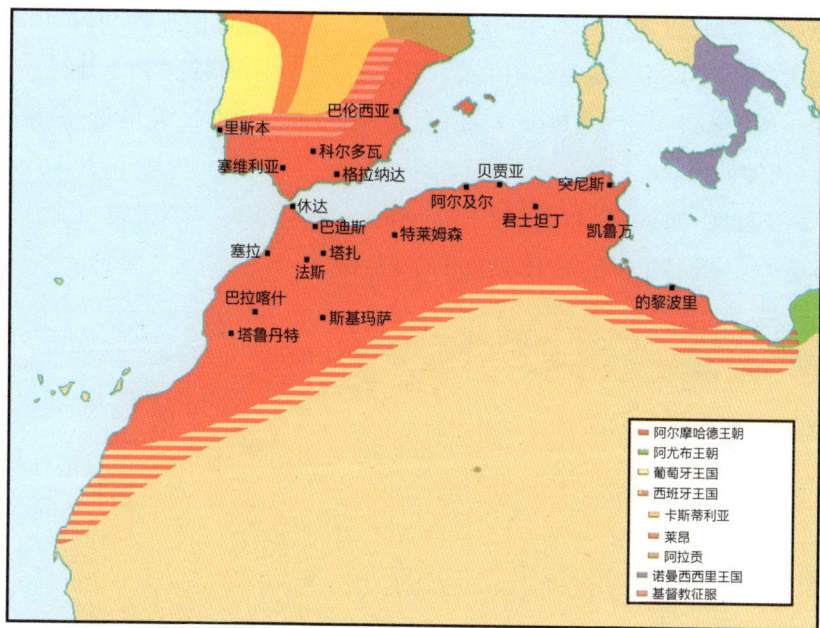

▲ 1200年穆瓦希德王朝疆域

劫了西雷克斯①并将其化为废墟。现在基督徒的侵扰范围从莱昂扩展到了直布罗陀海峡，但是愚蠢的柏柏尔人没有做任何事情来应对危机。人民群众怒火中烧，最终将无能的统治者赶出了自己的土地。

"最后，"阿拉伯历史学家写道，"安达卢西亚人民见穆拉比特帝国即将瓦解，便不再等待，扔掉假装顺从的面具，公开发动叛乱。只要有一群下属，拥有一座在需要时可以躲进去的城堡，任何小总督、首领或稍有影响的人都可以自封苏丹，享受王室的气派。那时，安达卢西业有多少城镇，就有多少国王。伊本·哈姆丁（Ibn-Hamdīn）占领了科尔多瓦，伊本·麦蒙（Ibn-Maymūn）掌握加的斯，伊本·卡萨（Ibn-Kāsy）和伊本·维齐尔（Ibn-Wezīr）控制着西部，莱木突奈（Lamtūny）

---

① Xeres，赫雷斯（西班牙西南部城市）的旧称。

盘踞在格拉纳达，伊本·马尔代贴（Ibn–Mardanīsh）在巴伦西亚。他们中有些是安达卢西亚人，其余的是柏柏尔人。不过，这些势力很快就在阿卜杜勒·慕敏（Abd–el–Mumin）的旗帜下消亡。阿卜杜勒·慕敏占领了每位‘哈里发’的领土，将整个安达卢西亚统一了。"

阿卜杜勒·慕敏是阿尔摩哈德王朝（Almohades，即穆瓦希德王朝）的创始人，他继承了穆拉比特王朝在非洲和西班牙的统治权。

XI

挑战者熙德

下面我们该将目光转移到北方，看看摩尔人的对手。我们在第七节讲到，佩拉约集合起残存的哥特人，逃到阿斯图里亚斯山区的岩洞和堡垒里面，那里外人难以抵达。当时，驻守在伊斯兰领土边境的是柏柏尔军队。面对这群无心恋战、四分五裂的柏柏尔人，基督徒很快就越过早期的边界，逐渐收复了瓜达拉马山脉以北的大部分地区，并在那儿建立了莱昂王国和卡斯蒂利亚王国。在更远的东部，基督徒在比利牛斯山下建立了独立的纳瓦拉王国。这些基督教王国与他们的摩尔邻居之间的战争几乎从未停止过。如果不是基督教各国之间持续存在分歧，致使一些国家在战争中保持中立，基督徒的攻势本可以更凌厉些。只要科尔多瓦王国保持统一和强大，莱昂、卡斯蒂利亚和纳瓦拉基督徒的实力被内讧消耗掉，摩尔人就能确保其领土完整。

可是科尔多瓦王国垮台后，安达卢西亚成为众多小王朝的猎物。这些王朝优先考虑自己的好处，然后才会考虑伊斯兰的整体利益。基督徒的战略因而更加大胆主动，从摩尔人手中夺取了大量领土。在混乱的 11 世纪，安达卢西亚每座城市几乎都是独立王国。基督徒的军队不断取得胜利，扫荡穆斯林的土地，还从很多重要的穆斯林君王手里索取贡品。

此时，北方大部分地区统一在费尔南多一世（Fernando the First）的权杖之下。在他的斡旋下，总是摩擦不断的莱昂和卡斯蒂利亚冰释前嫌。他将阿斯图里亚斯和加利西亚并入自己的领土。费尔南多无疑是当时西班牙最强大的君主，他吞并了葡萄牙的洛梅戈（Lormego）、维塞乌（Viseu）和科英布拉（Coimbra），萨拉戈萨、托莱多、巴达霍斯以及塞维利亚国王都得向他进贡。尽管费尔南多轻率地将自己的领地分给了 3 个儿子和 2 个女儿，导致他死后北部地区爆发了一系列内战，但"勇敢者"阿方索六世最终还是成功将碎片黏合在一起。从此以后，西班牙的基督徒势力便势不可挡了。在摩尔人最衰落的时候，穆斯林君主只有靠上缴难以置信的巨额贡品收买基督徒首领，并依靠幕后的穆拉比特军队，才能遏制基督徒对安达卢西亚的全面再征服。事实上，摩尔人已不能掌控自己的命运，他们夹在阿方索的恐吓和令人忧虑的穆拉比特盟军的霸权之间，心力交瘁。最后，他们不得不屈服于后者。我们发现，在这段时间，基督徒干涉了伊斯兰诸国的大部分政治事务。基督徒军队侵袭他们的领土，索要大批财物后才善罢甘休。基督教和穆

▲ 费尔南多一世（中）和西洛斯的圣多米尼克（左）

斯林阵营中的各种势力有着错综复杂的关系，以至于基督徒雇佣军出现在摩尔人军队里，积极协助穆斯林袭扰破坏基督教地区。反之，摩尔人也准备随时加入卡斯蒂利亚军队，对抗他们的穆斯林兄弟。简而言之，这是冒险家和雇佣军的时代，人们不再为了国王和国家而战斗，而是为获得更多个人利益。

如果我们把莱昂和卡斯蒂利亚的战士视为荣誉和骑士精神的理想典范，那就大错特错了；如果把他们想象成优雅文明的绅士，就更离谱。北方的基督徒与对手摩尔人形成了鲜明的对比。尚处于部落时代的阿拉伯人刚来到西班牙时也粗鄙不堪，随着与安达卢西亚人接触，人类喜欢享乐与奢华的天性逐渐显露出来，他们也成为高度文明的民族。他们喜欢诗歌等优美的文学，致力于学术研究，最重要的是尽情享受生活。他们的文化品位相当优雅精致，他们的情感极其微妙，只有那些有品位和才华的人能感受到。他们浪漫，富有想象力，喜欢思索。为了得到一首隽永的诗，达官显贵付的钱足以养活一个军团的士兵。独裁者中最残虐、最嗜血的暴君，如果不能写几行诗句，或者至少凭直觉欣赏到机智和儒雅的口才，他也会被人鄙视。音乐、雄辩术以及对科学的追求，这个杰出的民族似乎自然而然就拥有了这些特质。他们同样具有高度的批判力和对表达方式中细微差别敏锐的鉴赏力，我们总是将这种能力同今日的法国人联系起来。

可以想象，北方的基督徒与这群穆斯林迥然不同。虽然起源于同一个古老的王国，北方各国其实具有新生国家的很多特性。这群人粗鲁，没有教养，他们的首领没有几个接受过教育。他们也太穷了，不能沉溺于摩尔君主精致的奢侈生活。基督徒只是单纯的粗野武士，与他们的对手一样，也热衷战斗，但他们更能忍受长期战争的煎熬，也愿意为追求英勇行为而牺牲生命。基督徒不知道后代诗人为他们的历史注入了高尚的骑士精神，其实他们只是持剑的战士，除此之外一无是处。他们因贫困而甘愿为仆，将蛮力卖给出价最高的人，他们战斗只是为了活命。我们已经知道大首相阿尔曼左尔是如何战胜莱昂王国的，莱昂人清楚谁能决定他们的命运，便帮助阿尔曼左尔占领了圣地亚哥（Santiago）。11世纪的西班牙历史上有很多摩尔君主雇佣基督徒骑士的例子，其中最著名的便是西班牙民族英雄熙德。

"熙德"这个头衔其实来自摩尔人的尊称，他的全名为罗德里戈·迪亚斯·德·维瓦尔。"Sīd"是"Seyyid"的变形，原意为"主人"，在埃及和其他一些地方通常被用来称呼有地位的穆斯林。接着熙德或者"主人"又转意为"Campeador"，意思是"冠军"，更准确的含义是"挑战者"。在西班牙战争中，两军交战之前通常会派骑士进行单挑对决。他超凡的战斗力使他成了天生的挑战者。一名猛将站在阵列的最前面，就像迦特的歌利亚站在犹太军队之前那样，向敌军发起挑战，直到对方站出一人来应战。正如当年的编年史作家诚挚地称他为"我的熙德，挑战者"那样，罗德里戈·迪亚斯以这种形式取得了无数次胜利，获得的声望无人能及。想要分辨熙德的辉煌历史到底有多少是真的，其实并不容易。基督教的编年史家在宣扬他们的民族英雄时无所不用其极，后来他们在描写莱昂国王占领巴黎，征服法国、德国、意大利甚至波斯的时候，也是用的春秋笔法。因此，当谈及受人爱戴的熙德时，他的荣耀就不能全当真了。西班牙民歌将一道圣洁的光环笼罩在英雄身上，忘了其中许多美德压根就不被熙德本人或其同时代的卡斯蒂利亚人理解或欣赏。阿拉伯历史学家通常更值得信赖，可是当他们论及如熙德这样给巴伦西亚穆斯林带来如此多苦难的基督徒时，也很难保持不偏不倚。即便如此，他们还是称熙德为"真主的奇迹"。

在我们这个年代，人们不得不经常放弃很多从童年时代就熟知并一直津津乐道的历史，熙德的故事也未能幸免。一位著名的东方学家专门写了本书，证明这个可怕的挑战者并非人们以为的那样是个英雄。他奸诈残酷、不守教规，即使对自己的信仰也毫无顾忌地大肆破坏。多齐教授认为，熙德的浪漫历史是一系列杜撰故事的组合。他发表了一篇题为《真实的熙德》的论文，试图纠正这些有误导性质的叙述。尽管阿拉伯学者也对民族和宗教存有偏见，他依然将其批判建立在这些学者的研究基础之上，并盲目地依赖他们，就像普通人相信《熙德编年史》的内容一样。然而令人惊讶的是，《真实的熙德》和罗曼蒂克般的《熙德编年史》之间记载的差异微不足道。《熙德编年史》这本书是熙德死后半个世纪，由"博学者"阿方索①（Alfonso the Learned）重新编译的。

---

① 译注：卡斯蒂利亚国王阿方索十世，统治时间 1252—1284 年，他对文化的贡献很大，是当时欧洲最有学问的国王之一，所以被称为"博学者"。

▲ "博学者"阿方索十世

1805 年，罗伯特·骚塞[1]（Robert Southey）把熙德的故事翻译成英文。他的译本感染力很强，几乎同原始版本一样经典。其实，就算没有得到详细研究过熙德那段历史的阿拉伯历史学家的帮助，每个人也能分辨出精彩的熙德故事里面明显是传说的那部分。目前为止，在众多讲述熙德的书籍中，最受欢迎的依然是骚塞那部引人入胜的编年史。《熙德编年史》中的熙德与传奇故事中的熙德完全不同。我们一方面要毫不犹豫地放弃后者对熙德完美无缺的人物刻画，另一方面依然可以相信前者的内容。当然，熙德有他的缺点，并且犯过一些无法辩解的罪行。他不是那种正统信教者，因为他既为摩尔人作战，也为基督徒作战，甚至还无情地向教堂下手，就像是在打劫一座清真寺。然而，读过《熙德编年史》的人对此早就了然于胸——熙德就是这个样子，他只是很久以前的一个粗鲁英雄而已。如果我们要根据基督教规定的美德，以愿意长期苦修与充满慈悲怜悯之心来定义英雄的话，大多数英雄恐怕都会被拉下神坛。阿喀琉斯围着特洛伊城墙拖拽赫克托尔的尸体时，显然谈不上文雅或富有同情心，但阿喀琉斯就是《伊利亚特》的英雄。在敏感的现代人看来，十个古代英雄中有九个曾经都有过很残忍、狭隘乃至卑鄙的行为。[2]把现代道德准则应用到过去的英雄身上，纯粹是对历

---

① 译注：英国浪漫派诗人，湖畔派诗人之一，在 1813 年被封为桂冠诗人。
② 译注：在 21 世纪的人看来，19 世纪下半叶的人也同样残忍、狭隘乃至卑鄙。

▲ 《圣加德亚教堂誓言》，在这幅油画中，身披红袍的阿方索六世站在画面中央。他右手按着《圣经》，发誓自己没有参与谋杀兄长桑乔二世的阴谋，熙德作为证人站在他前方

史的曲解。让我们首先承认他们并非完美无瑕，然后再来欣赏英雄们的伟大事迹：他们身材高大、目光炯炯，在战马上挥舞着利剑向敌人发起排山倒海似的攻击。我们并不期望他们成为哲学家或政治经济学家。我们对他们很满意，因为他们就是英雄，芸芸众生中最勇敢的领袖。

　　对西班牙人而言，熙德是一个真正的英雄。首先，他作战非常出色，配得上尊贵的头衔。其次，同神话中的伯纳多·德尔·卡皮奥①和真实存在的费尔南多·冈萨雷斯一样，他也是卡斯蒂利亚出类拔萃的勇士，而且敢于同莱昂国王对抗。卡斯蒂利亚人对这个强大的邻居一直怀有深深的戒备。第三，吟游诗人忽略了他曾长时间同摩尔人结盟的事实，只纪念他是代表基督教人民反抗异教徒的伟大斗士，从而人为塑造出一个公正无私的形象。在《记事通史》一书的作者看来，熙德反抗阿方索国王固然给卡斯蒂利亚人留下良好印象，但也正是这个原因使其形象不

_____

　　① 译注：中世纪阿斯图里亚斯王国的英雄。

那么完美。《熙德编年史》也秉承这样的观点，该书的作者或者说是编著者认为，熙德是西班牙民族英雄，但打过内战，并反抗阿方索国王，形象当然不完美了。阿方索十世是阿方索六世的后裔，因此也对熙德有意见。在骚塞版的《熙德编年史》里（该书亦包含了《熙德之歌》和其他来源的内容），读者必须对其中民谣和冒险故事中关于主人翁的夸张描写有所提防。此著作也不乏熙德负面形象的细节，但不管怎样，就算真正的英雄人物有各种缺点和局限，其魅力依然历久弥新。这些历史纪录为读者展现了那个激昂时代的有趣画面，塑造了一位伟大的西班牙骑士。

熙德的故事本身就是一本书，我们能做的就是从他的事迹中截取一些激动人心的片段。英雄的青年时代很大程度上与神话故事交织在一起。他首次出现在历史文献中的时间是 1064 年，当时他虽然不到 20 岁，却凭借与一名纳瓦拉骑士单挑并获胜，赢得了"挑战者"的头衔。不久之后，他便被任命为卡斯蒂利亚军队的总司令官。在一次战斗中，他出其不意地背叛了莱昂国王阿方索，从而帮助其兄弟卡斯蒂利亚国王桑乔取得全胜。这种手段在那个混乱年代倒也不啻为精明的战略。贝利多[1]杀害桑乔后，熙德在萨莫拉城下向桑乔的王位继承人效忠，此人正是当年被桑乔击败而遭放黜的阿方索。[2]新国王起初很欢迎这位非凡的卡斯蒂利亚骑士加入他的朝廷，还把自己的堂妹嫁给熙德。但是莱昂国王阿方索被猜忌毒害了，满脑子都是之前熙德如何欺骗自己的记忆，终于在 1081 年将熙德流放国外。《熙德编年史》讲述了熙德告别的故事：

> 于是，熙德找来所有的亲朋好友和自己的封臣，告诉他们阿方索国王是如何将他从这片土地放逐的，然后问他们有谁愿意同他一起被流放，而谁又将留下来。他的日耳曼表弟阿尔瓦尔·法内兹走上前来说道："熙德啊，我们将跟随你穿越人迹罕至的沙漠、人口稠密的闹市，永远不会让你失望。我们将带上自己的骡子和马匹，自己的财富和家当。只要我们还活着，就永远是你忠诚的朋友和封臣。"

---

[1] 译注：萨莫拉的贵族，在 1072 年 10 月 6 日暗杀了桑乔。

[2] 译注：欧洲各国王室有非常复杂的血缘和姻缘关系，因此不乏某个国王继承另一个国家王位的事例。事实上，欧洲很多战争都是因复杂的王位继承问题导致的。

▲ 位于塞维利亚的熙德雕像。请注意他手里拿着的长枪和下面的枪旗。

所有人都赞同阿尔瓦尔·法内兹的发言，熙德对此表示感谢，承诺总有一天会为此给予回报。

他即将离开的时候，回头看了一眼自己的家。大厅内空无一人，大门敞开，衣架空着，门廊上没有座椅，栖木上也没有猎鹰。他饱含泪水说道："我的仇敌如此对我……"接着，他朝东方跪下，说道："圣母玛利亚、所有的圣徒，请为我祈祷，祈求上帝赐予我力量摧毁一切异教徒。从敌人那里获得财富以报答所有跟随我、帮助我的朋友。"他叫来阿尔瓦尔·法内兹，对他说："我的兄弟，国王对我们所做的恶行与穷人无关。我们在路上也不能对他们施加不义。"然后，他就让人牵马过来。这时，站在门口的一位老妇人说："走吧，祝你好运。你必能得偿所愿。"他听完这条祝福便骑上马说："朋友们，上帝保佑，我们将满载荣誉和战利品回到卡斯蒂利亚。"当他们走出比瓦尔（Bivar）的时候，看见一只乌鸦飞在右边，当他们进入布尔戈斯（Burgos）的时候，左边有一只乌鸦。①

熙德进入布尔戈斯城时，队伍中飘扬着 60 面枪旗。②布尔戈斯的男男女女，有的走出门，有的倚着窗边无比悲伤地啜泣。他们异口同声地高呼："上帝啊！

①译注：在西班牙传统中，乌鸦从右飞到左表示将有好运气。
②译注：表示熙德队伍的人数，当时计算人数的方法是数长枪，每杆长枪上都挂有一面枪旗。

▲ 西班牙浪漫主义画家戈雅创作的刻版画《熙德斗牛》

如果君主贤明，他该是多么优秀的辅臣！"每个人都乐意留他住下，但无人上前邀请。因为暴怒的阿方索国王已将诏书下达至布尔戈斯城，不准任何人留宿熙德。谁违背了诏命，谁就将一无所有，还会被挖去一双眼睛。这些基督徒满怀深切的悲痛，但当熙德靠近时却默不作声，纷纷避开。熙德走向他熟知的老客栈，却看见店主因惧怕国王而紧闭了大门。他的随从大声呼喊，里面无人答应。熙德骑马上前，从马镫中抽出一只脚，猛踢了一脚店门，但是大门关得紧紧的。一个9岁的小女孩从一所房子里面出来说："熙德啊，国王发布禁令，不准我们收留你。我们不敢为你开门，否则将失去房屋和所有财产，还有双眸。熙德，就算我们遭殃，你也得不到好处。但主和他的圣德必将与你同在。"说完，小女孩就转身回家。熙德明白了国王的所作所为，便离开客栈，骑马来到圣玛利亚教堂。他翻身下马，双膝跪地，虔诚祈祷。祷毕，他重新上马，飞奔出城，停在格雷拉（Glera）附近的阿郎逊河（Arlanzon）边，在沙滩上扎营。在良辰吉日①挂剑的熙德啊，因

---

① 译注：在熙德故事中，多次提到"良辰吉日"，表示熙德得到了神的眷顾，与上下文内容并无直接联系。

为无人敢将他收留在家中，他不得不在沙地上夜宿。忠诚的同伴们犹如群山围绕在他身边，就这样，大家一起度过黑夜。

雄鸡高鸣，红日破晓，熙德来到圣佩德罗。当地修道院院长阿伯特·唐·斯塞布托（Abbot Don Sisebuto）正在晨祷，希梅娜（Ximena，熙德的妻子）和五位家世清白的侍女也在一旁，一起请求上帝和圣彼得能帮助熙德渡过难关。熙德在

▲ 1961年，英、美、意三国合拍的以熙德为主线的电影，中文名《万世英雄》，海报上方的广告词为：一千年来最伟大的传奇冒险故事

▲ 基督教骑兵

▼ 圣佩德罗德卡尔代纳修道院

大门口叫喊，所有人都听出了他的声音。"上帝保佑！"修道院院长兴奋异常。人们拿着烛灯与火把来到了庭院。阿伯特感谢主的仁慈，因为主让他见到了熙德的面庞。熙德告诉他降临的厄运，表明自己已是一个流亡之徒，然后拿出五十马克赠送给他，又取出一百马克供希梅娜和她的孩子们使用。他说："阿伯特，我留下两个小女儿，请你多多关照。请你照顾她们，照顾我的妻子和她的侍女。如果这笔钱用完了还不够，请满足她们的需要。你为她们每花费一个马克，将来我就向修道院捐赠四马克。"院长郑重承诺，必如熙德所愿。希梅娜一手抱着一个女儿走到丈夫面前，双膝跪下，热泪盈眶。她亲吻着他的手，说："看啊，你因恶人中伤才遭受放逐。我和你的女儿都在这里。她们还很幼小，我和你不得不活活地分离。以圣母玛利亚之名，请你告诉我们该怎么办。"熙德深爱女儿，将她们抱在怀中，紧靠自己的胸膛，泪如泉涌。"求主和圣母之灵，"他说，"保佑我平安，得以亲手安排女儿们的婚事，使我能陪伴挚爱的忠诚的妻子。"

那天，人们在修道院为熙德举办了一场盛宴，圣佩德罗的钟声响彻云霄。与此同时，整个卡斯蒂利亚都在流传，熙德为何要被流放，人们是有多么悲伤。有的人抛弃了房产，有些人放弃了尊贵的地位，愿意跟随他离开故土。那天在阿郎逊河的桥上，聚集了一百一十五名骑士，询问熙德正在何方。马丁·安托里内斯①（Martin Antolinez）带着他们一起来到圣佩德罗。当熙德听说一大群好汉正前来追随自己，感到实力大增，于是上马前去迎接，热情欢迎他们加入。骑士们走向熙德，吻他的手。熙德说："你们为我放弃了财产和地位，我祈求主，总有一天我能报答你们。我确信，一定会让你们的损失得到加倍的补偿。"限期离境的日子已经过去六天，只剩下三天了。如果之后熙德还留在国王的领地，无论他再花上多少金银，都无法逃亡。那天，他们一起用餐。夜幕降临，熙德根据情况将自己的所有财物分给了每个人。他说："晨祷之后必须

---

① 译注：当布尔戈斯城绝大多数人拒绝为熙德提供帮助时，只有马丁·安托里内斯为熙德一行送来食物和葡萄酒，后跟随熙德。

立即集合，赶早出发。"鸡鸣时分，他们便整装待发，阿伯特为勇士们做圣三位一体的弥撒。随后他们离开教堂，牵来战马。熙德拥抱着希梅娜和女儿们，为她们祝福。一家人悲痛欲绝，就像指甲与指头分离。熙德泪如雨下，抱着妻女难舍难分。这时，阿尔瓦尔·法内兹上前一步，对他说："我的熙德，你的勇气去哪儿了？你生在良辰吉日，却如何像个女人。想想我们要走的路。这一切悲痛将来都会变成幸福。"

熙德为安达卢西亚北部穆斯林君主中势力最盛的萨拉戈萨国王效力。得此大将，摩尔人也很高兴。现在熙德的追随者全都依赖他获得的战利品来生存，因而对其更加忠诚了。于是熙德一马当先，带领他们对阿拉贡王国发动了一次奇袭。短短五天时间，熙德就率队掠夺了一大片区域。在基督徒军队得到警报之前，他们就全身而退了。他率领摩尔人进攻巴塞罗那伯爵，获得全胜后迫使伯爵同意结盟。至于熙德与战友们如何在战场上取得一次次胜利，《熙德编年史》是这样记述的：

佩德罗·贝穆德斯（Pero Bermudez）忍不住激动，手擎大旗高呼："上帝保佑您，熙德·康佩阿多尔。我要把您的旗帜插在敌军中间，您一定会伫立在旁边，我将亲眼看见您如何护卫。"然后，他就策马向前冲。康佩阿多尔爱惜他，叫他立即停止。但佩德罗·贝穆德斯回答，他将一直往前，高举战旗冲进摩尔人的大营。摩尔人为了夺下大旗，重重包围了熙德，一次又一次发起攻击，要将他毁灭。然而，熙德的铠甲依然坚固，敌人不能击破。摩尔人既没有打败佩德罗·贝穆德斯，也未能夺取战旗。他是无畏的勇士，也是强壮而优秀的骑兵，还有一颗伟大的心。熙德看到他身陷重围，命令部下去帮助他。他们持盾护住心脏，横下套上枪旗的长矛，弯腰前倾，飞奔向前。装了垂饰的长矛有三百杆，每个人都一枪刺死一个摩尔人。"杀死他们，骑士们，为了上帝的爱！"熙德·康佩阿多尔大声喊道，"我是鲁伊迪亚斯，比瓦尔的熙德就是我。"那一天，无数盾牌被击毁，无数盔甲被打烂，无数白色枪旗血痕斑斑，无数战马失去主人四处乱窜。异教徒呼唤穆罕默德，基督徒高喊圣地业哥。战鼓齐鸣，军号震天，相邻之人也听不清彼此说话。熙德和他的战友保护着佩德罗·贝穆德斯，他们在摩尔人的大军中横冲直撞，大开杀戒。

▲ 西班牙的守护圣人圣地亚哥挥剑斩杀摩尔人

他们也如此这般安全退回。一千三百名摩尔人被杀。你若想知晓他们是谁，谁是那一天的好汉，那么让我来告诉你。尽管他们都已离世，但他们的英名不会消失。向往英雄的人会大声疾呼，绝不会让他们的功绩埋没。这就是我的熙德，真正的好汉。他骑在镀金的马鞍上，所向披靡。他的战友是阿尔瓦尔·法内兹·米纳亚、布尔戈斯的勇士马丁·安托里内斯、穆尼奥·古斯迪奥斯，以及蒙特迈奥尔的领主马丁·穆尼奥斯、阿尔瓦尔·阿尔瓦雷斯、阿尔瓦尔·塞尔瓦多内斯，还有阿拉贡的好人加林·加西亚、康佩阿多尔的侄子菲利斯·穆尼奥斯。无论我的熙德走到哪里，摩尔人都要避开，因为他在攻击敌人时从不手软。战斗还在继续，摩尔人杀了阿尔瓦尔·法内兹的战马。他的长矛已被折断，但他拔剑步行，继续勇敢作战。只见熙德紧追一名骑着骏马的敌将，他高举右臂挥剑将敌人斩为两段。他将此马给了阿尔瓦尔·法内兹，说："骑上它，你是我的右臂。"

　　熙德军事生涯中最伟大的功绩就是征服巴伦西亚。出于政治上的考量，他以萨拉戈萨国王的名义成为巴伦西亚摩尔国王的保护者。他首次来到巴伦西亚时并未受到阻挠："国王叶哈雅热情地接纳了熙德，与他立约。国王承诺每周给熙德四千银币，并将部分城堡置于他的管理之下，所属臣民应向他支付与之前国王征收的同样数目的赋税。与此对应，熙德要保证叶哈雅不受摩尔人或基督徒的伤害，也要将家安置在巴伦西亚，在那里变卖所有战利品，还要建立自己的大本营。盟约以书面形式确立下来，双方都认为很稳妥。熙德给那些城堡的领主发去信息，命令他们像以前一样把税金交给巴伦西亚国王。他们都服从了熙德的命令，每个人都努力得到他的喜爱。"

　　利用巴伦西亚的有利地位，熙德率领胜利之师与邻国对抗。他"对德尼亚（Denia）和哈蒂瓦（Xativa）开战，整个冬季都在那里活动，造成巨大伤害。从奥里韦拉到哈蒂瓦，他大肆破坏所有建筑，没有留下一堵完好的墙壁，并将劫掠来的战利品和俘虏送往巴伦西亚贩卖。"然而，在一次远征中，他暂时丢失了大本营。阿方索在1089年重新接纳了熙德，授予他城堡，并宣布熙德征服的所有领地都是他本人的财产。换言之，他承认熙德是一个独立的诸侯了。然而几乎与此同时，国王又开始怀疑这位强大的诸侯，并抓住熙德暂时离开北方的机会，围攻巴伦西亚城。熙德得此消息极为愤怒，用火与剑席卷了阿方索统治下的纳赫拉（Najera）和卡拉奥拉（Calahorra）地区，将洛格罗尼奥（Logroño）夷为平地。拉丁文著作《事件》（Gesta）记载道："他邪恶的掠夺令这片土地饱受折磨，满目疮痍。他剥夺了这里的财富，将其据为己有。"阿方索只好放弃围攻巴伦西亚，匆忙返回自己的国土。熙德达到目的后，从另一条路返回，却发现巴伦西亚对他大门紧闭。

　　难以忘却的围城持续了九个月，巴伦西亚人遭受着饥渴之苦，而城墙外的熙德依然坚持不懈。被围困的人痛苦不堪，那些自己逃出来的或被市民当作负担赶出城外的人，被熙德的士兵屠杀或卖为奴隶。摩尔历史学家甚至说，熙德活活烧死了其中很多人。《熙德编年史》有这样的悲伤记载："现在城里买不到食物，人们就在大街上倒下，成批地死亡。"有一首诗这样写道：

　　巴伦西亚！巴伦西亚！灾祸到来，死期临近。如果你绝境逢生，所有人都会惊奇。

　　若真主惠泽四方，愿他怜悯你。以愉悦之名，所有摩尔人都为你欢喜，在这里享受欢愉。

　　如果真主决定让你彻底毁灭，那一定是因为你傲慢或犯下了不可饶恕的罪孽。

如果可以的话，你的四块奠基石将会聚集在一起，为你哀悼。

四块奠基石上的坚固城墙正在颤抖，即将垮下，失去力量。

在远处看起来高大壮观的塔楼，曾经令人民欢欣鼓舞，如今正一点一点地塌落。

在远方闪闪发光的白色城堞失去了耀眼的光泽。

高贵的瓜达拉维亚尔和其他河流曾经泽被万众，如今却离开故道，奔向错误的方向。

河水曾那样清澈，那样恩惠民众，如今却浑浊不堪，污泥堵塞了河道。

你的周边曾经环绕着令人愉悦的花园。如今，贪婪之狼啃噬着树根，树木不再果实累累。鲜花盛开的土地，曾经是人们嬉戏的乐园，现在已全部干涸。

高贵、伟大的海港，它的荣耀全部化为乌有，再也不会为你而来。

大火将你心爱的土地付之一炬，浓烟将你团团包围。

你的伤痛无药可医，医生也绝望无比。

巴伦西亚！巴伦西亚！我向你倾诉的这一切都源自我那破碎的心。

我要大声疾呼，让所有人都知道你遭受的苦难。

1094 年 6 月，巴伦西亚终于投降，熙德再次站在它的塔楼和城墙上。市民的生活十分艰苦，为了给卡斯蒂利亚人腾出空间，很多人还被赶到郊外。熙德对待被征服者并不严厉，也很诚实，因此这些小规模杀戮并未使他蒙上污点。摩尔人的家园被毁了，但除了领袖外，其他人的安全还是得到了保障。现在，熙德达到了权力的顶峰。他从修道院接

▲ 1094年，熙德攻破巴伦西亚城，下令屠杀守军

来妻子和女儿，并永久成为巴伦西亚国王和周边地区的宗主。阿拉贡国王恳请与之结盟。熙德从邻国收取大量贡金，其每年收入包括来自巴伦西亚的 12 万枚金币、阿尔瓦拉辛领主的 1 万枚金币、阿尔蓬特继承人的 1 万枚金币以及穆维多罗所有者的 6000 金币等。他梦想着重新征服整个安达卢西亚。"一个罗德里克丢失了西班牙，"他说，"另一个要收复它。"[①]穆拉比特人发兵攻击熙德，被他击溃。

《熙德编年史》记录了这样一个故事：

　　白昼已去，夜幕降临。鸡鸣时分，所有人聚在圣佩德罗大教堂。主教唐·赫罗尼莫唱起了弥撒，为他们免罪。"面朝敌人奋战而死者，我将免除他的罪孽，上帝将收取他的灵魂。"他接着说，"请给我一个恩惠，熙德·唐·罗德里戈。今早我为您做了弥撒，就让我成为第一个在战场上受伤的人吧！"熙德以上帝之名赐予他这个恩惠。当一切准备就绪，他们从蛇之门离城，留下优秀的战士把守大门。强大的摩尔军队就在对面，阿尔瓦尔·法内兹和他的战友已经提前出发，设下了伏兵。三千七百名勇士怀揣胜利的愿景跟随熙德，对战来敌五万名摩尔人。他们通过狭小地段和险恶隘口，埋伏在左方，再向右方攻击，将摩尔人夹在他们和城镇之间。熙德排列好阵型，命令佩德罗·贝穆德斯掌旗。摩尔人见此大吃一惊，立刻从帐篷里出来，慌忙套上马具。熙德命令旗手奋力前进，主教唐·赫罗尼莫也策马向前。在夜幕的掩护下，双方很快就混战成一团。那一刻，许多马匹在田间奔跑，你可以看见在它们的肚腹下，有骑士被挂在马鞍上。急速攻击的效果极为成功，但是摩尔人的数量如此之多，他们在基督徒的攻击下苦苦支撑，企图渡过难关。于是，熙德呼喊着上帝和圣地亚哥，大声鼓励。关键时刻，阿尔瓦尔·法内兹从靠近大海的那边一跃而出，向敌人扑来。摩尔人以为有一支生力军赶来支援熙德，便丧失信心开始逃窜。熙德和他的部卜紧追不舍，狠狠惩罚了他们。如果你们想知道每个人在战斗中的表现如何，我无能为力，因为每个人都很优异，功绩属于全体。熙德斩杀的摩尔人多得数不清，鲜血从手腕一直流到手肘。那一

---

① 译注：第一个罗德里克即本书前面提到过的西哥特国王。

天他骑行自如，对自己的战马巴维尔卡赞不绝口。追击中，他赶上国王尤素福，连续击砍三次。但国王躲过了利剑，因为熙德的战马冲到了前头。国王策马便逃，当熙德回马转身，敌酋已经走远，再也捉拿不到。基督徒一直追赶他们、攻击他们、屠杀他们，令他们不得片刻喘息。国王只好躲进圭耶拉（Guyera）城堡。摩尔人的五万大军，只有不到一万五千人逃出了深渊。

然而，战争变幻无常。熙德的军队最终还是被入侵者击败，他于 1099 年在悲痛中去世。人们将他的遗体做了防腐处理，日夜守灵。传奇诗歌描述，人们按照熙德生前的叮嘱，将尸体放在战马巴维尔卡背上，并将马鞍牢牢地系好。熙德竖直坐立，容颜如常，眼睛明亮清澈，胡须在胸前飘荡，手握忠诚的宝剑"提泽纳"。

▼ 位于西班牙布尔戈斯的熙德雕塑

没有人知道他已经死去。他们牵着巴维尔卡出城，佩德罗·贝穆德斯手持熙德的帅旗走在前方，周边有 500 名骑士护卫，希梅娜夫人和她的侍女走在后面。他们慢慢从围攻的大军中穿过，走上通往卡斯蒂利亚的道路。摩尔人惊奇地看着他们离开，因为他们不知道熙德死了。英雄的遗体被安置在卡德纳城圣佩德罗教堂的大祭坛旁边的一把象牙椅上。椅子的华盖上装饰着卡斯蒂利亚、莱昂、纳瓦拉、阿拉贡以及熙德的纹章。十年来，熙德一直坐在祭坛旁边。他的容貌依然俊美。当死亡的迹象显现后，人们将他埋在祭坛前，他的妻子希梅娜已经躺在那里。在地下墓穴，熙德仍旧坐在象牙椅上，身披华贵的长袍，手持他的"提泽纳"宝剑，伤痕累累的盾牌和胜利的帅旗孤独地悬挂在坟墓上方。

XII

格拉纳达王国

有熙德这样的战士，有费尔南多和阿方索这样的国王，基督徒收复西班牙全境只是时间问题。每个国家都要历经成长、繁荣和衰败，就像希腊和罗马，就像世界上每一个兴起、强大最后衰亡的古代王国那样。西班牙的摩尔王国也同样如此，其灭亡已近在咫尺。

在穆拉比特人吞并安达卢西亚之前，摩尔人的国家就已四分五裂、混乱不堪。当柏柏尔主人被驱逐后，他们的日子也没好多少。穆拉比特王朝刚刚灭亡，又一个新敌人就上场了。穆瓦希德人是狂热的"一神论者"①。他们推翻穆拉比特王朝在非洲的统治后，决心效仿前朝，也将安达卢西亚纳入新帝国的版图。长期分裂的各摩尔王国统治者之间的纠纷一直不断，这令穆瓦希德人的任务变成小菜一碟。1145年，穆瓦希德人占领阿尔赫西拉斯；1146年，他们攻陷了塞维利亚和马拉加；在接下来的4年内，他们又将科尔多瓦与西班牙南部尚存的地区纳入囊中。一些国君确实支撑了一阵子，但大批的非洲狂热分子对任何首领来说都太过强大，他们的抵抗只是拖延时日罢了。

然而穆瓦希德人并不打算将安达卢西亚作为他们的统治中心，他们在遥远的非洲发号施令，向西班牙派遣特使，控制力其实相当弱。安达卢西亚的领主唯这些摩洛哥特使马首是瞻，却很难平定发生骚乱的行省，只是偶尔派兵去击退基督徒的进攻。若他们全力以赴，倒也能取得一些胜利。1195年，他们在巴达霍斯附近的阿尔科斯（Alarcos）大胜基督徒，歼灭了数千敌人，并俘获大量战利品。可是他们的好运气用尽了，1212年，穆瓦希德人在拉斯纳瓦斯（Las Navas）遭遇厄运。60万大军中只有很少的人逃出来，他们得以讲述屠杀的情形。随着一座接一座城市落入基督徒之手，外族人的统治开始令各穆斯林家族心生不满。同时，来自非洲的对立王朝也持续不断发动攻击，使得安达卢西亚的首领对他们的外国主人忍无可忍，终于在1235年将穆瓦希德人赶出了半岛。阿拉伯首领伊本·胡德（Ibn-Hūd）控制了西班牙南部大部分地区，甚至包括了非洲的休达。他于1238年去世后，安

---

① 译注：伊斯兰教中的一神论派又被称为认主学或独一学，主张真主（造物主）是唯一（Wāhid）且无与伦比（āhad）的。

▲ 拉斯纳瓦斯战役，基督教军队大获全胜，穆瓦希德军惨败，是西班牙收复失地运动中重要的转折点

▼ 拉斯纳瓦斯战役的另一幅画作

▲ 格拉纳达疆域

地图标注：

卡斯蒂利亚王国

科尔多瓦　乌韦达
　　　　　　拜萨
富维利亚　阿吉拉尔　　　韦尔马（1348）　韦斯卡尔－（1434）
　　　　　　　　阿尔卡拉雷亚尔　　　　贝莱斯－夫兰科　奇科纳（1433）
埃斯特帕　普利戈（1341）伊斯纳略斯　　　　　　　　洛尔卡
　　　伊斯纳哈尔　莫克林　巴萨（1489）
奥尔维拉（1327）洛哈　格拉纳达（1492）阿尔沃斯
　　　　　　尔科多纳　瓜迪斯　普尔切纳　维拉（1488）
阿尔达莱拉（1330）安特克拉　阿尔阿马德　艾尔维拉地区　巴耶纳地区
阿尔科斯－萨阿拉（1407）阿洛拉
德拉弗龙特拉　　贝莱斯－马拉加　奥尔希瓦　贝尔哈
龙达（1485）科拉·塔库　马拉加（1487）
卡萨雷斯　拉尼亚地区　　阿尔梅里亚（1489）
梅迪纳－西多尼亚　马贝拉（1485）
　直布罗陀（1462）
塔里法（1292）阿尔赫西拉斯（1344）
休达（1415）

公元 1292~1462 年之间
卡斯蒂利亚或葡萄牙征服的领土
公元 1485 年卡斯蒂利亚征服的领土
公元 1415 年葡萄牙征服的领土

▼ 本尼·奈斯尔，即格拉纳达国王穆罕默德一世，画中的他正要亲吻卡斯蒂利亚国王费尔南多三世，向其称臣

达卢西亚的统治权便转移到了格拉纳达的本尼·奈斯尔（Beny Nasr）手中。

如今，留给摩尔人的地盘不多了。格拉纳达王国是摩尔人在西班牙的最后堡垒。1238—1260 年，卡斯蒂利亚国王费尔南多三世和阿拉贡国王海梅一世（Jayme I）攻克了巴伦西亚、科尔多瓦、塞维利亚和穆尔西亚。摩尔人的统治区域被限制在如今的格拉纳达省，大致范围为西班牙的内华达山脉以南，以及从阿尔梅里亚到直布罗陀的海岸线以北的地域。虽然面积极为有限，但这个王国注定还要延续两个半世纪之久。即使被重重包围，摩尔士兵依然将格拉纳达王国防守得固若金汤。那些失去城市的摩尔人以及被征服的伊斯兰国家中的英勇战士，纷纷向唯一剩下的伊斯兰国王效忠。据记载，有 5 万摩尔人从巴伦西亚逃离，30 万人从塞维利亚、西雷克斯以及加的斯逃亡。尽管如此，格拉纳达依然被迫向卡斯蒂利亚国王俯首称臣。王国的创立者本尼·奈斯尔是个颇有作为的君主，因皮肤和头发十分漂亮而得到"红人"绰号。不过，他也抵挡不住几乎占领了整个西班牙的基督教势力。他曾不止一次地挣扎，试图摆脱费尔南多与其子阿方索套在自己身上的枷锁，无奈实力不济，依然得向他们称臣纳贡。此刻，格拉纳达周边的土地已尽归基督教国王所有。这些国王早已平定了所征服的广阔地域，并清除了领地内的捣蛋分子。摩尔人不时向基督教邻居开战，但最终不得不放弃自己的雄心。1463 年，穆罕默德十世总共付了 12000 金达科特①以乞求和平。这两个世纪，摩尔人的领土没有减少。不过，直布罗陀曾多次易手。其他地方，尤其是阿尔赫西拉斯已经成为基督教领土的一部分。15 世纪穆斯林王国的领土，只有 13 世纪上半叶的四分之三。

在这段相对平静的时期，格拉纳达取代科尔多瓦成为艺术和科学的沃土。其建筑师在整个欧洲享有盛誉，他们建造了一座神奇的"红堡"——阿尔罕布拉宫（Alhambra），这座宫殿因所在地域铁质土壤的颜色而得名。宫殿内到处都是华丽的金饰，还有至今仍然被各国艺术家视为瑰宝的阿拉伯式装饰线条。[26]拥有两座城堡的格拉纳达城本身就是一颗无价的明珠。该城坐落在一片富饶的平原边缘，在冰雪覆盖的"月亮山"（即内华达山脉）脚下。阿尔罕布拉宫像雅典

---

① 译注：曾经流通于欧洲各国的钱币。

▲ 阿尔罕布拉宫全景

▲ 香桃木庭院

卫城一样矗立在这座城市的高处。从那里远眺，我们便能够尽赏布满溪流、葡萄园、果园和橘林的平原。安达卢西亚没有一座城市在地理条件或气候上能与格拉纳达相提并论，这里有无与伦比的肥沃土地，来自雪山的微风使炎热的夏天也凉爽宜人。

著名的阿尔罕布拉宫位于一个被陡峭峡谷包围的平台上，达罗河（Darro）在峡谷中向北奔流而过。坚固的石墙上覆盖着灰泥，每隔一小段距离便有一座平顶塔楼。俯瞰该城，它有点像一种披针形的叶片，从东到西长约半英里。

巨大的橙红色塔楼下有一扇"正义之门"，当年历任哈里发就像希伯来法官那样，坐在门下断案审判。穿过此门后，游客们便到了城墙里。在人行道上方28英尺处的马蹄形拱顶上，两块石头被分别雕刻成一把神秘的钥匙和一只巨大的手。一旦进入内墙，参观者便会身处一个广场，广场的一侧是查理五世①设计的未完成的宫殿。穿过这座被破坏的建筑后，游客沿着通往阿尔罕布拉宫入口的走廊前行，便会进入种植了大量装饰性灌木的香桃木庭院。一条狭窄的通道引导游客进入一个长140英尺、宽70英尺的中庭。长长的水池占了庭院大部分空间，池水波光粼粼，满池都是欢快畅游的金鱼。庭院四周是立柱和走廊。在北面，巨大的科马雷斯方塔拔地而起。这里是安详之地。水流静静地渗入盈满的水池中，没有泪泪声，也几乎没有泛起涟漪。无数金鱼在阳光的照射下闪闪发光，外界的任何干扰都不能穿透进来，破坏这里的宁静。

　　这里的一切都是平静的，但绝不是毁灭和死亡那样冰冷的沉闷。我们甚至能感受到这片土地，这所宫殿的前主人的好客。我们穿过船形前厅后到了使节厅，想象倭马亚王朝的哈里发们正坐在大厅顶端的王座上发号施令。当我们凝望着高耸的穹顶，让眼睛流连于这间无与伦比的大厅时，还能欣赏里面各式各样的徽章、优美的阿拉伯字体铭文以及墙壁上装饰的精美图案。这里既有交织着白蓝金色的檐口和天顶，又有圆圈和繁星式样的花纹，所有这些元素将整座大厅打造成了一幅天堂盛景。我们停在窗前，遥望达罗河，回顾五个世纪以前的故事。当时艾莎（Ayesha）曾让王子布阿卜迪勒坐进一个篮子，从这里下降到地面逃亡。②查理五世又是如何趾高气扬地对不幸的摩尔人说："失去这一切的人多么不幸啊！"就在这里，正如古代绘画所描述的那样，美洲的发现者恳求伊莎贝拉女王，允许他在她的王冠上再添一颗宝石——一颗新世界的璀璨宝石。我们沿着狭窄蜿蜒的楼梯继续向上爬，来到了塔顶的平台。当年美丽的公主和英武的王子就是通过这条路匆匆赶到高大的城墙，无奈地看着敌军一步步接近，或者焦虑地研究平原上的战况。我们的眼睛在广阔的区域里寻找那座皮诺斯桥（Pinos）——摩尔人和基督徒为争夺统治权曾在那儿发生过

---

　　① 译注：Charles V，1500—1558年，斐迪南和伊莎贝拉的孙子，1516年成为西班牙国王，开创了哈布斯堡王朝的黄金时代。查理五世加冕为神圣罗马帝国皇帝后，于1527年在阿尔罕布拉宫兴建了一座与皇帝身份相称的宫殿。

　　② 译注：布阿卜迪勒的故事在第十三节中有详细讲述。

多次战斗。我们还记得，正是在那座桥上，伊莎贝拉的信使赶上了垂头丧气的哥伦布，向他传达女王将其召回的懿旨。当时绝望的航海者怀揣大胆的计划正要前往其他王国，期望能够得到更贤明君主的赏识。我们并非只关心过去的历史片段，而是因为传统和浪漫是阿尔罕布拉宫魅力的一部分。

我们在错综复杂的建筑内穿行，发现自己来到了苏丹的后宫。从这里的窗边可以欣赏平原景致，开阔的视野令这里更具吸引力。当我们看见靠近入口处的白色大理石地面上的空洞时，就不由得感叹那个时代的奢华体现在方方面面。据记载，人们在地板下焚烧香料，香气会通过洞口飘入房间内，使女士套间芳香四溢。欧文当年下榻的套间如今也成为历史纪念地。①从这里向下望，能够看见林达拉加花园（Lindaraja）。花园本身并无特别之处，只是一个小小的种满花木的庭院，但是苏丹的澡堂就在旁边，里面有精致的金银丝细工装饰、复杂的花饰窗格和绝妙的马赛克图案。澡堂里有一个荡漾着柔和波纹的喷泉，时间就好像凝滞在和谐的旧日时光。当苏丹的妃子享受东方浴的乐趣，或者躺在金线织物下小憩时，美妙的音乐正从阳台上倾泻而下。每个浴盆都是由一整块白色大理石切割而成，放置在通过星形和玫瑰形小孔采光的独立拱形隔间。

宫殿最著名的部分也许是狮子庭院，其回廊并不高，立柱为白色大理石质地。立柱共有128根，每三根或四根为一组，以对称方式排列。狮子庭院占据的空间比香桃木庭院略少一些。游客可以在这里欣赏到精致的窗花、遗留下来的色彩、凸起的橘形圆屋顶、优雅的尖塔、雪花石膏搭建的蓄水池，还有无数美丽的如迷宫般的拱门。庭院中间放有一个大水盆，12只显得有些僵硬不自然的石狮子曾经不间断地向外吐凉爽的水，如今水盆已经干涸。这一切构成了一个充满诗情画意的建筑，甚至有些奢侈。

我们离开这个美丽的庭院，穿过一扇装饰着非常精美图案的门，便能进入阿本莎拉赫厅。该厅得名于这样一个传说，阿本莎拉赫（Abencerrages）家族的首领在这里被布阿卜迪勒下令斩首。石质地板上有好多斑斑点点，如果游客轻信导游的讲解，

---

① 译注：华盛顿·欧文，美国文学之父，曾游历西班牙，《阿尔罕布拉宫》和《征服格拉纳达》是其重要著作。

▲ 1492年伊莎贝拉女王和斐迪南国王刚刚征服格拉纳达后，便召见哥伦布，听取他的冒险计划

▼ 后宫嫔妃们听努比亚说书人讲故事

▲ 狮子喷泉（现已修复）

▲ 阿本莎拉赫厅的华丽天顶，很难想象在这么奢华的地方曾经发生过血腥的屠杀

▼ 阿本莎拉赫大屠杀

▲ 美丽的庭院和伊斯兰装饰

就会相信这是当年喷溅出来的鲜血痕迹。甜美柔和的阳光通过星形钟乳石屋顶上的十六个通风口洒入房间，照亮了天蓝色和朱红色的拱门，此景似乎同屠杀场景极不相称。历史并没有告诉我们布阿卜迪勒是否会为此内疚，但慈悲让我们相信，这个污点会永远留在他的记忆中。

由于时间有限，我们无法参观这座宫殿的每所庭院与每间大厅，但我们必须穿过种满了无花果、开心果、月桂和玫瑰的洛斯莫利诺斯峡谷，游览另一座宫殿赫内拉里菲宫（Generalife），西班牙语的意思是"建筑师花园"。这儿是阿尔罕布拉宫的"乡间别墅"，就建筑

▲ 19世纪中叶，欧洲明信片中的阿尔罕布拉宫，差不多就是华盛顿·欧文游览格拉纳达的年代

物的外观而言，表现出东方的简单、朴素。里面的一切——没有窗户的围墙、平台、游廊、拱廊——都已成废墟。精致的蔓藤花纹上覆盖着厚厚的尘土，精美的雕塑已无影无踪，豪华的内饰早已不复存在，但花园和水景魅力依旧。在重重的拱廊下，哈里发修建了大理石铺就的人工河道，里面流淌着湍急的溪水。河道两岸种植着枝条扭曲的紫杉，水面上掩映着柏树和橘树的凉爽阴影。喷泉、瀑布、湍急的水流、平静的池塘、在古老壁龛里面的小水盆、弯弯曲曲的潺潺溪流，都反射出湛蓝的天空。这些景色完美地交织在一起，组成了人们所能想象的最有魅力的园林。

欧文写道："在这里，所有的一切——水果、花卉、芳香，绿色的藤架和香桃木树篱，清新的空气和喷薄的水流——营造出了南方纸醉金迷的氛围。在这里，我有机会目睹了画家们喜欢描绘的南方宫殿和花园。今天是伯爵女儿[①]的圣徒纪念日，她从格拉纳达带了几位年轻的同伴来到摩尔人宫殿，在微风吹拂的大厅和凉亭悠闲地度过了一个漫长的夏日。上午的活动是参观赫内拉里菲宫。一群快乐的伙伴到这里后便分散开来，三三两两游览翠绿的步道、清亮的喷泉、意大利式的台阶、宏伟的露台和大理石栏杆。另一些人，也包括我，坐在露天廊道或柱廊里，俯瞰周边无垠的景色。阿尔罕布拉宫、格拉纳达城、山下广阔的平原，还有遥远的山峦——这是一个梦幻般的世界。在夏日的阳光下，一切都熠熠生辉。我们就这样坐着，聆听弥漫在空气中的吉他声、'咔嗒咔嗒'的响板声。我们看到达罗山谷半山腰的树丛里正举

▲ 19世纪从阿尔罕布拉宫的墙壁上敲下马赛克瓷砖的欧洲游客

① 译注：欧文住在阿尔罕布拉宫期间认识的一位当地贵族的女儿。

▲ 1862年的阿尔罕布拉宫全景，可以看出已经相当衰败了

行一场节日派对。有的人躺在草地上，有的人随音乐翩翩起舞，享受着真正的安达卢西亚式的快乐。"

　　游客也许能根据毁坏的建筑想象出阿尔罕布拉宫最令人陶醉的景色。半损毁的墙壁沿着山峦起伏，形成一道灵动的红色线条。内华达山脉的白色山脊为这幅画提供了宏伟的背景，并衬托出那座查理五世未完成的宫殿的深沉与厚重。

　　两个世纪以来，格拉纳达一直处于强大的基督教王国军队的直接威胁下。但就像摩尔人期待的那样，这个伊斯兰国家依然保持了繁荣。然而到15世纪中后期，有迹象预示其丧钟即将敲响。通过斐迪南和伊莎贝拉的婚姻，阿拉贡和卡斯蒂利亚结为一体。两个王国不可能长期对龟缩在半岛角落的摩尔人置之不理。阿本·哈桑（Aben Hasan）天性凶残好战，决心提前与基督徒摊牌，开启战争游戏的序幕。他拒绝缴纳贡品，当斐迪南的大使前来索要时，他回答道："告诉你的国王，格拉纳达那些愿意付出贡金的国王们已经死了。我们的造币厂如今不铸造钱币，只生产利剑！"为了使自己的意思明白无误，他开始突袭基督徒的土地，地点是萨阿拉

（Zahara）。天才文学家华盛顿·欧文以其精湛的文笔讲述了摩尔人最后一次战争，我们必须跟随他重温这段萨阿拉战事。[27]

1481年，就在我主诞辰的神圣日子后的一两个晚上，萨阿拉的居民正在酣睡，就连哨兵也离开岗位寻找遮蔽物躲避已经连续下了三夜的暴雨。在这样一个风雨交加的夜晚，敌人似乎不太可能进犯。然而，恶灵在狂风暴雨中最为活跃。午夜，萨阿拉的城墙内一片骚动，比肆虐的暴风雨更令人心慌意乱。接着，恐怖的警报声响起："摩尔人，摩尔人！"街上回响着警报，还夹杂着武器的碰撞声、痛苦的尖叫声和胜利者的呼喊声。哈桑率领一支强大的军队迅速离开格拉纳达，在狂风暴雨的掩护下穿越群山。暴雨驱赶卫兵离开岗哨，狂风拍打着箭楼和城垛。摩尔人竖起云梯，毫发无损地潜入了城池和城堡。直到城内杀声震天，守军才察觉到危险。在惊恐万分的居民看来，摩尔人就像空中的恶魔，乘着狂风之翼攻占了所有塔楼。战吼声无处不在，上面、下面、城墙上、城市的街道里。呐喊声相互回应，此起彼伏。到处都是敌人，他们在黑暗中，借助预定的信号有条不紊地行动。刚从睡梦中惊醒的士兵冲出军营就被敌人拦截，纷纷中刀倒地。他们就算跑出去了，也不知道在哪儿集合，或去哪儿攻击。只要寒光一闪，半月弯刀就杀死了一人，所有企图抵抗的人无不命丧刀下。战斗很快就结束了。幸存的人躲在房子里的隐秘角落，或干脆出来投降。武器的碰撞声停止了，暴风雨依然在咆哮，不时传来摩尔战士的叫喊，他们正在到处搜寻战利品。正当居民瑟瑟发抖，为自己的命运担忧时，街道上传来号角声，命令这些手无寸铁的人前往广场集合。敌军将他们团团围住，严密看守，一直到破晓。这群曾经生活幸福的人现在看上去多么可怜，不久前他们还平静地躺在安乐窝里休息，现在却男女老少不分贵贱地挤作一团，大部分人在寒冷的暴风雨中衣不遮体。残暴的哈桑对居民的抗议无动于衷，下令将他们当作俘虏押回格拉纳达。接着，他留下一支实力强大的部队驻守城市和城堡，命令他们严加防守后，便趾高气扬地回到首都。哈桑位于进城队伍的最前列，后面跟着不计其数的战利品，凯旋的上兵高举着从萨阿拉夺取的横旗和二角旗。当穆斯林为庆祝战胜基督徒，准备立刻进行长矛比武和其他庆典时，萨阿拉的俘虏到了。悲惨的男人、女人和儿童精疲力竭，绝望憔悴。他们排成长

▲ 现代的萨阿拉是西班牙加的斯省的一座小城，看得出地势险峻，易守难攻。当年若不采取偷袭的方式，穆斯林将很难攻克山顶上的要塞

长一列，像牲口一样被一队摩尔士兵驱赶着进城门。

格拉纳达有良知的人对哈桑的所作所为大为震惊，预感到这就是灭亡的开始。"悲哀啊，格拉纳达！"他们哭喊着，"它荒芜的时刻近在眼前。萨阿拉的毁灭将降临到我们头上。"

报应很快就来了。令人敬畏的加的斯侯爵（Marquess of Cadiz）奇袭并占领了离格拉纳达咫尺之遥的阿哈玛（Alhama）城堡，在穆斯林领地的心脏地带扎进一支基督徒军队。哈桑企图夺回城堡，却徒劳无功。有如神助的基督徒牢牢控制着这处要地，成功等到友军前来支援。"悲恸啊，我的阿哈玛！"格拉纳达人痛苦万分，"阿哈玛陷落了。敌人控制了格拉纳达的钥匙。"

从此以后，这座城堡就成为摩尔国王的眼中钉、肉中刺。勇敢的特恩迪洛（Tendillo）伯爵一直以此为基地，四处袭扰平原地区，造成了无穷无尽的破坏。

华盛顿·欧文著作中虚构的一位耶稣会编年史作者[28]说道："我看到虔诚的骑士和他的随从在圣战后归来，使异教徒的富饶之地狼烟四起、满目疮痍；我看到长长的骡队驮着从不信上帝者那里抢来的战利品；我看到摩尔人俘虏的健壮的公牛、哞哞叫的母牛、咩咩叫的绵羊，它们蜿蜒向上走进阿哈玛城门，这是一幅多么愉快的景象，令人精神一振……晚上我则看到另一幅可怕的场景，郊区升起滚滚黑烟，并夹杂着耀眼的火光，城墙上的妇女捶胸顿足，在她们房屋的废墟上尖叫。"

双方都满怀征服对方的豪情，彼此袭击却收效甚微，未造成全面破坏。基督徒打算发动一次大规模行动，决定入侵马拉加省。他们集合南部的部队，在加的斯侯爵和其他著名勇士的带领下开始命运大进军。

这支无所畏惧的军队从古老的安特克拉（Antequera）城门出发时，正是星期三。[29]他们行军了一天一夜，自以为是地在群山之间穿越。他们计划攻击地中海沿岸的摩尔人领地，但距离还相当远，直到第二天晚些时候才抵达。为了通过崇山峻岭，他们尽量在峡谷底部或岩石众多的深谷里行军。那里人迹罕至，只有一条水量稀少的溪流冲刷着松动的岩壁和石块。到了秋季山洪暴发时，这些石块才会被卷走。有时，他们只能走在群山中的干涸河床上，一路满是碎石，头顶上方是悬崖峭壁。在摩尔人与西班牙人的战争中，这里是绝好的伏击之地，之后又成为盗匪们偷袭不幸的旅行者的地方。

太阳落山了，骑士们终于从高耸的山峦上看到了美丽的马拉加大平原和蓝色地中海。他们就像瞥见了"应许之地"，爆发出欢呼声。夜幕降临后，他们抵达摩尔人称之为"阿克萨基亚"（Axarquia）的地区——一片位于岩石高处的地区，隐藏着成片的山谷和小村庄。就在这儿，他们自鸣得意的奇袭注定要遭遇失败。当地居民一听说基督教军队来了，就将所有牲畜、财物转移到别处，带着妇孺躲到山脉的防御塔和堡垒中。

基督教军队因一无所获而气急败坏，他们放火烧毁被遗弃的房屋，然后继续前进，希望接下来会有好运气。唐·阿隆索·德·阿圭勒（Don Alonzo de Aguilar）和前卫部队的其他骑士派人破坏这个地区，只俘获了少量牲畜，以及正把这些牲畜赶往安全地带的摩尔农民。

掠夺部队明火执仗地向前挺进，沿途燃烧的村落火光冲天，甚至照亮了悬崖峭壁。担任后卫的圣地亚哥骑士团团长严守军令，命令骑士们排成战斗阵型，一旦敌人出现便能立即发起攻击或转入防御。圣兄弟会的重骑兵分散开来搜寻战利品，但被团长召唤回来，受到严厉训斥。

最后他们来到山区的某个地方。那儿位于万丈深渊之下，两边是悬崖峭壁，谷地怪石嶙峋，到处坑坑洼洼，企图保持行军队列是不可能的。战马无法移动，也很难驾驭，它们不得不从一块块岩石上翻过去，在陡峭的斜坡上爬上爬下。这个地方就连山羊也无立锥之地。路过一座燃烧的村庄时，火光照在他们的铁质盔甲上，暴露了他们的困境。一些躲藏在高处瞭望塔内的摩尔人向下看到这些闪耀的骑士在岩石中磕磕绊绊，不禁大声欢呼起来。他们从塔内冲出来，占据了峡谷上方的悬崖绝壁，朝敌人猛烈地投掷飞镖和石块。

圣地亚哥骑士团团长身处绝境，只得派遣信使去寻求救援。他忠诚的战友加的斯侯爵立即带领骑兵来支援。敌人的攻击得到遏制，团长终于让部队安全撤出峡谷。

向导们受命将全军带离这片杀戮之地，他们选择了一条自认为最安全的陡峭多石的小路，可这条路连步兵都难以通过，骑兵就更不能过去了。石块和利箭伴随着狂野的号叫，忽然如雨点般从上方的悬崖落下，就连最勇敢的人也会吓得魂不附体。在有些狭窄的地方，他们只能一个接一个通过。这时，摩尔人的投枪常常能将基督徒连人带马都刺穿。骑士倒在地上垂死挣扎，阻挡了战友们的撤退。无数堆烽火照亮了周围的悬崖，每一处峭壁都燃起火焰。借助火光，他们看到敌人在岩石上来回跳跃，这些凡人看上去同魔鬼无异。向导们也许是因为恐惧或混乱，也许压根就不熟悉当地环境，他们没能将基督徒带离山区，反而引入更加致命的深处。天亮时，骑士们身陷一处狭小的溪谷里，曾经咆哮的河床上铺满了破碎的石块。他们上方是寸草不生的大悬崖，顶端是一群包着头巾、凶猛狂躁的敌人。

他们一整天都在山区流窜逃离，却徒劳无功。前一晚燃起烽火的高处升腾起一串串烟柱。山民们从四面八方汇聚而来。他们赶在基督徒抵达之前就扼守住每一处山口，利用峭壁攻击敌人，就像在塔楼和城堞里那样战斗。

基督徒再次陷入了黑暗中。他们被堵在一个狭小的山谷，一条深深的溪水流

▲ 格拉纳达的扎加尔，他是老国王阿布·哈桑的弟弟，后来同阿布·哈桑的儿子布阿卜迪勒（穆罕默德十二世）势不两立，自立为国王，史称穆罕默德十二世

过，周边是直上云霄的峭壁，悬崖上燃着熊熊烽火。突然，山谷中回响起一声呐喊。"扎加尔（Zagel）！扎加尔！"回声在绝壁间反复响起。"那是什么叫声？"圣地亚哥骑士团团长问。"这是摩尔将军扎加尔的战吼声，"一个卡斯蒂利亚老兵说，"他一定是亲自率领马拉加的部队赶来了。"

尊贵的团长转向他的骑士们，说道："献身吧。既然无法用剑开辟一条通路，那就用我们的心灵去完成。我们不能待在这儿任人屠戮。让我们爬上山巅，献出宝贵的生命。"

　　说罢，他就调转马头，快马加鞭朝山顶奔去，骑兵和步兵都紧跟其后。如果不能逃脱，那么他们渴望给予敌人致命一击。就在他们奋力爬向高处时，摩尔人把投枪和石块如暴风雨般向他们掷来。有时一块碎石蹦着从山上滚下来，发出巨大的声响，将队伍劈裂成两半。饥寒交迫的步兵头昏眼花，或者因受伤而一瘸一拐，只能抓着马尾巴或鬃毛往上爬。马匹会因踩在松动的石头上而摔倒，或者突然受伤，带着骑手从陡峭的山坡上跌落，在峭壁间来回翻滚，直到在谷底摔得血肉模糊。团长的旗手就在这殊死挣扎中，带着旗帜命丧黄泉。他的很多亲朋好友也难逃厄运。团长终于登上山顶，却又陷入新的困境。他面前是荒凉的岩石和崎岖的谷地，周围是残酷的敌人。既没有战旗，也没有了号角，团长无法重新集结队伍。基督教战士们四散开来，在峻峭的悬崖下躲避敌军的投枪以求自保。虔诚的圣地亚哥骑士团团长目睹雄壮威武的军队四分五裂，悲痛万分地呼喊道："上帝啊！今天您对自己的仆人是多么愤怒啊！您将怯懦的异教徒变得如此勇猛，让一群粗野的农民击败了全副武装的军队。"

　　团长本来要召集步兵，同他们一起对抗敌人，但身边的人恳求他考虑自身安危。留下来必然会牺牲，牺牲了就再也无法反击；逃走则能保全性命，将来还能对摩尔人施以报复。团长勉强接受了他们的建议。"哦，万物之主，"他又高喊道，"我逃避您的愤怒，绝非是为了躲避异教徒。他们只不过是您手下的工具，用以惩罚我们的罪孽！"说完，他让向导在前面引路，踢了一脚马刺，在被摩尔人拦截前就迅速通过一处山隘。就在团长策马全速离开时，他的队伍四散逃窜开来。一些人竭力跟着他的足迹逃跑，但不久就在错综复杂的群山中迷路了。他们有的向这边跑，有的向那边逃。很多人摔下悬崖，一些人被摩尔人杀死，另一些人成为俘虏。

　　基督徒不会轻易忘记马拉加群山的那个恐怖夜晚，发誓复仇。布阿卜迪勒取代父亲成为格拉纳达国王，很快就向敌人领地发起攻击。不料基督徒利用这个机会给了穆斯林一次沉重的打击。布阿卜迪勒在夜间悄然进军，但行动很快就被暴露。山顶上的烽火台燃起篝火。卡夫拉（Cabra）伯爵看到了火焰，听到了警报，立刻召集该地区的领主们准备作战。他们在卢塞纳（Lucena）附近同摩尔人相遇。借助森林的掩护，基督徒发动了一次巧妙的进攻，将敌人击退。"为了马拉加！"基督骑士呼喊着复仇的口号，猛踢马刺，追逐穆斯林军队。他们呼唤着圣詹姆斯的圣名冲入敌军，令其彻底崩溃。败军回到格拉纳达后，城内一片哀号。"美丽的格拉纳达，你的荣耀就此凋亡！最优秀的骑士倒在异国他乡，比瓦拉布拉门再也听不见马蹄和号角的回响，再也没有年轻贵族涌入竞技场，组成壮观的

▲ 格拉纳达末代国王布阿卜迪勒，即穆罕默德十二世

阵列参加马上比武。美丽的格拉纳达啊！鲁特琴柔和的音符不再飘过月光下的街道，露台下再也听不到小夜曲，活泼的响板在群山间沉寂，凉亭下再也欣赏不到优雅的桑布拉舞。美丽的格拉纳达啊！为何阿尔罕布拉宫如此寂寞荒凉？橘树和香桃木的芬芳仍旧飘进它那华美的闺房，夜莺依然在树丛上歌唱，清水四溅的喷泉和潺潺流水仍然令大理石厅清凉。呜呼！国王的容颜再也不在那些大厅里焕发荣光。阿尔罕布拉宫之光永远熄灭了！"

　　布阿卜迪勒被俘后身陷囹圄，后来被押往科尔多瓦。斐迪南国王在格拉纳达的平原上肆意报仇。格拉纳达的老国王哈桑重返王座，在坚固的城墙后面恨得咬牙切齿，却又无能为力。

XIII

格拉纳达的陷落

▲ 格拉纳达王国旗帜和纹章

对摩尔势力而言，布阿卜迪勒被俘是一次致命的打击。失去国王只是这场灾祸中最微不足道的，尽管布阿卜迪勒在战场上展现出了摩尔人真正的勇气，但他是一个意志薄弱、摇摆不定的人，而且郁郁寡欢，一直相信自己命运不济。人们称他为"倒霉者"。他哀叹身边灾星频频，却不主动抗争，觉得徒劳无益。"的确如此，"每一次厄运后他都会宣布，"命运之书已经写了，我就是晦气，王国将在我的统治下终结。"布阿卜迪勒会原谅自己，这对他自己而言倒也无妨，但若面对一个狡黠的对手就相当危险了。事实证明，他臣服于斐迪南是导致安达卢西亚的摩尔人政权被颠覆的主要原因。天主教君主在科尔多瓦礼貌地接待了他。斐迪南利用布阿卜迪勒的绝望处境和基督徒的强盛势头所形成的强烈对比，将其变成了基督徒的工具和附庸。

当基督徒觉得完全控制了布阿卜迪勒，精明的国王和女王便要他返回格拉纳达。此刻，他的父亲阿布·哈桑又一次控制了阿尔罕布拉要塞。布阿卜迪勒得到了一直支持他的阿尔巴辛区（Albaycin）居民的协助，设法进了市区，占领了阿尔卡扎巴城堡（Alcazaba），并以此为据点，与在对面要塞防守的父亲展开了一场游击战。阿布·哈桑妻子之间的争斗令这场父子反目的闹剧进一步恶化。布阿卜迪勒的母亲艾莎很妒忌哈桑最宠爱的基督徒妃子佐拉娅（Zoraya），主要朝臣也纷纷选边站队。其中最重要的两派，一是来自阿拉贡的柏柏尔部落扎格里斯（Zegris），他们支持艾莎；二是支持佐拉娅的科尔多瓦古老的阿本莎拉赫家族，该家族后来在阿尔罕布拉宫发生的那次著名的大屠杀中彻底灭亡了。不过，布阿卜迪勒是否是这场屠杀的始作俑者仍然存在疑问。在扎格里斯派的支持下，布阿卜迪勒在城堡内坚守了一段时间。但阿布·哈桑太强大了，布阿卜迪勒很快就被迫前往阿尔梅里亚避难。从此以后，格拉纳达便双王共存：一个是布阿卜迪勒，不论在政治还是军事上，他总是噩运连连，忠诚的摩尔人认为他甘愿臣服于敌人，因此很鄙视他；另一个国王是布阿卜迪勒的父亲阿布·哈桑，不久就变成了布阿卜迪勒的叔父——"勇敢者"埃兹·扎加尔（Ez-Zaghal）。老国王在这场由亲生儿子发动的给王国带来不幸的叛乱中没活多久，他先是失明，然后很快就死了，死因疑点重重。

于是，安达卢西亚最后一位伟大的摩尔国王扎加尔登场了。他是勇敢的战士、坚定的统治者，同基督教势不两立。虽然基督徒取得最终胜利是必然的，不过若没有被侄儿羁绊，扎加尔此生也许仍能将格拉纳达控制在摩尔人手中。然而，格拉纳达的两位国王不但没有竭力推迟基督教的胜利，反而尽其所能通过内部纷争加快了这一进程。神若让国王灭亡，必先使其疯狂。格拉纳达的统治者满脑子都是这种无异于自杀的狂躁。在这多事之秋，人人都应该团结起来共同抵御基督徒的入侵，可他们却相互厮杀，浪费力量。当他们中的一方前去对抗共同的敌人时，另一方甚至在途中截击。格拉纳达人分裂成不同派别，帮助并怂恿充满猜忌心的君王。他们反复无常，最喜欢的活动就是扶植新国王，然后再推翻国王。只要某个统治者在战争中鸿运当头，并且从"异教徒"的领土上带回丰厚的战利品，他们就很乐意服从他的统治。一旦他失败，他们就当着他的面关上大门，大声对另一个人——可能是布阿卜迪勒，也可能是扎加尔，或者任何一个在这时对善变的格拉纳达人投其所好的领袖——高呼："万岁！"

就在"倒霉者"布阿卜迪勒竭尽全力挫败勇敢的叔父扎加尔时，基督徒逐渐缩小了对劫数难逃的格拉纳达王国的包围圈，一座接一座城市落入他们手中。1484 年，凭借新式的伦巴第重炮的破坏力，斐迪南攻克了阿洛拉（Alor）和其他要塞。次年，科因（Coin）、卡塔马（Cartama）、龙达（Ronda）陷落。不过，扎加尔一方并没有坐以待毙，他在一次伏击中抓住了一些卡拉特拉瓦（Calatrava）骑士，对敌人进行了一场可怕的屠杀。基督徒的征服仍在继续。1486 年，一位英格兰伯爵斯凯尔斯（Scales）率领一支弓箭手部队占领了洛克萨（Loxa），伊略拉（Illora）和莫克林（Moclin）也随之屈服。"格拉纳达的右眼瞎了。"摩尔人惊惶地哀号。基督徒则描述道："天主教君主折断了摩尔秃鹫的右翼。"事实上，这个王国的西部地区已尽归斐迪南及其强悍的妻子所有。石榴①的一颗颗籽正在被吞噬。不能容忍失利的格拉纳达人不再支持扎加尔，又一次迎接布阿卜迪勒入城。布阿卜迪勒发现在此对抗叔父相当困难，但在基督徒提供装备的军队支持下，他在困境中勉强支撑了一段时间。

此时，斐迪南正在围攻马拉加附近的维莱斯（Velez）。这条消息使格拉纳达人非常愤慨，因为马拉加是王国的第二大城市。马拉加被群山和大海环绕，有葡萄园、花园和牧场，也有坚固的防御工事，是王国的战略要地。假如马拉加失陷，那么阿尔罕布拉宫也必将沦陷。扎加尔基于大义，随时准备与侵略者决战，于是冒险带领他的部队离开格拉纳达去解救维莱斯。他知道他那狡诈的侄子正在格拉纳达城内，准备利用自己兵力空虚的时机来恢复以前的王权。但扎加尔不愧是"勇敢者"，他抛却杂念，出发救援马拉加。不过他必须对付一个精明的对手。他计划联合守城部队和增援部队一起发动反击，斐迪南截获了这条情报，决定将计就计。一天夜里，维莱斯居民看见扎加尔的军队聚集在邻近的高地上。翌日清晨，居民却看不到一个活人，夜袭显然失败了。援军在加的斯侯爵的果断冲击下，就像薄雾一样烟消云散。那些垂头丧气的散兵游勇偷偷溜进了格拉纳达的城门。民众怒火中烧，抛弃了之前的忠诚，谴责扎加尔是一个叛徒，并且扶植布阿卜迪勒为国王。

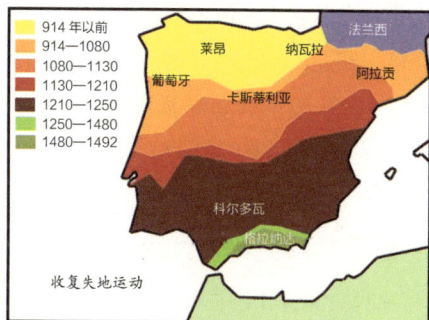

▲ 伊比利亚半岛伊斯兰势力的退却（914—1492年）

图例：
- 914年以前
- 914—1080
- 1080—1130
- 1130—1210
- 1210—1250
- 1250—1480
- 1480—1492

莱昂　纳瓦拉　法兰西　葡萄牙　阿拉贡　卡斯蒂利亚　科尔多瓦　格拉纳达

收复失地运动

稍后，扎加尔带领残兵回到格拉纳达城下，却发现城门紧闭，布阿卜迪勒的旗帜正在阿尔罕布拉宫的高塔上飘扬。当他遇到困难的时候，格拉纳达人总是铁石心肠，对他置之不理。于是他转身离开，在瓜迪克斯（Guadix）建立了新朝廷。

现在，针对马拉加的包围战开始了。马拉加的防御力量极其强大，它被群山环绕着，拥有坚固的城墙，处于堡垒和

---

① 译注："格拉纳达"的原意即为"石榴"。

▲ 龙达要塞，现已成为旅游胜地

海拔更高的吉布拉法罗要塞（Gibralfaro）的掩护下。守卫能够居高临下，向位于平地的基督徒投掷武器。此外，马拉加的守卫者是英勇的摩尔人扎格里（Zegry），他曾是龙达要塞的司令官，对基督徒要将这座著名的岩石要塞从自己手中夺走而耿耿于怀。他激励马拉加市民和跟随自己的非洲部队展现出勇气和忍耐，决不能让山下的天主教君主征服这座城。尽管城内的商人倾向于与敌人和解，但扎格里依然控制着足以防御马拉加的吉布拉法罗要塞。斐迪南试图收买他，他带着鄙视的态度彬彬有礼地将使者打发走了。当商人听到敌人发出的劝降通告后，都急切地表示接受。扎格里却说："我在这里不是为了投降，而是守卫。"

斐迪南选择将攻击重点集中在吉布拉法罗要塞。他的军队中有号称"希梅娜七姐妹"的恐怖重炮，炮火昼夜不停地攻击，整座城堡笼罩在一片烟雾和火光中。基督徒企图强攻，但扎格里和他无畏的部下将沸腾的沥青和松香泼在袭击者身上。当敌人爬上梯子时，他们投掷巨石，又从高塔上射出精准的利箭，将基督徒射得人仰马翻。疯狂攻击的敌人遭受惨重损失后被迫撤退。基督徒的坑道战术取得了良好效果，西班牙历史上第一次出现利用火药爆破防御工事的成功战例，不过守军仍然坚守阵地。西班牙骑士集中在马拉加的城墙下，伊莎贝拉女王也来了，她的出现为骑士和士兵注入了一股新的狂热。基督徒一边竖起木质攻城塔攻击城垛，一边利用龟甲形状的大盾牌掩护在城墙下实施坑道作业的工兵。可是，扎格里还是没有屈服。最后，马拉加出现了比重炮和火药更糟糕的敌人——饥荒。饥饿令马拉加人痛苦不堪，他们现在更认同商人的和平策略，而不是指挥官的英勇决策。与此同时，外部支援也没指望了。扎加尔又一次努力拯救被围困的城市，他聚集仅存的部队，从瓜迪克斯出发去解救马拉加。然而，他那灾星侄儿再次证明"倒霉者"的头衔名不虚传。因为愚蠢的猜忌，"倒霉者"命令格拉纳达的军队出城拦截正前往马拉加的扎加尔的小股部队，并将其打散。在遭遇一场可怕的屠杀后，扎格里最后的突围行动以失败告终。人们饥肠辘辘，母亲把她们的婴儿扔在扎格里的马前，哀叹没有足够的食物，不忍听到孩子的哭声。城市终于投降了，仍然控制着吉布拉法罗要塞的扎格里在士兵们的胁迫下打开了要塞大门。英勇的扎格里获得的回报是被扔进地牢，从此不知所终。

漫长的围攻结束了，饥饿的人们互相争斗，只为从基督徒手中购买到食物。尽管经过长期的斗争和磨难而疲惫不堪，那些来自非洲的守军仍保持着骄傲的神采。战后，他们通通被贩卖为奴隶。其余居民被允许可以花钱赎回他们自己，但必须接受阴险的投降条件，其内容为：他们所有财物都应该立即上交给国王，作为一部分赎款；如果8个月之后未交付剩余款项，就将成为奴隶。他们被编号和搜身，然后被送走。队伍中有老者、无助的妇人和柔弱的少女，一些人有着高贵的出身和良好的修养。他们缓慢而忧郁地穿过街道，向阿尔卡扎巴走去。他们在离开家园时，或捶胸顿足，或紧握双手，充满泪水的眼睛痛苦地仰望着苍天。他们的哀怨被记录下来："啊，马拉加！这座声名卓著的城市多么美丽！如今，城堡的力量在哪里？壮丽的高塔又在何处？保护孩子的城墙又有什么用？他们将在异国的土地上相互悲叹，他们的哀歌只会引来陌生人的嘲笑。"穷人都被送到塞维利亚，他们在那里被奴役了8个月。由于没有钱支付剩余赎金，多达15000人成为终生奴隶。斐迪南的足智多谋得到了丰厚回报。

格拉纳达王国的西部现在完全掌握在基督徒于中。著名的龙达娄塞和美丽的马拉加城也驻扎着基督教军队。格拉纳达城尚处于布阿卜迪勒控制之下，他急忙祝贺斐迪南和伊莎贝拉占领了马拉加。但在东部，老扎加尔还在坚持，勇敢地直面

▲ 1469年，阿拉贡王子斐迪南与卡斯蒂利亚公主伊莎贝拉结婚，后实行双王统治。伊莎贝拉是女王，不是王后，其政治地位与斐迪南是同等的。他们共同将摩尔势力彻底驱逐出西班牙

入侵者，摩尔人中的爱国者纷纷聚集到他的麾下。从北部的哈恩到安达卢西亚在地中海沿岸的主要港口阿尔梅里亚，扎加尔的影响力是无可争议的。他占据了瓜迪克斯和巴萨（Baza）地区的一些重要城市。

阿普加拉斯山脉（Alpuxarras）也在扎加尔的领地内，这里是强壮好战的山地民族的摇篮，隐藏着不计其数的山谷。来自内华达山脉雪峰的清凉雪水滋润着这片地区，养育着成群的牛羊，还盛产葡萄、橘子、石榴、香橼和桑树，为整个行省提供物资和财富。1448年，斐迪南将胜利之师的矛头指向了这片尚未被染指的摩尔领土。他的部队在穆尔西亚集结后，向西进攻位于扎加尔领地内的巴萨城。然而，基督徒的前进势头在这里严重受阻。扎加尔并没有失去昔日的狡黠，他将敌军驱赶出巴萨的城墙，而且开始反攻，并占领敌人的领土。斐迪南毫不气馁，在接下来的一年里再次袭击巴萨，但他没有徒劳地牺牲自己的军队，而是把周边肥沃的土地变成一片废墟，从而迫使巴萨陷入饥饿而不得不投降。基督徒花了6个月的时间，因疾病、

战损以及各种意外损失了 2 万名士兵后，终于在 1489 年 12 月令巴萨开城屈服。随着这座重要城市陷落，扎加尔的势力渐渐消亡。在斐迪南的武力威胁和黄金诱惑下，阿普加拉斯地区的城堡和要塞逐一向基督徒投降。扎加尔明白摩尔人的统治注定是要失败的，只好放弃了阿尔梅里亚城，向斐迪南臣服。他在阿普加拉斯地区得到一小块封地，并获得安达拉斯（Andarax）国王的头衔。他没有在这片令他失去荣誉而充满耻辱的土地停留，不久就卖掉地产，前往非洲。法斯城的苏丹弄瞎了扎加尔的眼，使其后半生在辗转流离和贫困交加中度过。他的衣服上用阿拉伯文写着"这就是不幸的安达卢西亚国王"，只有那些还认得出他或读到标记的人才知道他原来是大英雄，他最终成为人们同情的对象。①

摩尔人只剩下格拉纳达了。布阿卜迪勒很高兴他的老对手扎加尔被天主教君主废黜。"从今以后，"他朝带来此消息的信使喊道，"谁也不能再称呼我为'倒霉者'了，我已时来运转。"但有人却回答道："风暴虽然在一处停止了，但很快就会在另一处肆虐。陛下最好等一切都平息后再享受喜悦吧。"虽然布阿卜迪勒听说人们在首都街头诅咒他，将他看作同异教徒结盟的叛徒，但他还是很自信。现在，厌恶的叔父已无力回天，作为斐迪南和伊莎贝拉的附庸，他相信没有什么好担忧的。可是他忘了，当自己对扎加尔满怀仇恨，煽动基督教君主进犯扎加尔的领地时，曾同基督徒签署了一项条约——一旦斐迪南成功缩减扎加尔的势力范围，并占领瓜迪克斯和阿尔梅里亚等城市，他就要交出统治下的格拉纳达。然而，布阿卜迪勒的记忆需要刺激，否则就会忘得一干二净。斐迪南只好写信给他，告诉他履行条约的时候到了，要求格拉纳达按照当时规定的条款投降。布阿卜迪勒恳求延期履约。但斐迪南国王决心已下，威胁说如果不立即投降，就会让都城格拉纳达重蹈马拉加城的覆辙。布阿卜迪勒不知道该如何回复，勇敢的骑士穆萨（Mūsa）带领民众接管了格拉纳达城。他们告诉天主教国王，如果想要他们交出武器，就必须靠武力来夺取！

---

① 译注：扎加尔企图在北非重新组织军队，引起法斯苏丹的猜忌，况且苏丹还是布阿卜迪勒的朋友。据推测，扎加尔可能在 1494 年死于阿尔及利亚的特莱姆森。

▲ 1479年，斐迪南即位为阿拉贡国王，卡斯蒂利亚与阿拉贡合并。他与伊莎贝拉的联姻使他们得以共同统治绝大部分西班牙领土

当摩尔人说出这番豪言壮语时，美丽的格拉纳达大平原正处于收获季节。它在扎加尔和布阿卜迪勒之间的争斗中恢复了元气，丰收在望。斐迪南看到了机会，他故伎重演，派遣 25000 名士兵侵袭格拉纳达的平原地区，肆意践踏了 30 天后扬长而去。基督徒向科尔多瓦撤军时，身后广阔的平原已是一片荒芜。这样的破坏只一次就让格拉纳达难以承受。一年之后的 1490 年，残酷的毁灭工作又重新开始。

布阿卜迪勒的勇气终于被唤醒。在最出色的勇士穆萨的指导下，他穿上盔甲，把战火烧到了敌人的土地。格拉纳达国王再次投入战斗，激励了周边已经向斐迪南臣服的摩尔人。他们从四面八方赶来，承诺加入他的队伍，反抗基督徒的统治。格拉纳达昔日的美好时光看起来又回来了。摩尔人从基督徒手中收复了一些要塞，并在边境地区大肆破坏。不过，这只是太阳落下前的最后一缕余晖。1491 年 4 月，斐迪南和伊莎贝拉又一次发动年度十字军圣战。他们下决心彻底占领格拉纳达，否则绝不撤军。国王统率的军队有 4 万名步兵和 1 万名骑兵，麾下的指挥官包括著名的庞塞·德莱昂（Ponce de Leon）、加的斯侯爵、圣地亚哥侯爵（Marquess of Santiago）、滕迪利亚伯爵（Counts of Tendilla）、卡夫拉伯爵（Counts of Tendilla and Cabra）、比列纳侯爵（Marquess of Villena）和令敌人闻风丧胆的唐·阿隆索·德·阿圭勒。布阿卜迪勒在阿尔罕布拉宫召开会议，与会人员从这里可以看到基督教骑兵正驰骋在平原上，扬起一团团尘土。一些人坚称抵抗是无益的，不过穆萨站起来，号召人民应该忠于他们的祖先。他们有锋利的武器可以作战，有敏捷的战马可以袭击敌军，因此永远不能放弃希望。穆萨的激情感染了人民，整个格拉纳达都在厉兵秣马，准备与基督徒决一死战。

穆萨担任总指挥官，负责防卫各城门。在此之前，当基督教军队进入视野时，城门就会关上。可是这一次穆萨却将它们通通打开。"我们的尸体，"他说，"将会堵塞住大门。"他接着说："除了脚下的土地，我们不会为其他东西而战。失去了土地，我们将无家可归，成为孤魂野鬼。"这番话令年轻人斗志昂扬，准备同指挥官一起献身。在领袖的带领下，摩尔骑士在平原上发动了一次勇敢的攻击，基督徒只好远离城市安营扎寨。每天都会发生零星战斗，摩尔骑兵几乎就在西班牙人的帐篷间转来转去，挑逗对方骑士出来决斗，敢于出战的基督教骑士往往有去无回。斐迪南发现手下优秀的勇士被一个个杀死，便严厉禁止士兵再接受摩尔人的挑战。胆大包天的摩尔人在西班牙军营附近转悠，嘲笑西班牙骑士怯懦无能。此时，西班牙人坐在帐篷里非常憋屈。最后，一名格拉纳达骑士甚至差点将一支长矛投进王室专用的大帐里。别称"英勇无畏者"的赫尔南多·佩雷斯·德·普尔加（Hernando Perez de Pulgar）怒不可遏，纠集一支小队在夜深人静的时候进入格拉纳达的后城门，令卫兵措手不及。他们在大街上飞驰，抵达大清真寺后将一张写着"万福玛利亚"的字条钉在大门上，从而将这座清真寺转化为基督教堂，并献给圣母。直到此刻，格拉纳达才惊醒过来，士兵纷纷从各个方向赶来。普尔加用马刺踢了一脚马腹，在惊愕的人群中间狂奔。来到城门后，他踩踏敌军，奋战突围。从此以后，他甚至有权在大弥撒庆典期间，坐在这座"清真寺—教堂"的唱诗班席位上。

不过，这种壮举对围城没多大作用，也没有取得决定性的战果。斐迪南恢复了老伎俩，由于营地因意外而彻底焚毁，他离开驻地，继续在富饶的大平原上制造新的废墟。摩尔人为了拯救他们的田地和果园，发动了最后一次绝望的攻击。穆萨和布阿卜迪勒战斗在骑兵队伍的最前面，可是软弱的步兵却退回城门，穆萨只好跟着他们撤离。穆萨发誓再也不冒险与这样的军队一同战斗了，这就是格拉纳达的最后一次激战。10年来，摩尔人与入侵者为争夺每一寸土地而展开拉锯战，无论他们身处何处，都坚定地与敌人抗争。但现在，他们除了首都之外，已一无所有。他们在城墙内，陷入深深的绝望之中。对天主教国王而言，让他们挨饿是一项令人

▲ 布阿卜迪勒的母后艾莎离开阿尔罕布拉宫的最后时刻

▼ 布阿卜迪勒向斐迪南和伊莎贝拉正式投降

愉快的任务，这也是循着当年阿卜杜勒·拉赫曼三世围攻托莱多的先例。只用了不到80天的时间，国王就在焚毁的旧营地①上建造了一座与格拉纳达针锋相对的城市"圣达菲"（Santa Fé），以此纪念他的"神圣信仰"。直到今天，它依然是代表斐迪南决心的一座丰碑。即使拥有勇气，人民面对饥饿也无能为力。格拉纳达民众恳求布阿卜迪勒，不要让他们再遭受磨难了，他们必须与围攻者谈判。"倒霉者"国王只好让步。但穆萨是绝不会投降的，他全副武装骑上战马，独自从城里冲出来，再也不打算回去。据说当他骑行时，遇到一群基督教骑士，尽管他气力不济，还是接受了他们的挑战。他消灭了不少对手，在落马之后还顽强地单膝跪在地上挥剑，直到体力不支而无法继续战斗。他对敌人的怜悯不屑一顾，用尽最后一丝气力，身披重甲跳入赫尼尔河（Xenil），沉入水底。

1491年11月25日，双方签署投降协议，约定了一段休战期。若休战期结束后还得不到外部救援，格拉纳达将被交付给天主教君王。摩尔人还在等土耳其和埃及苏丹的救援，但没人来救他们。12月底，布阿卜迪勒给斐迪南送信，让他前来接收城市。基督教军队从圣达菲城鱼贯而出，在摩尔人悲伤眼神的注视下穿越大平原前进。先遣队首先进入阿尔罕布拉宫。不久，巨大的银色十字架就在"大瞭望塔"上闪闪发光，一旁还飘扬着圣詹姆斯旗。山下平原的军队看到此情此景，大声欢呼"圣地亚哥"。最后，卡斯蒂利亚和阿拉贡王旗也在十字架旁升起。斐迪南和伊莎贝拉跪倒在地，向上帝表示感谢。西班牙全军跪在他们后面，皇家唱诗班唱起庄严的《赞美颂》。

在烈士山脚下，布阿卜迪勒带领一小队骑兵迎接皇家队列。他向斐迪南交出格拉纳达的钥匙后，转身背对他心爱的城市，向山区走去。他的队伍在阿普加拉斯山区边缘的帕杜尔（Padul）停下了。布阿卜迪勒凝视着失去的王国，那里有美丽的大平原、阿尔罕布拉宫的高塔、赫内拉里菲宫的花园，那里有失去的家园的所有美好。他突然哭了起来，他的母亲艾莎站在旁边："你不能像男人一样保卫

---

① 译注：在围城期间，基督徒营地发生了一起火灾。

▲ 布阿卜迪勒恋恋不舍地回望格拉纳达

◀ 圣詹姆斯·马塔莫罗斯，西班牙著名的神话人物。他在一场虚构的克拉维霍战役中显灵，骑着一匹白马，手擎一面白旗，帮助基督徒战胜穆斯林

▼ 摩尔人的最后叹息

家园，却像妇人一样痛哭流涕。"布阿卜迪勒站在那里悲伤地告别了他的城市，从此被永远放逐了。该地后来被称为"摩尔人的最后叹息"。他很快就渡海到了非洲，他的后代在那里为了生计而每日乞讨。

太阳下山的时候，格拉纳达正在哭泣。
有人朝拜穆罕默德，有人呼唤三位一体。
《古兰经》消失，十字架来到，
基督的钟声和摩尔的号角一同回响。

阿尔卡拉唱响了赞美颂！
新月从阿尔罕布拉的宣礼塔上抛下，
阿拉贡和卡斯蒂利亚的军队耀武扬威。
一个国王胜利而来，一个国王悲号而去。

悲号者的手和胡须都在哭泣，
永别了，永别了，格拉纳达！你无与伦比！
悲哀啊，异教徒的荣耀！
距离王室权杖首次到这里，已经过去了七百年！

你是高贵种族的快乐之母，
你养育了一支骄傲的军队。
无畏的骑士渴望战斗，定居在这里，
他们是骄傲的卡斯蒂利亚的敌人，基督徒的克星。

你的平原上布满花园、沃野和鲜花盛开的凉亭。
悲哀啊，悲哀！我目睹它们的美丽离去，它们的花朵凋谢！
失去这片土地的王，得不到人们的尊敬——
他再也不能骑上战马，再也不能指挥大军。

但是在黑暗之地，他的面容无人得见。

国王只有在那里，才能独自哀叹和哭泣。[30]

XIV

忍受苦难

▲ 大主教赫尔南多·德·塔拉韦拉

布阿卜迪勒的"最后一声叹息"，只是不幸的摩尔人漫长悲痛的开始。格拉纳达停止抵抗后，人民依然享有宗教自由，伊斯兰教法也可以保留。最初，西班牙人看上去似乎将遵守宗教自由条约。首席大主教赫尔南多·德·塔拉韦拉（Hernando de Talavera）为人善良，思想开明，并不赞同对非基督徒采取强制改宗的政策。他切实尊重摩尔人的权益，以身作则，希望通过正义和仁慈来感召他们，并尽可能遵循他们的行为方式。他要求神父学习"邪恶"的阿拉伯语，用异教徒的语言祷告。这种包容的方式赢得了民心。1499年，当女王派遣枢机主教希梅内斯（Ximenes）来协助其工作时，已有大批民众皈依了基督教。此情此景就像基督教诞生初期的耶路撒冷盛况在格拉纳达重现了。一天之内，大主教为3000多人施洗，并给他们撒上了代表集体重生的牛膝草。[31]① 希梅内斯并不认同大主教的温和方式，他是"战斗的教会"（Church Militant）中的最活跃分子，认为只有战斗才能胜利。不论异教徒是否乐意，他都要将他们的灵魂从地狱之火中救出来。他在伊莎贝拉的圣洁心灵中灌输了一条邪恶的教义：让异教徒保持信仰就是对上帝的背弃。女王终于同意迫害"摩里斯科人"（Moriscos）——摩尔人的新称谓，这是女王为数不多的几个污点之一。

第一次让格拉纳达人改宗的尝试以失败告终。一些虔诚的穆斯林对皈依基督教很反感，于是这些不满者被逮捕。当局以此为借口将一名妇女投入狱中，这激起了阿尔巴辛区居民的愤怒。他们拿起武器将她救出。格拉纳达城内到处都是骚乱和街头巷战。驻军数量处于绝对劣势，希梅内斯对此怒发冲冠，却又无能为力。这时，

---

① 译注：牛膝草的典故来自《圣经》"求你用牛膝草洁净我，我就干净；求你洗涤我，我就比雪更白"。

▲ 一个摩里斯科家庭

温和的大主教挺身而出，只带着一个持十字架的侍从，毫无畏惧地前往阿尔巴辛区。周围的人立即将他包围，亲吻他的衣服，承认了他们的错误行为，并接受这位宽宏大量的大主教的公正调解。塔拉韦拉大主教平息了争端，希梅内斯不得不离职。

可是希梅内斯不会轻易放弃，他促使女王颁布了一项法令：摩尔人要么选择接受洗礼，要么被流放。摩尔人被告知，他们的祖先曾经是基督徒，他们本来就出身基督教，遵守基督信条理所应当。清真寺被关闭，汇聚历代摩尔学者研究成果的无数手稿被冷酷的枢机主教焚毁。在天主教君主的许可下，不幸的异教徒被灌输所谓平安美好的福音，他们的遭遇并不逊于悲惨的犹太人。大部分人屈服了，毕竟放弃信仰比离开故乡要容易点。然而，摩尔人的古老精神的火花仍然在阿普加拉斯山民中燃烧。山民依托白雪皑皑的堡垒抵抗迫害者，坚持了相当长一段时间。西班牙人第一次镇压叛乱的努力以失败告终。40年来，英勇的骑士唐·阿隆索·德·阿圭勒的声望与日俱增。1501年，他被派遣至贝尔梅贾（Bermeja）山区，却惨败于摩里斯科人之手。摩里斯科人朝敌人投掷巨大的石块，粉碎了阿圭勒骑兵的进攻。

古老的软木树生长的地方，

道路崎岖不平，骑兵必须逐一通过，缓慢前行；

异教徒在山路上方埋下伏兵，

白昼时，他们高高在上，等待

阿圭勒。

卡斯蒂利亚的守护者，纵然拥有雄鹰之眼、智慧之眸、无畏之心，

强壮的臂膀能在战斗中挥舞硕大的狼牙棒，

宽阔的盾牌能够抵御弯刀，

也逃脱不了灭亡。

骑士的勇气毫无用处，马术和武艺也徒然无功。

一块接一块岩石从悬崖和洞穴中滚下来，

跟下冰雹一样快，砸死了骑兵和骏马。

骑兵就像绝望的牛群看到霹雳那样不知所措。

阿隆索和一小撮人逃进了田野，

他们犹如困兽，却绝不乞降。

上千个敌人就在旁边，却无人敢靠近，

他们用利剑和投枪，刺穿了坚毅的骑士。

▲ 被强迫改宗的摩尔人在希梅内斯的主持下接受洗礼

▼ 红衣主教弗朗西斯科·希梅内斯·德·西斯内罗斯（1436—1517年），曾担任女王伊莎贝拉一世的忏悔神父

一支又一支飞镖"嘶嘶"地越过他的头颅，

就算阿圭勒有一千颗心脏，它们也都会流尽鲜血。

他在湿滑的草地上蹒跚而行，越来越虚弱。

最终，他背靠大地，将灵魂交给天主。

然而，另一个更可信的说法是，阿圭勒是在与摩尔指挥官的公平对决中被杀的。在同异教徒的战争中，他是第五位阵亡的基督教贵族。摩尔人暂时的胜利激怒了基督徒，加剧了基督徒的报复行为。滕迪利亚伯爵席卷了古杰尔（Guejar）；塞林伯爵（Count of Serin）"炸毁了一座清真寺"，全然不顾在里面避难的来自周边地区的妇孺；斐迪南国王则掌控了兰哈龙城堡（Lanjaron）。摩尔人的残余叛军逃到摩洛哥、埃及和土耳其。手工艺技能使他们生存无忧。至此，在阿普加拉斯地区爆发的第一次起义被镇压了。

随之而来的是长达半个世纪的仇恨。摩里斯科人只是在表面上皈依了基督教，不情不愿地履行最低限度的宗教义务。他们的孩子受洗后，只要一离开神父的视线，他们就会将孩子身上的圣水洗干净。他们按基督教仪式举行婚礼，回到家中后又会依照伊斯兰习俗再举行一次。他们的城市成为巴巴里海盗的陆上基地，他们甚至帮助海盗绑架基督徒的孩子。一个明智且诚实的政府应该遵守格拉纳达投降时自己做出的承诺，这样才能避免隐藏的不满导致的危险。但西班牙的统治者在处理摩里斯科人事务时既不明智也不诚实，而且，随着时间的推移，他们变得越来越残酷和虚伪。异教徒被强令脱下他们本族特有的服饰，改穿基督徒的马裤，戴基督徒的帽子；他们被禁止沐浴，以此习惯征服者的邋遢；他们被迫放弃自己的语言、习俗和仪式，甚至自己的名字；他们的言行举止都要像西班牙人，他们必须变成西班牙人。神圣罗马帝国皇帝查理五世在 1526 年批准了这项荒谬的法令，但他没有强制执行。他的官员只是将这项法令作为一种手段，以便从较为富裕的摩尔人那里索取贿赂。宗教裁判所对这种能够很快充盈国库的"容忍交易"也很满意。菲利普二世继位后，开始将其父出于慎重而未实施的暴虐法令付诸实践。1567 年，他强制执行涉及语言、习俗等方面的可恶规定。为了确保禁止清洁身体的法律有效，他下令拆除美丽的阿尔罕布拉浴场。任何民族都不会忍受这些大规模剥夺公民权益的法案，更不用说阿尔曼左尔、阿卜杜勒·拉赫曼和阿本莎拉赫的彪悍后裔了。掠夺成性的税务官与穆斯林发生了一次争吵，点燃了早已一触即发的紧张局势。一些士兵在茅屋被当地农民杀死；格拉纳达一名拥有阿本莎拉赫家族血统的印染工——法拉克斯·阿本·法拉克斯（Farax Aben Farax），在卫戍部队逮捕他之前，纠集起一群心存不满的人逃进了山区；赫尔南多·德·巴洛尔（Hernando de Valor）是科尔多瓦哈里发的后裔，虽然他因生活放荡而在格拉纳达名声不佳，但还是被推选为安达卢西亚国王。不到一周，整个阿普加拉斯地区再次武装起来，第二次摩里斯科人起义（1568年）爆发了。

阿普加拉斯地区简直是反叛活动的天堂。在内华达山脉和大海之间，有一片长19英里、宽11英里的延绵不绝的高地，里面布满崎岖的丘陵和深谷。除了安达拉斯河谷以及插入山脉和海洋之间的平原地带之外，整片地区难以找到一块平地。内华达山区的三条主要山脉以及各自较小的支脉从北向南绵延，形成犬牙交错的地貌。夏季，溪涧通常无水；到了冬季，来自穆拉森山和瓦莱塔的雪水汇成奔腾的溪流，流经幽谷后倾泻入地中海。这片山区风光旖旎，有许多天然景观，是欧洲风景最优美的地区之一。由于阳光充沛、土地肥沃，海岸蜿蜒的低谷和狭窄的平原遍布着甘蔗和棕榈树，宛若黄金地带。向上穿过花园、麦田和橄榄园，很快便能到达清新的高山牧场和松树林。再往上则是裸露的岩石——那里终年积雪，几乎没有植被。但是，在生机勃勃的秋季，依然可以在岩缝和凹陷处发现植物。勤劳的摩尔人在这里定居，在土壤肥沃的狭窄山谷精耕细作，建造梯田和灌溉系统，以补偿空间的匮乏。[32] 每个安顿在山谷或者栖息在崎岖高地的村庄，都被葡萄园、橘园、杏园、橄榄园、桑树园以及花园环绕着，周边还有一圈仙人掌和龙舌兰。在岩石高地上，可以听到绵羊和

▲ 阿普加拉斯山脉的一处隘口

母牛的叫声。在格拉纳达和安达卢西亚海港的市场上，阿普加拉斯山区生产的葡萄酒、水果、丝绸、油料、奶酪和羊毛都声名卓著。[33] 但神父的偏执将这个美丽的行省置于士兵的刀剑之下。

阿普加拉斯大起义持续了两年，西班牙人为镇压起义付出了巨大的代价。有关的历史纪录记下了不顾一切的杀戮、酷刑、暗杀、背叛和可怕的暴行。对于这些事情，双方都难辞其咎。但其中也不乏英雄气概和坚韧不拔的事迹，这在任何年代与任何国家都被视为荣誉。斗争是残酷和绝望的，这是摩尔人的最后反击。他们知道自己正陷入困境，他们因愤怒而疯狂战斗，为100年来遭受的侮辱和迫害而复仇。一个接一个村庄奋起反抗。摩尔人亵渎教堂，攻击圣母画像，杀害神父，对基督徒施以可怕的酷刑。受害者只好逃进钟楼和塔楼避难，勇敢地抵御敌人的突然袭击。史料记载，两位妇女孤独地躲在一座紧闭大门的塔楼上，唯一的武器就是可以掷下墙垛的石块。她们身受箭伤，除了自己的勇气外再无依靠。她们从黎明顽强抵抗到了正午，幸运地等到了救援。另一件金子般的事迹与一支前去镇压叛乱的基督徒远征队有关。队伍来到泰伯莱特峡谷（Tablete），这个险峻的深渊有100英尺深，一条咆哮的溪流从谷底穿过。摩里斯科人已经摧毁了桥梁，仅仅留下几块摇摇晃晃的木板。只有在必要的情况下，大胆的侦察兵才可能会穿过。而在这些木板的对面，摩尔弓箭手正引弓待发。面对晃动的木板、咆哮的洪流、摩尔人的箭矢，最勇敢的人也会畏缩不前，士兵们从这里退却并不令人意外。当军队犹豫不决时，一名修士走上前来，平静地踏上木板，穿过湍流，直面敌人的箭头。摩尔人对此大为惊叹，甚至不忍放箭。两名士兵一跃而起，跟在虔诚的修士后面，一个抵达对岸，另一个落入桥下的洪水。整支军队鼓起勇气，尽可能快地穿过坏桥。在山谷另一边集合后，士兵们一鼓作气冲到斜坡上占领有利位置。这是反向进行的温泉关战役①，这位修士相当于斯巴达国王列奥尼达斯（Leonidas）；这是危险的陷阱，是毫不畏惧的巴拉克拉瓦式（Balaclava）的冲锋②；这场战斗为西班牙人的一长串恶行赎回了一些颜面。

---

① 译注：斯巴达人在温泉关利用险要地形阻止了波斯人的入侵。而此战中，基督徒则突破了穆斯林占据的有利阵地。

② 译注：1854 年英法两国与沙俄爆发了克里米亚战争。在巴拉克拉瓦战役中，英国一支轻骑兵旅执行了通讯人员传达的错误命令，向俄军炮兵阵地发起了冲锋，史称"轻骑兵的冲锋"。

▲ 西班牙大规模驱逐异教徒，无论是摩尔人还是犹太人，他们只能在改宗和流放之中二选一

格拉纳达指挥官蒙德哈尔（Mondéjar）侯爵努力通过安抚和宽恕的手段平息叛乱。他一马当先，率领 4000 名士兵进入山区清剿，很大程度上压制了暴乱。但是，在朱比尔斯（Jubiles）意外发生的大屠杀以及在拉勒尔斯（Laroles）的背叛行为，导致已经部分熄灭的叛乱火焰又重新燃起。在阿尔巴辛监狱，基督教囚犯残忍地

杀害了110名摩里斯科人，进一步激怒了这个正遭受迫害的民族。与这件血腥事件并无关联的蒙德哈尔急忙带领卫队前往监狱平息骚乱。可是，城防司令见到他时却说："您没有必要前来，监狱很安静——摩尔人都死了。"在此之后，摩尔人反抗武装的力量与日俱增。阿本·倭马亚成为阿普加拉斯地区的真正主宰，这个挥霍放荡的科尔多瓦贵族显然不能胜任工作。他仅仅短暂地享受了一段时间的权力，便因私人怨恨和猜疑，于1569年10月被自己的部下掐死在床上。阿卜杜拉·阿本·阿博（Abdallah Aben Abó）继位为新国王。他能干而忠诚，甚至愿意为朋友献身，是这场叛乱的真正领袖。

阿本·阿博不得不面对一个新对手——西班牙国王的同父异母兄弟奥地利的唐·胡安（Don Juan）。唐·胡安时年22岁，年轻有为，取代蒙德哈尔担任镇压摩尔暴动的总司令官。通过多轮信函，唐·胡安向国王菲利普阐明了局势的严重性和采取强硬措施的必要性。他收到了进军的指令，这是摩尔人的灭顶之灾。1569—1570年冬季，清剿行动开始。5月，双方开始商议投降条款。唐·胡安的座右铭是"不宽恕"，他下令将男女老幼在他面前全部屠杀。短短几个月，阿普加拉斯的村落就成了人间的屠宰场。

反叛看起来似乎结束了，但微弱的反抗再次兴起，阿本·阿博没有屈服。然而，他最终被人暗杀，首级悬挂在格拉纳达的废弃城门上长达30年之久。接着，司令官雷克森斯（Requesens）开始进行系统的、有组织的大规模屠杀和破坏。村庄被焚毁，藏在洞穴中的摩尔人被浓烟熏死，最后一缕反抗的火花于1570年11月5日熄灭。基督徒在付出荣誉的代价和失去西班牙的未来后，终究制服了摩里斯科人。

叛乱中的幸存者并不多，面临的惩罚是苦役和流放。据说在战争后期，超过20000名摩尔人被夺取性命。1570年诸圣节[①]，基督徒用残存的异教徒的真实苦难来庆贺基督使徒和殉道者的荣耀。此时，该地区只剩下约50000名摩尔人了。那些公开反叛的人都沦为奴隶，其余人则在军队的押送下前往流放地，路上的所有山区隘口都有警卫把守。许多不幸的流亡者被遗弃在路边，或因无衣无食和极度

---

① 译注：天主教、圣公宗和东正教的节日，定于每年11月1日。

▲ 1609年，最后的摩尔人离开西班牙，伊斯兰势力彻底退出伊比利亚半岛

疲劳而死。其他人到达非洲，但他们在那里找不到可以耕种的土地，只得为糊口乞讨。在法国，虽然亨利四世在策划针对西班牙的阴谋时发现摩尔人是有用的工具，但摩尔人在法国其实并不受欢迎。驱逐运动直到 1610 年才完成，当时总计有50 万摩里斯科人被流放或死亡。据记载，从格拉纳达陷落到 17 世纪头 10 年，有不少于 300 万摩尔人被驱逐。阿拉伯编年史学家悲伤地记录了这场"仁慈杀戮"："全能者不愿意赐予他们胜利，所以他们处处失利、受戮。直到最后，他们从安达卢西亚的土地上被驱离。这场灾难从 1017 年开始……"

被误导的西班牙人不知道自己在做什么，他们乐于见到摩尔人被流放。此后一段时间，往昔那些赏心悦目和浪漫的事就再也没有发生了。菲利普三世丝毫没有意识到手中的宝藏，反而鄙视至极，发布法令将仅存的摩尔人全部驱逐到非洲。洛佩·德·维加（Lope de Vega）为此大唱赞歌；委拉斯贵兹①也在一幅画中纪念了此事；即使是温和宽容的塞万提斯，也强迫自己认可这样做是正确的。西班牙

---

① 译注：Velazquez（1599—1660 年），西班牙著名画家。

人不明白，他们杀掉了自己的金鹅。

　　几个世纪以来，西班牙一直是文明的中心，也是艺术和科学的所在地，还是学者的天堂，以各种形式孕育着优雅的启蒙思想。到目前为止，欧洲还没有哪个国家的文明程度能企及摩尔人统治下的西班牙王国。斐迪南、伊莎贝拉以及查理五世的短暂辉煌都没有如此持久伟大。摩尔人被放逐了。基督教的西班牙靠着借来的光线，有段时间像明月一样炫目。然后日食到来，西班牙从此以后一直在黑暗中沉沦。如今，真正的摩尔遗迹只有在彻底荒芜的土地上才能找到。在这片土地上，曾经种植着繁茂的葡萄和橄榄，遍地黄色的玉米穗；曾经生活着才智非凡、学识渊博的摩尔民族；然而现在，这里只有愚昧无知的人，到处是停滞和倒退。整个国家已经陷入无可救药的衰落，他们理应为此感到羞愧。

注释

[1] 多齐《西班牙穆斯林史》（Hist. des Musulmans d'Espagne）第 2 部第 1 章。

[2] 我引用了这一传说，但不能保证其真实性。弗洛林达，按穆斯林的称呼"卡娃"，在安达卢西亚历史的首章中扮演了极为重要的角色，绝对无法忽视；就算她是虚构的人物，她父亲的背叛也是确定无疑的。

[3] "摩尔人"这个词泛指在西班牙的阿拉伯人和其他穆斯林，但准确地说，它应该只适用于北非和西班牙的柏柏尔人。在本书中，"摩尔人"指大众普遍认可的含义，除非特意将阿拉伯人与柏柏尔人区别开来。

[4] 华盛顿·欧文《征服西班牙（博恩版）》（The Conquest of Spain）第 378、379 页；《西班牙（美国版）》（Spanish Papers）第 1 卷第 42 页。

[5] 洛克哈特《西班牙民谣》（Lockhart: Spanish Ballads）。

[6] 《论佩拉约或伯拉纠》（On Pelayo or Pelagius）第 7 章。

[7] 多齐《西班牙穆斯林史》第 2 部第 2 章。

[8] 多齐《西班牙穆斯林史》第 1 部。

[9] 马卡里《西班牙穆斯林王朝史》（History of the Mohammedan Dynasties in Spain）第 2 卷第 46 页；多齐《西班牙穆斯林史》第 1 部第 12 章。

[10] 有关哈里发卫兵的权势和哈里发制度的灭亡，读者可参阅亚瑟·吉尔曼的著作《萨拉森人的故事》。

[11] 多齐《西班牙穆斯林史》第 1 部第 13—16 章。

[12] 多齐《西班牙穆斯林史》第 2 部第 3、4 章。

[13] 马卡里《西班牙穆斯林王朝史》第 2 卷第 121 页；多齐《西班牙穆斯林史》第 2 部第 5 章。

[14] 多齐《西班牙穆斯林史》第 2 部第 6—9 章。

[15] 多齐《西班牙穆斯林史》第 2 部第 9 章。

[16] 多齐《西班牙穆斯林史》第 2 部第 11、12 章。

[17] 多齐《西班牙穆斯林史》第 2 部第 17 章。

[18] 马卡里《西班牙穆斯林王朝史》，引用自伊本·海因的著作《在马卡里》第 2 卷第 34 页。

[19] 多齐《西班牙穆斯林史》第 3 部。

[20] 洛克哈特《西班牙民谣》（Spanish Ballads）。

[21] 多齐《西班牙穆斯林史》第 3 部第 90 页。

[22] 马卡里《西班牙穆斯林王朝史》第 2 卷第 146、147 页。

[23] 马卡里《西班牙穆斯林王朝史》第 1 卷第 3 册。

[24] 多齐《西班牙穆斯林史》第 3 部第 6—12 章。

[25] 多齐《西班牙穆斯林史》第 3 部。

[26] 阿尔罕布拉宫始建于 13 世纪，于 14 世纪完成。1829 年，华盛顿·欧文与多尔戈鲁基王子一起访问了该地。欧文将当地的传奇故事和历史结合在一起，对那里的生活进行了有趣的描述。

[27] 华盛顿·欧文《征服格拉纳达编年史》(Chronicle of the Conquest of Granada) 第 5 章。

[28] 欧文先生如此谈及这位"编年史作者"："在构建我的叙述时，我虚构了一名西班牙僧侣作为史书作者。有意让弗雷·安东尼奥·阿加皮达成为僧侣狂热者的象征。当君王发动一场场战役时，这些人就徘徊在君王周围。他们满怀修道院特有的偏执，在君王身边损害着营地内的骑士精神。他们还在编年史中无所不用其极地对摩尔人采取偏狭态度。"（《征服格拉纳达编年史》修订版前言，1850 年）

[29] 华盛顿·欧文《征服格拉纳达编年史》第 12 章第 131 页。

[30] 洛克哈特《西班牙民谣》。

[31] W. 斯特灵·麦克斯韦爵士《奥地利的唐·胡安》（ Don John of Austria ）第 115 页。

[32] 西班牙人永远无法对安达卢西亚肥沃的土地进行合理耕种。西班牙王室几乎从不关心格拉纳达富饶的土地，以至于到 1591 年，因为收入不及投入而将领地售卖。在摩尔人的时代，同一片土地却如同热带的繁茂花园。

[33] W. 斯特灵·麦克斯韦爵士《奥地利的唐·胡安》第 126—128 页。

地中海巴巴里海盗的故事

译者：李珂

I

摩尔人的复仇

三个多世纪以来，欧洲各个积极从事贸易的国家不得不冒着风险进行商贸往来，甚至将自己的收益拱手让于海盗。从巴巴罗萨挑战查理五世皇帝权威的年代算起，到本世纪初阿尔及尔（今阿尔及利亚首都）海盗明火执仗地掠夺战利品这段时间，在欧洲舰队的所有对手中，只有巴巴里海盗是这片狭窄水域的主人，是过往船只的支配者。实际上，除了创建烜赫一时的常备海军外，巴巴里海盗毫无作为。只要有人征服他们所盘踞的易攻难守的海岸，就能彻底压制他们。但是，在这三个世纪中，他们还是能从每一个在地中海获取贸易利益的人那里分到一杯羹。

　　无论是过去的威尼斯人、热那亚人、比萨人，还是现在的英国人、法国人、荷兰人、丹麦人和瑞典人，甚至连美国政府，都要通过向海盗定期缴纳贡赋或赠送厚礼来换取自己的安全。海盗对反抗行为的惩罚众所周知，这是无需佐证的。在阿尔及尔的巴尼奥斯，数千基督徒奴隶见证了一场由自己发动的反抗运动的惨烈后果。只要欧洲各国继续互相争吵，而不是结成统一战线对付海盗，这种耻辱就必须忍受下去。只要海盗袭击西班牙，就符合法国的政策；荷兰也是如此，由于与其他国家有私怨，所以他们就宣称需要阿尔及尔的海盗。这个麻烦让欧洲

▲ 一名来自巴巴里海岸的海盗

▲ 15世纪的帆船，朱利安·德·拉·格拉维尔（Jurien de la Gravière，1812—1892年）绘

各国永无宁日。直到拿破仑战争结束，列强才达成一致。在 1818 年的亚琛会议（Aix-la-Chapelle）上，他们决心一起行动，消除基督教世界的这一祸害。然而，甚至在法国吞并海盗的巢穴阿尔及利亚，完成在北非的扩张后，欧洲诸国还远远没有做好准备。

早在土耳其人占领贸易市场之前，海盗就在地中海出现了。实际上，从人类能够建造船只的时候起，海盗就诞生了，因为抢劫行为肯定比船只出现得更早。古希腊神话中充满艰难险阻的伊阿宋远征并夺取金羊毛的故事是早期的实例，在海上和陆地上"扮演伊阿宋"，希腊人在任何时候都是不同凡响的。然而，穆斯林也已经适应这个行当好一段时间，甚至已经懂得规避"深水区"的危险了。

起初，穆斯林对"乘船下海，在大海里经营生意的人"大为惊奇，但他们并没有急于效仿。在古时候，奥马尔哈里发征服了埃及，他写信问麾下的将军，大海是什么样的。这位埃米尔回答道："海是一种巨大的野兽，那些愚蠢的人骑在它上面，就像虫子一样渺小。"于是，这位谨慎的哈里发感到非常烦恼，随即下令：没有他的允许，所有穆斯林都不准在这样一个不守规矩的东西上航行。但他很快就意识到，如果穆斯林要与自己的邻居保持联系（更重要的是，他们打算征服自己的邻居），他们就必须学会如何航行。因此，在伊斯兰历希吉拉纪元[①]的第一个世纪，我们发现哈里发阿卜杜勒 - 马利克（Abd-el-Melik）[②]命令他的军官在非洲的突尼斯建造武器库和船坞，并在那里组建舰队——从突尼斯出发，可以航行到西西里岛、撒丁岛和科西嘉岛。从那时起，巴巴里海岸的穆斯林统治者在没有船的时候（有时候会陷入这种状况）就没法进行统治。哈里发曼苏尔[③]曾派遣舰队与西班牙科尔多瓦的统治者阿卜杜勒·拉赫曼一世麾下的海军进行大战，双方各有 200 艘战船。阿尔摩哈德王朝[④]也拥有一支庞大而宏伟的舰队，他们曾利用这

---

① 译注：Hijra，伊斯兰教历法。
② 译注：倭马亚王朝第五任哈里发。
③ 译注：阿拉伯帝国阿拔斯王朝第二任哈里发（754—775 年在位）。
④ 译注：阿尔摩哈德王朝又称穆瓦希德王朝，是摩洛哥人在 1121 年建立的王朝，曾一度征服西班牙南部，并统一北非，于 1269 年灭亡。

支舰队把军队运送到西班牙开疆拓土。继阿尔摩哈德王朝之后统治北非的君主们，虽然不像以往的那么强大，但一般来说还是能拥有许多保持战斗力的军舰，以及用作商业往来的船只。

在中世纪后期，巴巴里海岸的统治者——突尼斯王国治下的特莱姆森城和菲斯城（Fez，位于摩洛哥）——与基督教国家的贸易大体上是友好而公正的。他们之间签署了条约，双方一致谴责并（尽可能地）打击海盗，还鼓励互相之间的贸易往来。但到了16世纪初的时候，一个巨大的变化打破了先前的和平局面，而这也是巴巴里海盗祸端的根源。

当阿拉贡国王斐迪南和卡斯蒂利亚王位继承人伊莎贝拉共同决定将西班牙的摩尔人驱逐到国外时，他们没有料到这些放逐者将会回来复仇。[1]格拉纳达陷落后不久，就有数千名绝望的摩尔人离开了这片土地，而七百年来这里一直是他们的家园。他们不愿生活在西班牙的枷锁下，便跨过海峡来到非洲。他们身怀各种技能，很快就在非洲定居下来，比如在塞什尔（Shershēl）、奥兰（Oran，阿尔及利亚城市）以及最有名的阿尔及尔。当时，这些地方还不为人知。被放逐的摩尔人刚刚在新家安顿下来，就做了处在他们位置上的任何人都会做的事——将战火烧向西班牙，向那些欺压者复仇。在开阔的陆地上与西班牙人作战是不可能的，因为他们的兵力太少了。但在海上，他们航行迅速，对海岸十分熟悉，这为他们提供了复仇的机会。

无论是通过研究传统文化，还是通过观察自然界，我们都可以得出结论：原始人和食肉动物有着某种亲缘关系。凭借非凡的力量和聪明才智，原始人击杀或诱捕动物以维持生计。文明人则把卑鄙的屠杀交给专业阶层去做。如果文明人凭借精湛的技巧以及令人兴奋的因素（比如冒险和刺激）来杀人，那他的"消遣"就提升到了冒险家的层次。尽管人类的祖先原始人更残忍，但是文明人更容易手足反目，同室操戈。尽管人类的智力水平上升了，性格也变懦弱了，但是人类的贪婪和赌博的本能却丝毫未变。

同一个人，用正面的词来形容，可以说他是腰缠万贯的金融家；要用负面的词来形容，那他就是个卑鄙下流的扒手。这种掠夺性的精神既古老又普遍。当然，本书的大部分读者应该都不会受到这种谴责。然而，我们必须费力地去理解这样

▲ 摩尔人的苏丹

▼ 位于意大利里窝那（Livorno）的"四个被束缚的摩尔人"雕像，作者是意大利雕塑家皮亚托·塔卡（Pietro Tacca）

的事实——某些人把抢劫当乐趣，甚至当作一种艺术。有些愤世嫉俗的人会告诉我们：我们之所以没有全都变成小偷，原因是我们胆子不够大。当然，除了天性堕落和原罪外，一定还存在某种魔力驱使男人冒着风险去从事非法勾当，而不是踏踏实实地干一天活。这句话可以解答我们的疑惑：风险、危机和不确定性吸引着无数人前赴后继，这些人具有冒险精神，具备高超的技巧和过人的智慧。事实上，冒险的热情植根在绝大多数人的本性中。

摩尔海盗对冒险的热爱更强烈。他们当中那些勇敢无畏的人表示，自己常与西班牙人战斗，或在他们狂野的海上抢劫中，或在对基督教海岸进行掠夺的过程中。此外，他们也在撒丁岛和普罗旺斯与基督徒战斗。但现在，他们追求的是向那些害得他们背井离乡、颠沛流离的家伙复仇，向那些屠杀他们同胞与血亲，亵渎他们神圣信仰的恶人发动圣战。有什么能比跑下轻型帆船、踏上阿尔及尔的海滩以及在西班牙水域恣意妄为更令人激动呢？

摩尔海盗主要使用一种小船（通常是双桅帆船），每艘船的侧舷配备 10 名桨手，他们全都由一名懂得如何作战和航行的人（他必须得掌握这些，因为船上不会为一个不干实事且只会发号施令的人留位置）指挥。但是，如果没有风吹来，船也划不了。船上有一个硕大的三角帆，将会借助风力跨越非洲海岸和巴巴里群岛之间的狭窄海域。在那里可以很方便地观察到西班牙大帆船，或者看到意大利人的波拉卡式的三桅帆船①。只需借助海水的力量，一小支海盗舰队几乎就可以占领任何港口。或者，他们藏在岩石背后，直到敌人接近，再快速地划几分钟船桨，逼近毫无戒心的猎物，然后倾泻出第一波炮弹。紧接着，海盗登上甲板，与船员进行一场短兵相接的混战。在船员最后一次绝望的抵抗（通常在船长室内进行）结束后，海盗们就赢得了战斗的胜利，也赢得了这艘船。船员们作为囚犯被套上锁链，海盗则接管了这艘船。所有人一起返回阿尔及尔，在那里海盗们将作为英雄被人颂扬。或者，海盗们将

▲ 15世纪的帆船，朱利安·德·拉·格拉维尔绘

船停靠在他们钟爱的安达卢西亚海岸，然后把小船藏进岩石之间的缝隙，甚至埋到沙子里，再偷偷潜入他们熟悉的某个村庄。海盗们从来都不会停下来为损失而惋惜。在西班牙有很多朋友愿意帮助他们对抗压迫者，并在危急情况下藏匿他们。但睡梦中的西班牙人则没那么好运了，他们被叫醒，然后被刀剑无情地杀死。他们的妻子和女儿被入侵者扛在肩上掠走，值钱的东西被一扫而空。很快，海盗们的船就满载着掠夺来的财物和俘虏快活地驶入阿尔及尔港。这些船经常带回来一些饱受压迫和欺负的同族人，后者对能够来到新家园的亲人中间而满怀感激。

然而，就算摩尔海盗擅长航海且航行迅速，又对海岸了如指掌，还有岸上同胞的帮助，却仍然有被抓到的危险。有时候，他们以为遇到的是一个容易对付的受害者，实际上却是强敌。这时，形势倒转过来，他们自己反而会被俘虏。海盗们会被塞进一艘威尼斯或热那亚大帆船的船舷两侧，戴着沉重的锁链为异教徒划船，即使在追击穆斯林时也得如此。他们只能死死盯着前面同伴赤裸的后背，监

---

① 译注：polacca，指意大利人用的一种三桅帆船，原意是"波兰女人"。

工则举着粗糙的鞭子不时地抽打他们。

　　但这种风险反倒给海盗们的生活增添了乐趣，被俘者也常常怀着重获自由的希望——有时他们会被朋友赎回。尽管海盗在职业生涯中时常遭遇不测，但总的来说还是很成功。他们凭借冒险大发横财，在巴巴里海岸的势力范围内，人口变得更加稠密了，实力也日益壮大。当西班牙人意识到放任这样麻烦的邻居为所欲为将会导致危险时，这场灾祸已经错过了最佳抢救时期。流亡的摩尔人二十年来为所欲为，而西班牙的大战舰却停在港口无所作为，认为区区小贼不足挂齿。最后，西班牙枢机主教希梅内斯被迫派遣堂·佩德罗·纳瓦罗（Don Pedro Navarro）去剿灭海盗。后者在占领奥兰和布吉雅（Bujēya）时没有遇到什么困难，阿尔及尔的防御系统也很脆弱，以至于他轻而易举就攻占了目标。他让阿尔及尔人发誓放弃海盗行为。为了确保他们遵守诺言，纳瓦罗建造了一个坚固的堡垒，并派兵进行防御，称作"阿尔及尔之岩"（Peñon de Alger）[2]，这座堡垒还具有防止海盗船只突围的作用。但是摩尔人在阿尔及尔的峭壁之间可不止一个据点，他们仍然能够随心所欲地抢掠西班牙人。摩尔人不太可能改变，尤其是在不做海盗就只得挨饿的情况下。他们不愿意耕种土地，宁愿打家劫舍混口饭吃，就像"道路上的绅士"①一样。所以，摩尔人一直在等待时机。当第一个统一西班牙的国王斐迪南二世去世后，在纳瓦罗的麻痹大意下，摩尔人联合其他盟友公然举起了叛旗，不顾复仇行动将会带来痛苦和惩罚。

　　对摩尔人来说，找到帮助并不难，尽管在这种情况下寻求帮助意味着受制于人。于是，摩尔人单打独斗的海盗时代结束了。今后他们很可能还会像过去那样肆意攻击西班牙和威尼斯的船只，但将在他们找来的盟友——土耳其海盗的领导下才这样做。摩尔人已经找到了方向，他们只需要一点助力就能走上"正轨"。

---

① 译注：指半路打劫的土匪。

II

海盗之地

▲ 巴巴里海岸的瞭望塔

现在是时候提出问题了，为什么这片如此辽阔的土地要空置着等海盗来占领？况且，这片土地还提供了几乎所有海盗都梦寐以求的优良条件，使他们可以安全且成功地从事打家劫舍的勾当。地理学家告诉我们，气候和地理结构共同塑造了史前巴巴里岛的外观。在地质学上，它曾是欧洲的一部分（在历史上，它却扮演了对欧洲不友好的角色）。在远古时期，我们熟知的北非国家，如突尼斯、阿尔及利亚和摩洛哥，最初像孤岛一样。它们的北岸被一片相对较小的湖泊冲刷着，南岸则是更广阔的大洋。这片大洋如今是撒哈拉沙漠，今天的工程师梦想着再次用海水淹没它，以便形成非洲内陆海。而那个湖，就是现在的地中海，或者说是地中海西部盆地。[1]我们知道，史前巴巴里岛的地形曾近似于半岛，它的两端连接着西班牙和西西里岛，而它的阿特拉斯山脉是内华达山脉与埃特纳山脉（Mt. Aetna，位于意大利南部的西西里岛）之间的连接处。随着岁月变迁，博纳岬（Cape Bona）与西西里岛之间的地峡消失在海平面以下，海水开始在西班牙和非洲之间奔涌。再往南的大洋则干涸成了巨大的砂质荒野，被命名为撒哈拉沙漠，意为"一大片光秃秃的土地，如同野兽的脊背，没有树也没有山"。

我们必须记住：如果想从外大洋驶往法国、意大利和黎凡特（Levant）地区的港口，所有船只都必须穿过直布罗陀海峡或马耳他（Malta）海峡中的一个，巴巴里海盗就常常在穿越海峡的时候出现。此时，西方世界发现的新大陆的财富开始流入海峡，与东方国家的财富汇合，再经过亚历山大城（Alexandria，位于埃及）和士麦那（Smyrna，土耳其西部港口）被带到法国、西班牙、英格兰和荷兰。欧

---

① 译注：在地质时期，地中海曾经是一个大淡水湖，后来，由于地质变迁，直布罗陀（Gibraltar）形成海峡，与大西洋连通，导致海水倒灌，使地中海成为咸水海，而原本是大海的撒哈拉地区变成沙漠。在19世纪，曾有欧洲人提出要掘开非洲沿海山脉，把海拔较低的撒哈拉地区重新淹没，以改变北非的干旱气候。

洲大部分贸易路线必须穿过地中海西部
洋盆，而巴巴里海盗占据了西地中海的
南部边界。

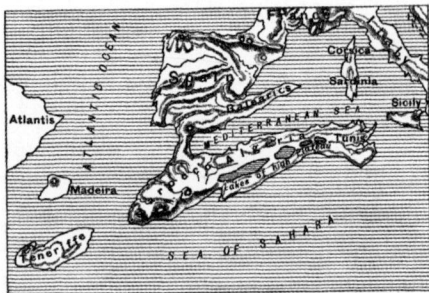

▲ 一份史前巴巴里岛的地图（来自1736年出版的
《航行到巴巴里去赎回俘虏》）

任何一个胆大的人只要能控制住位
于东部海角的突尼斯或位于中间的阿尔
及尔，或者以休达（Ceuta）和丹吉尔
（Tangiers）作为西部据点，当船只们
经过他的巢穴时，他就有机会来截留那
些不计其数的财富。这种条件简直像是
为巴巴里海盗专门准备的。

巴巴里海岸正是海盗们梦寐以求的宝地。海岸上有一系列天然港口，经常
有潟湖①为这些海盗逃离追捕提供便利条件。16 世纪时，这里没有深水港，只有
无数的小溪、浅水港和潟湖，海盗的战船（吃水从未超过 6 英尺）可以在这里避
难。在传说中居民以莲子为食的小岛杰尔巴（Jerba）②的后面，有一片很大的内
海。在中世纪，这片区域由城堡控制，能够为流浪者提供一个避难所，流浪者往
往对此很感激。杰尔巴岛四周环绕着大片沙洲，常常出现猛烈的大潮，使得商船
不敢在如此危险的海湾内航行。在这些危险的漩涡中，即使是威尼斯和西班牙的
战舰，在对抗海盗船时也处于不利地位，因为海盗十分熟悉海岸的地形。再向西
航行，会经过一个著名的中世纪堡垒与港口的遗迹，非洲的编年史《马赫迪耶》
（Mahdīya）中对这个遗迹有所记载。

突尼斯有整个巴巴里海岸最好的港口。在它的戈莱塔（Goletta，又被称作
"咽喉"港）港里，无论风从哪个方向吹来，对帆船来说都是安全的。如果用一
条运河把这里与比塞大（Bizerta）湖③连接起来的话，将形成一个足以容纳地中

---

① 译注：lagune，在海的边缘地区，海水受不完全隔绝或周期性隔绝而形成的水域。
② 译注：杰尔巴是突尼斯沿岸的岛屿，在荷马史诗《奥德赛》里，奥德赛与同伴曾漂流到此地，他们吃
了岛上的莲子后竟不愿意回家了。
③ 译注：比塞大港的内港被称为比塞大湖。

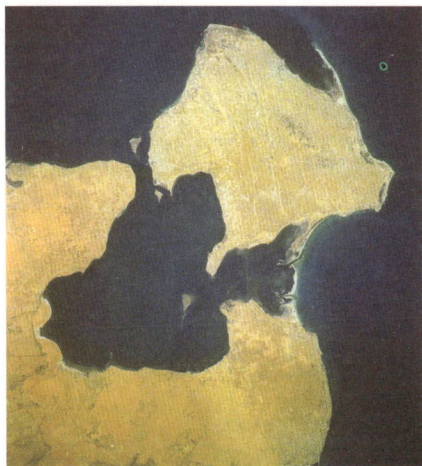
▲ 杰尔巴岛航拍图

海所有航船的深水大港口。古迦太基（Carthage）港和法里纳（Farina）港在那个时代为海盗提供了许多庇护，但今天它们都被沙子淤塞住了。在秋天的几个月里，当来自塞浦路斯的风吹过博纳岬时，一艘船就能得到它所需要的所有庇护。在靠近阿尔及利亚边界的港口泰拜尔盖（Tabarka），热那亚的洛美里尼（Lomellini）家族曾为自己的贸易集团开创了繁荣的局面。拉卡列，曾经是一伙著名海盗的据点。马赛港（Marseilles）的商人从邻近的法国堡垒出发，追逐珊瑚鱼直到这座港口，他们眼中的拉卡列在当时是一个优良的港湾：不但博纳岬就在它的旁边，它还有自己的商路，以前还是一个深水港。吉及尔（Jijil）港作为一个防御条件极好的港口，位于一个由岩石构成的半岛上（从而占据有利地位），其沙质的地峡与大陆相连，还有天然防波堤保护港口。它曾被腓尼基人、诺曼人、罗马人、比萨人和热那亚人占据，直到后来被巴巴里海盗占领，成为海盗船的藏匿地点。再往前是布吉雅港，停靠在这里可以躲避狂风。阿尔及尔在当时还不是港口，但很快就会成为港口。塞什尔港是北方巨浪中的天然避风港，但从另一角度来看也是海上掠夺者的好窝点。廷尼斯（Tinnis）港，并不总是容易停靠，但当你到了里面就会很安全。奥兰港，是凯比尔（Mers El-Kebīr）港附近的一座重要港口——被罗马人称为"众神之门"。贾米亚－埃尔－加扎瓦（Jamia-el-Ghazawāt）[1]是海盗最喜欢的小港湾，他们在这座港口内的兄弟岩建了一座清真寺，为烦闷苦恼的海盗提供精神慰藉。此外，海盗们经丹吉尔和休达越过海峡，也能找到各式各样的避难所。其中最著名的是萨尔（Sale）港，尽管港内有沙洲，却有

---

① 译注：阿拉伯语，意为"贼寇的学府"。

▲ 17世纪荷兰制图师扬·詹森尤斯（Jan Janssonius）绘制的巴巴里海岸地图

许许多多胡作非为的小船从这里出发，去打劫从新世界回来的大船。

这些港口可以为海盗船提供避难所，但港口后面的陆地却是海盗们更渴望的。尽管他们找不到一条能与内陆通航的河流，但内陆的分水岭却离海岸很近，这就排除了大江大河的水流对沿海航行的干扰。海岸的山往往又高又陡，以至于海盗团伙可以在山上居高临下地眺望远处海面上的船只，为迎接凯旋的友军做准备，或者打击来犯之敌。此外，陆地还能够出产满足人类所需的一切物产。在柏柏尔人居住的山脉和阿拉伯牧羊人漫步的草原下面，肥沃的山谷一直蔓延到海边。杰尔巴岛是瓜果繁盛的完美果园，葡萄、橄榄、杏仁、杏肉和无花果应有尽有；突尼斯城则遍布绿色的田野，享有"纯白、芬芳、美丽的西方新娘"的称号。尽管如此，"芬芳"却另有含义，根据当地居民的说法，这个词来源于湖里散发出的臭味，因为该城具有完善的下水道系统，污水都是排进湖里，这显示了该城特有的多面性。如今，这片土地已经成了海盗的巢穴。占据如此繁华的城市，他们还夫复何求呢？然而，仅有这些是不够的，海盗们还需要富有航海经验的人。在狂风吹刮海岸时，那些富有经验的人知道如何避风，也知道往何处航行，并且能挫败众多敌人的复仇和攻击——这些对粗心大意的人往往是致命的。那么，为什么巴巴里地区既没有大量居民也没有政权？海盗们又为何能将这个地方占为己有呢？下文将会解释这个问题。

自从处于奥克巴（Okba）统治下[1]的阿拉伯人第一次占领北非（古人所知的唯一一处非洲区域）以来，这个地区的平原和山谷就见证了历代统治者的盛衰兴亡与王朝的更替。倭马亚王朝哈里发手下的阿拉伯总督统治过北非，接下来是阿拔斯王

---

① 译注：即奥克巴清真寺，位于北非突尼斯的凯鲁万城市中心，是伊斯兰教在北非建立的第一座大清真寺。

朝。此后，它又被伊德里斯王朝（Idrīs，788—974年）和艾格莱卜王朝（Aghlab，又译为"阿格拉布王朝"）所取代（800—875年）。这些王朝随后又被法蒂玛王朝（909—1171年）的哈里发征服。再后来，当北非地区取得独立后，以马赫迪耶（Mahdia，突尼斯古城）为首府的政权成立，取代法蒂玛王朝。北非西部迅速分裂成了几个君主国，如突尼斯的泽里斯（Zeyrīs）王国、特莱姆森的贝尼哈马德（Benī Hammād）王国，还有其他一些小政权。公元11世纪末，木兰皮人（Murābits）或穆拉比特人（Almoravides）建立了柏柏尔王朝，把他们的权力扩大到北非和西班牙的大部分地区。到了公元12世纪，柏柏尔王朝又让位于阿尔摩哈德王朝——它的统治从大西洋延伸到突尼斯，并延续了100多年。在柏柏尔王朝和阿尔摩哈德王朝这些庞大帝国的废墟上，三个独立而且长命的王朝兴起了，按时间顺序分别是：突尼斯的哈夫斯王朝（Benī Hafs，1228—1574年）①、马格里布地区建立的赞德王朝（Benī Ziyān，1235—1400年）②、摩洛哥的马林王朝（1200—1550年）。若要使年代表完整，还可以再加上16世纪由阿尔及尔的帕夏们建立的那些海盗政权③，以及摩洛哥君主和谢里夫家族（Sharif）建立的政权。作为最后一个君主制政权，阿拉维王朝现在仍然统治着摩洛哥，但阿尔及尔的迪伊家族已经让位给法国人，突尼斯的贝伊政权也已经被置于法国的保护之下。

朝代更替带来短暂的动荡，但这些非洲国王一般都性格温和，而且很开明。他们大部分出身柏柏尔土著，天性中就没有心胸狭窄或不友好的倾向。他们不但保留了基督徒的教会，并且基督徒在礼拜时也保证不会被骚扰。我们知道，13世纪末，教廷还委派了一个主教前往菲斯地区，洛哥和突尼斯的国王通常也与教皇保持着友好关系。生活在北非的基督徒，大部分都加入了当地军队，他们当中甚至有人被任命为政府官员。从11世纪初到16世纪，即法蒂玛工朝的势力离开突尼斯向东退回埃及后，好斗成性的土耳其人向西骚扰地中海之前，在这一时期的大部分时间内，柏柏尔地区的统治者都与欧洲国家保持着密切联系——非常具有

---

① 译注：原文为1228—1534年，疑有误，或作者认为哈夫斯王朝被西班牙攻陷后已名存实亡。
② 译注：这是北非的赞德王朝，不是伊朗的赞德王朝。
③ 译注：之后是阿尔及尔迪伊（Deys）政权，附属于土耳其帕夏的突尼斯贝伊政权（Beys）。

政治家的智慧和风范。非洲人需要欧洲的工业品，欧洲人则需要非洲的皮革等原材料，结果他们签订了一系列互惠条约。毋庸置疑，非洲国家在贸易中是存在自卑感的，但地中海沿岸的各共和国还是努力促成了这些令双方都满意的条约。而且，我们必须得承认：非洲国王们的公平、节制和正直的态度，是签订和维持这些条约所不可或缺的因素。一般情况下，西西里岛和那些商业共和国都是靠友好互利的纽带与突尼斯、特莱姆森和菲斯的统治者联结起来的。比萨、热那亚、普罗旺斯、阿拉贡和威尼斯等地一个接一个与非洲国家签订贸易条约，并一再延长条约期限。

13世纪，突尼斯、休达和北非的其他城镇，还为来自欧洲国家的人保留了专门的居住区，并允许他们派执政官来管理。这些人受到保护的方式，会让七十年前驻阿尔及尔的英国代理人感到嫉妒。对比萨和热那亚来说，与非洲的贸易极具价值，它们通常将正规的公司设在非洲突尼斯、的黎波里、布吉雅、休达和萨尔等港口。事实上，热那亚人甚至为保卫休达而抵抗过基督教十字军，商业对宗教的影响竟然如此之大。另一方面，在突尼斯西部的伊斯兰教大城市，基督教居民都有自己的礼拜场所。在那里，他们可以自由祈祷，直到1530年。这种宽容氛围很大程度上是由温和而开明的哈夫斯政权营造的。哈夫斯部落统治突尼斯长达三个世纪，他们对臣民以及所有跟他们有关系的人都施加了不可或缺的好影响。然而，这段岁月并不是没有战争和复仇，北非国家与欧洲地中海共和国签订的那些条约并没有使海盗活动销声匿迹。在萨拉森人统治北非的早期，以及他们日益好斗的那段时间，冲突就很频繁。法蒂玛王朝的哈里发征服并占领了西地中海的所有大岛，例如西西里岛、撒丁岛、科西嘉岛和巴利阿里群岛（Balearic Isles）。1002年，萨拉森人一度掠夺了比萨，比萨人用烧毁非洲船队的方式来报复。三年后，马略卡国王和撒丁岛的征服者埃尔－穆贾希德（El-Mujāhid），

▲ 休达的城墙，建于13世纪

又被称为"穆格特"（Muget），烧掉了比萨城的一部分。另外一次入侵发生在1011年，埃尔－穆贾希德从位于伊特鲁里亚（Etruria，位于意大利中西部）的据点卢尼（Luni）出发，一路上掀起了可怕的灾难，蹂躏了意大利全境，直到教皇把他赶出意大利（1017年）。我们在历史书上还能读到，北非舰队曾沿着卡拉布里亚海岸耀武扬威地游弋，而比萨人也曾占领过博纳岬——海盗的老巢（1034年）。马赫迪耶城在1087年被焚毁，同一时期，西西里岛被诺曼人征服（1072年）。但这些都是早年间的事情了，而且即使在那时候，这种战争也是例外情况。接下来的几个世纪，在更稳定的政权统治下，战争变得非常罕见，相互和睦是地中海沿岸国家的普遍政策。[3]

北非国家的商业条约中始终明确禁止海盗。尽管如此，海盗行为仍在继续。值得一提的是，海盗中最顽固的那一部分人恰恰是基督徒。这些希腊人、撒丁岛人、马耳他人和热那亚人，是"海上浪人兄弟会"中最糟糕的成员，他们自己签订的条约足以证明这一点。在十字军东征的刺激下，地中海繁荣的贸易吸引了冒险家，当时任何有组织的国家海军都不会放过他们。然而，当地中海沿岸的国家发生战争时，基督徒或穆斯林组成的海盗（按当时国际法的定义）立刻就从事起合法私掠的勾当。需要为此道歉的还有西班牙海盗，他们也犯下了同样的罪行。

但是，需要注意的一点是，这一切都属于私人抢劫性质。非洲和意大利的诸多政权都坚决反对这种做法，并身体力行地把能逮捕到的自己国家的海盗绳之以法，还把所有赃物归还给失主所在的城邦。[4] 这些早期的海盗都是私人强盗，与日后"奉旨抢劫"的海盗完全不同。1200年，在和平时期，2艘比萨海盗船袭击了突尼斯航道上的3艘穆斯林船，抓捕了全体船员，并侮辱了船上的妇女，然后抢掠一空。突尼斯舰队去追捕他们，却没有追上。但是这些海盗在比萨城得不到任何尊重，因为比萨城的商人可能会因此遭到突尼斯人的残酷报复。西西里充满了海盗，但突尼斯国王向占据那里的诺曼人进献了一份厚礼，一定程度上使海盗做得不那么过分。阿拉贡人和热那亚人互相抢劫，并且抢劫穆斯林，但他们的行为完全是私人的，不受国家支持。

14世纪以前，基督徒才是地中海的主要海盗群体，主要抢掠财物和奴隶。随后，规模日益庞大的商业船队阻碍了这个行业的发展。很快，我们就开始听闻：

欧洲海盗减少，摩尔海盗增多。加布湾沿岸居民一向都有想要从事海盗的倾向。此地的马赫迪耶港，如今已经成为一个普通的沿海旅游胜地。其他港口，例如埃尔贝克里（El-Bekrī）的博纳港，12世纪时已经采纳在船上把俘虏绞死的做法（大概是在战争中形成的）。伊本·赫勒敦[1]就曾在14世纪记载了布吉雅港一个有组织的海盗团伙，他们从货物和俘虏的赎金中赚了一大笔钱。此后，随着土耳其人在黎凡特地区的影响力不断增强，邪恶的海盗势力也日益膨胀，君士坦丁堡的沦陷起了推波助澜的作用。在西方，由于基督徒的步步紧逼，被驱逐

▲ 奥斯曼土耳其征服君士坦丁堡

出西班牙的摩尔人怀着愤懑、复仇和毁灭的心情来到了非洲，他们（打劫）的主要动力之一就是消灭宿敌——西班牙人。

对这种影响，北非软弱的统治者们也无能为力。他们长期以来一直享受着与地中海邻国的和平与友谊，以至于如今无法靠强硬手段来执行命令。他们的陆军和舰队都十分弱小，况且还有一段很长的海岸需要保护。虽然到处都耸立着牢不可破的堡垒，但他们负担不起驻军的费用。因此，当摩尔人从西班牙蜂拥而至时，不设防的非洲海岸为他们提供了一个宾至如归的避难所。当时穆斯林热情好客的特质禁止了当地人排斥难民的想法。更糟糕的是，当武装海盗船蜂拥到柏柏尔地区时，当地人（从商业中）获得丰厚收益的希望被毁灭了。港口仍然是开放的，

---

① 译注：Ibn-Khaldūn，出生于突尼斯，是中世纪阿拉伯西部地区的一位著名的哲学家、历史学家、社会学家和宗教学家。

港湾为海盗们提供了栖身之所。对海盗来说，一旦在这里站稳脚跟，剩下的事就很容易了。

"就是这个小岛，它躺在海面上，已经做好了被任意索取的准备。" 16世纪初，乌尔基·巴巴罗萨（Urūj Barbarossa）船长来了。

III

乌尔基·巴巴罗萨

（1504—1515 年）

莱斯博斯岛（爱琴海岛屿，距离现今的土耳其仅有 10 公里）为这个世界贡献了许多礼物，包括莱斯博斯酒、女同性恋和七弦琴，还有萨福（Sappho）的诗歌。但是在它的所有创造物中，最新的，毫无疑问也是最令人头疼不已的，是"最后

▲ 贾科莫·弗朗克（Giacomo Franco）于1597年绘制的莱斯博斯岛地图

▼ 萨福倾听诗人阿乐凯奥斯（Alcaeus）演奏一种类似竖琴的乐器，由劳伦斯·阿尔玛-塔德玛（Painting by Lawrence Alma-Tadema）绘于1881年

▲ 乌尔基·巴巴罗萨

▲ 海雷丁·巴巴罗萨

的伟大的莱斯博斯人"——巴巴罗萨兄弟。

当 1462 年土耳其苏丹穆罕默德二世征服这个岛时，有一名隶属于他的西帕希（Sipāhi）①士兵，名叫雅库布（Ya'kūb）——土耳其的年鉴学家是这样说的。但是，西班牙的作家却声称他是一个土生土长的基督徒。不论如何，雅库布后来成了乌尔基·巴巴罗萨和海雷丁·巴巴罗萨的父亲。

雅库布的长子乌尔基很快就成为"瑞斯"（reïs），或称为"船长"。乌尔基发现，由于苏丹的舰队占据绝对优势，他的行动在希腊群岛地区时常受阻，因此他决心为自己的掠夺行动寻找一个更宽广、干扰更少的地方。这时候，黎凡特地区到处流传着摩尔海盗大发横财的传闻，关于伟大的阿戈西（argosies，指大商船队）的传奇故事也流传甚广。乌尔基认为，当那些满载着来自新大陆珍宝的船穿越欧洲和非洲之间狭窄的海峡时，将其俘虏似乎有利可图，而且还能借此俘获奴隶。

---

① 译注：西帕希为奥斯曼土耳其帝国的采邑骑兵，其地位相当于欧洲的骑士，不过与欧洲骑士不同的是，他们的土地不可世袭。

不久之后（1504 年），乌尔基船长就开始带领两艘小帆船在巴巴里海岸外游弋，为寻找一个优良的港口和安全的避难所而四处窥探。有许多故事讲述了他们的早年生涯，也提到了导致他们出海掠夺的原因。但是，莱斯博斯岛实际上一直以出产海盗而闻名——无论是当地人还是来自加泰罗尼亚和阿拉贡的移民。这对兄弟选择了一个适合胆大的人干的行当，并受到当地"光荣传统"的认可，这并没有什么不寻常的地方。[5]

突尼斯港提供了海盗所希望的一切。那时候港内的戈莱塔要塞被稍微加固了一下，要塞除了城堡还有一座主楼，哈菲斯家族的苏丹曾通过在此征税获得了巨额财富。看到戈莱塔有这样好的基础设施，海盗当然很兴奋。乌尔基向突尼斯国王献上了他的宫廷贡金，并很快就亲自来到宫廷，就分赃问题与国王达成了共识。突尼斯的港口向乌尔基的海盗船敞开大门，国王将保护他免受追捕，而他得将战利品的五分之一给国王。突尼斯曾经的开明统治者所施行的政策，在新国王统治的时候，显然已经不再适用了。

有了安全的行动基地后，为了证明自己的能力，乌尔基并没有让新盟友等待太长时间。有一天，他来到了厄尔巴岛附近。当时岛上有 2 艘属于教皇尤利乌斯二世的皇家战舰，满载着来自热那亚的货物，将要开往奇维塔韦基亚（Città Vecchia）。船上的人悠闲地划着船，没想到会遭遇土耳其海盗，因为后者在附近海域里从来没有出现过。他们以为没有比摩尔海盗更强大的敌人了，而教皇下辖的海军正准备与他们做个了结。于是，2 艘海盗船划了过去，大约距离 10 里格（1里格等于 3.18 海里）的时候，乌尔基给他的猎物做了个记号。对驾驶着一艘 18 排桨小帆船的海盗们来说，登上一艘可能是自己船 2 倍大小的皇家战舰，可不是一项轻轻松松的冒险活动，没有人知道皇家战舰里藏着多少全副武装的人。土耳其船员对这种愚蠢的行为表示抗议，并恳求船长找个与他们势均力敌的敌人。但是，乌尔基做出的回应是——扔掉大多数桨。这样，他们想逃跑就是不可能的了。

然后，他把船停泊在海面上，等着某艘骄傲自大又没有意识到危险的战舰最先靠近。突然，皇家战舰上的人瞥见了土耳其人的头巾，这是意大利海岸的奇景。在一片惊慌失措中，他们准备拿起武器战斗。但海盗船近在咫尺，一阵猛烈的箭雨和子弹结束了基督徒的惊愕。乌尔基和他的手下很快就大获全胜，把教皇的奴仆们都俘虏了。

以前还从没有哪艘战舰被小帆船俘虏过，但更糟糕的还在后头。乌尔基宣布，他也完全可以，而且也必须将另一艘战舰也俘虏。他的手下劝告他，这次冒险行动是多么危险，如果保持谨慎，就能获得一笔丰厚的报偿，贪得无厌就会失败。但他根本听不进去，他的意志如钢铁一般，随后他的船员也因胜利而鼓起了勇气，领会了他的大胆精神。他们穿上基督徒囚犯的衣服，操纵着被俘获的战舰，就像自己一直是这船上的水手一样。接着，另一艘战舰驶来了，船员们完全不知道发生了什么，就被一阵来势凶猛的枪林弹雨袭击了。

乌尔基把自己的战利品带回了戈莱塔，那里的人以前从未见过这样的景象。"惊奇而又不可思议，"海多（Haedo）[6] 评论道，"在突尼斯，甚至在基督徒世界，这种非常时刻的崇高功勋都是无法用言辞形容的，乌尔基的名字也是无法用言辞赞颂的。他被认为是全世界最勇敢、最富有进取心的指挥官。他的胡须非常红，或者说是胡萝卜色，因此，从那时起，他通常被人称为巴巴罗萨，在意大利语中，它的意思是红胡子。"[7]

俘获教皇的军舰，使乌尔基得到了他想要的东西——桨手。他让土耳其人作战，让基督徒囚犯划桨。直到 19 世纪，每一艘海盗船都有这样的习惯，基督教海军的船只也是由穆斯林奴隶划桨的。这种做法给战斗增添了一种奇怪的刺激，确切地说，战时敌人的桨手是自己的同胞。

威尼斯海军上将清楚地知道，他的两三百名奴隶正气喘吁吁地想要打破镣铐，加入敌方。土耳其海盗船上也有被强迫划桨的奴隶，他们会在第一时间抓住机会叛变，以支持基督徒同胞。因此，常常发生的情况是，敌人的同盟正被你用锁链锁住，他们是一种有力武器，这种武器能确保你获得胜利。然而，他们也会为了让你失败不惜搭上自己的半条命。但是，走在桨手之间狭窄过道上的工头恶狠狠的鞭打才是迫在眉睫的威胁，很少有人能承受叛变的后果。

乌尔基胜利完成了第一次劫掠，但他毫不懈怠，准备再干一票。第二年，他占领了一艘载有 500 名士兵的西班牙战船。这些士兵有的晕船，有的忙于抽出船体内的漏水，因此他轻而易举地俘虏了他们。在接下来的五年，他四处劫掠，并用俘获的船上拆下的木板建造新船。因此，他的船队规模扩展到了 8 艘小帆船，他的两个兄弟也赶来帮忙。突尼斯港现在已经不足以满足他的需要了，因此他暂时立足于富饶的杰尔巴岛。从这里宽敞的起锚地出发，他的船队可以去劫掠意大利沿海地区。

"杰尔巴岛之王"的头衔，对他的野心来说实在是太微不足道了。他的目标是在一大片领土和领海上称王称霸，虽然他是一个天生的海盗，但他越喜欢冒险就越希望保持稳定的权威。到了1512年，他寻求的机会终于来临了。三年前，布吉雅国王被西班牙人赶出了自己的都城，这个亡国之君恳求海盗们帮助他复位，并在救援信中答应把布吉雅港口免费提供给他们使用。以布吉雅港口为据点，海盗们可以轻易控制西班牙沿海地区。乌尔基对这一前景感到很乐观，因为他现在已经有12艘装备了加农炮的战船，还有上千名全副武装的土耳其人，更不用说摩尔人和叛变的基督徒了，他觉得自己的实力足以应对这次挑战。他的功绩已经广为流传，在黎凡特地区，只要乌尔基准备出征，他就不乏追随者。他精力充沛、勇猛过人，这对他的部下产生了积极的影响。而且，与其他带头冲锋陷阵的指挥官一样，他也很受部下爱戴。

乌尔基装备良好、给养充足，如果条件允许的话，他还能在战斗中使用一辆攻城车。1512年8月，他在布吉雅附近登陆，发现被驱逐的国王带着3000名柏柏尔人在山头等他，西班牙军队则驻守在坚固的堡垒里。当时，堂·佩德罗·纳瓦罗伯爵占据着这座城市。在接下来的八天，这座堡垒抵挡住了海盗船大炮的攻击。当西班牙人的防线被打开一个缺口的时候，乌尔基被打残了，他左臂肘部关节以下的部分被打飞了。

没有身先士卒的领袖，土耳其人对战胜西班牙军队失去了信心。他们把受伤的乌尔基抬起来，送到突尼斯的外科医生那里治疗。布吉雅暂时被海盗放弃了，但他们在去往泰拜尔盖的洛梅里尼集市的航路上，俘获了一艘满载货物的热那亚商船，这使他们多少捞到了一点儿好处。有了这批战利品，乌尔基从重伤中恢复了过来。此时，他的弟弟海雷丁正守卫着戈莱塔城堡，并开始用帆船把战利品沿运河运回突尼斯湖（突尼斯湖为突尼斯东北部海滨的潟湖，一条沙坝将其与地中海突尼斯湾相隔），在那里他们才能摆脱追兵。

然而，海雷丁去得太晚了。热那亚元老院对商船遭劫感到非常愤怒。不久后，被称为那个时代最伟大的基督徒将军的安德烈亚·多利亚（Andrea Doria），将会率领12艘战舰去追击海盗。多利亚在戈莱塔登陆，赶在海雷丁前面入侵了突尼斯。堡垒被洗劫一空，巴巴罗萨船只的残骸被胜利者拖回热那亚。多利亚和海雷丁的第一次交锋就这样结束了，但他们的下一次见面，对骄傲的多利亚来说就不那么愉快了。

海雷丁很了解他哥哥的"残忍的幽默"。他在这次战败后不敢面对哥哥，便让哥哥留下来养伤，自己则偷偷赶往杰尔巴岛，在那里夜以继日地投入造船工作。第二年春天，乌尔基赶去与其会合。突尼斯国王可能已经无法忍受他们兄弟了，但他俩很快就想到了洗刷耻辱的办法。

这一企图最初失败了。乌尔基的第二次进攻针对的是位于布吉雅的那个惹他们讨厌的堡垒，但就在他们即将得手时，西班牙援军抵达了。他们的柏柏尔盟友在攻打堡垒时袖手旁观，对坐享其成倒是很感兴趣。巴巴罗萨被迫冲出包围圈，像疯子一样扯着自己的红胡子。他怒火中烧，不得不放火焚烧了自己的船，以免它们落入西班牙人之手。

现在，巴巴罗萨不会再在突尼斯港或杰尔巴岛现身了。经过这一次新的挫败之后，他必须得找到一块新的庇护之地。在前往布吉雅的航路上，他注意到一个绝佳的地方。那是一个易守难攻之地，位于人迹罕至的岩石海岸，有一个极好的港口。在这里，他很快就能将最近这几年的损失给捞回来。此地就是吉及尔，在布吉雅东面大约60英里处。居住在吉及尔的桀骜不驯的居民并不向苏丹效忠，但很热情地欢迎巴巴罗萨这样的英雄豪杰，即使巴巴罗萨现在虎落平阳。乌尔基驻扎在这里时，将船上的粮食和货物送给当地居民，培养他们对自己的好感。那些从来都无人统领的"桀骜不驯的非洲山地之子"，竟欢喜地选乌尔基当国王。

IV

占领阿尔及尔
（1516—1518 年）

这时候，新的吉及尔苏丹正面临着一个挑战，这比带领彪悍的高地部落去对抗临近部落更艰难（我们必须承认，当别人有求于他时，他总是只站在自己的立场）。他收到了一则从阿尔及尔发出的请求帮助的讯息。此时，阿尔及尔的摩尔人已经被西班牙人封锁长达七年之久了。

他们眼睁睁地看着自己的船腐烂，却无法修补它们；他们曾多次看到富得流油的帆船，却从来没有冒险航行一英里去海上劫掠它们。因为荷枪实弹的西班牙士兵有着敏锐的眼睛，牢牢地控制着海湾。西班牙的天主教国王斐迪南二世用强有力的手紧握着贡品，摩尔人虽然已被放逐，却终归是他的臣民。如果摩尔人惹怒了国王，就不得不为此付出代价，国王陛下会亲自消灭他们。

阿尔及尔的摩尔人没法工作，已经多年没把战利品拖上岸了。他们必须反抗，否则就得忍饥挨饿。1516 年，斐迪南二世意外去世。于是，阿尔及尔的摩尔人抓住机会，先停止纳贡，还请求邻近的阿拉伯酋长萨利姆（Salim）提供帮助，后者的家族护佑城市在陆上的安全。"但是，摩尔人能拿堡垒里 200 名无法无天、令人烦恼的西班牙人（这些人不停地用大炮袭击市镇，使房子燃烧起来）怎么办？尤其是在自己饥饿的时候。少数英勇的阿拉伯骑兵骑着利比亚良马，带着装有充足补给的行囊，目标坚定，刀刃锋利，手中的矛长而柔韧，这使他们可以对抗西班牙人的截击。除此之外，还有谁能像不可战胜的巴巴罗萨那样如此巧妙地解决这种麻烦？有哪个海军主帅不想要大炮？难道不是他两次匡扶不幸的布吉雅国王重登王位，并在战斗中伤了左臂吗？萨利姆酋长十分轻率地派出正式使团去吉及尔向巴巴罗萨表示，他和他的人民完全信任巴巴罗萨，他们迫切需要其协助。没有什么比这个消息更受野心勃勃的巴巴罗萨的欢迎了。虽然新领地给他带来的收入太少，他也不是非出征不可……但他现在被布吉雅的事情弄得很烦恼，希望能在阿尔及尔取得成功。阿尔及尔是一个战略要地，能更方便地实现目标。就像他自己说的那样，他的目标是在巴巴里建立一个伟大的王国。"[8]

乌尔基率领 6000 人和 16 艘大帆船，兵分水陆两路前去救援阿尔及尔。首先，他派兵从阿尔及尔以西 15 里格处的优势位置突袭被格拉纳达的摩尔人占领的塞什尔，他派出的这支部队由一位名叫卡拉·哈桑（Kara Hasan）的勇敢的土耳其海盗指挥。卡拉·哈桑试图复制乌尔基在吉及尔的成功，诱使塞什尔的海盗接受他的领导。然而，天无二日，国无二主，乌尔基不希望在塞什尔有两个统帅各行其是。于是，他先下手为强，在西班牙人的进攻来临之前就摘下了哈桑的脑袋。

不久后，乌尔基到了阿尔及尔。萨利姆酋长和当地居民殷勤地款待了他，以及他那些主要由土耳其人和吉及尔人组成的手下。离这里一箭之遥的地方，耸立着他要攻打的"阿尔及尔之岩"。他给那里的守军送了个口信，说如果他们投降，就保证他们能安全离开。西班牙长官答复道："无论是面对威胁还是遭受屈辱，真男人都不会跪地求饶。"他还提醒乌尔基别忘了在布吉雅的教训。乌尔基此举的目的主要是为了取悦那些晦气的东道主，获得成功的可能性不大。他花了20天的时间从正面攻击堡垒，却没有动脑筋去摧毁堡垒的防御工事。

同时，阿拉伯人和摩尔人也意识到了自己的错误。他们不但没有除掉宿敌西班牙人，反而招来了比前者更麻烦的敌人。乌尔基很快就告诉他们，谁才是这里的主人。乌尔基和那群土耳其人在城门口受到古老的摩尔家族欢迎时，表现得非常傲慢，这让来自格拉纳达的阿本塞拉海斯家族（Abencerrages）和其他名门望族的后裔们难以接受。阿拉伯酋长萨利姆第一次感受到了暴君的力量：他在洗澡时被人谋杀了，但这只是海盗们的一面之词。根据海盗们的公开说法，阿尔及尔人已经与"阿尔及尔之岩"堡垒的守军秘密勾结起来，策划了一个巨大的阴谋。于是，在某个星期五的祈祷仪式上，巴巴罗萨把他们的阴谋公之于众。

关上清真寺的大门，土耳其人摘掉所谓的"主谋"们的头巾，将他们斩首于门前，以平息反抗的怒潮。没有比这次阿尔及尔叛乱更成功的叛乱了。随后，枢机主教希梅内斯派来一支7000人的大舰队，由唐·迪亚哥·德·维达指挥。但是，这7000名西班牙人被土耳其人

▲ 西迪布迈丁清真寺的门前

和阿拉伯人击溃。上天似乎还嫌这些基督徒不够倒霉，于是用一场猛烈的暴风雨把他们的船推上岸。至此，这支强大的远征队被彻底消灭了。

一个冒险家，带着一群未经训练的土匪和牧人，竟然能够打败西班牙大军！基督教国家现在开始焦虑不安地关注这件事。在海岸拥有一两个战略要地后，乌尔基·巴巴罗萨就不满足于只在巴巴里中部地区（摩洛哥东部）称王称霸了。当突尼斯王子以举国之力来讨伐他的时候，阿尔及尔似乎就要迎来一个新主人了。这时，乌尔基率领1000名土耳其人和500名摩尔人迎战，他们没有大炮，只能与敌人进行白刃战，不允许敌人踏入他们的城市一步。突尼斯王子败逃进了深山，乌尔基·巴巴罗萨取代了他的统治地位（1517年）。

然后，特莱姆森也落入巴巴罗萨手中。此时，除了还在西班牙人控制中的奥兰和其他两三座堡垒——比如"阿尔及尔之岩"和布吉雅——之外，他的统治范围囊括了现在的阿尔及利亚全境，还包括今天的突尼斯和菲斯王国的一部分。他已经与菲斯和摩洛哥结成了联盟，并且拥有训练有素的船员。此外，作为对迪亚哥·德·维达远征的回应，热那亚、那不勒斯和威尼斯的许多满怀期待的商人眼睁睁地看着自己的船队被劫掠。由于海盗的机警与贪婪，他们再也不能骄傲地驶入海港了。

西班牙新国王、后来的神圣罗马帝国皇帝查理五世得知这一切后，答应了奥兰总督科马雷斯侯爵（Marquis de Comares）的请战要求，派遣了一万大军企图一劳永逸地剿灭海盗。乌尔基·巴巴罗萨当时驻守在特莱姆森，这里仅有1500名驻军。当敌人的大军逼近他的时候，他趁着夜色逃往阿尔及尔，并带走了手下的土耳其人和自己的宝藏。但这个消息很快传到了敌人的侦察兵那里，于是侯爵急忙出发，对乌尔基紧追不舍。一条有着陡峭河岸的小河出现在这些逃亡者的路上，如果他们能过河，就能死里逃生。

乌尔基把金银珠宝撒在身后的路上，希望以此拖延贪婪的西班牙人。但是，科马雷斯并不把这一切放在眼里，仍紧紧追赶土耳其人。当他们赶到河边时，有一半土耳其人已经过河了。他们的头领乌尔基已在河的另一边，处于非常安全的位置，但殿后部队的哀号声又把他拉了回来。海盗不是那种会抛下同伴不管的人，他毫不迟疑地重新踏过那条致命的河，投身于激战中。几乎没有一个土耳其人或摩尔人从那片血腥的战场上幸存下来。由于到处都是敌军，他们一直战斗着，直到最后一息。战后，在尸体堆中可以看到巴巴罗萨那矫健的身躯。他像一头死去的雄狮躺在地上，一条胳膊已经被砍下。

"根据那些还记得他的人的证言，乌尔基·巴巴罗萨死的时候大约四十四岁。他个子不高，但身材魁梧。他的头发和胡子非常红，一双敏锐的眼睛灵活而有神采。他的鼻子像鹰钩，又像罗马人的鼻子。他的肤色介于棕色和白皙之间。他果断、大胆、宽宏大量、快活肆意、挥霍无度，而且他一点也不残忍，除非处于激烈的战斗中。他备受士兵和家人的爱戴、畏惧、敬重，当他死后，他们都悲痛万分。他无儿无女。在纵横巴巴里的十四年里，他对基督徒的打击是无法估量的。"[9]

V

海雷丁·巴巴罗萨

（1518—1530 年）

乌尔基·巴巴罗萨，这个勇敢、冲动、鲁莽、可爱的幸运战士已经死去。他以不屈不挠的精神建立的所有霸业，似乎都自然而然地随着他的去世而消失。如今，德科马雷斯侯爵和西班牙军队掌握着阿尔及尔的命运。他们如果再进攻一次，海盗就一定会被赶出非洲。但是，西班牙人这时却做了一件不可思议的事，他们做这种事已经不止一两回了。西班牙大军竟然班师回朝，侯爵则回到了奥兰总督的岗位上。之后三百年，他们再也没有根除海盗的机会了。阿尔及尔人得到了喘息之机，他们的新领袖也开始筹备新的征服行动。

乌尔基的披风落到了可堪重任之人的肩膀上。作为长兄，他拥有无与伦比的特质——可以带领一支突击队登上一艘帆船，四处砍杀，将其劫掠一空。在这方面，他是无人能及的。但海雷丁不仅拥有同样的勇气和决心，还拥有谨慎的性格和政治家般的智慧，这使他获得了更大的成就，尽管没有创造更惊人的功绩。他总能预料到风险，从不把自己暴露在失败的危险中。但他摸清门路后，没有人能比他更凶狠。[10]

海雷丁的第一次行动就证明了他的聪明才智。他派一位使者前往伊斯坦布尔①，向奥斯曼土耳其苏丹致敬，并请求苏丹陛下支持和保护新的阿尔及尔省，还说这是他谦卑的仆人献给奥斯曼帝国的新领土。苏丹赛利姆一世的答复很亲切②，他刚刚征服了埃及，阿尔及尔可以成为他在非洲的统治范围向西延伸的一个重要跳板。这个海盗头目立刻（1519 年）被授予"贝伊勒贝伊"（Beglerbeg）的头衔③，即阿尔及尔的行省总督，并被赐予了朝廷命官的徽章、战马、弯刀和马尾旗。不仅如此，苏丹还派了 2000 名近卫军来帮助他，为那些愿意向西迁徙到阿尔及尔的臣民提供支持，以助海盗一臂之力。

新上任的贝伊勒贝伊争分夺秒地弥补西班牙人给海盗们带来的损失。他增加了梅利亚纳（Meliana）、塞什尔、突尼斯和穆斯塔加奈姆（Mustaghānim）沿海

---

① 译注：原文是君士坦丁堡。奥斯曼土耳其人攻下君士坦丁堡后，将其改名为伊斯坦布尔并沿用至今，因此本书中均写为伊斯坦布尔。
② 译注：Selīm，赛利姆一世是奥斯曼帝国第九任统治者，也是苏莱曼大帝的父亲。
③ 译注：土耳其语，意为"贝伊中的贝伊""统帅"，该头衔通常赐给奥斯曼帝国重要的行省总督。

▲ 苏丹赛利姆一世

的兵力，并与内地强大的阿拉伯部落结盟。1519年，由唐·雨果·德·蒙卡达（Don Hugo de Moncada）司令指挥的西班牙舰队向阿尔及尔进攻，这支舰队包括8艘皇家帆船，每艘船约有50名战斗人员和运输人员。他们派出了一队经验丰富的老兵在阿尔及利亚海岸登陆，但是徒劳无功。随后，西班牙军队仓皇撤军，并在一阵风暴中全军覆没。这片海岸也因此获得了邪恶的名声，并成为土耳其帝国的新边境。巴巴里海岸中部的港口和要塞一个接一个落入海盗手中，科尔、博纳港、康斯坦丁都被划入海雷丁·巴巴罗萨的势力范围。现在，他可以自由自在地接着干他喜欢的老本行——在海洋搜寻并抢掠基督徒的船只。这样的抢掠行动，每年都会有一两次。他率领那18艘威武的帆船，带上他身边那些来自黎凡特的英雄好汉——每个人都拥有自己的快船，船上配备了强大的武器和一群土耳其亡命之徒。然后，你很可能会看到，他被许多即将成名的船长簇拥着。这些人将会从事扣押商船、劫掠海岸的勾当，比如德拉古特（Dragut）、萨里船长（Sālih Reïs）、"士麦那的犹太人"希南（Sinān the "Jew of Smyrna"）等。希南曾被怀疑是黑魔法师，因为他可以用十字弓测定方位。还有那令人生畏的流浪者艾登船长（Aydīn Reïs），西班牙人称他为"卡查迪埃波罗"（Cachadiablo），意思是"鬼见愁"。事实上，将他命名为"西班牙人见愁"更合适。巡航从5月开始，一直持续到秋天。此后的暴风雨使船不得不留在港口，或者至少不敢再尝试远航。在夏季的几个月里，阿尔及利亚的帆船游荡在地中海西部的每个角落，从巴利阿里群岛和西班牙海岸索取奴隶和财宝，甚至越过海峡，阻拦那些带着印第安人的黄金和珠宝返回加的斯的恶魔（指西班牙大运宝船）。任何船只在他们的攻击下都无法幸免。每一艘从西班牙驶向意大利的船，在经过巴巴里海岸时，船上的人都会提心吊胆。"基督教世界的灾祸"已经开始，它将使欧洲所有国家在三个世纪里一直处于恐慌中。阿尔及利亚的海盗是海洋的主人，他们要让所有敢于跨越他们所辖之海的人都尝尝他们的威力。不仅是商人，连天主教国家的王室成员也成了人质，所有人都害怕听到土耳其船桨的吱吱声。

1529年的一天，海雷丁派他那可靠的下属"鬼见愁"率领14艘帆船劫掠马略卡岛（Majorca）及其附近岛屿。再没有什么任务比这个更符合海盗的胃口了。萨里船长随同"鬼见愁"前去劫掠，并与他一同分享抢掠的乐趣。两人像往常那样在公海打劫到一些战利品，然后前往西班牙海岸和岛屿掠走大量基督徒，让他们充当桨手。基督徒可以用8个金币赎回自由，这个价码是一直不变的。

这时，"鬼见愁"和萨里船长接到消息，摩里斯科有群人急于逃离西班牙统治者的魔掌，准备付一大笔钱获得逃往巴巴里的机会。"鬼见愁"及其战友趁着夜色在奥利瓦（Oliva）附近登陆，把200家人和许多财宝装上了船，然后停泊在福门特拉岛旁。不幸的是，波隆多将军（General Portundo）率领8艘西班牙大帆船，正在从热那亚回来的路上。在此之前，波隆多将查理五世送到了博洛尼亚的教皇那里，好让查理五世加冕为皇帝。他一听说海盗的形迹，就立刻航向巴利阿里群岛。

"鬼见愁"急忙召集他的摩里斯科朋友，以便为战斗或逃跑做准备，因为他看到了8艘大帆船，这比他预料的要多。令他惊讶的是，敌人从枪林弹雨中迎面而来，一枪也没开。波隆多不急着击沉土耳其人的船，因为他担心这样会淹死那些逃亡的摩里斯科人。他对船上的人志在必得，因为夺回一个人就能获得1万杜卡特[①]。但海盗们认为波隆多纯粹是胆小、懦弱，于是突然转守为攻，像鹰一样猛扑到他的帆船上。一场激烈的肉搏战后，波隆多被杀。海盗们俘获了8艘西班牙大帆船中的7艘，放走了另外1艘，这艘船

▲ 威尼斯"杜卡特"金币

---

① 译注：杜卡特（ducat），威尼斯共和国的金币，后来其他国家仿制了杜卡特银币。

飞速逃往了伊维萨岛（Iviça）。

摩里斯科人在这场勇敢的战斗中完全置身事外，只是在岛上焦急地观察。许多西班牙军官被俘，个个都值大笔赎金，并且有数百名穆斯林桨手从铁链和鞭子下被释放。[11] 我们可以肯定的是，当阿尔及尔人民看到包括旗舰在内的7艘西班牙皇家帆船停泊在他们的港口时，会热烈欢迎凯旋的"鬼见愁"。在胜利的鼓舞下，新的巴巴里王国蓬勃发展。

取得一系列成功后，海雷丁终于放心大胆地向西班牙守备部队发起进攻。一直以来，"阿尔及尔之岩"堡垒都是他的心头之恨。因为它，他不得不把麾下的帆船向西挪了1英里，然后精疲力竭地拖船上岸。而停泊在城东的商船则暴露在恶劣的天气里，这严重影响了他们的生意。海雷丁决定在阿尔及尔拥有自己的港口，让西班牙的缰绳再也拴不住他。他让守军司令唐·马丁·德·瓦加斯（Don Martin de Vargas）投降，后者拒绝了。于是，海盗夜以继日地用重炮轰击堡垒，共持续了15天。海雷丁一直在蓄积力量，直到进攻变得有把握为止。这一部分要归功于阿尔及尔人，另一部分则要归功于被扣押的法国帆船。虚弱的守军最终被海盗们制服，并被押往奴隶市场。堡垒的石头被用来建造阿尔及尔港西边巨大的防波堤，基督徒奴隶在这里苦干了整整两年。这次灾难还会发展到更糟糕的地步，在"阿尔及尔之岩"陷落两星期后，人们看到了一个奇怪的景象，9艘满载着增援部队和弹药的运输船出现在海平线上。他们为了寻找这座需要救援的著名堡垒，花了很长时间。当他们惊奇地发现看不到堡垒的踪影时，海盗们神出鬼没地驾着小帆船和舢板冲了出来，并俘获了这支运输船队，共有2700人被俘，还有大批武器、粮食落入海盗手中。[12]

此时，海雷丁统辖区域内一派繁荣。他的船只数量逐月增加，到夏季适合航行时能达到36艘。他获得的战利品不计其数。在一系列行动中，他从西班牙人手中解救出许多摩里斯科人，其中有7万人加入了他的部队，大大增强了部

▲ "阿尔及尔之岩"堡垒

队的战斗力。非洲的荒芜之地到处都是勤劳的农夫和工匠，先前的西班牙政府竟然不知道如何将他们为己所用。如今，阿尔及尔的铸造厂和船坞里挤满了忙碌的工人，还有7000名基督徒奴隶在防御工事和港口劳动。西班牙皇帝不断尝试拯救奴隶并且剿灭海盗，但他的每一次行动都损失惨重。

VI

奥斯曼帝国海军
（1470—1522 年）

▲ 苏丹穆拉德一世

没有人会比奥斯曼帝国苏丹更欣赏阿尔及尔海军帕夏的胜利了，土耳其人在海军事务上还没有经验，他们渴望学习。土耳其海军发展缓慢，主要是因为早期总有一些人是为了报酬才来当水手的。当穆拉德一世（Murād I）想从亚洲跨越到欧洲去迎战乌拉迪斯劳斯一世（Vladislaus）和匈牙利（Hunyady）的入侵军队时，热那亚的船长们很乐意以每人 1 个杜卡特的价格将他的士兵运到海峡对面去。船长们这么做，是为了对付他们的老对头威尼斯人，因为威尼斯人加入了敌对阵营。直到君士坦丁堡陷落，土耳其人才控制博斯普鲁斯海峡，因此穆罕默德二世决定建立一支强大的海上力量。

鹬蚌相争，渔翁得利。基督教国家之间致命的龃龉使土耳其人获益。长期以来，强大的商业共和国热那亚和威尼斯一直在为争夺海上霸权而相互争斗。威尼斯（当时被称作"大海的新娘"）在希腊群岛和叙利亚沿岸的岛屿上拥有许多重要哨所，十字军用阿卡要塞（fortress of Acre）作为礼物回报了威尼斯海军的支援。热那亚则在黑海和马莫拉（位于意大利西北部）拥有更强大的势力。在土耳其人到来之前，热那亚在加拉塔（Galata，即现今土耳其伊斯坦布尔的卡拉柯伊区）的殖民地几乎就是一个东方热那亚。热那亚的塔楼仍旧耸立在培拉（Pera，是君士坦丁堡的一个区）陡峭的山坡上，热那亚要塞也在博斯普鲁斯海峡和克里米亚地区随处可见，它们在狭小的巴拉克拉瓦（Balaklava）①占据着主导地位。此外，附近的马尔马拉

---

① 译注：巴拉克拉瓦是塞瓦斯托波尔市的一部分，位于乌克兰的克里米亚半岛上。1854 年 10 月 25 日，在克里米亚战争中，英国一支轻骑兵旅在巴拉克拉瓦对俄国重火力阵地发起自杀式冲锋。

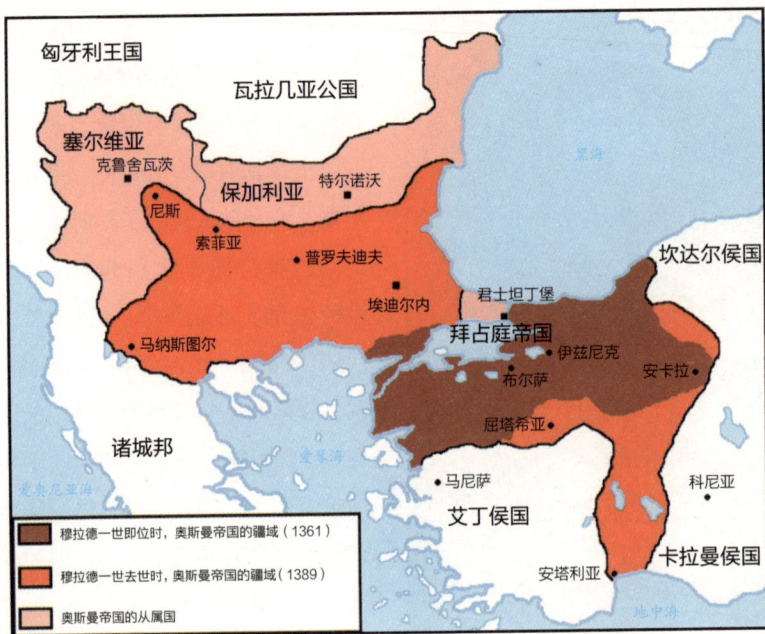

▲ 14世纪的地中海局势图

图例:
- 穆拉德一世即位时，奥斯曼帝国的疆域（1361）
- 穆拉德一世去世时，奥斯曼帝国的疆域（1389）
- 奥斯曼帝国的从属国

海①是许多舰队进行殊死搏斗的舞台。1352年，在君士坦丁堡的城墙下，热那亚人击败了由威尼斯人、加泰罗尼亚人和希腊人组成的联军。

但是，只过了一年，热那亚人在阿尔盖罗（Alghero，位于意大利撒丁岛西部海岸）的一次灾难性交火中惨败于威尼斯。1380年，热那亚人卷土重来，不但占领了基奥贾（Chioggia，意大利威尼托大区威尼斯省的一个城市，位于威尼斯以南25公里处），还几乎占领了威尼斯全境。然而，威尼斯市民团结一心，并肩作战，不仅击退了来犯的热那亚人，还将他们包围起来，迫使他们投降。从那时起，热那亚开始衰落，威尼斯变得强大和傲慢。土耳其人征服君士坦丁堡之后，迅速驱逐了特拉比松（Trebizond，现今是土耳其港口）、锡诺普（Sinope，位于土耳其

---

① 译注：Marmora，土耳其内海，东北经博斯普鲁斯海峡与黑海沟通，西南经达达尼尔海峡与爱琴海相连。余处被土耳其领土包围，是黑海与地中海之间的唯一通道。

北海岸）、卡法（Kaffa，黑海口岸）和亚速（Azov）的热那亚人。于是，利古里亚共和国①在东方的繁荣商业就此告终。黑海和马尔马拉海现在都成了土耳其的内湖。扼守达达尼尔海峡的城堡上架着重炮，保护奥斯曼的舰队不受敌人的追击。尽管贾科莫·维尼耶罗（Giacomo Veniero）曾经冒着漫天炮火率领船只穿越海峡再安全返回，并且在这过程中只损失了11个人，但没有人愿意效仿他。

1470年，穆罕默德二世派出100艘桨帆船和200艘运输船，一共携带7万名士兵，从威尼斯人手中夺走了内格罗蓬特（Negropont，现今的希腊优卑亚岛），他只需要再穿过达达尼尔海峡就安全了。著名的威尼斯海军上将洛雷达尼（Loredani）能做到的事就是报复土耳其控制下的希腊群岛，并蹂躏小亚细亚海岸。虽然他们在建造和管理船队方面比土耳其人优秀，但他们的军事资源比不上土耳其人。他们的军队是雇佣兵，比不上苏丹的近卫军和西帕希骑兵。尽管来自伊庇鲁斯（Epirus）的斯特拉迪奥蒂骑兵（Stradiotes）穿得像土耳其人，但没有戴头巾，我们熟悉的奥赛罗，就和斯特拉迪奥蒂骑兵很像。在陆地上，威尼斯共和国无法抵挡土耳其苏丹的雄师，再加上土耳其军队已经逼近皮亚韦河（Piave）[13]，威尼斯在受到军事威胁的情况下被迫与土耳其讲和。此后，威尼斯成了土耳其的一个好跟班，据说威尼斯甚至还曾煽动土耳其人攻占奥特朗托（Otranto，位于意大利东南部普利亚大区莱切省的一个城市）。现在奥斯曼的帆船在亚得里亚海（Adriatic）横行无忌，不断沿着意大利海岸烧杀抢掠。因此，每当看到船桅上飘扬着新月旗帜的船出现在海面，沿海居民都会惊恐万状地向内陆逃去，任凭海盗蹂躏他们的家园。土耳其海盗的时代已经来临。

在此时的地中海区域，除了声名狼藉的热那亚和降为二流角色的威尼斯之外，还有另一个海军强国。1403年，耶路撒冷的医院骑士团被帖木儿赶出了士麦那，如今正驻扎在罗德岛（Rhodes），土耳其人急忙赶去制服他们。很明显，医院骑士团赢了。埃及的马穆鲁克苏丹从陆上发起的一次又一次进攻都失败了，马穆鲁克无法将骑士从他们的大本营赶走。医院骑士团仍然钳制着亚历山大城和伊斯坦

---

① 即热那亚共和国，在1798—1805年称利古里亚共和国。

布尔之间的贸易，频繁地劫掠经过的船只。

实际上，罗德岛的骑士就是黎凡特一带的基督徒海盗。卡拉曼尼亚（Caramania，即安纳托利亚的南部沿海地区）的森林为他们提供了造船的材料，小亚细亚居民成为他们的奴隶来源。只要他们还在海上游荡，土耳其苏丹的船就会感到不安。他们也常常劫掠基督徒的船，以至于出现了这样的情况：1480年，当穆罕默德二世派出一支包括160艘船的庞大军队去讨伐这些骑士的时候，威尼斯人幸灾乐祸地观望着战局。然而，围攻失败了。伟大的统帅皮埃尔·德·欧比松（D'Aubusson）勇敢地击退了所有进攻，土耳其人蒙受了巨大的损失，不得不退兵。[14]

通过医院骑士团的奋战经历，威尼斯人发现土耳其人并不是不可战胜的。于是，威尼斯人鼓起勇气，开始准备与自己的临时盟友奥斯曼帝国打一仗。但对财大气粗的土耳其人来说，只要能用钱解决的事情都不算事儿。苏丹手下的基督徒中不乏会造船的能工巧匠，他们对威尼斯人的造船技术以及最新的改进成果进行研究，借此建造了2艘巨大的战舰①。每艘战舰长70英尺、宽30英尺，桅杆由7棵树拼接在一起，直径达4肘②。40名身穿盔甲的士兵可以在主桅上向敌人开火。

船上有两块甲板，一块类似大帆船甲板，另一块像小型帆船（单层甲板）的甲板，两块甲板各装有1门大炮。船舷每侧有24支桨，每支桨由9个人划，船尾还牵引着小船。每艘巨舰上有2000名士兵和水手（根据哈吉·卡利法的说法）[15]。凯末尔船长（Kemāl Reïs）和勃拉克船长（Borāk Reïs）分别是这2艘巨舰的指挥官。此外，土耳其舰队还包括300艘帆船，它们在达乌德帕夏（Daūd Pasha）的指挥下被调往亚得里亚海。舰队的攻击目标正是勒班陀（Lepanto）。

到了1499年7月，在莫登③附近，土耳其人发现了威尼斯舰队，后者也正在寻找他们。土耳其人发现敌人一共有44艘桨帆船、16艘大型三桅军舰、28艘普通风帆船。双方都不敢轻举妄动，因为他们都知道这场战斗的意义非同一般。威尼斯海军上将格里曼尼（Grimani）退守到纳瓦里诺（Navarino），土耳其人则在

---

① 译注：kokas，土耳其语，意为战舰。
② 译注：古代长度单位，1肘是成年男子从中指指尖到肘的前臂长度，45—55厘米。
③ 译注：Modon，如今称为迈索尼，位于希腊。

萨皮恩扎（Sapienza）附近抛锚。

8月12日，达乌德帕夏得知苏丹正率领陆军在勒班陀等着自己，决心不惜一切代价继续前进。在那个年代，土耳其航海家对在公海航行没有信心，他们更喜欢紧贴海岸航行。这样的话，如果天气恶劣，他们就可以暂时躲进港口。因此，达乌德竭力在纳瓦里诺以北的普罗达诺岛（Prodano）和摩里亚半岛（Morea，即伯罗奔尼撒半岛）之间穿行。这下，威尼斯人完全明白他的计划了，于是抽调舰队在狭窄水道的上端严阵以待。在那里，威尼斯人可以趁敌人手忙脚乱时攻击他们。

那天，科孚总督安德烈亚·洛雷达诺（Andrea Loredano）率领10艘船增援基督徒舰队。至此，基督徒已经选好了战场——巴尔干半岛西南海岸附近的宗乔。当天风势很好，土耳其人从海峡里出来的时候，在风的影响下全速行驶。但是，威尼斯将领把主要希望放在那些帆船上。那个年代，在战斗中操纵帆船的技术还不是很成熟，要么操纵不好，要么搞错航行方向。这会造成船与船之间互相碰撞，而大帆船则更加无助，不是被风吹进了敌人的包围圈，就是被风吹走。当然，土耳其人的帆船也面临着同样的问题。

不久后，洛雷达诺的旗舰就被土耳其人烧毁，其他船也被大火吞没。在这次行动中，基督徒舰队将领雅尼（Yāni）率领的大帆船扮演了重要的角色。每艘大帆船上面都有1000名水手和士兵，两艘大帆船与另外两艘小船一起包围了土军勃拉克船长的战舰。但较小的基督徒帆船无法越过土耳其大战舰高高的船舷向上开火，于是很快就被击沉。勃拉克船长将燃烧的沥青投向这些小船，把基督徒船员和船只都烧成了灰烬，直到他自己的船也着了火。勃拉克像很多闻名于世的船长那样，刚刚展现出天赋后就在火焰中死去了。

战后，普罗达诺岛被土耳其人改称为勃拉克岛。[16]基督徒把这一场战斗称为"可悲的佐奇奥（Zonchio）之战"。佐奇奥是一座位于纳瓦里诺的古老城堡，战斗就是在它附近发生的。

尽管在宗乔取得了胜利，达乌德帕夏还是决定要一路杀到勒班陀。威尼斯人已经将他们分散在各地的舰队集中起来，并得到了盟友法国和罗德岛医院骑士团的大力协助。很明显，基督徒决意复仇。到了晚上，土耳其人抛锚靠岸，并保持着警惕，因为小规模的战斗是随时可能发生的。威尼斯人试图在敌人的停泊处

▲ 1697年，威尼斯的圣马可港口

给他们制造一个"惊喜"，但这时候土耳其人已经将船驶到开阔的海面上了。恶劣天气打乱了格里曼尼的计划，他看到自己派出的 6 艘火船已经被烧得精光，土耳其人却毫发无损，感到颜面尽失。

一次又一次，达乌德帕夏似乎根本不可能逃脱，但格里曼尼的"费边政策"① 使敌人溜走了。最后，当土耳其舰队成功驶入帕特雷湾（Gulf of Patras）时，就有苏丹布设在勒班陀的火炮掩护了。由奥弗涅（Auvergne）大主教指挥的法国援军这时也厌恶地起航，离开了他的威尼斯战友。8 月 28 日，勒班陀陷落。格里曼尼被判终身监禁，因为他犯了大错。然而，在 21 年后，他又被任命为总督。[17]

威尼斯再也没能从失败中恢复过来。在勒班陀、佩特雷湾和科林斯湾（Corinth）失守后，莫登也被占领，就连萨皮恩扎海峡、亚得里亚海和爱奥尼亚海的东海岸，也不再对基督徒的帆船开放了。1517 年奥斯曼土耳其帝国完成对埃及的征服[18]，威尼斯因此失去了最重要的市场，其东方贸易受到严重损害。新大陆被发现后，

---

① 译注：Fabian policy，指拖延政策。费边是古罗马共和国的名将，在汉尼拔率领迦太基大军进攻罗马时，采取避其锋芒、小规模作战的策略，拖延了战斗时间，并最终耗尽了敌人的力量，取得战争胜利。作者在此处是嘲讽格里曼尼用兵犹豫不定，白白延误战机。

西班牙商人也与威尼斯竞争起来。

实际上，威尼斯更像一座东方城市。城里的技术工人从埃及和美索不达米亚学到了手。集市上满是来自东方的商品，有来自达米埃塔①、亚历山大、开罗和突尼斯等地的各种衣物原料，还有来自巴贝克（Ba'lbekk）的棉花，来自巴格达（Baghdād）的丝绸，来自亚美尼亚马丁（Ma'din in Armenia）地区的阿特拉斯（atlas）绸缎。威尼斯不仅为欧洲带来了东方的产品，还带来了它们的名称。薄绸布是由萨拉森人制作的布料。巴格达的一条制造波纹绸的街道被称作"斑猫街"。巴格达的意大利名字是"巴尔达齐尼"（Baldacchini），通常被简称为"巴达克"（Baldac），这也是西欧语言里"巴格达"这个名字的来源。锦缎的意大利名字是"沙米"（Shāmī），盛产锦缎织物的叙利亚也因此而得名。埃及人的外衣"朱巴"（jubba）演变成了"朱帕"，然后是"朱普"。[19]

由于土耳其人的敌意，威尼斯在失去东方贸易市场之后再也不能维持繁荣了。它屈从于命运的安排，承认了土耳其在海上和陆地上的霸权。它甚至把塞浦路斯岛献给苏丹以邀宠。当伟大的苏莱曼大帝接替塞利姆的事业，于1521年攻占贝尔格莱德（Belgrade）时，威尼斯急忙提高了向土耳其缴纳的贡金，同时把扎特岛（Zante）②献给了苏丹。现在的威尼斯是如此温柔无害，似乎真的已经成了"大海的新娘"。

热那亚和威尼斯变得谨小慎微以后，医院骑士团的据点罗德岛成了土耳其的下一个目标。塞利姆给儿子苏莱曼大帝留下了一支壮观的舰队，为这次战争盛宴做好了准备。土耳其舰队共有103艘小帆船、35艘大帆船。除了不计其数的小艇外，舰队还有107艘运输船。苏丹已经利用"木材、标尺、大帆船和草图"[20]组建了一支皇家海军。1522年年底，罗德岛在进行了英勇顽强的抵抗后还是陷落了。六个月以来，骑士们坚持苦战，抵抗着拥有400艘帆船的舰队和苏丹亲自指挥的10多万人的军队。这是欧洲历史上的一场危机，基督教世界的前哨站陷入了困境。

---

① 译注：Damietta，即今天埃及的杜姆亚特。
② 译注：如今称为扎金索斯岛。

骑士们很清楚自己崇高的责任，但是敌人有世界上最优秀的工程师，有强大的帝国与丰富的资源做后盾，并且其领导是个天才。苏莱曼率领大军将城市重重包围，大炮和火药使包围圈一天天地缩小。在进攻开始的第一个月月底，所有城墙都已经被轰塌。但是，医院骑士团守卫的八座堡垒却一直牢不可破，它们分别由说着英语、法语、西班牙语、意大利语、葡萄牙语、德语、普罗旺斯语和奥弗涅语（比利牛斯山南部地区的方言）的骑士守护。来自坎迪亚（Candia）的加布里埃尔·马蒂尼戈（Gabriel Martingo）指挥着这些来自多个国家的勇士，取得了辉煌的胜利。[21]

最后，英国人守卫的堡垒被炸毁了。土耳其人蜂拥而至，却被骑士们击退，并损失了 2000 人。土耳其人的第二次攻击也失败了，但在 9 月 24 日，他们站稳了脚跟。土耳其人用火药摧毁了西班牙人和意大利人坚守的堡垒，精疲力竭的驻军暴露在工事之外，使防御工作越来越危险。奥斯曼土耳其军队也遭受着疾病和骑士致命武器的双重折磨，希望苏莱曼苏丹能够劝降敌人。苏莱曼以保证性命和人身自由为条件，劝医院骑士团交出这座城市。起初，骑士们骄傲地拒绝了这个提议。但不到两周，他们就发现己方弹药耗尽、人员锐减。于是，到了 12 月 21 日，他们恳求苏丹重新提出投降条件。苏莱曼宽厚地允许他们不受干扰地乘船离开，前往他们认为最合适的欧洲港口。[22]

罗德岛的沦陷为奥斯曼土耳其舰队在地中海东部的统治扫清了最后的障碍。从此以后，没有一艘基督徒的船能安全地在这片水域通航，除非苏丹大发慈悲。古老的海洋共和国逐渐衰退，无力挑战奥斯曼帝国在爱琴海、爱奥尼亚海和亚得里亚海的霸主地位。

几乎与此同时，巴巴罗萨兄弟在西方也取得了相似的胜利。他们占领了阿尔及尔，并在巴巴里海岸布置了强大的守备部队，使土耳其海盗成为

▲ 细密画《围攻罗德岛》

地中海西部的主人。苏莱曼大帝看到了联合这些海盗的必要性，知道海雷丁能教会他麾下的航海家和造船者很多应该掌握的东西。大维齐尔也极力劝他与地中海西部的土耳其人建立更亲密的关系。海雷丁遵从奥斯曼帝国的号令，在伊斯坦布尔入朝为官。

VII

多利亚和巴巴罗萨

（1533 年）

▲ 奥斯曼土耳其皇宫的"崇高门"

▼ 安德烈亚·多利亚

海雷丁并不急着去觐见苏丹①，他得为自己离开期间阿尔及尔的安全和政府运转提供万全保障，还得考虑医院骑士团船队的威胁。这些骑士已经在外流浪很久了，比他们在罗德岛英勇捍卫基督教世界的时间还要久。最终，他们定居在马耳他（成立了"马耳他骑士团国"）。没有比马耳他更方便的地方了，他们在那里有的是机会骚扰海盗。

此外，安德烈亚·多利亚正在率军四处巡航，他不是巴巴罗萨喜欢遇到的对手。这位伟大的热那亚海军上将认为，他与海雷丁之间的争斗，是一场私人的对决。这两人都在自己的水域里有至高无上的地位。他们都已经是老人，而且还在日渐衰老。多利亚于1468年出生在热那亚的一个贵族家庭，这时候已经65岁，人生中有近50年的时间都花在了战争上。事实上，桨帆船就像是一支小军队，而船长是货真价实的海军军官。

多利亚曾是教皇的御前卫兵，在乌尔比诺公爵（Duke of Urbino）和那不勒斯的阿方索公爵手下服役。1513年，已经40多岁的他才乘船出海，然后立刻成为热那亚的海军上将。他被任命为国家的海军指挥官，是因为他在岸上的忠诚服务，

---

① 译注：原文为"不急着到崇高门一游"，the Sublime Porte是奥斯曼皇宫内宫与外宫之间的大门，代指奥斯曼帝国中央政府。

而不是因为他具备特殊的海军经验。事实上，舰队的指挥官是海军军官，也必须是一名海员。

然而，多利亚在他职业生涯的后期，拥有了作为海员的无可置疑的天赋。他的领导能力决定了对立的基督教大国中哪一个能够称霸地中海。1522 年，当一场革命推翻了热那亚共和国中他所在的党派时，他转而效忠法国。只要他站在法国一边，法国就能称霸地中海，地中海将不再属于巴巴里的穆斯林海盗，而是属于法国。

1528 年，多利亚认为法王弗朗西斯一世不公正地对待了自己，也不公正地对待了自己的祖国意大利，于是带领自己的 12 艘帆船投靠了查理五世。然后，查理五世的帝国海军便取得了胜利。多利亚是两国之间命运的仲裁者。他是热那亚的解放者，却拒绝当热那亚的国王、偶像和暴君。在土耳其人心中，没有一个名字像他的名字那样令人恐惧。许多船被他的劫掠船当作猎物捕获，还有许多穆斯林被卖为奴隶，在热那亚人的船上做桨手或者在热那亚的监狱里备受折磨。他既是官方的海军上将，也是江洋大盗，并利用私人船为自己聚敛财富。

至于海雷丁，他在基督徒和土耳其人中的声望不逊色于他的对手。他把西班牙人赶出了阿尔及尔，并劫掠西班牙帝国的船只，对帝国沿岸地区造成了无法估量的损失。虽然两人在同一片海域航行了近二十年，但从未在海战中遭遇过。也许他们彼此都太忌惮对方，不敢冒险。1513 年，当海雷丁还是个无名小卒时，多利亚把他赶出了戈莱塔要塞。1531 年，热那亚海军上将攻占了塞什尔——海雷丁一直严防死守的地方——并以此为战备基地，进攻西班牙海岸对面的敌人。

西班牙帝国军队强行登陆，打了要

▲ 法国国王弗朗西斯一世

塞守军一个措手不及，还解放了700名基督徒奴隶。但是，基督徒士兵们不听命令，不顾召唤他们上船的信号枪，反而在全城进行劫掠。他们渐渐在土耳其人和摩尔人的围攻中处于不利地位，最终乱成一锅粥。被赶下海滩后，他们才发现多利亚的船队早就离开了。

在这次战斗中，西班牙帝国军队有900人被杀、600人被俘。有人说，这是海军上将打算惩罚自己的部下，因为他们不服从指挥；还有人说，海军上将看到海雷丁的舰队赶来救援了。无论如何，多利亚临阵脱逃了，他和海雷丁这个死对头没有碰上面。返航途中，多利亚俘虏了一些巴巴里海盗的船以进行自我安慰。

第二年，多利亚通过对希腊海岸的一次辉煌远征，挽回了自己的名声。他用48艘帆船（只有35张帆）袭击了科伦①。当时，苏莱曼苏丹正在入侵匈牙利[23]，并没有把注意力放在希腊海岸。经过猛烈的攻击，他的士兵成功占领了堡垒。土耳其驻军幸免于难，因为他们早就撤出了堡垒。门多萨被留下来镇守科伦，而多利亚则乘胜进军帕特雷②，并占领了该地。他还攻陷了当地的土军要塞，控制住了科林斯湾。而且，在土耳其舰队追上他之前，多利亚就回到了热那亚。

1532年9月，即第二年的秋天，多利亚又完成了一项更大胆的壮举。当时，一支土耳其舰队封锁了科伦的港口，科伦缺少补给，即将断粮。然而，驻军指挥官克里斯托费罗·帕拉维西尼（Cristofero Pallavicini）却在城堡大炮的掩护下乘船逃走了——尽管在临走前，他鼓励驻军坚持到底。多利亚却率军冲入了港口，由于他的舰队只有一半帆船能在海上航行，土耳其舰队很快就包围了他的座舰，下属不得不冒险把他营救出来。最终，多利亚打败了土耳其舰队，解除了港口的封锁，卢特菲帕夏（Lutfi Pasha）的围困计划就此破产。法国海军上将朱利安·德·拉·格拉维尔认为，对科伦进行物资补给，是16世纪海军作战中最难的操作之一。[24]

很显然，这时候的多利亚已经不再只是巴巴里海盗的敌人，他真正的对手是

---

① 译注：Coron，希腊爱奥尼亚海沿海小镇科罗尼，科伦是威尼斯人为它取的名字。
② 译注：Patras，在伯罗奔尼撒半岛西北岸，濒临佩特雷湾。

土耳其人。土耳其苏丹渴望发现海雷丁成功的秘密，并热切盼望他到达金角湾。巴巴里海盗已经听说了多利亚最近的丰功伟绩，因此行事比以前谨慎多了。况且，海雷丁也不想仓促服从苏丹的命令，这样会让他在苏丹的心里掉价。

1533 年 8 月，海雷丁让心腹哈桑·阿加（Hasan Aaga）——一个来自撒丁岛的阉人——在他离开的这段时间担任代理总督。他只带着几艘帆船从阿尔及尔起航，顺便在路上做了点"小生意"——洗劫厄尔巴岛①，还劫掠了在路上遇到的几艘热那亚运粮船。接着，他老老实实地从马耳他经过，沿着摩里亚半岛的海岸航行，直到在萨洛尼卡湾（Bay of Salonica）抛锚。[25]海雷丁来到了圣毛拉岛（Santa Maura）和纳瓦里诺。他似乎一直在寻找多利亚，尽管他现在的力量很弱（对他的悬赏金额却增加了）。不过，热那亚海军上将多利亚已经回到了西西里岛。两个人在航路上互相错过了对方，但这对海盗来说也许是件幸运的事。

不久后，苏丹高兴地看到巴巴里舰队挂着华丽的旗帜和燕尾旗，绕过萨拉基里奥角（Seraglio Point，即"皇宫角"），井然有序地驶入了金角湾（the Golden Horn）。海雷丁和他手下的 18 名船长随后在苏丹面前鞠躬，并因为尽忠职守和威名远扬而得到了丰厚的赏赐。

于是，那天的奥斯曼帝国老皇宫（Eski Serai）[26]出现了奇特的场景：大殿上挤满了人。奥斯曼帝国最伟大的将军和政治家齐聚一堂，注视着那些战斗在第一线、从欧洲沿海虎口拔牙的海上猎犬；最重要的是，他们仔细观察了那个身材魁梧而又精力充沛的老人——海雷丁。海雷丁的眉毛和胡须都很浓密，还曾经有一把浅赤褐色的大胡子。但是，由于年复一年经受着变幻莫测而又恶劣的天气的考验，他的胡子已经灰白。

海雷丁那双眼睛能够随时倾泻无法平息的怒火。眼神展现出了他坚定的意志，这种意志可以为海盗们指引道路，使他们在海上取得一次又一次胜利。这些辉煌的战绩，甚至可以与战无不胜的苏丹在欧陆攻城略地的胜利相媲美。帝国的大维齐尔易卜拉欣认为，海雷丁正是他们需要的人才。这个阿尔及尔的海上大盗比土

---

① 译注：Elba，位于意大利西岸海域，曾为拿破仑的流放地。

▲ 厄尔巴岛的海岸

▲ 奥斯曼老皇宫议事厅

耳其的所有海军上将都要更受欢迎，并且被赋予了重建奥斯曼帝国海军的重任。随后，海雷丁在船坞度过了一个冬天。在那里，他敏锐的眼睛能立刻发现造船工人的毛病。

海雷丁发现，伊斯坦布尔的土耳其工人既不知道该如何建造桨帆船，也不知道如何在船上工作。[27]此外，土耳其人造船的速度也比基督徒慢得多。为扩充队伍，他们甚至绑架阿卡狄亚和安纳托利亚的牧羊人充当水手，而且没有招募正规海员来指导他们。这些人没有经验，以前从未操纵过船帆或舵柄，却被委以驾船出海的重任。[28]但海雷丁很快就改变了这一切。

幸运的是，这里有大量工人，也有丰富的木材资源。海雷丁用自己非凡的活力激励着工人们。整个冬天，他一共规划了 61 个船坞，到来年春天出海时，他就能拥有一支由 84 艘船组成的舰队了。土耳其称霸海上的时代就是从海雷丁驻扎在造船厂的这个冬天开始的。

VIII

突尼斯的占领和失守

（1534—1535 年）

▲ 茱莉娅·冈萨加

意大利沿海的居民很快就又发现了土耳其舰队的踪影，他们现在开始害怕海盗会两面夹攻。1534 年夏天，海雷丁带领他那支由 84 艘船组成的新舰队从金角湾出海，不断寻找猎物来填饱自己的胃。他们进入了墨西拿海峡（Straits of Messina），袭击了瑞吉欧镇①，掠走了船和居民。第二天，他们冲进了卢西达城堡，俘虏了 800 人，并将城堡烧毁。在切特拉罗（Cetraro），海雷丁率部下俘获了 18 艘帆船。紧接着，他们又袭击了斯佩隆加（Sperlonga），掠走了当地部分百姓。

随后，海盗们长驱直入，秘密深入内陆的丰迪（Fondi），维斯帕西奥·科隆纳（Vespasio Colonna，丰迪伯爵和特拉多公爵）年轻而美丽的遗孀茱莉娅·冈萨加②就住在那里。她身份尊贵，有着丰迪伯爵夫人和特拉多公爵夫人（Duchess of Trajetto）的头衔，是"阿拉贡的圣乔安娜"（heavenly Joanna of Aragon）的妹妹。她十分迷人，曾经有 280 名意大利诗人用好几种不同的语言来赞美她。她的纹章上装饰着紫红色的"爱之花"，这使她充满了魅力。

海雷丁打算把这个美人掳走，献给苏莱曼大帝充实后宫。海盗们的行动是如此隐秘，当茱莉娅从睡梦中惊醒时，他们已经在不远处了。茱莉亚急忙跳上马，带着一个随从仓皇逃跑——她后来处死了这个随从，也许是因为那天晚上他对她

---

① 译注：Reggio，意大利北部沿海的一个小镇。
② 译注：Giulia Gonzaga，茱莉娅·冈萨加是意大利著名的贵妇，她组织的文化沙龙吸引了许多学者和艺术家。据说，奥斯曼帝国大维齐尔易卜拉欣授意巴巴罗萨绑架才貌双全的茱莉娅献给苏莱曼苏丹，以使苏莱曼冷落宠妃许蕾姆。许蕾姆权倾朝野，因为储君等问题与大维齐尔长期不和，易卜拉欣此举是为了打击她的势力。但是，这次密谋失败，茱莉娅逃脱了。后来，许蕾姆唆使苏丹下令杀害了易卜拉欣。

太胆大妄为。[29] 海盗们对茱莉娅的逃脱感到十分愤怒，于是血洗丰迪，并摧毁教堂，大肆烧杀抢掠了四个小时。这次暴行，给当地居民留下了挥之不去的阴影。土耳其人因突袭成功而振奋起来，他们几乎不再需要其他鼓励，就能满怀热情地冲向这次冒险的真正目标——突尼斯王国。

在阿尔摩哈德王朝解体后的三个世纪里，哈夫斯部落的苏丹们在古老的迦太基遗址上建立了自己的统治。他们的统治温和而公正，且与欧洲列强总体上保持着友好关系。他们与比萨、威尼斯和热那亚商人签订的大量条约中都有公平贸易条款，来自这些国家的商人被允许在突尼斯港进行商业活动。连圣路易①都被突尼斯国王的虔诚和正义所打动，他甚至试图将后者转变为基督徒，但他还未成功就先去世了。

哈夫斯王朝共有 21 位统治者将权力成功递交给了下一任。但在这之后，哈夫斯部落日渐衰微，王室兄弟之间因妒忌而互相残杀，这进一步削弱了哈夫斯王朝的力量。第二十二位国王哈桑，是踩着 44 名被杀害的兄弟的尸体登上王位的。当他勉强保住自己的王位时，也为野心家树立了一种邪恶的榜样，这正是所有君主国竭力避免的败亡之道。实际上，正是由于某位王位竞争者发动了一场叛乱，海盗才有了入侵突尼斯的借口。海雷丁刚刚登陆，可怜的突尼斯国王就弃城逃跑。尽管一些阿拉伯部落还支持他，但他却不敢与土耳其的枪炮硬碰硬。像阿尔及尔一样，突尼斯被奥斯曼帝国强行吞并，而且同样是由巴巴里海盗操刀。事实上，这两个新行省落入了海盗的囊中。苏丹的法令能否在那里得到贯彻和执行，还是个未知数。

不久之后，突尼斯全境被海雷丁·巴巴罗萨率军占领。被驱逐的国王哈桑向查理五世皇帝求助。查理五世清楚地意识到，海雷丁在突尼斯港的存在，对他统治下的西西里王国是个巨大威胁。对查理五世而言，海盗的巢穴耸立在阿尔及尔海岸的岩石上已经够糟了，突尼斯是地中海东西之间海上通道的关键节点，把它留在海盗手中是极其危险的。

---

① 译注：Saint Louis，即路易九世，法国卡佩王朝的第九任国王，1226—1270 年在位。

▲ 查理五世

因此，查理五世决定支持哈桑复位。1535 年 5 月月底，他率军从巴塞罗那（Barcelona）起航，其舰队包括 600 艘由海军上将多利亚指挥的帆船（多利亚也打算报仇），并满载着帝国军队的精锐。军队里有西班牙人、意大利人和德国人。6 月，查理五世率军对戈莱塔要塞——被阿拉伯人称为"洪流的咽喉"的地方——展开了围攻，此地耸立的双塔守卫着 1 英里长的突尼斯海峡。[30]

7 月 14 日，大帆船"圣安"号带领 3 艘小帆船，升起"为了信仰"（医院骑士团的战斗格言）的旗帜攻向戈莱塔。在"圣安"号的重型大炮的轰击下，要塞很快就被攻破。骑士科西耶（Cossier）带领着永远迎难而上的医院骑士团杀进了要塞，把"为了信仰"的旗帜插在要塞的城垛上。犹太人希南率领的要塞守军连续三次试图突围，但都失败了，最终陷入基督徒的重重包围中。然而，基督徒军队还是有 3 位意大利将领在进攻中倒下了。有部分海盗（包括希南）撤离了戈莱塔要塞，逃往突尼斯城。他们留下了所有武器和弹药，包括 40 门大炮，其中一些大炮因曾经在攻占罗德岛的战役中被使用而闻名，还有 100 多艘船落入了基督徒手中。

海雷丁率领近 1 万名士兵出击，迎战查理五世皇帝。但他手下的柏柏尔人拒绝战斗，他们在卡萨巴城堡内数千名基督徒奴隶的帮助下，拉动锁链关上了海雷丁身后的城门。[31] 在尽可能长时间地保卫城墙后，这位海盗首领带着希南和"鬼见愁"艾登逃往博纳岬。幸运的是，他早先在那里备下的 15 艘船还在。

海雷丁的三重城墙防线一直延伸到了将突尼斯湖和地中海隔开的地峡上。15

年前①，人们发掘了这堵城墙，在城墙外发现了将近 200 具骷髅，以及一些西班牙钱币、炮弹和破碎的武器。

很快，基督徒就尾随着逃跑的海盗攻入了突尼斯城。查理五世纵容他的士兵在城内烧杀抢掠了整整三天三夜。那是一段可怕且疯狂的日子。突尼斯城内的男女老少均被屠杀，甚至遭到了比屠杀更糟糕的对待。丧心病狂的基督徒军队为了争夺赃物而互相残杀。为了寻找海雷丁留下的财宝，他们甚至杀光了卡萨巴城堡内不幸的基督徒奴隶，他们本应是这些人的救世主。街道变得乱七八糟，屋子里则充斥着谋杀和凌辱。天主

▲ 大维齐尔易卜拉欣

教的编年史学家们也不得不承认，伟大的查理五世皇帝放纵了这些荒淫残暴的士兵，任由他们犯下骇人听闻的暴行。

鲜为人知的是，当全副武装的德国、西班牙和意大利士兵凌辱和屠杀突尼斯手无寸铁的无辜百姓，并将追击海雷丁一事抛在脑后的时候，奥斯曼帝国的大维齐尔易卜拉欣正在率领悍勇的亚洲部队进军巴格达和大不里士（Tebrīz），并成功占领了这两块地方。他们秋毫无犯，没有一所房子被破坏，也没有一个人被蹂躏。这真是"敌手胜良师"②。

就控制突尼斯这个目标而言，查理五世的远征是徒劳的。他在 8 月启程回国之前曾与哈桑签订了一项条约，其内容为：突尼斯向西班牙称臣纳贡，割让戈莱塔给卡斯蒂利亚王室，释放基督徒奴隶，停止海盗行为，并每年举行一次致敬仪式，

---

① 译注：指作者生活的那个年代。
② 原文为拉丁语：Fas est et ab hoste doceri。

献上 6 把摩尔弯刀和 12 只猎鹰。双方在十字架和剑之前正式宣誓。

但是，这个条约纯属浪费纸张。没有哪个国王是像哈桑这样复位的。哈桑使百姓流尽鲜血，导致穆斯林的家园被摧毁。况且他还把自己绑在搞"偶像崇拜"的西班牙人身上，甘当附庸，只希望能稳坐江山。

哈桑带来了如此可怕的灾难，人民因此强烈排斥且蔑视他这个伊斯兰教的叛徒。以至于有这样一个故事：一个摩尔女孩落入了敌人士兵的魔掌，复位的突尼斯国王试图拯救她，她却往他脸上吐口水。对一个国王来说，没有什么比蔑视他提供的保护更糟糕。哈桑装模作样地统治了五年，但这个国家仍然处于战争中。神圣的凯鲁万城①蔑视他，认为他只是西班牙的总督，他的王位是从异教徒强盗那里乞讨来的。查理五世的帝国军队把他留在那里，但他无法维持统治。

多利亚也只能短时间帮助可怜的哈桑控制沿海城镇。1540 年，哈桑被自己的儿子哈米德（Hamīd）囚禁，且被刺瞎了双眼。但是，没有人同情哈桑。我们可以看到，海岸又被海盗们占领了。不久后，西班牙人也将撤退，并放弃了戈莱塔要塞。

然而，突尼斯远征仍然是欧洲引以为豪的壮举，也是查理五世很少被人非议的一项功绩。摩根曾经戏谑地说道："尽管我这辈子从来没见过那个西班牙人（指查理五世），但如果我是查理五世，我相信每个基督徒给我的钱不会少于 40 博托（boto），因为查理五世曾一度把一盘散沙似的地球握在手心里。不过，后来他的霸业付诸东流了。没有人礼貌地告知或纠正我对真实历史的无知，让我进入那个风云诡谲的重要时代一探究竟。"[32]

当然，如此彻头彻尾的崇拜，来自查理五世对突尼斯的征服，对强大的戈莱塔要塞的攻占，对数千名基督徒奴隶的解救，这是基督徒给海雷丁·巴巴罗萨的惩罚。诗人们歌颂着他的丰功伟绩，一位平凡的画家描绘了围城之战的场景，一位乌尔比诺（Urbino）的陶工则把这场战役刻画在了花瓶上。整个欧洲都因这一壮举而异常兴奋，查理五世成了十字军和骑士。为了纪念麾下绅士们的英勇事迹，以及自己开创的新秩序，他设立了一种新的勋章：突尼斯十字勋章，上面铭刻着"巴

---

① 译注：Kayrawān，突尼斯城市，著名的宗教圣地。

巴里亚"。实际上，我们听到的还不止这些。总而言之，"这是一场著名的胜利"。

令人遗憾的是，海雷丁的所作所为破坏了西班牙人庆祝胜利的喜悦心情。这个屡教不改的海盗在查理五世皇帝围攻他领地的时候意识到：没人会阻碍他四处游荡。于是，他趁机带着剩下的 27 艘帆船到了米诺卡岛（Minorca，地中海西部的岛屿）。在那里，他和船员挂上了西班牙及其仆从国的旗帜，让岛民们相信他的船只是西班牙无敌舰队的一部分。他大胆地驾船驶入马洪（Mahon）港，夺取了一艘富有的葡萄牙帆船，还洗劫了全城。最后，他的船队满载着 6000 名俘虏与大量战利品往阿尔及尔驶去。与此同时，多利亚奉皇帝的旨意率领 30 艘帆船追捕他，不管是死是活都要抓住。多利亚，这个伟大的热那亚人还要再等三年，才能迎来他期待已久的二人决战。

无敌舰队完成任务后，像往常一样解散了，并没有把海盗连根铲除。海雷丁在阿尔及尔等待反攻时听到了这个消息，当沿海重新变得安全，他立即乘船驶向伊斯坦布尔寻求增援。从此，他再也没返回阿尔及尔。

▲ 海雷丁·巴巴罗萨

IX

海上清剿

（1537 年）

当海雷丁·巴巴罗萨抵达伊斯坦布尔后，突尼斯就被他抛在了脑后，他心心念念的只有米诺卡岛。现在他不仅是阿尔及尔的贝伊勒贝伊，还被苏丹任命为奥斯曼舰队的"卡普丹帕夏"，相当于海军上将。对奥斯曼帝国而言，在亚得里亚海还有许多工作要做，没有人比

▲ 老年时期的海雷丁·巴巴罗萨

伟大的海盗王更适合做这些事了。自从大维齐尔易卜拉欣被苏丹处死后[33]，海雷丁在亚得里亚海沿岸的斯坦波有了更大的影响力，他与易卜拉欣扩张的方向正好相反。

大维齐尔易卜拉欣是个不折不扣的达尔马提亚人①，一直努力与威尼斯保持友好关系，使自己的家乡能免遭兵灾。因此，奥斯曼帝国与威尼斯共和国之间保持了 30 年的和平。相反，海雷丁·巴巴罗萨渴望率领自己的战舰与中世纪最著名的海洋国家作战，使星月旗在亚得里亚海高高飘扬，就像在爱琴海一样。

法王弗朗西斯一世出于对西班牙帝国的嫉妒，暗中支持海盗的这一计划。威尼斯人急于与苏丹保持良好的关系，还想在弗朗西斯一世和查理五世之间保持中立。然而，他们发现，因为自己的过错，一场战争即将爆发。威尼斯部署在亚得里亚海和干尼亚②的指挥官无法抵挡财富的诱惑，计划劫掠土耳其商人。

干尼亚的副总督卡纳莱（Canale）攻击了一艘著名的海盗船，也就是"亚历山大城的年轻摩尔人"号。船上的受害者称，威尼斯人试图击沉或夺取他们的帆船，不但杀死了船上的土耳其近卫军，还使船体遭受重创。这一切是在土耳其的水域，在土耳其人眼皮子底下，在和平时期发生的。当然，副总督卡纳莱醒悟过来后，意识到了自己的愚蠢。他修好"年轻的摩尔人"号，客客气气地把它送回了阿尔及尔。但是，苏丹已经因此龙颜大怒——威尼斯人追击的这艘船上还搭载着土耳

---

① 译注：Dalmatian，位于巴尔干半岛西部地区。
② 译注：Candia，克里特岛的首府，伊拉克利翁的旧称。

其大使。事已至此，已经没有任何道歉可以消除这一侮辱。战争已不可避免，威尼斯人仓促与教皇和西班牙皇帝结盟，共同反对这个正向亚得里亚海进军的强敌。在此之前，基督徒已经在希腊沿海地区采取了一些振奋人心的行动。多利亚从墨西拿出击，在帕克索斯岛附近遭遇加里波利（Gallipoli，土耳其地名）总督率领的土耳其舰队，他选择在黎明前与后者决战。高大的海军上将矗立在船尾，身穿显眼的双排扣大衣，手里拿着剑，在长达一个半小时的时间里指挥着这场战役。对眼尖的射手来说，他是一个很容易射中的靶子——事实上，他的膝盖中弹了。

经过激烈的战斗，土耳其人的 12 艘帆船被俘，多利亚把它们带回墨西拿，并将海雷丁·巴巴罗萨列为通缉犯。1537 年 5 月，海雷丁带着 135 艘帆船出海，旨在报仇雪恨。整整一个月，他像瘟疫一样在阿普利亚海岸上肆虐，掠走了 1 万名奴隶，而多利亚则无助地行驶在墨西拿附近海域的航路上，其军队力量远远不如对手。土耳其人吹嘘，他们可能很快就会杀到罗马，立一位自己的教皇。这时，奥斯曼帝国与威尼斯的战争爆发了，苏丹命令他们停止对意大利的蹂躏，赶去围攻科孚岛。

爱奥尼亚群岛（位于希腊西岸沿海的长列岛群，科孚岛是该群岛中的第二大岛屿）一直是土耳其人与其邻国之间争夺的焦点，对威尼斯的战争自然要从攻击科孚岛开始。威尼斯参议院焦虑不安地紧盯着春天离开伊斯坦布尔的土耳其大军，这支大军的行踪飘忽不定。威尼斯人以为，土耳其大军的目的地是突尼斯或那不勒斯。但他们被骗了。8 月 25 日，在距离科孚岛的圣安吉洛要塞 3 英里处，海军帕夏海雷丁·巴巴罗萨部署了 25000 人和 30 门大炮，由鲁特菲帕夏统一指挥。

四天后，奥斯曼帝国大维齐尔率领至少 25000 名精锐士兵加入了第一批攻击部队。土军的阿金吉部队（即轻骑兵）

▲ 科孚的城堡入口

也四处出击，对威尼斯人进行袭扰。土军有门大炮可以发射50磅的炮弹，它在三天内连续发射了19发，但只有5发击中了要塞。土耳其人射得太高，许多炮弹都掉进了远处的海里，根本没有对要塞造成什么损害。尽管下着暴风雨，大维齐尔也没有停止在夜间巡视战壕。苏莱曼苏丹要求守军投降，并允许他们自由离开，但守军把他的信使遣送回来，没有做出任何答复。

亚历山德罗·特隆（Alexandro Tron）操纵着城堡内的大炮，以可怕的精确度进行还击。在炮击下，土耳其的2艘桨帆船很快就被击沉。特隆甚至直接命中了一道土耳其战壕，战壕内的4名士兵瞬间毙命——这种令人震惊的精确度在早期炮兵作战中无疑是新的发展趋势。土耳其军队对圣安吉洛要塞发动了四次总攻，却徒劳无功。苏丹决定改变对付这座要塞的策略，转而以围困为主。他警告海雷丁·巴巴罗萨："一千座这样的城堡也不值得我的一个勇士去送命。"9月17日，土耳其军队开始撤退到船上。[34]

紧接着，沿海的百姓又遭了殃，这种景象在希腊群岛已经不是新鲜事了，但这次土耳其人、热那亚人和威尼斯人都在岛上搜集桨手——以前他们搜刮奴隶的规模从来没有这么大。于是，巴特里托被烧毁，帕克索斯岛被征服，巴巴罗萨的火与剑又肆虐了整个亚得里亚海和希腊群岛。

海雷丁·巴巴罗萨率领70艘大桨帆船和30艘小桨帆船，在希腊群岛间大肆蹂躏，其中大部分岛屿属于威尼斯的几个显贵家族，比如维涅利（Venieri）家族、格里斯皮（Grispi）家族、皮萨尼（Pisani）家族和基里尼（Quirini）家族。此外，土耳其人占领了锡罗斯岛①、斯基罗斯岛（Skyros）、埃伊纳岛（Aegina）、帕罗斯岛（Paros）、纳克索斯岛（Naxos）、特诺斯岛（Tenos）等属于威尼斯人的岛屿。数千人被掠走，做了土耳其战舰的桨手。纳克索斯岛献出了5000元作为第一年的贡品，而埃伊纳岛则献出了6000名奴隶。许多战利品被巴巴罗萨带回斯坦波的家中，这些真正的财富当然被他自己收入囊中。至于苏丹，"给他献上平时的那杯咖啡"就够了。

---

① 译注：Syra，爱琴海基克拉泽斯群岛的一个岛屿，是群岛的中心。

海雷丁·巴巴罗萨用40万金币、1000名女孩、1500名男孩"给苏丹拍马屁"[35]，在庄重的奉献战利品的仪式上，200名穿猩红色袍子的男孩端着金银碗，30多名男孩拿着钱袋，200名男孩每人手持一卷细布——这就是海军上将献给苏丹陛下的礼物。

当时，苏莱曼苏丹正运用聪明才智从三个不同的方向进行征服。第一，他在摩尔达维亚发动了一场战争。第二，他的苏伊士舰队——奥斯曼帝国历史上的一个新里程碑——正在入侵印度洋，但没有取得任何实质性的战果（除非他弄一座由印度人的耳朵和鼻子做成的奖杯来证明自己）[1]，只是在返航途中拯救了被基督徒征服的亚丁地区（Aden）。然而，对基督教世界来说，这仍是一个值得注意的事件，在印度古吉拉特邦（Gujerat）开拓殖民地的葡萄牙人因此而感到不安。第三，苏丹的海军上将海雷丁正在计划摧毁威尼斯的海上力量。1538年夏天，海雷丁起航出海，不久就有150艘战舰在他的指挥下航行。他先从希腊岛屿上搜刮桨手和贡品，这些过去为威尼斯人服务的岛屿，现在已经转为效忠土耳其，其数量增加到25个了。为避免土耳其海军的骚扰，在干尼亚已经有80个村庄被废弃。此时，海雷丁听说西班牙、威尼斯和教皇的联合舰队正在亚得里亚海巡航，于是赶忙准备迎战——基督徒正打算抓住他来请赏。海雷丁的旗舰周围是德拉古特、穆拉德、希南和萨里等人的桨帆船，还有20艘埃及人的小帆船以及其他的一些船，加在一起共有122艘。基督徒的先头部队看到一部分敌人离开了普雷韦扎堡垒——一座土耳其要塞，其对面是阿尔塔海角，也被称作亚克兴海角。古罗马的安东尼将军曾在那里遭受了令人难忘的失败。[2]

基督徒真是势不可挡：80艘威尼斯桨帆船、36艘教皇桨帆船、30艘西班牙桨帆船，连同50艘大帆船，组成了一支拥有近200艘战船的强大舰队。此外，基督教联合舰队携带的士兵不少于6万人，还带着2500门火炮。舰队总指挥由多利亚

---

① 此处，莱恩－普尔像是在嘲讽西班牙人和葡萄牙人虐杀美洲印度安人，因为印度人和印第安人都是"indian"。

② 译注：公元前31年，古罗马的安东尼和屋大维为争夺领导权，在亚克兴海角附近的海域决战，安东尼一方惨败。

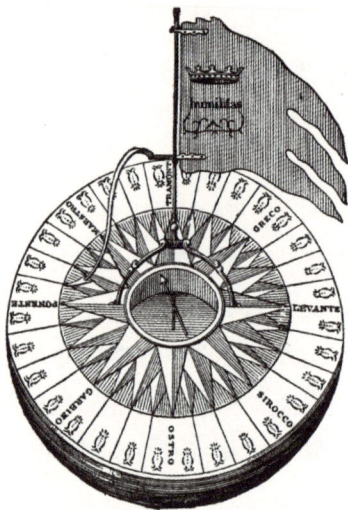

▲ 油画《普雷韦扎海战》，由奥汉尼斯·乌德·贝扎德（Ohannes Umed Behzad）作于1866年

◀ 16世纪的指南针，由朱利安·德·拉·格拉维尔绘制

担任，卡佩罗和格里曼尼分别率领威尼斯和罗马的特遣分队。海雷丁·巴巴罗萨曾幸运地收到了一份关于敌人力量的报告，但是它不够准确，这也使得巴巴罗萨大胆地沿着亚得里亚海向北走。当他到达普雷韦扎时，基督教联合舰队已到了科孚岛。随后，巴巴罗萨抢先一步进入宽敞的阿尔塔湾——停泊在那里的所有海军都可以安然无恙，不惧怕任何追击者。

9月25日，基督教联合舰队出现在阿尔塔湾的入口处。此时，巴巴罗萨才第一次意识到自己的运气有多好，因为他是这个海湾的第一个来客。巴巴罗萨在兵力上不占优势，如果在公海上进行一场战斗，他的舰队很可能被彻底摧毁。但在敌人的大型船只无法驶入的宽阔海湾，又有掌控海岸的友军的支持，他是最安全的。海雷丁可以静静等待机会，这使敌人处于不利地位。他最大的危险在于，多利亚可能会在海湾的岸边卸下火炮，并发动进攻。为了应对这一风险，一些土耳其军官坚持让他们的人登陆，还试图建造夯土工事为舰队做掩护，但是，来自基督徒战舰的炮火很快就中止了这次行动。实际上，巴巴罗萨从来都不认为多利亚会冒险派兵登陆。他的判断是正确的。作为查理五世麾下的老将，多利亚不太可能允许这种情况出现，这将令他的战舰失去兵力和火炮的保护，从而陷入被土耳其人袭击的危险。

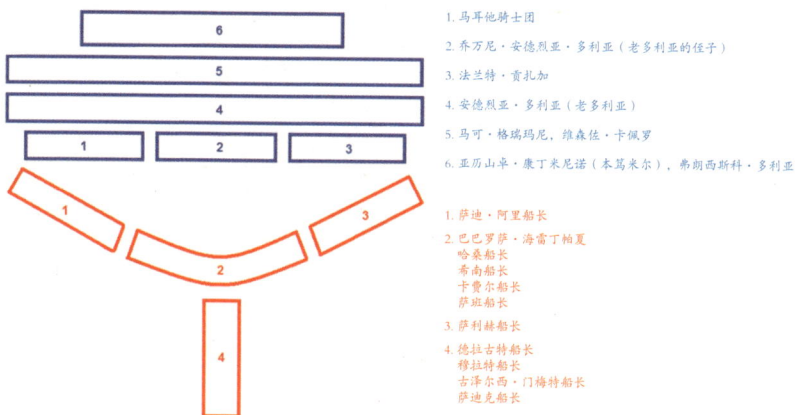

1. 马耳他骑士团
2. 乔万尼·安德烈亚·多利亚（老多利亚的侄子）
3. 法兰特·贡扎加
4. 安德烈亚·多利亚（老多利亚）
5. 马可·格瑞玛尼，维森佐·卡佩罗
6. 亚历山卓·康丁米尼诺（本莴米尔），弗朗西斯科·多利亚

1. 萨迪·阿里船长
2. 巴巴罗萨·海雷丁帕夏
   哈桑船长
   希南船长
   卡费尔船长
   萨班船长
3. 萨利赫船长
4. 德拉古特船长
   穆拉特船长
   古泽尔西·门梅特船长
   萨迪克船长

▲ 战役形势图，蓝色为多利亚阵营，红色为巴巴罗萨阵营

　　这两支舰队相互警惕地注视着对方。多利亚和巴巴罗萨终于可以面对面进行一场非凡的决战，但奇怪的是，两人从一开始就不关心这次战斗：巴巴罗萨知道自己在兵力上占有严重的劣势，多利亚则担心他那 50 艘大帆船的安全。基督徒最依赖重型大炮，但是如果出现逆风，大炮可能发挥不出优势。实际上，多利亚的船队最左边的领航船非常危险，它的龙骨下的海水只有一英尺——随时都可能搁浅。每个人都深深地感受到自己所处岗位的重大责任，甚至觉得战斗了这么久，现在终于到了决定命运的这一天。但是，他们仍无法改变谨慎的策略。此外，这也不是两个血气方刚的青年的决战，多利亚、巴巴罗萨和卡佩罗都是近 70 岁的人，而且多利亚早就不是当年的铁血统帅了，政治已经腐蚀了他。

　　于是，这两位大将都按兵不动，互相估量着对方的实力。巴巴罗萨会从海湾里冲出来吗？或者，多利亚会冒着通过海湾的危险，强行发起这场突击吗？这两件事都没有发生。然而，在 27 日的早晨，海盗们揉了揉眼睛，以为自己在做梦，因为他们看到了几乎囊括整个基督教世界的且有史以来规模最宏大的海军，正在拔锚掉头，缓慢而庄严地驶离港湾入口！这群基督徒害怕了吗？无论如何，现在没有任何人可以把土耳其人再拉回阿尔塔湾，即使是巴巴罗萨也不能。土耳其人急急忙忙地驾船冲出去，拼尽全力地追赶基督徒。他们不去想，也不去关心——

那是他们精明的领袖所担心的事——这是不是多利亚为了在开阔海面上决战而故意制造出来的假象？"一个个来吧！"巴巴罗萨对船长们说，"按照我的方式去行动。"德拉古特选择了右翼，而萨里选择了左翼。

28日，狂风大作，土军发现基督徒舰队在圣莫拉以南30英里处抛锚。多利亚根本没有预料到这么快就被土耳其人追上，他焦急地看着由140多艘大桨帆船、小桨帆船和双桅大帆船组成的长长的战列线，还有那些正迎风冲来的海盗船。多利亚的舰队此时非常散乱，因为船帆的调整跟不上桨手的速度。此外，康杜米罗那艘巨大的威尼斯帆船在大风中寸步难行，无法前进至祖瓦拉（Zuara），已经远远地落在了舰队后面。当然，其他基督徒战船的处境也没有好到哪里去。

多利亚在犹豫不决中度过了三个小时，然后下令全军向北航行。不久，他们就遭遇了敌人。这时候，康杜米罗已经投入激烈的战斗中。他的大帆船很快就成了一条索具被打坏、无法操舵且漏水的废船，只因它巨大的尺寸和颇具毁灭力的大炮，才免于被敌人迅速击沉。然而，朝这个"海上活靶子"猛烈开火的土耳其桨帆船做了一个恶作剧，它们发射的低平炮弹接触到了海面，并发生了弹射，鬼使神差地命中了2艘基督徒大帆船的吃水线。这2艘战舰很快起火，船员们不得不弃船逃生。第三艘遭遇厄运的战舰是博卡内格拉（Boccanegra）的座舰，它的主桅杆被打断了，只能摇摇晃晃地逃离战场。这时候，多利亚在干什么呢？现在风向终于变得对他有利了，敌人就在前方，但他却躲在远处继续调整舰队的战术。

多利亚仍然搞不清自己的作战目标是什么。他的战友格里曼尼和卡佩罗登上了旗舰，竭尽所能地劝他，甚至恳求他离开，放手让他们指挥自己的战舰去作战，但徒劳无功。多利亚一心想要以战术取胜，但是此刻更需要的是决断，

▲ 一个人正在用星盘进行观察，朱利安·德·拉·格拉维尔绘

战术已经让他输了一整天。海盗虽然只有7艘大型桨帆船，其他的是小帆船，但他们已经控制了大海。当天晚上，多利亚逃往科孚岛，整个基督教联合舰队也在狂风中尾随他而去。[36]

因此，在这场伟大的决斗中，两位海上统帅之间终究没有进行公平的战斗。巴巴罗萨倒是乐意奉陪，但多利亚退缩了：他宁愿展现作为一名海员的才能，也不愿表现出自己的勇气。实际上，对土耳其人来说，这是一场标志性的胜利。三个基督教大国的 200 艘装备精良

▲ 一枚土耳其的阿斯佩尔金币

的战舰，竟然在装备低劣的土耳其小船面前逃走了。苏莱曼苏丹在扬博尔①得知这一消息后彻夜庆祝，给立下大功的巴巴罗萨增加了 10 万阿斯佩尔的年俸②。巴巴罗萨向世界证明，土耳其舰队是不可战胜的。苏莱曼大帝的旗帜已经在地中海的所有水域高高飘扬。

---

① 译注：Yamboli，位于保加利亚东南部。
② 译注：aspre，阿斯佩尔为本书拼法，按照现代土耳其语通常称为"阿克切"，它是土耳其的法定银币。

X

巴巴罗萨在法国

（1539—1546 年）

海雷丁·巴巴罗萨的生命即将走到尽头。然而，在剩下的八年里，他让自己早已无与伦比的名声变得更加显赫。他在普雷韦扎战役之后的第一次行动是夺回卡斯泰尔诺沃①——土耳其人在海上遭受了羞辱，需要一些土地来补偿。这个地方曾在10月被基督教联合舰队占领。但直到1539年1月，土耳其军队都未能夺回卡斯泰尔诺沃要塞。于是，老将巴巴罗萨于7月再次出马。他带着由200艘大大小小的桨帆船组成的舰队和手下最出色的船长，像往常一样踏上了征途。

在科托尔湾（the Gulf of Cattaro）打了一场非常漂亮的海战后，巴巴罗萨从舰队里挑选了84门口径最大的火炮运往陆地。他精心选择了三个位置良好的炮兵阵地，准备从那里轰击卡斯泰尔诺沃要塞。8月7日，土耳其人发动了一次血腥的攻击，但仍然止步于要塞的第一道防线之前。三天后，在土耳其人的最后一次进攻中，要塞司令堂·弗朗西斯科·萨米恩托（Don Francisco Sarmiento）率领他手下仅剩的一小撮西班牙人投降。随后，他们惊讶地发现自己被颇具骑士精神的土耳其人奉为上宾。在围攻要塞的过程中，共有3000名西班牙人和8000名土耳其人倒下了。

再打一场仗，巴巴罗萨的冒险生涯就要告终了。以往，重大事件总是发生在阿尔及尔海岸附近，但现在我们必须将目光长时间聚焦到黎凡特和亚得里亚海。而且，我们的叙述必须打乱年代的顺序，这样才能全面了解最著名的穆斯林海盗海雷丁·巴巴罗萨的最后时光。由于英国国王亨利八世（Henry VIII）对结盟一事反应冷淡，法王弗朗索瓦一世被迫于1543年与另一个海上大国土耳其结盟，以共同对抗西班牙皇帝。因此，巴巴罗萨直接把自己的150艘船带到了马赛。为了向巴巴罗萨致敬，港内的法国船长将自己的旗帜降下，升起了星月旗。当时，一位法国海军上将把土法之间的关系形容为"不虔诚的同盟"——他说的或许没错。在前往法国马赛的途中，巴巴罗萨重温了一次旧日时光，对沿海发动了一次突袭。他率兵纵火焚烧了瑞吉欧，并掠走了当地行政长官的女儿。当他在台伯河上出现时，奇维塔韦基亚（Cività Vecchia）的居民都被吓坏了。7月，巴巴罗萨以胜利者的

① 译注：Castelnuovo，位于意大利中部沿海。

▲ 平底船，朱利安·德·拉·格拉维尔绘

姿态进入里昂湾。在这里，他见到了时任法国舰队司令的年轻的昂吉安公爵（Duke of Enghien）——弗朗索瓦·德·波旁（François de Bourbon）。公爵对他礼遇有加，极尽赞美。

巴巴罗萨刚抵达法国，就发现自己的"伟大远征"不过是一件费力不讨好的差事。法国国王害怕与西班牙皇帝进行正面对抗，而且他已经为自己与穆斯林的联盟而感到羞愧了：包括他自己的臣民在内的所有欧洲人都将这件事视作奇耻大辱。因为愤怒，巴巴罗萨的脸涨得通红，甚至把自己的白胡子都给扯了下来。他带着一支庞大的舰队从斯坦波远道而来，不是来耀武扬威的。

为了捍卫巴巴罗萨的荣耀，法国人必须采取一些实际行动了，弗朗索瓦一世不情愿地下令炮轰尼斯（Nice）。在法王的授意下，一支虚弱且准备不足的法国分遣队随巴巴罗萨一起行动。但是，他们很快就打光了弹药。"这真是一群'好士兵'啊！"海盗们评论道，"他们在船上装满了酒桶，却把火药桶忘得一干二净！"当时的尼斯是意大利的门户，巴巴罗萨率军对其发动了突然袭击。尼斯城很快就投降了，但是城中的堡垒仍然坚守不降。这座堡垒由医院骑士团骑士保罗·西米奥尼（Paolo Simeoni）保卫，尽管他曾经被巴巴罗萨俘虏，但仍是土耳其人从未彻底战胜过的敌人之一。尼斯城内的意大利人按条件投降之后，巴巴罗萨仍旧洗劫了该城，法国人对巴巴罗萨的行为表达了抗议。此时，查理五世的援军正在步步逼近。法土联军的营地陷入一片混乱，被西班牙人轻松击破，巴巴罗萨急忙率领舰队从尼斯撤退。

那年冬天，法国土伦（Toulon）的居民目睹了一个奇异的景象：普罗旺斯美丽的海港被分配给了土耳其海军上将巴巴罗萨，他的舰队在此过冬。土耳其苏丹的庞大舰队停在那里，谁知道它们会在法国这个最美丽的省份盘踞多久呢？戴头巾的穆斯林在甲板和舰桥上踱来踱去，而在甲板下面和舰桥旁边，数百名基督徒奴隶被锁在长凳上，受尽工头的鞭打和虐待。法国人不得不无奈地看着自己的同胞在异教徒的船上痛苦地呻吟，而且还是在法国保护下的一座貌似安全的港口内。

在那个冬天，数百名奴隶死于热病，但是土耳其人不允许他们中的任何一个以基督教的礼仪安葬。即使是召唤虔诚教徒的弥撒钟声，也被迫沉默了，因为对土耳其人而言，这正是"魔鬼的乐器"[37]。随后，海盗们趁夜色对附近的村庄发动了袭击，战舰长凳上的空位很快就被新的基督徒奴隶填补了。当巴巴罗萨的舰队出海强征奴隶时，土伦周边的城镇被搅得彻夜不宁。此外，为了养活并安抚这些贪婪的盟友，法国的财政几乎枯竭了。

然而，法国人对海盗的忠诚度并不满意。与此同时，西班牙皇帝也出于同样的理由猜忌多利亚。虽然这个时代最伟大的两位海军上将此时都位于西地中海，但没有什么理由能使他们出击。事实上，贸然开战可能会对他俩的声誉造成巨大损失，而两人都宁愿带着尚未黯淡的荣誉光环前往坟墓。法王弗朗索瓦一世甚至曾怀疑，巴巴罗萨是否正在暗中考虑向西班牙皇帝投降并将土伦献给后者。虽然这完全是异想天开，但由于巴巴罗萨和他的死对头——热那亚海军统帅之间似乎建立了一种友好关系，使法国国王有些焦虑。

实际上，弗朗索瓦一世的猜测并非毫无依据。多利亚曾将自己俘获的德拉古特船长交还给了巴巴罗萨，并索要了3000个金币的赎金——尽管后来回想起这笔交易，他觉得挺不划算的。对法国而言，形势正在日益恶化。巴巴罗萨率领主力躲在舒适的土伦港内，只派遣萨里船长等指挥官领导一支分舰队去蹂躏西班牙海岸。这消磨了大量时间，他自己则继续"懒洋洋地掏空法国国王的金库"。

最后，法国人终于把这尊瘟神送走了。弗朗索瓦一世被迫向奥斯曼土耳其舰队的全体船员和士兵提供重返博斯普鲁斯海峡的工资和口粮；并不得不释放400名穆斯林划桨奴隶，并把他们送到巴巴罗萨那儿去。他还送了大量珠宝、丝绸和其他礼物给巴巴罗萨。海盗们满载着赃物离去。此外，海雷丁·巴巴罗萨的返乡之旅也是一次沿着意大利海岸掠夺的漫长旅程。他的桨帆船由于塞满了俘虏而走得很慢，但同时也释放了

▲ 今天的土伦港口

一个信号——当他回到伊斯坦布尔的时候，奥斯曼帝国所有尊贵帕夏的内宅都将充满美丽的男奴和女奴。巴巴罗萨满载着这样的礼物回到伊斯坦布尔，自然会大受欢迎。

两年后，即 1546 年 7 月，海盗海雷丁·巴巴罗萨去世，享年近 90 岁。他是一个声名远扬的老人，但是他的伟大声望却没有使他逃脱与凡人相同的自然规律——死亡。海雷丁一生"勇敢而谨慎，在战斗中狂暴，在战备时机敏"，是那个时代首屈一指的船长。按伊斯兰历的希吉拉纪元，海雷丁·巴巴罗萨去世的这一年是 953 年，当时哀悼他的阿拉伯铭文是"大海的领主已经死了"。

▲ 海雷丁·巴巴罗萨的陵墓

直到多年以后，每一支土耳其舰队在离开金角湾之前，都会去拜祭他的坟墓。船员们虔诚地祈祷，并向他位于贝西克塔什（Beshiktash）的坟墓致敬，因为那里埋葬着土耳其最伟大的海军上将的遗骨。

XI

查理五世在阿尔及尔
（1541 年）

当巴巴罗萨于 1535 年永远离开阿尔及尔并成为奥斯曼帝国的上将时，海盗们失去了他们的首领。但他手下的许多船长仍然留下了，像往常一样欢快地玩着海上抢劫的游戏。的确，他们的掠夺是如此凶残无情，以至于意大利、西班牙和各岛屿的人民都开始为失去巴巴罗萨这样一位颇具绅士派头的海盗首领而感到遗憾了。他在阿尔及尔的继任总督是一个来自撒丁岛的阉人，名叫哈桑。但是在海上，真正继承他衣钵的人是德拉古特、萨里、希南和其他几位船长。当他们没有被征召加入海军帕夏的船队时，就在巴巴里海岸操起海盗的老本行。德拉古特（也可能名叫"托尔赫德"）将希腊群岛和亚得里亚海扫荡一空。他不但捕获威尼斯的桨帆船，还把意大利海岸蹂躏为一片荒凉之地，直到他在撒丁岛海岸上大大咧咧地分赃时，才被那位伟大的热那亚海军上将的侄子吉安尼蒂诺·多利亚（Giannettino Doria）抓获（1540 年）。查理五世皇帝感到非常愤怒，数量如此之少的敌人竟敢不断骚扰他庞大的帝国，他决心一劳永逸地把海盗连同其罪恶勾当一并铲除。他已经于 1535 年征服了突尼斯，但海盗活动仍在继续。于是，这次他希望能够打中蛇的七寸，直接征服阿尔及尔。

查理五世以为自己稳操胜券——只要他庞大的舰队抵达阿尔及尔，海盗们就会望风而降。1541 年 10 月，在虚荣地夸下海口后，查理五世率领舰队出发了。出发之前，他甚至邀请西班牙的贵妇们住到海边，只待观看他凯旋。然而，适合航行到非洲海岸的季节已经过去了。每个人都知道，在冬季的暴风雨来临之前，应该先保护海岸免受任何渡海而来的敌人的攻击。查理五世选择这样一个时机去攻打阿尔及尔是非常不恰当的，但是"西班牙人通常拖着地球引力前行"[1]，而在之前那个繁忙的夏天，查理五世被

▲ 1535年，查理五世攻占突尼斯的戈莱塔要塞

---

① 译注：莱恩－普尔意在讽刺西班牙人懒惰，做事拖拉。

德国和佛兰德斯的麻烦缠住了，实在脱不了身。①

现在，查理五世终于自由了。尽管多利亚曾真诚地劝诫他，教皇也恳求他，但他还是一意孤行地出兵阿尔及尔。他相信一切早就准备就绪，再用一个月就能彻底解决这件事。总之，查理五世觉得自己赢定了。在斯佩齐亚（Spezzia），他踌躇满志地登上了多利亚的旗舰。阿尔瓦公爵由于血统尊贵，被任命为军队司令，而军队中的许多长官都是皇帝从高地德语区带来的亲信②。从一开始，不幸就降临在西班牙舰队身上。一场暴风雨在 11 月来临，虽然这在冬天并不令人意外，却把舰队赶回了科西嘉岛。此后，随着海上的风暴逐渐消退，舰队得以继续前进，并在路上与盟友派来的分遣队会合。舰队小心翼翼地沿着海岸前进，一直航行到米诺卡岛。这时，密史脱拉风③呼啸着对庞大的西班牙舰队展开袭击，战舰的桅杆和帆桁被吹得咯吱作响。船员们陷入巨大的恐惧中，但他们除了奋力划船没有别的办法。尽管舰队距离马洪港只有 7 英里的路程，却花了半个晚上才赶到那里。这是一个令人窒息的漫长夜晚，船员们永远都不会忘记。

在马略卡岛的帕尔马湾（Palma），西班牙舰队重新集结起来。查理五世皇帝的 100 艘帆船满载着德国和意大利军队，由科尔纳（Colonna）和斯皮诺萨（Spinosa）等著名将领指挥。费尔南多·冈萨戈（Fernando Gonzago）率领的西西里桨帆船队，以及那不勒斯和巴勒莫的 150 艘运输船也赶来支援。伯纳迪诺·德·门多萨（Bernadino de Mendoza）率领 50 艘桨帆船护送 200 艘载满武器和火炮的运输船随队前进。此外，这些运输船还搭乘着由绅士和冒险家组成的军团。他们在骑士精神的感召下自愿前往西班牙集结，其中包括一个从底层一步步爬起来的著名人物——墨西哥的征服者科特斯（Cortes）。于是，1541 年 10 月 19 日，载着 24000名士兵和 12000 名水手的 500 多艘帆船驶向阿尔及尔。

航行即将结束的时候，伟大的查理五世皇帝开始把目光投向海盗之都阿尔及尔。这座城市坐落在新月湾西部由岩石构成的海角上，四周布满了类似圆形竞技

---

① 译注：指当时发生的新教起义。
② 译注：指德国南部地区。
③ 译注：mistral，盛行于地中海沿岸的干燥寒冷的北风。

▲ 1541年，阿尔及尔围城战（藏于不列颠博物馆）

场的山丘。在狭窄而隐蔽的城内小巷里，海盗的房子鳞次栉比，沐浴在秋日的阳光下。堡垒拱卫着这座城市，并成为两个巴巴罗萨专横统治的象征。要塞右边是西班牙堡垒的废墟，西班牙奴隶还在那里修建了防波堤。城市的南、北两座城门分别叫作巴布·阿尊（Bab Azūn）门和巴布·埃尔·维德（Bab-el-Wēd）门。航行至此的桨帆船通常需要避开卡什纳海角，并卷起船帆停靠在地势较低的岸边。城市以南是茂密的草地，这一带如今仍然被称为"怡和的地方"（Jardind'essai）。

一场巨大的风浪使查理五世的舰队连续三天无法登陆，但到了23日，天气突然好转，他们终于可以下船了。柏柏尔人和阿拉伯人在海岸边排成队列以反抗入侵者，但很快在基督徒桨帆船的炮击下逃走，西班牙人轻松地登上了岸。第二天，他们开始向几英里外的阿尔及尔城进军。基督徒兵分三路，其中由西班牙人组成的部队左翼沿山区推进，皇帝与阿尔瓦公爵率领德国军队沿中路推进，意大利人和马耳他的150名骑士组成部队右翼沿海边行进。在入侵者的驱赶下，阿拉伯人四散奔逃，他们埋伏在岩石后或峡谷中，抓获了不少基督徒，但入侵者仍然在稳步向前推进。很快，阿尔及尔除了北面之外已经被团团围住，它似乎命中注定要灭亡了。在查理五世皇帝命令麾下重炮进行短暂轰击后，西班牙人沿着大炮打开的缺口冲进了要塞。此时，要塞内的哈桑总督手下只剩800名土耳其人，或许还有5000名阿拉伯人和摩尔人。面对绝望的形势，他一定对刚才傲慢地回绝了查理五世发出的招降令感到十分后悔。

然而，当末日似乎即将来临时，大自然的力量来拯救他们了，幸运之神开始光顾阿尔及尔。狂风暴雨骤然而至，帮助阿尔及尔的海盗打败了查理五世的大军。这些可怜的基督徒士兵既没有帐篷又没有斗篷，食物也所剩无几，而补给品才刚刚开始登陆，他们已经奔波了一整晚，膝盖酸痛，浑身湿透，双脚陷入深深的淤泥。此外，他们在大雨和寒风中早已冻僵，加之疲惫不堪，使这个夜晚更加痛苦难熬。天亮时，士兵几乎已经无法忍受狂风的侵袭了，况且他们的火药是湿的。土耳其人突然发动的反攻在队伍中引发了恐慌情绪，马耳他骑士凭借自己非凡的勇气和冷静才重新凝聚起人心。最后，士兵被赶出了战壕，而土耳其人向巴布·阿尊门杀来，一路追击他们。看起来，追击者和被追击者将会一起进入此门。在这千钧一发之际，守军试图迅速关上这座城门，城内的士兵面临着被包围的危险。多亏一位勇敢的马耳他骑士一马当先，用短剑刺进城门缝隙，挫败了守军的图谋。逃到城门外的基督徒很快发现，自己被城垛上的重火力覆盖，被迫继续撤退。马耳他骑士为己方部队断后，与敌人进行面对面的厮杀。他们鲜红的紧身制服在阳光下熠熠生辉，就像新鲜的伤口那样。

哈桑率领他最优秀的骑兵从城门杀出，并利用步兵来掩护这些骑兵的侧翼。大军像乌云一样从山顶倾泻而下。尽管损失惨重，马耳他骑士还是以钢铁般的意志经受住了冲击。意大利人纷纷逃命。查理急忙派出德国军队去营救他们，却无功而返。

皇帝穿上盔甲，带领自己的卫队冲进溃逃者中间。他手中紧握利剑，大声责备士兵们，成功唤起了他们的荣誉感。由于皇帝的激励，军队得以继续作战。"来吧，先生们，"他对周围的贵族说，"向前进！"于是，他带领神情沮丧的军队再次来到战场。这次，士兵们的恐慌和惊惧被骑士们的镇静和无畏所驱散，他们再次把土耳其人驱赶回城内。这场战斗使基督徒损失了300名士兵和10多位马耳他骑士。那一天，皇帝和他的军官们以及其他重要人物，都在倾盆大雨中全副武装地站着。他们的靴子里浸满了水，但不得不万分警惕。

这时候，基督徒舰船的锚和缆索互相缠绕在一起，使船在拥挤不堪的情况下互相冲撞。士兵们费了九牛二虎之力，才使它们一个接一个地挣脱出来。如果查理五世立刻拖上他那辆沉重的攻城车，携带帐篷和弹药等补给品，不顾一切地上船离岸，或许还有挽回的余地。但是，好几天宝贵的时间被他白白浪费了。25日早晨，风暴突然出现。即使在这样的海岸附近，也会有强烈的东北飓风——如今在阿尔及尔仍然被称为"查理的大风"——但很少有人会遇到这样的风暴。海湾里那支庞大的舰队正处于彻底毁灭的边缘。船被冲到暴风雨中，直到甲板淹没在海水里。船板也裂开了，无助的庞然大物们左右倾侧，然后猛地撞到一起。许多船员不顾一切地游到岸上。不到六个小时，150艘船就沉没了。桨帆船的桨手们筋疲力尽地划桨，最终屈服于风暴。15艘船被推上了岸，却遭遇了从山里冲出来的柏柏尔人，那些不幸的基督徒水手，一上岸就被敌人用长矛刺穿了。

最糟糕的一天终于结束，暴风雨在第二天消退了。多利亚成功地把舰队中的大部分船带出了这片海域，他回来是想看看有什么意料之中的蠢事发生。皇帝曾拒绝了他的建议，并把舰队和大军带入危险中，他对此感到愤慨，还对在飓风中完全失去冷静判断的船长们感到厌恶。这些家伙宁愿把船开到岸上，使船变成一堆废墟，也不愿乘风破浪——这种家伙竟自称是水手！

查理五世已经意识到了暂时撤退的必要性——只有军队得到恢复后才能进行重新部署。皇帝亲自视察遭到了沉重打击的基督徒营地，他身穿一件很长的白色法衣站在帐篷门口，以基督徒式的自我安慰低声嘟囔着："你终将得胜！"①随后，撤军开始了。基督徒将行李和军械遗弃在原地，野战炮兵的马匹则被饥饿的士兵屠宰吞食。

撤退是一种耻辱，像这支不幸的军队那样撤退则更加痛苦。他们疲惫的双脚陷入深深的淤泥。当他们停下来休息时，只能倚着枪戟靠一会儿。对他们而言，躺下是不可能的，躺在地上就会在污秽的烂泥里窒息。不久后，山洪袭来，洪水

---

① 译注：原文为拉丁文：Fiat voluntas Tua，意为"最终你将完成事业"。

▲ 老年时期的查理五世

没过了人的胸口，正在涉水的人都不幸被冲走了。他们搭造了一座简易的桥，原材料竟然来自自己船只的残骸，这是何等羞耻的事。

哈桑带着一群土耳其人和阿拉伯人，不断对基督徒的侧翼发动偷袭。沮丧的意大利人对长途行军力不从心，常常落入追击者的手中；德国人除了搞内讧（他们最擅长的）之外什么也做不了，只不过是一群碍事的家伙；只有瘦削的西班牙人，才能利用自己与生俱来的勇气掩护撤退。

最后，沮丧的基督徒军队终于到达泰门德弗斯特湾（Bay of Temendefust），舰队的残余船只在那里抛锚。鉴于冬季即将来临，而且不可能在暴风雨天气下向一支军队运送补给品，因此他们决定重新部署，前往瑞姆巴克（reëmbark）。科特斯表示抗议，但这是徒劳的。基督徒的军队高层一致认为，今年发动反攻为时已晚。接着又出现了一个新的难题：在一支损失近三分之一船只的舰队里，要怎么给只比登陆时少几千人的军队腾出地方呢？

令人遗憾的是，查理五世下令把全部马匹丢进海里。尽管骑兵们竭力恳求他，但最受喜爱的骏马还是被宰杀并被抛下船去。西班牙战马的著名品种因此几乎被摧毁殆尽了，但这个过是众多悲剧中的一个。11月2日，大多数部队来到了船上。查理五世决定最后一个离开海岸，此时狂风骤起，海水也在不断上涨。最后，他终于离开了，并下达了起锚的命令。阿尔及尔广为流传的故事是这样的：伟大的皇帝能把全欧洲握在掌心里，此刻却悲伤地把皇冠从头上摘下来并扔到了海里，他说："去吧，小宝贝，让一些更幸运的国王来救赎你，把你戴在头上。"

查理五世的返航并没有抓住时机，一场新的暴风雨降临了。船忽东忽西，被暴风雨逼得无处藏身，只能听天由命地漂荡，许多人死于饥饿和恶劣天气。大量西班牙帆船在阿尔及尔附近海域遇难，船员和士兵被敌人俘虏，关进了大牢。查理五世和多利亚则安全抵达了布吉雅——当时是西班牙的一个前哨站，并驻扎着一部分舰队。在暴风雨仍然肆虐的情况下，这群不速之客的到来很快就引起了饥荒。饥饿的流浪汉们试图冲破海浪，把皇帝带回西班牙，但他们在离岸80英里后就对大自然屈服了，驾驶着船沮丧地返回了港口。风雨交加的天气持续了整整12天，风暴在危险的海岸上咆哮。直到11月23日，帝国舰队才重新起航，驶向西班牙海岸。

那年的圣诞节，卡斯蒂利亚人一直在哀悼亡者。除了8000名士兵外，还有300名世袭武官被风暴或摩尔人长矛夺去生命。"阿尔及尔盛产基督徒"成了一句俗语，因为当地的基督徒奴隶在这场战役后变得非常便宜，乃至于1个奴隶只能换1颗洋葱。

这次著名的远征就这样结束了。它是以荣耀开始，以羞耻结束的。人们可能会说，这是整个基督教世界——军队里有托马斯·查伦纳爵士（Sir Thomas Challoner）这样的英国骑士，还有德国人、法国人、西班牙人和意大利人——的自我毁灭。他们丢下了船只、士兵、补给品和大炮。更糟糕的是，当他们逃离阿尔及尔后，此地的海盗比以往任何时候都更强大、更勇敢。

阿尔及尔人从来没有忘记马耳他骑士的英雄气概，他们最后坚守的阵地仍然被称为"骑士的坟墓"。在山坡的高处还可以看到"皇帝的城堡"，查理五世曾在10月23日早晨驻留在那里。

"骑士精神显然不适应非洲的气候"，这是法国海军上将朱利安·德·拉·格拉维尔对这次远征的尖刻评论。

XII

德拉古特船长

（1543—1560 年）

在巴巴里海盗纵横天下的时代，德拉古特的名字出现过不止一次。在 16 世纪，他注定会像巴巴罗萨那样恶名昭彰。德拉古特，出生在与罗德岛隔海相望的卡拉曼尼亚海岸（Caramanian coast）。与他的许多同行不一样的是，他没有基督徒的血统，父母都是穆斯林。他天生就具有冒险精神，当他在土耳其舰队中服役时，很快就成为"一名优秀的领航员和炮手"。

不久后，他设法购买了一艘大帆船，并驾着它在黎凡特海域巡航。他对那里所有的海岸和岛屿都非常熟悉，因而能够随心所欲地大肆劫掠，且获利丰厚。海雷丁·巴巴罗萨很快就听说了他的丰功伟绩，当德拉古特来到阿尔及尔向海雷丁致敬时，海雷丁对他的到来表示热烈欢迎。为了给他更多的冒险机会，海雷丁任命德拉古特为海军上尉，负责指挥 12 艘桨帆船。

"从此以后，这个令人胆战心惊的海盗每年夏天都会去践踏那不勒斯和西西里岛的海岸。与此同时，他不让任何基督徒船只从西班牙和意大利之间的海域通过。如果他们想要尝试的话，德拉古特会毫不留情地抓住他们。当德拉古特在海上错过了某个猎物的时候，为了挽回自己的心理落差，他就会从海岸登陆，掠夺并洗劫村镇，还掠走大批居民做奴隶。"[38]

正如前文所述的那样，1540 年，吉安尼蒂诺·多利亚抓住了德拉古特，并把他当作一份大礼送给了自己的贵戚——海军上将安德烈亚·多利亚。德拉古特此

▲ 德拉古特的肖像，阿里·萨米·博亚尔（Ali Sami Boyar）绘

▼ 杰尔巴岛城堡的老照片

后就被铁链锁在船上做苦役了。拉瓦莱塔（La Valette），即后来的马耳他骑士团长，曾经作为俘虏在巴巴罗萨的船上划桨，因此认识了德拉古特。有一天，拉瓦莱塔看到这个曾不可一世的巴巴里大海盗正在船舷上干活，就对他说："亲爱的德拉古特先生，这真是'一报还一报啊'。没办法，这就是战争啊！"

这个不幸的囚犯想到拉瓦莱塔也曾身陷囹圄，高兴地回答说："没关系，风水轮流转嘛！"德拉古特没有灰心，巴巴罗萨于1543年用3000枚金币赎回了他[39]，并任命他为西部地区海盗的首领。这一段监禁生涯使德拉古特对基督徒的"兴趣"更加强烈，因此他对意大利海岸的骚扰远甚于从前。凭借勇敢无畏的精神，德拉古特指挥自己的舰队纵横整个地中海。他甚至敢于挑战最可怕的敌人——马耳他骑士团。德拉古特曾俘获了一艘马耳他桨帆船，并在那艘船上缴获了70000杜卡特金币，他利用这笔钱修复了的黎波里的防御工事，于是这笔钱就成了"信仰之金"。正如土耳其的年鉴学家所说："托尔赫德已经成为伊斯兰的一把出鞘利剑。"

德拉古特的老巢在杰尔巴岛，传说当地居民以莲子为食，这也许是因为土壤肥沃的缘故。尽管杰尔巴岛居民追求简单的农业生活，却不甘被人控制，往往独立于邻近的突尼斯王国及其他任何国家。如今，不管他们是否愿意，德拉古特都在这里站稳了脚跟。德拉古特大概居住在罗杰·多利亚（Roger Doria）的城堡里，罗杰·多利亚曾经是这个岛的领主，于1289年开始修建这座城堡。现在，海盗驾驶着帆船从岛后宽阔的水面出发，前去蹂躏罗杰·多利亚的后代守护的那些土地。德拉古特不满足于仅仅在欧洲掠夺丰富的战利品，还一个接一个地占领了西班牙

▲ 杰尔巴岛上的加齐·穆斯塔法要塞

▲ 基督徒大军围困"阿非利加"

在非洲的前哨阵地，比如苏萨（Susa）、斯法克斯（Sfax）和莫纳斯提尔（Monastir）。最终，他征服了"阿非利加"。

在阿拉伯语中，用同样的名字称呼一个国家及其首都并不罕见。因此，"勿斯里"（Misr）同时意味着埃及和开罗，"埃尔－安达卢斯"同时意味着西班牙和科尔多瓦。与此相同的是，对阿拉伯人来说，"阿非利加"指的是作为古迦太基省的突尼斯王国及其首都。但实际上，它最初指的并不是突尼斯城，而是凯鲁万和马赫迪耶这两座城市。在中世纪后期，基督教作家们都把"阿非利加"这个名字作为马赫迪耶的专有名称。这座城市的"壮丽时代"在 1390 年就过早地结束了。傅华萨①指出："热那亚人对这座城市怀有极大的敌意，因为来自此地的海盗经常从海上窥伺他们。那些悍勇之徒会掠夺他们的船，并把获得的战利品带回此地。这座阿非利加城是海盗们的盘踞之地，也可以称为海盗的家。"这座城市"异常坚固，被高墙、大门和深深的沟渠包围着"。1390 年，基督教的骑士们终于听到了热那亚人、马略卡人、撒丁岛人和伊斯基亚人的祈祷，听到了海盗蹂躏下的许多岛屿的呻吟。热那亚人出资的这次远征由波旁公爵指挥，参战者包括德奥弗涅伯爵（the Count d'Auvergne）、德库西勋爵（Lord de Courcy）、约翰·德·维安爵士（Sir John de Vienne）、伊尤伯爵（Count of Eu）和来自英国的博福特（Beaufort）家族的亨利。在当年的圣约翰节，伴随着飘扬的旗帜和嘹亮的号角声，由 300 艘桨帆船组成的庞大舰队正式起航去攻打巴巴里。

在抵达"阿非利加"之前，海上的暴风雨使基督徒舰队被耽搁多时。经过长时间的航行，基督徒们才看到了这座城市。"阿非利加"的城墙被大海环绕，就像为了致敬大海而伸出了双臂。城外还有一座巨大的高塔守卫着海港，上面安放着大炮。在抹大拉的马利亚日（Magdalen Day，7 月 22 日）守夜时，骑士们每人喝了一杯希腊酒（马姆齐酒），然后就十分淡定地登陆了。基督徒们在敌军要塞前安营扎寨，每一个伟大的领主都在自己帐篷前竖立起高高飘扬的旗帜，部队右翼则全部由热那亚弓弩手组成。他们在这里驻留了九个星期。

---

① 译注：Jean Froissart，法国著名的编年史作家。

萨拉森人从来不会与敌人正面交锋，而是利用小规模战斗来骚扰敌人。他们先射出箭雨，再举起自己的卡帕多西亚皮质盾牌，以抵御敌人的回击。然后，他们发动下一波攻击，向敌人的要害部位投掷标枪。波旁公爵交叉着腿坐在帐篷前思索：接下来该怎么办？此时，贵族和骑士们都在帐篷中大吃大喝。炎热的天气使基督徒感到很不舒服，而且他们在进攻中伤亡惨重。此外，热那亚人想在秋季大风来临之前把他们的桨帆船安全地送回港口。于是，基于上述理由，基督徒们收拾行李，重新登上了战舰。他们吹响号角，乐呵呵地敲着鼓离开了。[40]

　　让我们将视线转回 1550 年的春天，德拉古特不费吹灰之力就拿下了马赫迪耶城（即前文所说的"阿非利加"城）。这座城市当时正处于无政府状态，由酋长委员会统治。这群家伙离心离德，只图私利，对任何统治者都没有半点忠诚之心，尤其不把备受轻视的突尼斯国王哈米德放在眼里。哈米德在查理五世皇帝的支持下上台，废黜了父亲哈桑并刺瞎了其双眼。马赫迪耶城内的一位酋长让德拉古特及其手下在晚上潜入城市。市民醒来后，发现"阿非利加"城已经被胆大妄为的海盗占据，海盗们红白两色的旗帜在城垛上高高飘扬，旗帜上描绘着诡异的蓝色星月。

　　如此轻松的胜利再次唤醒了基督教世界攻打巴巴里海岸的热忱。在波旁公爵失败的地方，德拉古特竟然取得了耀眼的成功——这是不可容忍的。堂·加西亚·德·托莱多梦想着取得超越海盗们的荣耀。他的父亲与那不勒斯总督以及教皇和其他人，全都答应为他的计划提供援助，老安德烈亚·多利亚则再次担任司令之职。经过长时间的拖延和协调，一大批基督徒军队被送往马赫迪耶，并于 6 月 28 日下船登陆。德拉古特在海上早已注意到了他们的企图，决心摧毁热那亚湾，让基督徒为其在非洲可能造成的任何损失提前付出代价。他命令侄子希萨尔船长坐镇马赫迪耶城内，担任防御指挥官。当德拉古特从热那亚湾赶回来时，敌人的围攻已经持续了一个月，但毫无进展。海盗们刚刚挫败了敌人的一次大规模进攻，基督徒损失惨重，并且越来越心灰意冷。德拉古特趁机集结了一大群摩尔人和土耳其人，试图解救被围困的要塞，但是这次解围行动失败了。与此同时，希萨尔的突围也失败了。德拉古特认为自己在这里什么也做不了，就逃到杰尔巴岛去了。他的撤退鼓舞了围城部队的士气。此外，基督徒终于发现了海盗防御的薄弱环节，战场形势就要逆转了。9月8日，基督徒通过一次猛烈的攻击，将城墙打出一个缺口。经过激烈的巷战，伟大的"阿非利加"城终于落到了基督徒的手中。

苏莱曼大帝对穆斯林盟友盘踞的这座堡垒被人迅速攻陷而感到很不满，虽然查理五世宣称：他们是在与海盗作战，没有把海盗当作苏丹的臣属来攻击，并非有意冒犯。苏莱曼苏丹并不认为这有什么区别，为表达强烈抗议，他拨给德拉古特20艘桨帆船，后者很快就率领舰队驶向基督徒的海岸，开始大肆劫掠。受害者的哀号唤醒了老多利亚的血性，当回航的德拉古特在杰尔巴岛后面的海峡检修船只时，多利亚打了海盗们一个措手不及。

这条海峡实际上是一个死胡同，位于杰尔巴岛和岛后面的大湖之间。海峡北侧有一条狭窄的水道，轻型船可以小心翼翼地穿过这条水道。但是，从大湖南侧向外海航行，必须经过一片沼泽地，没有人敢尝试从这里通过。多利亚清晰地看到，他已经将敌人困在了一个陷阱里，因此并不急于进入海峡的浅滩和狭窄水道。多利亚提前向欧洲发出了捷报，宣布他已经取得胜利，并谨慎地静观其变，正如他习惯的那样。

德拉古特不敢迎击一支比己方强大得多的舰队，他唯一能做的就是要弄诡计脱身。在这种危难时刻，德拉古特勇敢地面对了困难。他先修筑了一个小型炮台来打击敌人，这个小炮台对基督徒舰队造成的伤害很小，或根本没有伤害，但它最重要的作用是消耗多利亚的力量。夜里，当小炮台困扰着敌人的时候，脱逃的准备工作已经在海峡南端准备就绪了。德拉古特召集了2000名外地劳工，让他们在沼泽地挖了一条小海。不到几个小时，他的小舰队就被安全地运送到了岛屿南侧的开阔水域。随后，海盗从不断发动佯攻的炮台上把自己的人全部撤走，再一并返回希腊群岛。幸运的是，德拉古特在路上劫获了一艘精良的桨帆船。这是一艘送信船，准备向多利亚传达增援部队即将到来的消息。年迈的热那亚海军上将揉着眼睛，感到迷惑不解，想知道究竟发生了什么事，为什么被他围困的敌军舰队忽然不见了？他从来没有被人这样愚弄，他现在有更充分的理由和更愤怒的情绪去诅咒这帮狡猾的海盗了。

第二年，也就是1551年，德拉古特在奥斯曼帝国海军谋到了一个职位，听命于希南帕夏。他已经受够了在海上无所事事地独自漫游了，觉得这一任命真是太

▲ 土耳其海军博物馆里的德拉古特铜质雕像

令人兴奋了——德拉古特现在更喜欢与人结伴出猎。他和希南帕夏率领近 150 艘桨帆船和小帆船，载着 1 万名士兵和无数门攻城炮，驶出了达达尼尔海峡——没有任何基督徒获知这一消息。他们先是像往常一样蹂躏了墨西拿海峡，然后直扑马耳他岛上的要塞。医院骑士团的骑士一直是土耳其人的眼中钉肉中刺，巴巴里海盗更痛恨他们，因为骑士团的船往往敢于单枪匹马地对付海盗的舰队，而且常常取得成功。

马耳他骑士已经在岩石小岛据守了近二十年，土耳其苏丹和海盗都迫切希望将他们赶走，就像苏莱曼大帝把他们赶出了罗德岛一样。值得一提的是，骑士团曾在罗德岛上苦心经营了近两百年。当年 7 月，土耳其舰队出现在马尔萨，骑士们对此感到万分惊讶。土耳其人在马耳他岛的一处海角（这个海角是两个大港口的分界线）上登陆。当时，那里还没有修筑圣埃尔莫堡（Fort St. Elmo）。然而，希南还是对港口另一边的圣安吉洛要塞（St. Angelo）的坚固感到震惊。为此，他对自己的冒险行动感到懊悔。他的过度沮丧，似乎预示着进攻必然会陷入失败。希南没有冒险地把全部兵力投入这座小要塞，从而用压倒性的兵力去征服它。他只是进行了一次试探性的侦察。不久后，他派出侦察的部队就中了马耳他骑士团的埋伏。于是，在此之后，希南就不由自主地放弃了所有围攻的念头。他满足于在马耳他岛的内陆消磨时间，并伺机占领了邻近的戈扎岛（Island of Goza）。

希南心想，尽管自己打了败仗，但如果带回伊斯坦布尔的战利品数量足够多，或许还能保住自己的项上人头，但是，他随后就放弃了这个保命的办法，因为这太不保险了。为了挽回失败，他率领舰队驶往 64 里格①外的的黎波里。的黎波里可以称得上是对马耳他战败的天然解药，也属于马耳他骑士团管辖（尽管很大程度上违背了骑士团自己的意愿），因为查理五世皇帝把保卫最东边的这个巴巴里城邦作为骑士团统治马耳他岛的条件之一。到目前为止，骑士们已经无法妥善地维持它的防御了。这里只有摇摇欲坠的城垛和虚弱的驻军，并且每年都会遭到意料中的侵袭。现在，侵袭再次来临了。土耳其人试图劝降的的黎波里的指挥官——来自奥弗涅（汤格）的加斯帕德·德·维利尔斯（Gaspard de Villiers），后者却回答说，这座城市是骑士团托付给他的，他会保护它，直到自己死去。然而，他只有 400 人来保卫这座城市。

6000 名土耳其军队登上的黎波里的海岸，还运来了 40 门大炮。希南亲自指挥每一次行动，包括部署炮兵和工事建造。不久后，一枚沉重的炮弹砸在了骑士团的城墙上，但是城墙毫发无损。希南想起了最近在马耳他遭遇的挫败，以及他主人苏莱曼苏丹的严厉面孔，一阵害怕，缩了缩脖子。在围困没有取得任何进展的情况下，若非一名背信弃义的法国叛徒，土耳其人的这次冒险也会失败。这个叛徒逃到土军的战壕里，指出了骑士团西面防线的弱点。土耳其人采纳了他的计策，城墙被土军大炮轰塌了。要塞内的守军疲惫不堪，而且深深地陷入了绝望。他们干脆躺下来睡觉，把一切烦恼抛诸脑后，任何责备和打击都不能再唤醒他们。8 月 15 日，加斯帕德·德·维利尔斯被迫投降，他相信自己被俘后，能享受与苏莱曼给予守卫罗德岛的骑士的待遇。[41] 但希南不是苏莱曼，而且他对马耳他骑士团都恨之入骨。他把剩下的少量守军用铁链绑起来，然后带着他们前往斯坦波，以庆祝自己的胜利。

于是，在堂·佩德罗·纳瓦罗伯爵征服的黎波里 41 年后，这座城市再次落入穆斯林之手。[42]

基督徒的不幸并没有就此结束。由希南帕夏领导的奥斯曼土耳其舰队每年都会出现在意大利水域，并大肆劫掠沿岸地区。希南死后，克罗地亚的皮亚勒帕夏

---

① 译注：league，长度单位，1 里格约等于 3 英里。

接替了他的职位，而且也总是和德拉古特船长同进同退。一年又一年，阿普利亚和卡拉布里亚的海岸向掠夺者贡献了越来越多的宝藏，还有无数小伙子和美丽少女被变卖为奴。南欧基督教国家仅凭自己的力量，无法在海上对付土耳其人，因此，他们决心在陆地上再打一场仗，收复的黎波里。一支由近百艘桨帆船和其他船只组成的舰队，停靠在了墨西拿。这支舰队以梅锡纳塞利公爵为首，成员来自西班牙、热那亚、"骑士团"、教皇国以及其他基督教国家。多利亚太老了，已经不能亲自指挥战斗，这次是由他的侄孙乔万尼·安德烈亚·多利亚（Giovanni Andrea Dorian），也就是他所爱的、已经逝去的侄儿吉安尼蒂诺的儿子来领导热那亚的舰队。命运似乎从一开始就对他们不利。远征军先后出海五次，皆因逆风被迫返回。[43] 直到 1560 年 2 月 10 日，基督徒的舰队才抵达非洲海岸。在那里，有新的麻烦等着他们。拥挤的船在长时间的航行后产生了灾难性的后果，发烧、坏血病和痢疾在船员和士兵中肆虐，2000 具尸体被扔进海里。用患病的军队去围攻的黎波里，这是不可能成功的。因此，当他们的目标近在咫尺时，新任海军上将却毅然下令折返杰尔巴岛。

基督徒大军发动了一次出其不意的进攻，迅速掌握了这座美丽岛屿的控制权。杰尔巴岛上的阿拉伯长官谢赫和他的臣民们准备向西班牙人投降称臣，就像基督徒曾向海盗们致敬一样。梅锡纳塞利和他的部队被派驻到这座岛上来建造一座堡垒。得益于不受干扰地工作，这座堡垒可以建造得足够坚固，即使是擅长攻坚战的土耳其人也奈何不了它。两个月后，这座采用了当时最新工程科技的堡垒建造完成。于是，海军上将乔万尼·安德烈亚·多利亚准备把多余的部队带回家，因为如此坚固的堡垒不需要这么多人来防御。

▲ 乔万尼·安德烈亚·多利亚

不幸的是，乔万尼·安德烈亚·多利亚在此逗留得太久了。他希望亲眼看到防御工事完成，并坚信土耳其人在5月之前不会出海。但当他正准备出发时，传来了一个坏消息：土耳其舰队突然出现在戈扎。顿时，所有人都惊慌失措了。绅士们忘记了勇敢，忘记了镇定，忘记了他们在海上或陆地上集结的力量有多么强大。现在，恐惧占据了他们的心——土耳其人近在咫尺了！乔万尼·多利亚急忙上船，准备逃回热那亚。相比之下，梅锡纳塞利显得临危不乱，并亲自监督部下登船。但在他们驶出海峡之前，德拉古特已经迎头赶上，这个令人恐惧的海上大盗出现在基督徒面前，奥恰利和皮亚勒帕夏紧随其后。紧接着，战场上出现了一片混乱的景象，令人难以理解。惊慌失措的基督徒顺着杰尔巴岛北面的海路绝望地逃上岸。他们弃船而去，任凭这些战舰在岸边搁浅，甚至都没有来得及放火烧船。吃水深的西班牙大帆船牢牢地陷在了浅水里。土耳其人划着船冲过来，有56艘桨帆船和大帆船完好无损地落入了他们手中。1560年5月11日，在那片令人难忘的海滩上，有18000名基督徒在弯刀下俯首称臣。当时的海滩上充斥着杂乱无章的搁浅船只、无助的囚犯、忙着抢劫俘虏和桨帆船的土耳其人，还有一堆可怕且残缺不全的尸体。三个月前从墨西拿出发的基督徒舰队如此精锐，最终却一败涂地——这是基督教世界的死亡之地。

　　梅锡纳塞利公爵和小多利亚趁着夜色逃走了。当老多利亚得知自己心爱的舰队被摧毁，侄孙遭遇惨败时，他那黯淡的眼睛因为伤心而老泪纵横。"带我去教堂。"他说道，随后就陷入了弥留状态，只赶上做临终弥撒。尽管他已经活了很久，并且他的伟大事业遭遇过许多挫折，但他还是无法承受这最后一次悲惨的失败。1560年11月25日，老多利亚撒手人寰。他不仅是一个伟大的海员，还对自己的国家充满激情。尽管他很专横，但他仍旧是一位高贵的热那亚爱国者。

XIII

马耳他骑士团
（1565 年）

当苏莱曼苏丹回想起自己曾经对罗德岛骑士的宽宏大量，以及骑士们在1543年是如何不体面地释放德拉古特时，他一定像老多利亚一样追悔莫及。毫无疑问，苏丹陛下的宽宏大量没有得到相应的回报。骑士们对曾经饶过自己性命的人，表现出了一种"特殊的感恩之心"。他们的确全力以赴地献身于苏丹的事业，只不过是献身于令其毁灭的事业。1530年，医院骑士团开始效忠于查理五世皇帝，因此得以栖息在马耳他群岛的白色岩石上，获得了"马耳他骑士团"的新简称。不久之后，他们就原形毕露，开始四处作恶，就像他们在罗德岛时做的那样。这更加证明，对苏丹来说，骑士团是"致命的害虫"。实际上，马耳他骑士团一共只有7艘桨帆船，没有更多船只了，但这7艘桨帆船全都是第一流的战舰，装备精良，每艘船都顶得上2艘或3艘土耳其战舰。[44]骑士们每年都会驾船从西西里岛沿岸巡游到黎凡特地区，将大量贵重财物抢回马耳他岛。

在马耳他骑士团的打击下，埃及和叙利亚的商业濒临毁灭。即便是巴巴里海盗，甚至德拉古特本人，也害怕骑士团这些涂成红色的桨帆船以及涂成黑色的旗舰，唯恐避之不及。虽然土耳其舰队在地中海毫无争议地占据着主导地位，但他们的敏捷性不足，无法对马耳他骑士团的小舰队发动突然袭击，而后者可以利用自己的高航速和不可捉摸的攻击路线来战胜敌人。无论是曾担任马耳他骑士团桨帆船舰队司令并在围城期间担任骑士团团长的让·德·拉·瓦莱塔·帕里索（Jean de la Valette Parisot），还是来自洛林的法国大主教方济各（Francis of Lorraine），抑或武艺高强的贵族罗马加斯（Romegas），都曾率军在海洋中搜寻猎物。他们在经受住"白飑"（一种突然刮来的强阵风）的考验后，就成了真正的海盗。他们靠掠夺为生，跟巴巴里海盗没什么两样。但是，他们用骑

▲ 马耳他骑士团的徽章

▲ 圣埃尔莫堡

▲ 圣米迦勒堡

▲ 圣安吉洛堡

士精神和虔诚信仰冲淡了自己的海盗色彩。骑士团是弱小无助之人和穷苦人的保护者，他们打劫的对象主要是异教徒。

在海上巡游的同时，马耳他骑士团还在岛上大规模建造堡垒。他们新建了位于中央海角的圣埃尔莫堡，而原有的圣米迦勒堡（Forts St. Michael）和圣安吉洛堡也被重新加固。这些堡垒规划得十分巧妙，既建造了掩护侧翼的工事，也设置了突出的三角堡（内部可以驻军）。此外，骑士们加深了壕沟，增高了护墙，还在城墙上设置了枪炮垛口。值得一提的是，在16世纪，基督徒的每一座防御工事都是根据军事修士会的总工程师——堡垒建筑大师埃万热利斯塔（Evangelista）亲身实践的结果而开工建造的，因此可以保证其防御的有效性。此时，苏莱曼大帝的势力远胜从前，骑士们对这一点都心知肚明。这帮骑士驾着船四处掠夺，残忍地蹂躏土耳其的臣民，因此苏丹绝不会容忍这帮嗡嗡叫的马蜂长期盘踞在马耳他岛的巢穴。骑士团每一天都活得担惊受怕，把所有时间和金钱都花在了防御上，生怕哪一天苏丹会前来复仇。最终，复仇之日还是来临了。苏莱曼苏丹龙颜大怒，发誓再也不允许这些恶棍胡作非为。他曾经慈悲为怀，给骑士们留足颜面，让他们平安地撤离了罗德岛。如今，他将会在马耳他岛把这些人铲除干净，就像火烧马蜂窝那样。

1565 年，在被围困期间，马耳他岛的城市和要塞并不像今天的瓦莱塔城那样坐落在西边，而是在马尔萨港（the Marsa）的东侧。要理解接下来这段对世界上最英勇的战争事迹之一的简短叙述，就必须先了解这些堡垒的位置。在这座岩石岛的北部海岸，有一个令人瞩目的海角，即由崎岖的陆地延伸出的半岛——谢贝拉斯海角。此地屹立着谢贝拉斯山（Mount Sceberras），把两个深深的峡湾分隔开来。这里东部

▲ 马耳他岛围攻战主要发生地点的局部图

的港口被称为马尔萨·姆谢特港（Marsa Muset），但在被围困期间无人居住，也没什么防御力量。只有圣埃尔莫堡（位于谢贝拉斯海角）的大炮，扼守着这处咽喉要地。

马尔萨·凯比尔港（Marsa Kebir），或简称为"拉马尔萨"港（La Marsa），意为"伟大的港口"，是骑士团的主要据点。这里有四个突出的岩石岬角，在西侧形成了较小的港口。最外边的海角，即四角港，把拉雷内尔港^①与公海隔开。萨尔瓦多角（Cape Salvador）则将阿雷内拉港和英吉利港（English Harbour）分割开，马耳他骑士团的姆迪纳城（在阿拉伯语中意为"城堡"，是当时岛上堡垒群的核心和首府）就位于这个海角。圣安吉洛堡也与此相距不远，在英吉利港与加利港（Galley Harbour）之间屹立。拉桑克岛（Isle of La Sangle）由一个沙质地峡通往大陆，圣米迦勒堡就坐落在此地，据守在加利港和拉桑克港之间。这些港口被群山环绕，尤其是在圣埃尔莫堡的后面，谢贝拉斯山巍然屹立，高耸入云。阿雷内拉港和英吉利港后面是萨尔瓦多山、卡尔卡拉山（Calcara）以及圣凯瑟琳高地。此外，还有比姆迪纳城和圣米迦勒堡都要高的圣玛格丽特高地，以及俯视着马尔萨港和拉桑克港的入口处的康拉丁高地（Conradin plateau）。对现代炮兵和工程兵来说，围攻马耳他岛是很容易的。尽管岩石地面很坚硬，但骑士们没有时间在周围高地上建造对保护堡垒安全至关重要的野战工事。即使对土耳其熟练但缺乏经验的炮兵来说，如果从正确的地方开始，摧毁马耳他骑士团也不应该是一次困难而漫长的行动。

熟悉这片土地的人曾听说过当年土耳其人围攻罗德岛的战役，并且很清楚1565年的土耳其人比1522年时更加强大。显然，他们与土耳其人之间肯定有一场硬仗要打。1565年5月18日，当规模宏大的奥斯曼舰队进入骑士团视线的时候，战争就一触即发了。土耳其人的舰队里有180艘战舰，其中三分之二是一流的桨帆船。舰队总共携带了3万多名战斗人员——他们是从奥斯曼土耳其军队中精挑细选出来的，有禁卫军与皇家骑兵，有从色雷斯赶来的普通骑兵，还有来自安纳托利亚山区的狂野战士，以及来自苏丹统治区域内渴望建功立业的志愿兵。为苏丹陛下效命而戎马一生的穆斯塔法帕夏担任陆上指挥。皮亚勒担任舰队指挥，而

---

① 译注：de la Renelle，又称拉阿雷内拉港（La Arenela）。

德拉古特将会很快加入他的战斗行列，苏丹曾下旨：在德拉古特到来之前，全军不得轻举妄动。

　　面对来犯之敌，骑士们并非什么都没做。他们向整个欧洲寻求帮助，教皇慷慨解囊，西班牙也给出承诺：在6月15日之前，西西里总督将会派遣增援部队前来参战。骑士们也在为增强全岛的防御力而不断工作，尽最大的努力来应付这场不断逼近的风暴。总之，他们召集了700名骑士，以及8000—9000名来自不同国家的雇佣兵，但是其中只有马耳他人被当作自己人，也只有他们被放心地部署在城墙内。

　　这帮基督徒很幸运，因为他们有个天才统帅。出生于1494年的让·德·拉·瓦莱塔已经做了43年的医院骑士团骑士，还曾是罗德岛的一名保卫者。虽然他这时候已经垂垂老矣，但是他悍勇无畏且指挥得当，这些特性使他成为一名优秀的桨帆战舰指挥官，并被铭刻在了地中海战争的历史上。拉·瓦莱塔曾经被土耳其人俘虏，了解他们的语言和作战方式，而当年遭受的苦难加深了他对异教徒的仇恨。

▲ 让·德·拉·瓦莱塔

他身材高大，相貌英俊，性格沉着坚定，用自己的铁胆雄心激励着所有下属。拉·瓦莱塔是一个冷酷的人，甚至可以说十分残忍，但他仍然虔诚地信奉宗教，对秩序和信仰充满热情。拉·瓦莱塔是一个真正的英雄好汉，但他是那种理智、无情、偏执的类型，而不是慷慨而鲁莽的狂热者，后者是不能激发人们的同情心且被人当作榜样的。

　　当得知"审判日"即将来临时，让·德·拉·瓦莱塔把下属召集起来，先让他们向上帝祈祷以消除罪孽，然后让他们准备好为信仰献出生命。在圣餐台前，每个骑士都摒弃了所有仇恨，放弃了所有快乐，掩埋了所有野心，并且在主的圣餐礼上缔结了神圣的团契——他们准备为捍卫十字架而献出自己的鲜血。

从一开始，土耳其人就犯了一个严重的错误，德拉古特迟到了两个星期，但他还是强迫皮亚勒接受自己的意见，即让整支部队从后方高地登陆，并攻击姆迪纳城和圣米迦勒堡——这个意见是正确的。穆斯塔法将军自认为是一个"很会打仗"的人，他决定在进攻主要阵地之前，先拿下谢贝拉斯海角上的圣埃尔莫堡。因此，他率领部下在马尔萨·姆谢特港登陆，并在圣埃尔莫堡前方修筑工事。他刚上岛不久，奥恰利（Ochiali）就带着6艘桨帆船从亚历山大城来到了这里。6月2日，德拉古特也亲自率领几十艘来自的黎波里和博纳岬的桨帆船抵达此地。德拉古特立刻就发现，穆斯塔法进攻圣埃尔莫堡是一个错误。但是他也明白，如果放弃对圣埃尔莫堡的围攻，会让基督徒骑士士气大增，所以围攻必须进行下去，而且必须硬着头皮攻到底。

圣埃尔莫堡是一座小堡垒，只能容纳一支兵力很少的驻军。但是，这支部队是一支精锐之师：首先，它包括由皮埃蒙特的德布罗里奥（De Broglio of Piedmont）率领的60名士兵；其次，它还得到了胡安·德·瓜拉斯（Juan de Guaras）的协助，瓜拉斯曾担任内格罗蓬特公国的执政官，是个战绩辉煌的老骑士，手下也有60多人；此外，堡垒还有一些西班牙人，他们受胡安·德·拉·塞尔达（Juan de la Cerda）的指挥。这区区几百人要对抗土耳其的3万大军，他们的胆识确实无与伦比。骑士们没有等待多久。5月的最后一天，土耳其人的21门大炮一齐发射，战争就此打响了。直到6月23日，炮击都不曾停歇。进攻者信心百倍，认为他们攻取眼前的要塞只需要一个星期，这表明他们并不了解自己的敌人。如果一堵墙被土耳其人轰倒了，一座新的工事就会出现在轰塌的城墙后面。第一次攻击持续了三个小时，土耳其人占领了要塞大门前的三角堡。土耳其人的攻击是如此猛烈，以至于守门的将士向总司令拉·瓦莱塔报告，他们已经无能为力了。看起来骑士们已经无力抵御第二次猛攻了，但拉·瓦莱塔回答说："如果是这样，我会亲自赶来顶住敌人的。"在援军到达前，骑士们必须在圣埃尔莫堡牵制住土耳其人的力量，他们必须死战到底。土耳其人从船上搬来一些长长的桅杆，并把它们当作桥梁搭在了壕沟上。于是，在德拉古特搭建的桥上，发生了一场持续五个小时的激烈战斗。穆斯塔法一次又一次地组织自己麾下的近卫军发动攻击，但每次进攻都损失惨重。在一次攻击中，就有4000多名土耳其人倒下。圣埃尔莫堡已经变成一片废墟，但守军仍然毫不畏惧地屹立在成堆的石头中间，每个人都准备为保护妇孺以及捍卫医院骑士团的荣誉而献出生命。

土耳其人终于弥补了他们在战争开始时所犯的错误。之前他们没有切断圣埃尔莫堡和相邻海港之间的联系，因此基督徒的增援部队得以源源不断地进入被围困的堡垒。6月17日，土耳其人将围困线推进到港口边缘，圣埃尔莫堡被完全孤立了。然而，这种谨慎的措施在执行过程中却伴随着难以想象的巨大

▲ 德拉古特之死

损失。德拉古特在指挥修筑工事的时候被击倒了，外科医生随即宣布这一伤口是致命的。在给德拉古特盖上一件斗篷后，穆斯塔法带着帝国全体臣民赋予他的冷静和勇气，继续站在德拉古特曾经战斗过的地方。

五天后，土耳其人发动了最后一次进攻。6月23日，整个上午都炮火轰鸣，攻守双方的一场肉搏战一直持续到了晚上，进攻方伤亡2000人，防守方伤亡500人。骑士和士兵都打算牺牲了。因为他们知道，就算是总司令亲自赶到也救不了他们，没有什么能阻止他们的命运，即不可避免地走向毁灭。他们从彼此手中接过圣礼，在心中祈祷。在这种孤立无援和濒临绝境的状况下，这群残兵展现了有史以来世界上最骄傲的骑士精神。在那个6月的早晨，土耳其人终于推进到骑士们的跟前。骑兵们面容憔悴，因长期熬夜而脸色苍白，伤口难以愈合。他们站立不稳，几欲晕倒，有些人甚至只能坐在椅子上，或者挂着出鞘的剑勉强站立。但是，尽管他们疲倦不堪，或立，或坐，却都有临危不惧的勇气。从每一张面孔上，都能读到舍生取义的决心。

这场可怕的战斗很快就结束了，土耳其军队以狂暴的力量横扫了一切。骑士

和士兵都被打倒在地，他们为这片土地流尽了最后一滴鲜血。最后，他们当中没有一个人幸存下来。

在帐篷中静候死亡时，德拉古特听到了圣埃尔莫堡陷落的消息。他说道，作为一个穆斯林，自己对此充满感恩之心。在战斗生涯中，他是一名尽职尽责的战士。当他死去的时候，胜利的欢呼声在他耳边响起，就像每一个将军希望在临死之前听到的那样。在那个时代，德拉古特的身份与其他人都不同。他是个海军上将，能与巴巴罗萨平起平坐，比多利亚的职位更高；他还是个统帅，可以召集军队抗衡查理五世皇帝或其他任何一位伟大君主。他满足于自己那奔波劳碌的生活，既不争名也不争权。他十分人道地对待俘虏，是一个亲切的战友，一个鼓舞人心的指挥官，一个熟悉海洋的水手。总之，他身上的每种品质都是一个水手该有的，他是巴巴里海盗中个性最鲜明且最富有创造力的人物。

圣埃尔莫堡已经陷落了，但是圣安吉洛堡和圣米迦勒堡仍旧岿然不动。的确，马耳他骑士团的 300 名骑士和 1300 名士兵在第一场战斗中倒下了。但是，他们也使土耳其人付出了伤亡 8000 人的代价。"如果这群小子让我们付出了如此惨重的代价，"穆斯塔法说，"那么他们当家的要赔偿多少？"土耳其将军向拉·瓦莱塔送去了一面休战旗，并开出了投降的条件，但被拒绝。双方对俘虏的野蛮屠杀，使相互之间的关系达到了水火不容的地步。拉·瓦莱塔差点要把土耳其派来的信使绞死，但最后还是按捺住了怒气。他让信使看清环绕这座双子城的护城河有多深，并说道："让你们的禁卫军放马过来吧！"他说完就轻蔑地把信使打发走了。

现在，一场新的围攻开始了。为填补圣埃尔莫堡守军的空缺，拉马尔萨港东侧炮台的兵力被严重削弱了。幸运的是，堂·胡安·德·卡尔多拉（Don Juan de Cardona）派人增援了此地，虽然只有区区 600 人。他们在梅尔齐奥·德·罗布尔斯（Melchior de Robles）的带领下先来到了比尔古城，再从那里设法安全地到达了圣米迦勒堡。[45] 即使是 600 人，也大大增加了土耳其人攻城的难度。要记住，躲在完善的防御工事后面的 600 名守军，比得上在旷野里作战的 6000 名士兵。攻城军队很难为自己找到掩护。地面全都是坚硬的岩石，挖掘沟渠是一项极其艰巨的工作，而坑道兵在夜间挖掘地道所发出的声响很容易将炮台的火力引到他们那里。然而，到了 7 月 5 日，土耳其人在圣玛格丽特（St. Margaret）高地和康拉丁高地上布设了 4 个炮兵阵地，直接对圣米迦勒堡发动了炮击。圣埃尔莫堡陷落后，土军在此处也部署了大炮，从另一个方向轰击圣米迦勒堡。很快，土耳其人又在萨尔瓦多山架起一排大炮，控制了英吉利港。经过激烈的搏斗，守军击退了一群游泳而来的土耳其人，挫败了他们试图将一支炮艇船队引入加利港内的尝试。土耳其人试图用斧头砍断港内用于阻塞船只的铁链，但一些马耳他人用牙叼着剑，游泳过去阻挠他们。水中的近身搏斗以土耳其人的败逃而告终。

土耳其近卫军对圣米迦勒堡恨得咬牙切齿，发起了 10 次猛攻。7 月 15 日，土耳其舰队接到了从海上发动全面攻击的命令。陆上也有三支军队趁着夜幕向

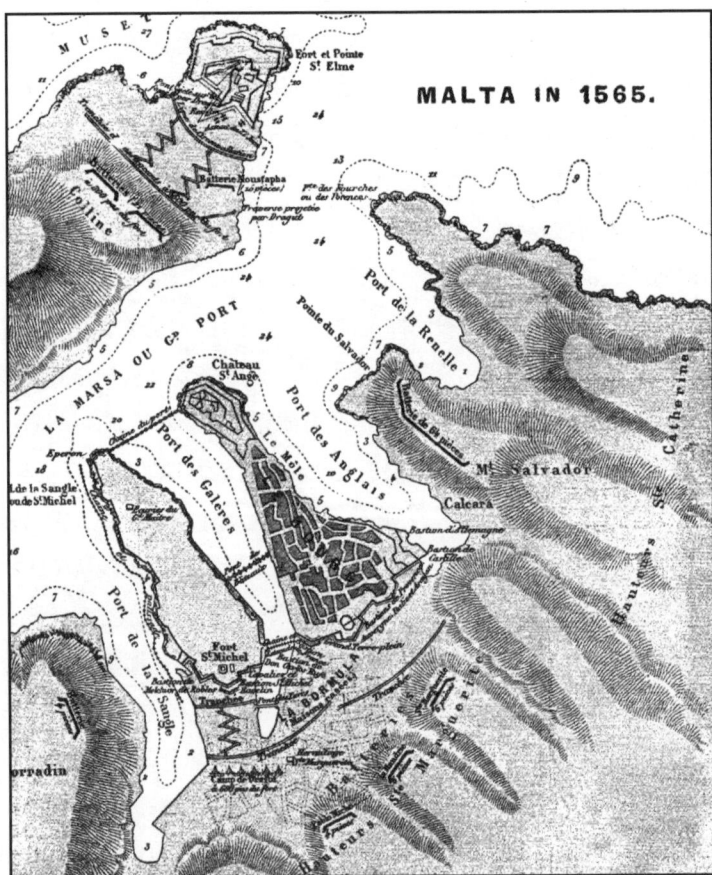

▲ 1565年的马耳他草图

圣米迦勒堡进发，第一支进驻阿雷内拉，挥师进攻堡垒东郊的拉博穆拉（La Bormula）；第二支从圣玛格丽特高地冲下来，直奔由德·罗布尔斯负责守卫的圣米迦勒堡；第三支从西南方向的康拉丁高地出发，在陆地的边缘攻击堡垒的突出部分。要塞城墙下，土耳其人蜂拥而至。他们徒劳地爬上梯子，然后成堆地被推下去，最终摔成肉泥，白白死去。紧接着，战斗的惨烈程度又升级了。骑士们往拥挤的人堆里投掷巨大的石块。当双方短兵相接时，土耳其人挥舞的弯刀是无法与基督徒的双手长剑相匹敌的。

苏莱曼大帝麾下的这三支部队发起了一次精彩的进攻，他们在这场战斗中展现出一支伟大军队所应有的优秀品质。但是，由于损失过于惨重，土耳其人还是被迫撤退了。骑士们则在战斗中失去了一些勇敢的伙伴，他们每个人都曾像狮子一样战斗。但与不幸的土耳其军队相比，基督徒阵营中的阵亡者寥寥无几。土耳其人因失去船只而无法撤退，好多人被屠杀或淹死在海里。海水被鲜血染红，水上到处漂浮着军服、战鼓和长袍。被俘虏的大部分土耳其人都被愤怒的基督徒撕成了碎片，只有两个人活了下来。

沿水路进攻失败后，土耳其人又尝试了坑道爆破，但是效果同样不好，因为骑士们在反爆破方面也绝非新手。爆炸结束后，土耳其人还设法继续前进，结果往往落入基督徒的陷阱中。穆斯塔法继续带人埋头挖掘地道，并利用重炮轰击基督徒陆地防御线的两端——由梅尔齐奥·德·罗布尔斯（Melchior de Robles）守卫的圣米迦勒堡和由卡斯蒂利亚人守卫的圣安吉洛堡。到了7月27日，这两座堡垒都被土耳其人轰成了一片废墟。巴巴罗萨的老战友的儿子萨里船长承担了对这两座堡垒的残余部分进行侦察的任务。

8月2日，土耳其人策划了一场攻势。在闷热的天气下，基督徒们艰苦劳动了一上午。当他们好不容易在中午休息时，6000名土耳其人趁机静悄悄地靠近了梅尔齐奥·德·罗布尔斯的圣米迦勒堡。当他们就要抵达目标的时候，堡垒内的哨兵发现了他们，并喊了起来，把一位

▲ 土耳其军队围困圣米迦勒堡

勇敢的骑士给吵醒了。于是，这位骑士来到了被重炮打出的堡垒缺口。紧接着，姆纳顿尼斯（Muñatones）和 3 名西班牙火绳枪兵也跟着他来到了此处。这 5 名勇士抵挡住了 26 名土耳其近卫军和皇家骑兵的进攻。援军赶到时，他们已经杀死了15 名敌人。他们的英勇表现拯救了圣米迦勒堡。这场战斗在 8 月的烈日下持续了4 个小时，直到双方因筋疲力尽而无法继续后，方才罢休。土军最终撤退，他们在此战中损失了 600 人。

不过，土耳其人毫不气馁。8 月 7 日，他们再次爬上了圣米迦勒堡和圣安吉洛堡的城墙，从两座堡垒的缺口冲了进去，这次他们动用了近 2 万人的兵力。尽管土军在三角堡火力点之前纷纷倒下，但他们还是设法从重炮轰出的缺口蜂拥而入，准备把整个要塞夷为平地。就在这个千钧一发的时刻，马耳他骑士团团长拉·瓦莱塔亲自披挂上阵，这位德高望重的老人本应在后方指挥，在那个不会危及生命的岗位坐镇。但是他手持利剑和长矛，奋不顾身地冲上了战场，像一名普通士兵那样去战斗。他们已经战斗了 8 个小时，这期间土耳其人一共增援了 6 次。基督徒早就疲惫不堪，而且没有任何后备力量。如果土耳其人再冲击一次，这个地方可能就会易主了。

就在这时，土军中有人看到一群骑兵从比尔古城的方向疾驰而来，他们还以为是从西西里赶来的基督徒增援部队（基督徒期盼已久的）。这些骑兵看起来像是要包抄土耳其人的后路，一定是菲利普二世[①]大军的先锋队。皮亚勒惊慌失措地逃回自己的桨帆船上。土耳其人几乎已经把这座争夺已久的堡垒给拿下了，这时却吓得停了手，并且竞相逃命，唯恐落在后面。尽管穆斯塔法和阿尔及尔国王再三向他们澄清，那群骑兵不过是比尔古城的 200 名驻军，没有什么后续大军。但是，土耳其人都作鸟兽散了，根本没人理会两人在说什么。死亡的阴影使这支愚蠢的军队陷入恐慌，经过八小时激烈战斗赢得的立足点就这样被放弃了。没有一个土

---

① 译注：菲利普二世是强大的神圣罗马帝国皇帝查理五世的儿子。在查理五世于 1556 年宣布退位后，菲利普二世继承了哈布斯堡王朝除家族起源地奥地利和德意志之外的其余部分。查理五世的弟弟神圣罗马帝国皇帝斐迪南一世继承了神圣罗马帝国的皇帝称号和有名无实的德意志统治权。而哈布斯堡王朝的军事与经济实力来源——西班牙和尼德兰——都归于菲利普二世。

耳其人为了最终的胜利留下来继续打仗，先前死掉的2000人都白牺牲了。

　　然而，穆斯塔法并没有绝望。他知道，堡垒的主要防御工事已经被摧毁了。再过几天，两座堡垒将遭受大规模重磅炮弹的轰击，还有一连串的坑道爆破——他麾下正有成千上万的人为此做着准备。因此，他确信，在做好万全准备之后，最后一次进攻一定会成功。8月20日，穆斯塔法穿着精致的刺绣外套和克拉穆瓦西式的深红色①长袍，亲自领军前进。但是，一阵有针对性的密集火力把他逼进了战壕。直到夜幕降临，他才得以走出来。当穆斯塔法终于回来的时候，却发现自己的军队还待在营地里，因为他们发动的"最后一次"攻击又被基督徒击退了。第二天，土耳其人陷入了致命的火力网中，这次失败使士兵们更加颓废了。反复遭受打击，使土军士气低落。老近卫军不情不愿地执行着任务，他们在坚硬的岩石地面上开凿战壕，缓慢地向前推进。利用这些战壕，土军对据守在三角堡后面的骑士发动了一次猛攻。经过一场艰苦卓绝的战斗，骑士们撤走了。但刚刚占领三角堡的土耳其人就被拉·瓦莱塔布设在地下坑道内的火药炸上了天。8月30日，土军又一次精心策划的攻势被击退了。另一次努力——也就是最后一次绝望的尝试——预计在9月7日进行。但是，9月5日，西班牙的援军经过不可思议的犹豫和拖延后，终于在马耳他岛登陆了。土耳其人甚至没有派兵去侦察西班牙援军的虚实，更没有继续执行进攻计划，因为他们已经筋疲力尽了。随后，土军收到了撤退的命令，放弃了对马耳他岛的围攻，那些耗费了大量劳力和鲜血的工事被遗弃。为了挤上桨帆船，土耳其人相互踩踏，死伤相枕。当他们得知西班牙援军只有区区6000人时，就又重新登陆了。但是，这时候大势已去。土军先是试图与西班牙援军作战，然后就又逃回了船上。西班牙人像杀牛宰羊一样把他们砍倒了。最终，土耳其人的精锐大军只有5000人活了下来。通过他们的讲述，我们才知道土军是如何在马耳他岛度过可怕的三个月的。

　　再没有什么景象比援军和圣米迦勒堡守军会师更令人感动的了。残余的守军总共只有600人，而且几乎每个人都受了伤。骑士团团长拉·瓦莱塔和他麾下少

---

　　① 译注：cramoisy，在法国北部地区，该词有"深红色"的意思。

▲《解除马耳他围困》，由查尔斯-菲利普·拉里维尔（Charles-Philippe Lariviere）绘制

数幸存的骑士，看上去就像来自另一个世界的幽灵，他们的脸色是如此苍白和令人惊骇；他们浑身是伤，头发和胡须变得非常蓬乱；他们的盔甲污迹斑斑、残破不堪。我认为，作为一个男人，必须看一看他们是怎么做的。在值得纪念的三个多月里，他们几乎每夜都枕戈达旦。当看到这些形容憔悴的英雄时，援军士兵们百感交集，忍不住哭了起来。这些互不相识的人紧握着手一起哭泣。他们如释重负，就像哈夫洛克（Havelock）和科林·坎贝尔（Colin Campbell）带领苏格兰高地兵团挺进勒克瑙（Lucknow）城内时一样。[①]在历史上，从来没有人像他们这样值得尊敬。查遍战争史，我们也找不到有着相似记录的围攻战——没有哪支军队在这样悬殊的力量对比之下取得如此辉煌的战果。作为伟大的英雄，马耳他骑士将永远被历史铭记。

---

① 译注：哈夫洛克和科林·坎贝尔是 19 世纪中期的英国将军，曾在征服印度的过程中立下功勋。勒克瑙是印度北部的一个城市。

XIV

勒班陀海战

（1571 年）

围攻马耳他失败，使土耳其人的气焰暂时受挫，但是他们在地中海仍旧如日中天。土耳其人在陆地上的扩张被阻止了，但在海上还未逢敌手，甚至他们在回顾马耳他围攻战那糟糕的几个月时，也不乏一种宽慰之情。土耳其人毕竟占领了圣埃尔莫堡，它被攻陷引发了伊斯兰世界的一片欢腾。格拉纳达的摩尔人一听到土耳其胜利的消息，就立即响应，发动大规模起义反抗西班牙人。土军最终没有攻下圣米迦勒堡，部分原因是他们被一个虚假的警报吓住，陷入了非理性的恐慌中。被马耳他骑士这样的战士击败并不令人感到羞耻，就像克里米亚战争中被英军中的苏格兰高地兵团击败的俄国人。在对手眼中，这些骑士与其说是士兵，不如说是真正的魔鬼。哪个凡人敢去招惹这样的恶魔军团呢？此外，尽管土军被迫放弃围困，但他们也造成了巨大破坏。他们让岛上的人口减少了一半，还让基督徒的堡垒化为废墟，甚至让悍勇的守军只剩下一小撮残兵败将。

土耳其人就这样宽慰着自己，并为下一次战争做准备。尽管他们已经损失了很多兵力，但是更多的人已经准备好接替他们。德拉古特阵亡了，但庞大的舰队并没有受损。奥恰利船长继承了他的老上司的遗志，被基督徒叫作"阿里·埃尔·乌尔基"（Ali El-Ulūji）"意思是"叛徒"。由于他总是抱怨，土耳其人管他叫"法塔斯"，意思是"患败血病的人"。1508 年，他出生于卡拉布里亚（Calabria）的卡斯泰利（Castelli）[46]。他的老本行是神父，但他被土耳其人俘虏后，就开始了刺激的海盗生涯。马耳他被围攻后不久，他接替巴巴罗萨的儿子哈桑，成为阿尔及尔的帕夏，或阿尔及尔的贝伊勒贝伊（1568 年任职）。他上任后开展了一系列行动，其中之一是以苏丹塞利姆二世（Selīm II）的名义夺回突尼斯（戈莱塔除外），而塞利姆二世是在 1566 年继承他伟大的父亲苏莱曼的皇位的。

1570 年 7 月，在西西里岛南部海岸的阿利卡塔（Alicata）附近，奥恰利带领 5 艘桨帆船包围了 4 艘基督徒的船，并劫走了其中 3 艘，包括这支船队的指挥官圣克莱门特（Saint-Clément）的座舰。圣克莱门特为了保全自己的性命和财宝，扔下了船队，只身逃往蒙蒂基亚罗海岸（Montichiaro）。在基督徒船队中，只有桨帆船"圣安"号进行了绝望的抵抗，其他人都立即投降了。在这灾难性的一天，60 名马耳他骑士团成员被杀或被俘，因此马耳他岛的人感到怒不可遏。为了不让圣克莱门特被愤怒的群众活活打死，骑士团团长不得不把他交给了世俗法庭，法庭立即判处他死刑。不久后，圣克莱门特在牢房里被人勒死，尸体被装进袋子里扔下了海。但土耳其人的这一成功，远远弥补不了穆斯塔法帕夏在围攻马耳他岛时所遭受的惨痛失败。

1570 年到 1571 年之间，土耳其人取得了一次更重要的胜利，这是一次新的围攻和征服。新苏丹和他的父亲一样，认为基督徒势力在塞浦路斯岛的存在，对东地中海地区的两极格局是一个公然挑衅。塞浦路斯岛是基督徒军队和商旅的补给站，也是观察土耳其舰队行动的守望塔，还是叙利亚海岸无数基督徒海盗的窝藏地。塞浦路斯属于威尼斯，由于此地窝藏海盗，苏丹觉得即使与威尼斯参议院发生摩擦，也要把此岛拿下。宣战之后，皮亚勒帕夏在拉拉·穆斯塔法（Lala Mustafa，不是指挥围攻马耳他的那个将军）的带领下，运送了一支庞大的军队包围塞浦路斯的首府尼科西亚（Nicosia）。48 天后，即 9 月 9 日，这座城市沦陷，化为一片废墟。如果基督徒舰队拥有一位称职的统帅，本可以避免这一灾难。但是，不幸的是，拯救塞浦路斯的重担被托付给了最不值得信任的一支多国联合军队。

当时的教皇庇护五世（Pope Pius V）是一位虔诚的人，对自己崇高的职位充满了热忱。他有着非凡的精力和智力，是天生的领袖。一旦战争不可避免，他就开始不遗余力地支持威尼斯人。在欧洲国家里，对他的呼吁做出回应的人寥寥无几。但是，在乔万尼·安德烈亚·多利亚和教皇的帮助下，西班牙的菲利普二世派出了多支实力雄厚的舰队，教皇在某种程度上还得到了意大利王公的一些帮助，因此得以组建一支大军，并把它交给来自那不勒斯的统帅马克·安东尼·科尔纳（Mark Antony Colna）。另外，由乔万尼·赞内（Giovanni Zanne）指挥威尼斯舰队。基督徒的整支舰队集结完毕，船只共有 206 艘，其中 11 艘是三桅风帆战舰，其余几乎全部都是桨帆船，士兵和船员则达到了 48000 人。由于当时的土耳其人实在令人生畏，基督徒从一开始就胆战心惊，直到听闻奥恰利已经离开了意大利海岸，这支庞大的舰队才敢出动。即使如此，基督徒舰队中不同国家的海军将领之间也矛盾重重，他们更想与队内战友较量一番，而不是去攻击土耳其舰队。当基督徒们争吵不休时，小多利亚与当年的费边一样，非常谨慎，而这种谨小慎微已经导致他的叔祖父输掉了普雷韦扎战役。他的对手皮亚勒帕夏是个身先士卒的勇士，曾经帮助拉拉·穆斯塔法（Lala Mustafa）取得了对尼科西亚的最后一次进攻的胜利。

如果基督徒联合舰队能在9月8日或9日对皮亚勒发起攻击，就凭他那艘势单力薄的桨帆船，实在难有招架之力。但是，科尔纳和多利亚把时间浪费在互相争吵上，白白地错过了消灭敌人的机会。最后，他俩因为担心天气不好而乘船返回西西里岛，这种懦弱行径遭到了奥恰利及其海盗战友们的嘲笑。法马古斯塔（塞浦路斯东岸海港城市）于1571年8月4日投降，土耳其人尽管事先承诺饶城内的基督徒性命，让他们自由离开，却言而无信，对这座城市展开大肆屠杀。城内的基督徒军队指挥官是威尼斯人布拉加蒂诺（Bragadino），他被土耳其人残忍地烧死。从此之后，塞浦路斯人成了土耳其公民。

与此同时，土耳其和巴巴里舰队由皮亚勒和奥恰利的继任者阿里帕夏指挥。他们蹂躏了克里特岛和其他岛屿，并沿着亚得里亚海航行，在每一个适合他们进攻的城镇或村庄里肆意妄为。他们俘虏了数千名奴隶，洗劫了各种商铺，收获了各式各样的战利品，这些都是对他们勇猛作战的奖赏。最后，9月，土耳其和巴巴里舰队停泊在了勒班陀湾内。作为塞浦路斯的征服者，他们听说基督徒联合舰队正在行进后，就期待着将敌人围歼。他们激动得满脸通红，认为自己必定旗开得胜。

在此之前，基督徒联合舰队的很多船只都聚集在亚得里亚海水域，在普雷韦扎附近爆发的那场伟大战役仍然留在许多老水手的记忆中。1571年秋天，基督徒的

▲ 土耳其海军博物馆里
阿里帕夏的黄铜塑像

▲ 一艘西班牙船和一艘荷兰船之间的交战。其中一艘船正在下沉，我们可以看到许多人掉进了海里，并奋力向另一艘船游去（朱利安·德·拉·格拉维尔绘）

▲ 唐·胡安肖像画

帆船赶到了预定的会合处。但是，今时不同往日。在普雷韦扎战役中，基督徒舰队曾被各行其是的指挥官们搞得一塌糊涂。如今在勒班陀，只有一名总司令。

教皇庇护五世一直致力于团结各个同盟国并消除他们彼此之间的忌恨情绪，他成功吸引南欧国家的海军参加预定于来年展开的军事行动。后来，他得知各国之间的争吵影响了塞浦路斯的大局，便行使了自己作为上帝牧师的特权，任命了联合舰队唯一的总司令——来自奥地利的唐·胡安（Don John）。

作为那个时代最杰出君主的儿子，唐·胡安生来就不同凡响。他的母亲是美貌的女歌唱家芭芭拉·布隆伯格（Barba Blomberg），父亲是查理五世。他的母亲给予他优雅的风度和迷人的外表，他的父亲赐予他统帅的天赋。当他 22 岁时，他同父异母的兄弟菲利普二世就交给他前去阿尔普沙拉斯（Alpuxarras）镇压摩尔人叛乱的艰巨任务。[47] 在这个地方，经验丰富的西班牙老将都曾失败，而这个初出茅庐的将军却大获全胜，赢得了人们的钦佩。现在，也就是成功镇压摩尔人叛乱的两年后，唐·胡安又被赋予指挥整个欧洲南部国家联合舰队的重任，他高兴地接受了这个职位。年轻的唐·胡安充满信心，渴望参加这场世界上最伟大的战役。他的脸上洋溢着热忱，人们从他的肖像画和为纪念他的胜利而颁发的奖章中能够看到这一点。"唐·胡安如阿波罗般英俊，他是上帝派遣之人，他如大天使那般勇武，他能消灭所有信仰之敌。"

一支又一支基督徒舰队开始集结到墨西拿海峡。威尼斯海军上将维尼耶罗（Veniero）已经在那里等候，他麾下有 48 艘桨帆船，还有另外 60 艘即将赶来。7 月，科尔纳进入海峡，又带来 18 艘战舰。随后，这些战舰停泊在威尼斯舰队旁边。此时，唐·胡安还没有赶到。为了让自己的舰队准备就绪，他费了很大的劲儿，因为没有哪个国家的人比西班牙人更会拖拖拉拉了。最后，唐·胡安从巴塞罗那出发，费力地穿越里昂湾。现在，那里的人们或许会对经过的船微笑致意，但在当时那个年代，穿越里昂湾要警惕密史脱拉风和海盗。

在热那亚，唐·胡安受到乔万尼·安德烈亚·多利亚的款待，他以一种愉快的幽默态度参加了一个花哨的舞会，这成为他的青春活力的体现。此时，危险正在前方等待他。当唐·胡安继续前进的时候，他听到了土耳其人丢弃达尔马提亚以及盟军在墨西拿争吵的消息。但他并没有急于赶过去，他知道长途航行中的桨帆船有着固定的速度。一匹马，除非图一时之快，否则鞭打它是无济于事的。在那不勒斯，他虔诚地接受了教皇亲自赐福的圣礼。8月23日，他率部与驻墨西拿的舰队会合。其他船只赶来还需要时间，总司令唐·胡安也需要时间来完善他的计划。在舰队出发之前，每一艘桨帆船的船长都会收到一份单独的书面命令，告知他在航行中的位置以及在任何突发事件中的职责。这样，混乱和仓促编队的风险就差不多被消除了。9月16日，总司令唐·胡安发出了起锚的信号。

唐·胡安的旗舰第一个离开墨西拿，这是一艘华丽无比的拥有60桨的桨帆船，名为"皇家"号，上面雕刻着由塞维利亚的瓦斯克斯（Vasquez of Seville）设计的

▲ 阿拉伯星盘

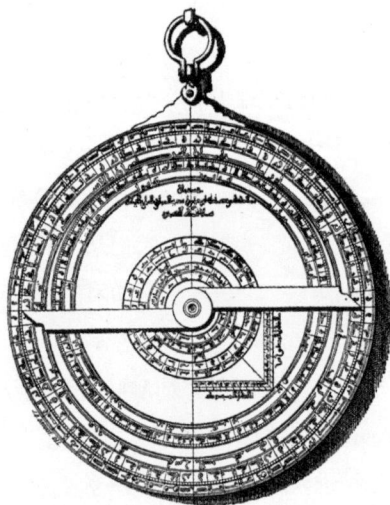

▲ 阿拉伯星盘

寓言图案。在他身后是285艘船，其中有6艘加莱塞三桅战舰、209艘桨帆船、一共载着29000人。舰队的船都是由西班牙、热那亚、威尼斯、那不勒斯、罗马、维琴察、帕多瓦、萨伏伊和西西里的名门贵族指挥。[48]唐·胡安·德·卡尔多拉（Don Juan De Cardona）率领7艘桨帆船充任前锋；总司令唐·胡安亲自率领由62艘桨帆船组成的中军部署在科尔纳和维尼耶罗之间；小多利亚率领右翼的50艘战舰；来自威尼斯的巴尔巴里戈在左翼率领53艘战舰；唐·阿尔瓦罗·德·巴赞（Don Alvaro De Bazan）指挥30艘桨帆船；大型的加莱塞三桅战舰排在舰队的最前面，每艘船上各有500名士兵。经过十天的划船和航行，他们抵达了科孚岛，城堡里的守军向他们鸣枪致敬。基督徒对土耳其人的恐惧烟消云散了。

　　此时，阿里帕夏在勒班陀湾内左右为难，于是派人去打探敌人的虚实。一名大胆的巴巴里海盗趁着夜色，划着小船来到基督徒战舰附近侦察，但是他的报告并不完善，直到决战当天，双方都不知道对手的确切实力。土耳其舰队有208艘桨帆船、66艘大帆船和25000人。其中有95艘桨帆船来自伊斯坦布尔、21艘来自亚历山大城、

▼ 勒班陀海战

25 艘来自安纳托利亚、10 艘来自罗德岛、10 艘来自米蒂利尼（Mitylene）、9 艘来自叙利亚、12 艘来自纳夫普利翁（Napoli di Romania）、13 艘来自内格罗蓬特，还有 11 艘来自阿尔及尔和的黎波里。大帆船主要是巴巴里海盗的，它们在海上劫掠中发挥的作用大，在常规海战中作用有限。

10 月 7 日早上 7 点，这两支舰队在埃基那德斯群岛（Echinades）以南的伊萨卡和帕特拉斯湾（或被称作"勒班陀湾"）之间，意外遭遇了。唐·胡安站在战舰主楼上向远处眺望时，发现地平线上有一两张白色的帆；然后，他们继续向前航行，越过了原先的海平线，直到看清了敌军舰队的整个面貌。唐·胡安迅速举起一面白旗，发出了战斗的信号，整支基督徒舰队立刻忙着把船帆收起来，使全体人员都可以在这次战斗中安心作战。为了给士兵腾出地方，船内部的补给仓库都被清空了，甚至连奴隶们也得到了好酒好肉的招待。年迈的水手们从年轻时起就一次又一次地遭遇土耳其人，他们为这次复仇苦心筹备、严阵以待；而那些乐观的年轻人，那天还是第一次持枪搏斗，他们热切地期待着战斗打响的那一刻。然而，甚至在这最后时刻，基督徒联军舰队的将领仍然犹豫不决：他们建议成立一个战争委员会。唐·胡安的回答很符合他的个人作风："议会的时代已经过去了！现在不要考虑其他任何事，只想着战斗就行了！"然后，他走上了他的工作岗位，他手里拿着十字架，从一艘桨帆船走到另一艘桨帆船，从船头走到船尾，鼓励士兵们去战斗。他那平静而自信的神态，以及他演讲的魅力，成功激起了全体官兵的战斗热忱，他们的回答是："准备好了，长官，越快越好！"然后，唐·胡安以救世主的姿态行圣礼，他跪在甲板上祈祷上帝保佑他旗开得胜。

大约 11 点，在一片死寂的安静气氛中，战斗开始了。土耳其人收起船帆，开始划桨。在井然有序的秩序和无与伦比的速度和精确度下，他们排成了战斗队形。嘹亮的鼓声和笛声表明了土军桨帆船舰队具有高涨的战斗热情。相比之下，基督徒舰队则在排成一行时速度缓慢；一些桨帆船和大多数大型的加莱塞三桅战舰被落在了后面。唐·胡安虔诚地念了几句祷告词，然后派出快船去催促他们。最后，基督徒舰队的秩序也变得井井有条。左翼总指挥巴尔巴戈（Barbarigo）带领左翼舰队贴近海岸航行；唐·胡安率领中军，与他遥相呼应。但是右翼总指挥又在哪里呢？乔万尼·多利亚受他家族的战斗荣誉所感染，决心让这些土耳其人瞧瞧他作为水手的厉害。他注意到，位于奥斯曼舰队左翼的奥恰利正试图越过基督教舰队的侧翼，他便向海上掉头，想要把奥恰利截住。唐·胡安想把小多利亚叫回来，但是小多利亚把船开出太远，已经叫不回来了。于是这场仗必须在没有右翼的情况下开打了；多利亚荒唐的行为使他们几乎浪费了一天时间。

奥斯曼舰队是按照与基督徒舰队相同的顺序编组的，只不过没有加莱塞三桅战舰。土军将绵延近1英里由战舰组成的战线划分为中军、右翼和左翼，中军后面是预备队。穆罕默德·沙鲁克（Mohammed Shaluk，欧洲人管他叫"热风"）指挥右翼，对战由巴尔巴里戈指挥的左翼；阿里帕夏在中军，对付唐·胡安；奥恰利位居左翼，本来要对付多利亚。在两军战线之间，矗立着宏伟的加莱塞三桅战舰，就像巨大的防波堤一样，冲向对面，把奥斯曼舰队的"激流"生生分开。从这些巨大的漂浮城堡上射出的猛烈火力引发了土耳其人的恐慌，但他们很快就避开了这些庞然大物，并开始对付基督徒舰队的其他船只。

在基督徒舰队的左翼，经过一场血腥而致命的对战之后，巴尔巴里戈和"热风"双双英勇战死，但是土耳其被击退。由于主将战死，剩下的土耳其人将船靠岸并逃跑了。在此之前，基督徒舰队也失去了许多桨帆船和勇敢的战士。在右翼攻势失败后不久，土耳其舰队的中军就开始行动了。阿里帕夏径直朝唐·胡安冲了过去，他的船首撞到了唐·胡安旗舰的第四排船桨上。两船旁边是佩特夫帕夏以及科尔纳和维尼耶罗的座舰。战舰们纠缠在一起，在水上形成了一个巨大的厮杀平台。来自"皇家"号的西班牙人两次攻上了阿里帕夏的旗舰"法纳尔"号，直杀到主桅杆处，但是两次都被土军驱赶回去，自身损失惨重。就在阿里帕夏准备跳到唐·胡安的桨帆船上的时候，科尔纳率领座舰从背后撞向了他的船，从第三排桨处把"法纳尔"号刺穿了，与此同时，科尔纳还发起了一阵火绳枪齐射。据说阿里帕夏就是在这次火绳枪攒射中被打成了筛子，当场阵亡。

基督徒在盔甲和枪械上占有全面优势，可以躲在甲板防御工事后面开火；土耳其人则没有铁甲、头盔或防御工事的保护，他们中的大多数人都只有弓箭而没有火器。科尔纳的截击和阿里帕夏的阵亡决定了战役的最终结果。一个半小时的时间就足以驱散土军舰队的右翼势力，并摧毁其旗舰了。当基督徒舰队在土军旗舰的顶端看到己方士兵时，他们士气大增，加倍努力；维尼耶罗虽然伤势严重，

▲ 西班牙画家胡安·卢那（Juan Luna）所绘的油画
表现了奥恰利向唐·胡安发动进攻的惊险一幕

却仍然与塞拉斯基尔·佩特夫帕夏继续战斗；不久后，土耳其人逃跑了，佩特夫帕夏也逃到了陆地上。又过了半个小时，唐·胡安的中军取得了压倒性的胜利。这时候，一个新的危险又出现了：奥恰利看到多利亚已经迷失在大海深处了，于是他率领所有的右翼精锐向后折返回去，向唐·胡安的精疲力竭的中军发动进攻。他冲向马耳骑士团的旗舰，屠杀了船上的每一个人，也算是给德拉古特报仇了！朱安·德·卡尔多急忙赶去救援友军，但是他也遭到惨败，所带的 500 人当中只有 50 人侥幸逃脱。在"菲奥伦扎"号上，只有 17 个人幸存下来；在这场激烈的遭遇战中，奥恰利还给基督徒舰队造成了其他可怕的损失。直到这时，异想天开的小多利亚才终于意识到他该干什么，率军返回战场，但已经来不及了。幸亏圣克鲁斯侯爵（Marquis de Santa Cruz）早已率军迎击敌人；唐·胡安带着 20 艘桨帆船躲在他后面；奥恰利寡不敌众，在打了一场漂亮仗之后，就急匆匆地驾船向圣莫拉开去。后来，奥恰利因为"护教有功"而在伊斯坦布尔大清真寺被表彰。基督徒联军舰队打赢了勒班陀海战，土耳其人被彻底击败了。[49] 得知这个消息，好心的教皇或许会激动得热泪盈眶，就像一个世纪后的圣斯德望教皇那样，当时索别斯基（Sobieski）拯救了维也纳 [50]①，"他是上帝派来的，名叫约翰"。

在勒班陀海战中，土耳其舰队几乎被悉数歼灭：有 190 艘桨帆船被俘获，除

---

　　① 译注：指 1683 年的维也纳战役，波兰—立陶宛联合王国的国王约翰三世·索别斯基世率领的波兰和神圣罗马帝国的联军打败了奥斯曼土耳其帝国军队。

全部大帆船外，另有 15 艘桨帆船被烧毁或被击沉。土军大约有 2 万人丧生。其中有许多人来自奥斯曼帝国各地的名门望族，可以开出一个令人震惊的、长长的名单。基督徒军队损失了 7500 人，其中有些人来自意大利和西班牙最显赫的家族。名著《堂·吉诃德》的作者塞万提斯（Miguel de Cervantes）当时正在"女侯爵"号上指挥一队士兵，幸运的是，他因为左臂受伤而没有参与战斗，对许多人来说，勒班陀战役只能从堂·吉诃德的神奇篇章中了解到。有 17 名威尼斯指挥官战死，其中包括维琴佐·基里尼（Vicenzo Quirini）和英勇的、有骑士气概的、令人肃然起敬的巴尔巴里戈总督。60 位马耳他骑士团的骑士英勇牺牲。此外，还有唐·胡安——这位才华横溢的年轻征服者并没有把他应得的桂冠戴多久。战后，他的雕像在墨西拿矗立，他的胜利景象是大画家丁托列托（Tintoret）和提香（Titian）的绘画主题；无论他走到哪里，都受到热烈的欢迎。两年后，唐·胡安率兵夺回了突尼斯。之后，他又在阿尔瓦领兵、在佛兰德镇压民众，在此处，他因多行不义而心神郁郁。此后，唐·胡安在让布卢（Gembloux）对荷兰人进行了血腥的镇压，再后来，由于高烧不退，这位年轻的英雄于 1578 年 10 月 1 日去世，年仅 30 岁。他是中世纪骑士精神的最后一位伟大的代表人物，一个堪与查理曼大帝近卫军健儿相比的勇士，堪与加拉哈德（Sir Galahad）一起汇聚在亚瑟王的圆桌武士之列的英雄好汉。[1]

---

[1] 译注：加拉哈德是亚瑟王传说中的一名骑士，他是兰斯洛特的儿子，也是圆桌骑士中最纯洁的一位，且独自一人找到了圣杯。

XV

江洋大盗
（16、17 和 18 世纪）

伟大的巴巴里海盗时代可以说是被勒班陀海战所终结的，这场战役为奥斯曼帝国的海上霸权敲响了丧钟。从表面上看，虽然唐·胡安大获全胜，但土耳其人似乎没受到什么伤筋动骨的损失，就像胡子被剪掉，很快又可以长出来一样。他们的舰队迅速重建，而且威尼斯人也赶来求和。事实上，他们失去了比船和人更珍贵的东西：土耳其帝国的威望。基督教世界不再害怕无敌的土耳其人了，因为他们曾经打败过后者，而且还会再次打败他们。在此之后，很少有土耳其舰队沿着意大利海岸耀武扬威地航行了。也许会有小规模突袭，但再也没有像巴巴罗萨或希南那样的大冒险了。虽然克里特岛被土耳其人围困数年，但威尼斯人却在土耳其陆上势力的军事威慑下，仍迫使土耳其的海军力量四分五裂。达马德·阿里（Damad' Ali）也许可以在收复摩里亚半岛之后，嚣张地利用自己麾下的百艘战舰环游希腊海岸，但他再也不敢威胁威尼斯、围攻尼斯、骚扰那不勒斯、攻击马耳他了。土耳其人现在的力量，只能勉强在黑海对抗俄罗斯的侵略势力。

土耳其人失去了赫赫声威所提供的保护，巴巴里的江洋大盗沦落成了小毛贼。他们继续攻击基督徒的船，并劫掠荒凉的基督徒村庄，还带走了大量俘虏。然而，他们的掠夺规模已经远不如从前，不再明目张胆，而是偷偷摸摸，并且再也没有与正规海军对抗的实力。一旦被抓住，他们当然会反抗。但是他们的目标是掠夺，因为征服的野心会使他们伤筋动骨。

奥恰利是最后一位伟大的巴巴里海盗。1571年10月7日，他回到了伊斯坦布尔。为了向基督徒复仇，塞利姆二世苏丹在他身上寄予了厚望，任命他为新的海军帕夏。次年，奥恰利率军从博斯普鲁斯海峡出发，带领着由230艘战舰组成的庞大舰队。表面上，土耳其人显得毫发无损，就好像勒班陀海战从未发生过一样。奥恰利寻找着基督徒舰队，但无法诱使敌人进行决战。唐·胡安曾于1573年占领了突尼斯，但在1574年，奥恰利又夺回了此地。奥恰利拥有250艘桨帆船、10艘大型三桅军舰、30艘大帆船。在艾哈迈德帕夏的阿尔及尔军队的支援下，奥恰利对戈莱塔展开了围攻。自1535年查理五世征服北非以来，戈莱塔就一直驻扎着西班牙军队。塞尔维隆（Cervellon）指挥着为数不多的守军，难以保卫戈莱塔要塞。因此，他最终谨慎地选择向土耳其人投降。此后，奥恰利离开地中海西部，赶赴波斯战场继续为国尽忠。他于1580年去世，享年72岁，是奥斯曼帝国海军中最富有声望的将领之一。

本文没有过多地将关注点放在奥斯曼帝国的帕夏或阿尔及尔的贝伊勒贝伊的继承问题上，因为有更重要的事需要讲——这件事消耗了土耳其海军的全部精力，而他们的陆军对此几乎无能为力。奥恰利是阿尔及尔的第十七位帕夏，继乌尔基和海雷丁去世后，他的前任中很少有人像他那样获得了特殊地位。这些前任在军事行动方面的情况如下：巴巴罗萨的儿子哈桑曾参与对马耳他的围攻；萨里船长参与了征服菲斯和布吉雅的战争；但其余人主要忙于压制内部纷争，与邻居打架，组织小规模的海盗探险等琐事。1572年，奥恰利被调往斯坦波出任海军帕夏。此前，他在阿尔及尔当了4年帕夏。在这之后的24年里，有9位海盗头目相继担任这一职位。

起初，担任阿尔及尔帕夏的人通常都是来自基督教世界的叛逃者，例如来自撒丁岛的拉马丹（Ramadān the Sardinian）、来自威尼斯的哈桑、来自匈牙利的贾法尔和来自阿尔巴尼亚的梅米（Memi the Albanian）。这些人除了哈桑之外都被证明是英明的长官。此后，奥斯曼帝国形成了卖官鬻爵的惯例，即把行省交给出价最高的人。于是，一些富有但不称职的土耳其人买下了帕夏领地的统治权，许多买主纯粹就是无赖。基督教叛徒在巴巴里的统治结束了，土耳其人把当地政府掌握在自己手中。从此，这些冒险家就只限于做个海盗船长，或者做一支海盗舰队的司令，他们只能得到这种次要却更需要进取心的职位。帕夏和迪伊们①除了偶尔心血来潮外，大都放弃了对海盗舰队的指挥权，现在是海上的一线船长们大显身手的时候了。

此后，海上劫掠、流血冲突和无政府状态，成为突尼斯、的黎波里和阿尔及尔的历史记录中的主要内容。的黎波里海盗是其中最弱小的，因此其危害也最小；阿尔及尔海盗统治着西地中海，还在很大程度上控制了大西洋；突尼斯海盗的冒险活动减少了，但他们仍然强大，继续侵扰着东地中海，马耳他岛和亚得里亚海之间的通道成为其专有猎场。在突尼斯，1590—1705年，奥斯曼帝国任命了30位

---

① 译注：指奥斯曼土耳其的地方行政长官。

迪伊，平均每人的统治时间还不到 4 年。他们中的大多数人都遭到了废黜，许多人甚至被谋杀。其中一人曾被认为是可靠的权威人物，下场却是被愤怒的民众撕碎之后吞食。1705 年，突尼斯的士兵效仿阿尔及尔人，选出了自己的总督，并称他为贝伊，帝国朝廷不得不默许了他们的行为。突尼斯经历了 11 任贝伊的统治，直到末代贝伊被赶到法国的"租界"中。在 3 个世纪中，巴巴里海岸的外部历史，是由对欧洲贸易大国的非法海盗行为和敲诈勒索构成的，还伴随着对外国使者的不可容忍的傲慢。欧洲各国对这一切都逆来顺受，以至于成为迪伊的阿里船长（Ali Reïs）驾着海盗船明目张胆地四处劫掠，威廉三世却以君主之礼对待他，把他称为"吾之挚友"。1662 年，英国与突尼斯缔结了双方之间最早的条约，后来双方又签订了更多的条约，但都成了一纸空文。突尼斯陷入了无政府状态，不仅与法国产生争端，还爆发了与阿尔及尔的战争。日渐衰落的奥斯曼帝国试图干涉突尼斯的局势，但是徒劳无功，而这些构成了这张"乏味历史画布"的细节。

阿尔及尔近现代历史也出现了类似的状况。以 18 世纪初的那些迪伊为例，哈桑·切斯（Hasan Chāwush）于 1700 年被罢免，其职位由"西帕希"骑兵的阿加（Aga）长官穆斯塔法继承。穆斯塔法的外号叫"大胡子"，他虽然是个懦夫，却很幸运，参加的两次与突尼斯的战争和一次与摩洛哥的战争都取得了胜利。但是，穆斯塔法的好运气在 1706 年终止了，他不幸被别人用弓弦勒死。尤泽恩和卓[①]继任，但执政不到一年就倒台了。之后，他被流放到山里，凄凉地死去。下一任迪伊是贝克塔什和卓，在执政的第三年，他被人谋杀在法庭的审判席上。第五任迪伊是外号叫"傻瓜"的易卜拉欣·德利（Ibrahīm Deli），他由于荒淫无度而被人憎恶，最后死于暗杀，残缺不全的尸体在街上被曝晒了好几个月。1710 年，阿里成功夺取了迪伊之位，为此他杀害了大约 3000 名土耳其人。在此后的八年时间里，阿里勉强统治着阿尔及尔，但由于一些不可言说的原因，他死在了床笫之间。

摩洛哥王国并非严格意义上的巴巴里国家，它的历史也不属于本书的内容范

---

① 译注：Uzeyn Khōja, Khōja 是土耳其语，意为"主人"，通常译为"和卓"，指中亚和西亚草原上的部族首领。

围。然而，摩洛哥海盗在直布罗陀海峡以外的行动，与在直布罗陀活动的阿尔及尔海盗很类似，写几句关于他们的事迹也不算太离题。曾经有一段时间，摩洛哥海盗盘踞在海峡的塔特湾。这个避风港缺少遮挡，是一个著名的海盗巢穴。然而，好景不长，它在1564年被菲利普二世摧毁。到目前为止，摩洛哥城市休达的居民有一半是欧洲人，其中四分之一是热那亚人，然后是葡萄牙人（从1415年开始移民），最后是西班牙人（1570年至今）。摩洛哥的另一座城市丹吉尔，作为查理二世的皇后——葡萄牙的凯瑟琳的嫁妆，在很长一段时间内却是英国领土。驻扎在戈梅拉岛①和阿尔胡克马群岛②要塞中的西班牙驻军与葡萄牙驻军，经常在附近海域打击海盗。因此，在后来的岁月中，萨累可能是摩洛哥唯一一个有海盗出没的港口。另外，由岩石构成的暗礁和漂移的沙洲使摩洛哥西海岸不适合船只抛锚，当刮起西南风时，航路也会变得极不安全。因此，萨累的海盗虽然无法无天、声名狼藉，令商人们感到恐惧，但规模却很小。除此之外，大型船不能进入萨累港，两百吨重的船在通过海峡之前，必须先卸货以减轻重量。在萨累附近活动的海盗船都又轻又小，因此他们不敢攻击装备精良的大船。

基督徒海军指挥官德尔加诺（Delgarno）和他麾下的护卫舰③令巴巴里海盗闻风丧胆，以至于海盗从来都不敢触其锋芒。过去，北非的母亲吓唬淘气的孩子时，常说德尔加诺要来找他们了。这就像在英国和法国，母亲分别用拿破仑和马尔布鲁克（Malbrouk，也称作Mabrouk，指突尼斯人）来吓唬孩子一样。直到1634年，萨累已经找不到一艘尺寸足够的桨帆船。一百年后，人们一致认为，萨累只有不值一提的小船，船上搭载的人员也很少。尽管有丰富的木材资源，但此地的码头实际上被废弃了。在18世纪后半叶，萨累海盗掠夺的次数似乎有所增加，这或多或少为他们赢得了夸张的声誉。当时，萨累海盗拥有30艘小船和36门大炮。但是，这些大炮很笨重，而且铸造质量不佳。他们曾利用这些船劫持了普罗旺斯

---

① 译注：Peñon de Velez de la Gomera，曾为摩洛哥沿海的一个岛屿，位于休达东南119公里处。1934年，一场巨大的风暴吹起沙子，使该岛屿与陆地相连，变成半岛。

② 译注：Alhucemas，位于摩洛哥附近海域，由三个小岛组成，目前仍在西班牙的控制下，并与摩洛哥有着长期争议。

③ 译注：frigate，通常指三面船帆的快速战舰。

（Provençal）的商船，还做过不少坏事。直到 1773 年，"埃克顿骑士"号——一艘来自托斯卡纳（Tuscan）的护卫舰摧毁了萨累海盗仅有的五艘海盗船中的三艘。1788 年，摩洛哥的整支海军舰队只有 6—8 艘护卫舰（每艘排水量约 200 吨），装备着 14—18 门 6 磅炮，还有少量桨帆船。萨累的海上浪人一度创建了一个"海盗共和国"，他们分给摩洛哥国王十分之一的赃款和奴隶，以此让国王不干涉自己的犯罪行为。但渐渐地，摩洛哥政府攫取了海盗的大部分利润。由于海盗猖獗，摩洛哥与欧洲国家之间的贸易逐渐减少。后来，摩洛哥国王为了获取更加贵重的礼物，与主要的海上大国缔结了条约，开始打压海盗。

　　根据巴巴里海盗内部单调的记录，我们可以略微了解到阿尔及尔历史上狂野的一面。在那些令巴巴里海盗名扬天下而使基督徒闻风丧胆的船长中，穆拉德（Murād Reïs）占据着最重要的位置。他的确是一个伟大的海盗。在那些卓越的船长中，穆拉德也被称为"伟大的穆拉德"。他是阿诺特（Arnaut）人或阿尔巴尼亚人，12 岁时被阿尔及尔海盗抓获，在很年轻的时候就开始了冒险生涯。1565 年，当穆拉德的赞助人在马耳他岛被骑士团围困时，年轻的穆拉德帮助他逃脱了包围圈。当时，穆拉德亲自驾驶一艘私人游船前往马耳他岛，在返航途中，他的船撞在岩石上变成了碎片。但是，这个事故没有使他气馁。穆拉德回到阿尔及尔后不久就再次出海，驾着一艘双桅帆船连抢了 15 家银行，还缴获了 3 枚西班牙勋章，俘获了 140 个基督徒。他和著名的海上大盗奥恰利一起行动，俘获了圣克莱门特（Saint-Clément）的帆船。随后，在奥恰利海军帕夏率军登陆圣安的时候，穆拉德遇到了困难，没能登陆成功，但他很快就赢得了"战斗在最前线的海盗"的名声。有人这么评价穆拉德："由于我们的罪孽，他对基督徒的伤害比其他任何人都要大。"1578 年，当穆拉德带着 8 艘帆船沿卡拉布里亚海岸巡航寻找猎物时，偶然在一艘船上看见了西西里岛总督夫妇和蒂拉努瓦公爵（Duke of Tierra Nuova）以及他们的随从。他立即冲了上去，经过一番猛烈的追击，总督夫妇最终落在了他手中——他们的座舰搁浅，全体船员抛弃了他们。随后，穆拉德带着那艘漂亮的小船安全地驶进了阿尔及尔港。1585 年，穆拉德带着一小群来自萨累港的海盗冒险进入大西洋探索，之前从未有哪个阿尔及尔人敢于这么做。黎明时分，他在加那利群岛（Canary Islands）中的兰萨罗特岛（Lanzarote）登陆，干净利落地洗劫了岛上的城镇，带走了岛上行政长官的家眷和其他 300 名俘虏。做完这些事之后，他毫不掩饰地升起了休战旗，允许伯爵和族长们上船掏钱赎回他们的亲戚。1589 年，在俘虏了一两个流浪商人后，穆拉德遇到了"拉塞雷纳"（La Serena）号——马耳他骑士团的一艘桨帆船，是土耳其人的死对头。这场死敌之间的对决结果毫无悬念：穆拉德驾着自己的单桅帆船紧追不舍，不到半小时就登上并控制了这艘船。

然后，在处置了一个企图中饱私囊的下属后，大海盗穆拉德将战利品押回了阿尔及尔。在那里，帕夏给予他极高的礼遇，让他骑在自己的坐骑上，由一队土耳其近卫军护送他至自己的府邸。1594 年，穆拉德成为"阿尔及尔海军上将"后，又带着 4 艘帆船出海。在的黎波里附近，他遇到了 2 艘来自托斯卡纳的桨帆船。这时，他命令自己麾下的 2 艘船降下船帆，以躲避敌人的视线，并使敌人放松警惕。随后，他亲自率领另外 2 艘船，远远地跟着降下船帆的船。当托斯卡纳人打算抢劫前面 2 艘帆船，因而靠近他们的时候，穆拉德从后面猛扑过来，让 4 艘帆船都向敌人逼近。基督徒的 2 艘桨帆船很快就被攻占，来自佛罗伦萨的骑士和士兵被锁在了划桨的凳子上，代替了先前的奴隶桨手。

谈及中晚期的巴巴里海盗，没有比阿里·皮辛（Ali Pichinin）更典型的例子了。他是 17 世纪中叶的阿尔及尔桨帆船和风帆船混编舰队的总司令。这位著名的奴隶贩子，没有巴巴罗萨的野心和风度，却拥有他的许多优秀品质，比如勇敢无畏的精神和娴熟的航海技能。1638 年，阿里在穆拉德四世（Sultan Murād IV）苏丹胜利抗击波斯人的鼓舞下，率部出海。他先在比塞大召集起一些突尼斯桨帆船，然后带着一支拥有 16 艘船的舰队起航，前往意大利东部海岸。他洗劫了阿普利亚（Apulia）的尼科特（Nicotra），掠走了许多财物和俘虏，甚至连修女也不放过。此后，他一遍又一遍对亚得里亚海进行搜索。在驶向科托尔（Cattaro）的途中，海盗们洗劫了每一艘他们能找到的落单船。

然而，一支强大的威尼斯舰队就部署在科托尔，指挥官是马里诺·卡佩罗（Marino Capello）。面对气势汹汹的威尼斯人，海盗们不得不寻求土耳其发罗拉要塞（fortress of Valona）的炮火支援，并前往阿尔巴尼亚寻找藏身之处。尽管当时威尼斯和奥斯曼帝国之间并未处于战争状态，卡佩罗还是对这些避难者展开了攻击，而土军要塞保护了他们。海盗们被迫上岸逃生，这时卡佩罗被高昂的战斗热情冲昏了头脑，违背了自己的职责，派手下继续进攻。经过一番激烈的战斗，威尼斯人把这帮巴巴里海盗的船都给拖走了，不走运的阿里及其追随者被扔在了海滩上。由于这大胆的一击，卡佩罗受到威尼斯参议院的严厉谴责，奥斯曼帝国则因为得到了 50 万杜卡特金币的违约赔款而获得了安慰。与此同时，阿尔及尔舰队的大部分力量已经不复存在了，海盗船的股东和船长都破产了。令海盗们稍感安慰的是，这一年夏天，一位来自冰岛的叛逃者带领 800 名不幸的同胞前来投奔，他们抛弃了寒冷的家乡，戴上了阿尔及尔的头巾。

　　1641 年，海盗们从损失中恢复了过来。正如我们从伊曼纽尔·达兰达（Emanuel d'Aranda，曾做过阿里的奴隶）书中所得知的那样，当时阿里·皮辛已经拥有了至少 65 艘船。当时，这位海盗的财富和权力正处于巅峰。他的监狱里锁着 600 名奴隶，后来他被人称为"阿里·皮辛汗"。在摩根统治的时代，这座监狱以葡萄藤闻名，葡萄藤覆盖着监狱的墙壁，藤蔓一直延伸到房顶，窗户前挂满了甘甜的果实。阿里·皮辛是叛逃者的儿子，不喜欢自己的追随者向土耳其人效忠。"为何要掏出这么多钱给一个穆罕默德的门徒？"阿里·皮辛的队伍中曾经有一个原名约翰，后来改名为穆斯塔法的法国人，此人穿着土耳其衣服，却想要改变宗教信仰，结果被他用棍子痛打了一顿。阿里·皮辛的农场、花园和别墅也都是由他手下的基督徒打理的。"我听说，他曾经在花园里为所有军官和海盗船长举办过宴会。阿尔及尔帕夏也是座上宾，但帕夏是自带食物，因为他害怕被人下毒。其实，这次他没必要担心。在阿里海军上将的厨房里干活的厨役们，都要穿戴整齐。在城里做好的菜肴，都要由奴隶用手一盘接一盘地传递到花园里。花园距离城市 2 英里多，许多食物被送到花园时还冒着热气。"讲故事的人这样说道。[53] 然而，在路上，菜肴里精华的一部分都消失不见了。用巴巴里海盗的话来说，"基督徒奴隶的手指上都戴着钩子"。最后，客人们都没有吃饱。

　　阿里养活奴隶的方式很有特色。他没有像其他人那样给奴隶发面包，而是告诉他们：如果在日落前的两三个小时内，他们找不到足够的钱，或者没法利用这些钱维持一天生计，那他们就是一群可怜的恶棍，不配被称为奴隶。过去，阿里的院子经常拍卖赃物，因此常被敢怒不敢言的受害者包围。受害者因粗心大意而受到了惩罚，被迫重新购买自己的贵重物品。总之，阿里·皮辛"训练了一批最

▲ 阿尔及尔的塞卡吉监狱（Serkadji Prison）

▲ 1669年，"玛丽玫瑰"号与阿尔及尔海盗战斗，出自奥格尔比（Ogilby）的《非洲史》（Africa）

干净的小偷，他们手段高超，无处不在"。有一次，一个奴隶捡到了阿里将军的一枚昂贵的戒指，并无偿地归还给他。然而，因为这名奴隶"不合时宜的诚实"，阿里只赏给他半枚金币，并称他为傻瓜——那枚戒指值得阿里为之付出赎金。

另一次，一名奴隶在桨帆船的厨房里讨价还价，要把阿里将军座舰上的铁锚盗卖给一个铁匠。当这名奴隶的行为被发现时，他的"进取精神"受到了阿里将军的赞扬，并被告知他适合做一名奴隶——因为他知道如何谋生。阿里还有一个天赋，就是能从俘虏那里骗取真相。当一名俘虏落到他手里时，他是非常谦恭和富有同情心，把最普通的人也称为"伯爵"或"我的主人"，对身份低微的神职人员也称呼为"阁下"。俘虏于是很快就会向这个海盗头子打开话匣子，透露自己的地位，阿里就能拿到相应的赎金。但是，出于某种正义感，阿里严守诚信法则，他承诺释放谁，就一定会释放。他曾说："我说得出，就做得到。"

阿里在宗教上有着非常自由的观念。有一次，阿里让一位热那亚牧师坦率地告诉他，他将来会怎么样。"实话实说，"安杰洛神父回答，"我相信魔鬼会把你抓走。"他欣然接受了这一答复。另一次，一个名叫谢赫的穆斯林找到阿里，恳求阿里送给自己一个基督徒奴隶，用来杀祭神。谢赫十分虔诚，觉得要拿出一个贵重祭品才能取悦先知穆罕默德的在天之灵。阿里听了他的要求，解开了船上一名西班牙大汉奴隶桨手的铁链，并将这名奴隶全副武装起来，然后把他送给谢赫。

"这个基督徒，"善良的谢赫尖叫着拼命奔跑，"看来他宁愿杀我，也不愿被杀。"

"所以,"阿里说,"你为了让自己得到恩惠,就要让他牺牲吗?多读读书吧。"

阿里是一个彻头彻尾的海盗,有着粗犷豪放的侠义精神,也有着流浪者毫无原则的恶行。

XVI

桨帆船和奴隶桨手

（16 世纪）

海多曾经说过："所谓海盗，就是依靠海上掠夺来讨生活的那群人。我们不得不承认，虽然他们中有很多土耳其人、摩尔人，然而，他们的主体却是来自基督教世界各个角落的叛徒，非常熟悉基督徒的海岸。"这是一个奇怪的事实，这些劫掠者是基督徒，他们从一出生就生活在信仰基督教的氛围里。在阿尔及尔总督的下属名单中，我们可以看到许多欧洲人。巴巴罗萨就出生于莱斯博斯岛，他的母亲可能是个希腊人。他的继任者是撒丁岛人，不久之后，一个科西嘉人成为阿尔及尔总督，然后又是撒丁岛人，随后的奥恰利是西班牙的卡拉布里亚人。拉马丹来自撒丁岛，接任他的是威尼斯人，而这位威尼斯人又让位给了一位匈牙利人，后者又为一名阿尔巴尼亚人腾出了位子。1588年，阿尔及尔共有35艘桨帆船，其中11艘由土耳其人指挥，24艘由叛逃者指挥，其中包括来自法国、威尼斯、热那亚、西西里、那不勒斯、西班牙、希腊、卡拉布里亚、科西嘉、阿尔巴尼亚、匈牙利的人，还有犹太人。总之，在16世纪末，海盗头目和总督通常都是基督徒（后来很少）。对欧洲的地痞流氓来说，去巴巴里做海盗，也许是投机冒险的不二之选，但大多数人都是在孩童时期，当海盗在科西嘉岛、撒丁岛和意大利海岸或达尔马提亚海岸进行日常袭击时，从家中被掳走的。这些人如果不能被赎回来，就会被送去做苦役或从事其他劳动，但是，勇敢、漂亮的男孩往往会被长官选中，一旦被选中，他们的职业海盗生涯就开始了。

"基督徒将桨帆船停泊在港口后，就会吹响号角，然后优哉游哉，通过宴会、纸牌和骰子消磨时间。当海盗船纵横东、西地中海的时候，他们也毫不畏惧，无所顾忌。他们表面是自由的，对大海拥有绝对的主权。然而这并不是事

▲ 一名巴巴里海盗的肖像，弗朗西斯科·莫拉（Francesco Mola）绘于1650年

实，他们到处游荡，无非是为了转移注意力：他们抢了一艘从印度来的满载金银的船，又抢劫了另一艘从佛兰德来的满载金银的船；然后，他们俘获了一艘来自英国的船只，接下来是另一艘来自葡萄牙的船。在这里，他们登陆并掠走了一个威尼斯人，又掠走了一个西西里人。他们继续向前，蹂躏那不勒斯、里窝那或热那亚。他们赚得盆满钵满。有些时候，他们也会带着叛徒（阿尔及尔有大量基督徒），不，大部分巴巴里海盗都是叛逃的基督徒，所有人都非常熟悉基督徒的海岸甚至内陆地区。他们在中午或其他时候跳上岸，无所顾忌地往前冲，进攻乡间、深入内陆，距离海岸线 10 里格、12 里格、15 里格或更远。贫穷的基督徒以为自己是安全的，却遭到了袭击，许多城镇、村庄和农场被洗劫一空，无数男人、女人成为奴隶。海盗们带着这些悲惨不幸的俘虏，满载着金银财宝鸣金收兵。他们眉开眼笑、心满意足地回到了船上。众所周知，海盗们彻底摧毁了撒丁岛、科西嘉岛、西西里岛、卡拉布里亚岛、那不勒斯、罗马、热那亚、巴巴里群岛以及西班牙海岸的繁荣。值得注意的是，住在欧洲的摩尔人比出生在巴巴里的摩尔人更狂热，他们热情地招待海盗，为海盗通风报信，出谋划策，向海盗提供自己知道的一切，以致海盗可能会在他们那里住上二三十天。海盗们打道回府时，个个都成了富人，他们的船上挤满了俘虏，财物多得把船都压沉了。用不了多少时间，费不了多少力气，他们就收缴了贪得无厌的墨西哥人和秘鲁人驱使可怜的原住民从矿山里挖出来的不义之财。这些贪婪的殖民者，长久以来一直担惊受怕，无论是从西方来还是到东方去，都有千里之遥，路途充满无法形容的危险和疲劳。因此，海盗黑吃黑，用金子、银子、珍珠、琥珀、香料、毒品、丝绸、布匹和天鹅绒之类的稀罕东西塞满了他们的房子、

▲ 迎风航行的桨帆船，朱利安·德·拉·格拉维尔绘

▼ 一艘威尼斯的桨帆船

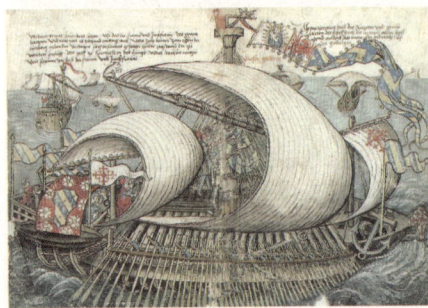

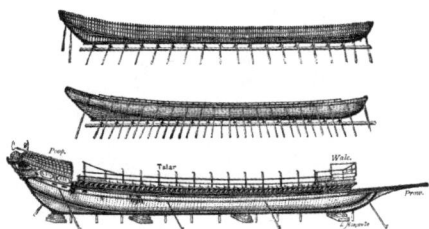
▲ 建造桨帆船的过程，朱利安·德·拉·格拉拉维尔绘

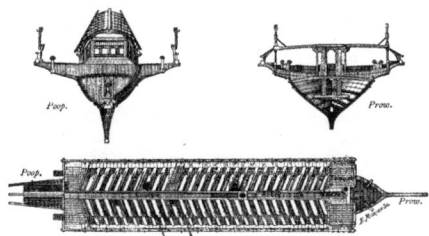
▲ 桨帆船的设计图和部件，朱利安·德·拉·格拉拉维尔绘

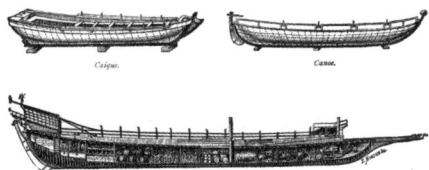
▲ 组建一艘船，朱利安·德·拉·格拉拉维尔绘

箱子和商店，使巴巴里成为世界上最富饶的地方，土耳其人不无道理地将西欧国家的殖民地称为'土耳其的印度、土耳其的墨西哥、土耳其的秘鲁'。"[54]

人们如果像海盗那样航行，是有些困难的。我们必须打消这种念头——在高高的桅杆上挂起帆布，扬帆起航。海盗船通常是长而窄的排艇，只能挂起一两张帆，因此主要靠桨来保证航行的稳定性。

根据大小，海盗船有桨帆船、小帆船、双桅帆船、轻量级帆船或快船。小帆船比桨帆船略小，双桅帆船只有桨帆船的四分之一。每支桨的桨手人数也因船的大小而不同：桨帆船上每支桨的桨手有4—6人，小帆船每支桨可能有2—3人，双桅帆船每支桨可能只有1名桨手。在如此小的一艘船上，每人是桨手，同时也必须是战士。较大的海盗船则完全由基督徒奴隶来划船。

如果对建造和装备桨帆船的细节有疑问，可查阅在1629年出版，由神圣罗马帝国乌尔姆镇的乔南·索恩（Jonam Saurn）印行的，约瑟夫·符腾巴赫（Joseph Furttenbach）的海军工程学名著《此书记载的造船之理，在海上及海岸边皆可应用》（Architectura Navalis: Das ist, Von dem Schiff-Gebaw, auf dem Meer und Seekusten zu gebrauchen）。书中记载了桨帆船模板，任何人都可以凭借这本有趣而精确的作品，根据众多的规划、标高、部分视图和完整视图（本书附有部分）建造一艘桨帆船。[55]符腾巴赫是船只工艺之美的狂热崇拜者，见过各种各样的船。他因为做生意去了威尼斯，在那里，他拥有一艘三桅大帆船[56]。符腾巴赫无疑见过多支海盗舰队，他能够回忆起勒班陀战役和奥恰利的死。当他描述马耳他骑士团的"上尉加莱亚"号的威严、尊贵和高不可攀时，他完全沉醉其中："这艘巨舰用她的船桨有节奏地拍打着海面，桨叶在波浪上方静止不动的时候，就像一只泰然自若的猎鹰的翅膀。"这样的桨帆船是"属于王子的，不，是属于国王和至高无上的皇帝的"，"绝对没有任何配不上的地方"。他补充道，这艘船在地中海纵横捭阖，带来战争，也带来和平。一艘桨帆船的长度可能是180或190拃，但符腾巴赫用"巴米"（palmi）来衡量一艘船，这个长度单位在意大利不同的地方，有9—10英寸的差距，一艘老式74炮风帆护卫舰的长度大约是150英尺，不到桨帆船的五分之一，而它最大的梁宽只有25拃。相比之下，马耳他骑士团海军司令旗舰的梁宽可以达到37巴米。此外，大型桨帆船上一般有两根桅杆——主桅和被称为前桅的三角帆桅，每根桅杆上都挂着一张巨大的帆。

热那亚人和威尼斯人建造了这些船的模型，欧洲海员普遍使用意大利的术语，直到北欧国家在航海竞技场后来居上。然而，桨帆船上的这些帆通常都卷起来不用，因为16世纪的水手操纵船的技巧不太熟练，而且非常害怕长时间看不到陆地。所以，除非顺风顺水，否则他们宁愿信任自己的船桨。船头和船尾各有一小块甲板：一块用来部署战士、吹号手和卫兵，并为4门火炮提供掩护；另一块则是为了装载骑士和绅士。身披红色锦缎斗篷的海军上将或船长坐在船尾，指挥着船员，被"圣战士"——他们的褐色制服上画着白色十字，头盔上立着十字架，高高飘扬的旗帜上也绣着十字架图案——保卫着。在船尾俯视着整艘船的是一个站在舵桥上的领航员，他手握舵柄，驾驶船航行。

这两块甲板之间，也就是船的中间有54条长凳或板子，每舷伸出27支桨，每支桨有4个或5个奴隶划，这些奴隶一生的任务就是划桨。如果这是一艘基督徒的船，那么划桨者就是土耳其人，或是被俘的摩尔人或基督徒罪犯。如果这是一艘海盗船，划桨者就是基督徒囚犯。最初，桨帆船的桨手是自由人，因此到1500年，阿尔及尔的摩尔人还带着海盗进攻西班牙的村庄。但是，他们的船很轻，一支桨只需要一个人划。一艘小桨帆船只需要两三名桨手，一艘大桨帆船需要6名桨手。不可能驱使自由人持续数个小时汗流浃背地在桨旁辛勤劳作——他们不

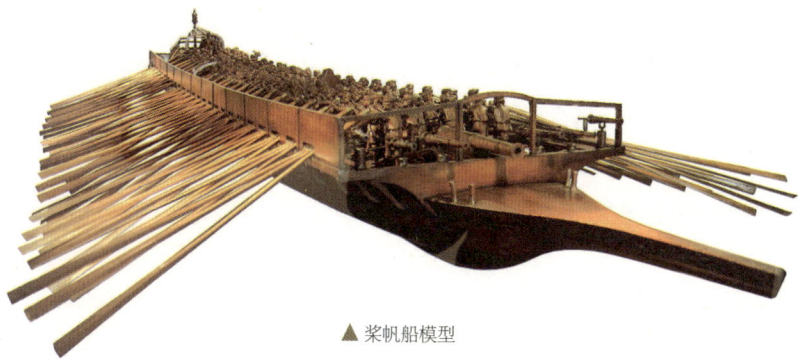
▲ 桨帆船模型

是坐着，而是在长凳上忽上忽下地压着，以便把他们的全部重量投在桨上。"想想六个赤身裸体的人被锁在长凳上划桨的画面：一只脚搭在架子上，另一只脚蹬在前面的长凳上，每人手里拿着一支极其沉重的桨（足有 15 英尺长）。他们先将船桨向前倾，再将船桨的末端向船尾延伸，同时伸直手臂，直到快挨到前排桨手的后背。前排的桨手也扭曲着身体，向前推着桨，让桨带动起浪花，疲惫的身体落到长凳上。桨手们有时要像这样划十几个小时，不能休息片刻。水手或其他船员会在可怜的桨手嘴里放一片浸过酒的面包，以防他们晕倒，随后船长会下令鞭打桨手。如果一个奴隶划桨划得筋疲力尽了（这种事经常发生），他就会被鞭打至死，然后被随意扔到海里。"[57]

　　那些没有在海上看到桨帆船的人，尤其是没有看到桨帆船在追逐或被追赶时样子的人，无法想象这种景象会给一个敏感善良的人带来怎样惊骇的冲击。看一看这些衣不蔽体、食不果腹、风餐露宿的可怜人——他们被锁在长凳上，好几个月一动不动（通常长达半年），长期承受着超负荷的劳动。进行最激烈的运动的同时，他们赤裸的身体还会反复遭受残酷的鞭打。每天都是这样。船与船之间激烈的追逐是经常发生的，当一方像秃鹫一样急切地追赶猎物时，被追赶的一方为了保护自己的生命和自由只能快速逃走。[58]

　　有的奴隶要这样工作长达 20 年，有的则在这种环境下耗尽了生命。这些可怜的人被拥挤不堪地锁在长凳上，桨帆船的船身狭窄，因此他们都找不到地方睡觉。有时，7个人不得不在一个10英尺长、4英尺宽的空间生活和睡觉（19世纪的法国桨帆船还是这样）。船成了绝望的苦海。两排桨手之间的过道上站着2个水手，他们手拿着名叫"克米提"（comiti）的长鞭，无情地抽打桨手的后背。符腾巴赫写下了描写桨手悲惨生活的诗句：

> 贝卡德，被铁链牢牢绑着，
> 绣花、衬垫、结子，所有羽毛和翅膀都蜷缩着，
> 与别人排成列，排成队。

以及他们如何被船员用棍棒击打，

> 当他们划桨的时候，赤裸的肉体向后，
> 当火药和枪弹的声音呼啸时，他们的耳膜被震得刺痛。

就为了把土耳其人送上西天，

> 奥地利的唐·胡安掐他们，折磨他们，
> 只要他的目光一落到他们身上，他们就要非常小心。

以及水手长可怕的哨声是如何在船里响起的，

> 在鞭打声、划桨声、敲击声、踢打声、拍打声、
> 船舵改变方向时发出的声音以及凄凉的叮当响中，
> 他们听到了震耳欲聋的哨声。
> 是耻辱的铁链，将他们永远绑在了船上。

除此之外，潘特罗·潘特拉（Pantero Pantera）船长对水手长的举止的描述也是

如此："他应该对船员友好，帮助他们、安抚他们，但不与他们走得太近。简而言之，他是他们的监护人，也是他们的父亲，记住这众所周知的一点。他们是活生生的人，也是最痛苦的人。"

上述关于桨帆船——这个可怕的活死人墓的描述，是从基督徒的视角出发的。阿尔及尔海盗怎么对待敌人，就怎么对待自己的奴隶。至少可以说，他们的桨帆船奴隶的待遇不比多利亚或法国国王的奴隶更糟糕。被俘后，他们之前的地位和教养在敌人那里便不会受到尊重：德拉古特这样勇敢的海盗沦为阶下囚后，也不得不跟其他罪犯一样，拖着链子划动着那永不能停歇的桨；而马耳

▲ 黑海里的奥斯曼桨帆船

他骑士团未来的团长也可能坐在那不勒斯普通的无赖旁边的板凳上。似乎所有人都对这种残忍视而不见，在那里，每个人都无法保持优雅的风度，而且被迫忍受他邻居的污秽和各种害虫，起初他可能只是有点野蛮，但最终会变得非常野蛮。当德·格里南夫人（Madame de Grignan）写了一篇关于参观桨帆船的报道时，她的朋友德·塞维涅夫人（Madame de Sévigné）说，"很想看看这种地狱是什么样的"，想看看这些人是如何"在锁链的重压下日夜呻吟"。不同时代，不同习俗！

符腾巴赫跟我们讲述了更多桨帆船上的事，甚至讲述了这些水上堡垒是如何在节庆的日子张灯结彩，船员是如何制作能保存6—8个月的水手饼干的。每名奴隶一星期通过三次供给能得到28盎司的饼干，并且还有一些陈米或肉骨头和烂菜叶子。他还说，船上环境恶劣，脏污不堪，狭小的空间除了约270名桨手外，还有船长、牧师、医生、文员、水手长、指挥官、领航员、10名（或15名）绅士冒险家、船长的朋友、12名舵手、6名前桅手、10名俘虏看守、12名普通海员、1名炮手、1名木匠、1名铁匠、1名箍桶匠和几名厨师，以及50或60名士兵。所以，

一艘桨帆战舰的总人数为 400 人左右。[59]

欧洲桨帆船一般情况下也可用于巴巴里桨帆船，但巴巴里桨帆船较小，重量较轻，通常只有一根桅杆，而且船头没有堡垒工事。[60] 阿尔及尔海盗更喜欢在 18—24 排桨的小型桨帆船上战斗，因为这比在大型船只上战斗更容易管理。大约有 200 名船员挤在船上，其中 100 名左右是士兵，他们手持火枪、弓和弯刀站在甲板上。海多在 16 世纪末统计过海盗的组织机构，但这个总结更适用于早中期的巴巴里海盗。

海盗船不断从阿尔及尔建造出来或修理好。造船的都是基督徒，他们每月可以得到 6、8 或 10 元的薪水，每天获得跟土耳其士兵一样的面包，士兵们分 3 条，他们能分到 4 条，工匠中的一些高级技术人员甚至能分到 6 条甚至 8 条这样的面包。其他工人，如木匠、抹灰匠、箍桶匠、制桨匠、铁匠分到的面包也不少于 3 条。土耳其工匠时常向基督徒奴隶抱怨："我们每年都弄到这么多基督徒奴隶，为什么活儿还是干不完？"船长们还以高价买下私人奴隶工匠，出航时带着他们一起，在上岸后将他们租给土耳其工人。

阿尔及尔在任何时候拥有的船似乎都不多。巴巴罗萨和德拉古特满足于指挥小型船队，奥恰利只带了 15 艘桨帆船就去勒班陀参加战斗。据海多说，在 16 世纪末期（1581 年），阿尔及尔拥有的 36 艘桨帆船中，有 3 艘是 24 对桨、1 艘 23 对桨、11 艘 22 对桨、8 艘 20 对桨、1 艘是 19 对桨、10 艘是 18 对桨、2 艘是 15 对桨。这些船中，除了 14 艘由来自塞什尔的摩尔人指挥外，其余都是由叛逃者指挥的。这与神父丹（Father Dan）的说法基本一致（1634 年）。神父丹说，1588 年巴巴里海盗大约有 38 艘桨帆船或双桅帆船（他的意思是大帆船），除 11 艘外，剩下的都由叛变者指挥。海多给出了 35 名海盗船长的名字[61]：贾法尔帕夏（Ja'far，匈牙利人）、梅米（阿尔巴尼亚人）、穆拉德（法国人）、德利·梅米（Deli Memi，德国人）、穆拉德船长（阿尔巴尼亚人）、弗鲁船长（Feru Reïs，热那亚人），穆拉德·马特拉皮尔（Murād Maltrapillo）和优素福是西班牙人，梅米船长和梅米·冈特（Memi Gancho）是威尼斯人，还有希腊的小穆拉德、科西嘉的梅米、卡拉布里亚的梅米和西西里的蒙特兹（Montez）。他们大多指挥的是 22—24 桨的桨帆船。[62]

如果你能够看到桨帆船下水，就会发现，这真是一幅美丽的景象。经过漫长的几个月劳作，骆驼、骡子或人扛着从塞什尔森林砍伐的橡树和松树做成的木板，将它们送到离海边大约30英里的地方。原材料也可能来自从西班牙人或威尼斯人那里夺来的一些笨重的战利品①。经过锯切、装配、堵缝和涂装的日子后，就到了日夜操劳的基督徒奴隶欢庆的日子。因为没有穆斯林愿意做繁重的造船工作，所以造船工中顶多有几个摩尔制桨匠或抹灰匠。工作一旦完成，新桨帆船的主人就会将作为礼物的钱和衣服（值200或300杜卡特金币）挂在桅杆上，或者系在索具上，然后分给奴隶们。这是非常珍贵的礼物，因为这些可怜的奴隶平时吃的只有面包。

之后，奴隶再将桨帆船翻过来做最后的工作：小心翼翼地将船底从前到后涂上油。下水的那一天，船主和船长给奴隶的礼物更多了，还有丰盛的晚餐。一大群筋骨强壮、裸身露背的人大声喊着口号，拉着船下水，然后在船头宰羊祭祀。他们说，这象征基督徒将要流血。桨帆船滑入水中，为她的杀戮生涯做好了准备：由基督徒建造、由基督徒操纵、指挥官多半以前也是基督徒的桨帆船，向基督教世界出发了。

如果可能的话，桨手都是船主的基督徒奴隶。如果奴隶不够用，船主就会用10杜卡特金币雇佣其他奴隶或阿拉伯人、摩尔人。这些人有时能获得奖赏，有时则没有。如果船长有能力，他完全可以自己出资建造和布置座舰，以获取更多的利益。但是，船长常常没有这个经济能力，于是他会求助一个或多个船东。这些人往往是搞投机的生意人，他们会为了获得战利品而将资金投资于桨帆船。巴巴里海盗大都是土耳其人、叛变的基督徒和库格勒人②，如果人员不够，就会招募摩尔人或奥斯曼近卫军。人数随船的大小而不同，但通常按每支桨两个人计算，因为每一支桨旁边只能坐下两个人。如果士兵抢不到战利品，他们就没有任何报酬。除了日常所需的饼干、醋和油以外，士兵甚至连毯子都要自带。这些士兵由阿加指挥，完全独立于船长，并能够监督军官。醋和水的混合物里滴上几滴油，就成

---

① 译注：指海盗们俘获的大型桨帆船。
② 译注：Kuroghler，即在北非出生并长大的土耳其人。

了划桨奴隶的主要饮料。他们的食物是用水润湿的饼干或土豆泥，偶尔有一些稀粥（燕麦牛奶粥）。需要使劲划船时，划桨奴隶是得不到任何食物的，因为他们吃饱了再划桨就会懒洋洋的，没有力气。

通常，巴巴里海盗在选定出海日之前，都要先翻阅一本预言书，向马拉巴特①（或圣人）咨询，这些神职人员也有望分到一份战利品。星期五和星期天是最适合航海的日子。水手们会为他们的守护神鸣枪致意，船员也会喊道："愿神佑我等！""神必给予你们福报！"岸上的人回应道。随后，桨帆船就踏上了征途。海多说："一般来说，阿尔及尔人总是在冬季和夏季出航，全年都在海上游弋。所以，他们无所畏惧地在东、西地中海漫游，并嘲笑那些基督徒的桨帆船（指停泊在基督徒的港口嬉戏玩乐、大摆筵席的那些船）。海盗们随时随地都可以杀死基督徒，就像猎杀野兔子那般。他们非但没有被基督徒的巨舰吓坏，反而对这种游戏很有把握。因为他们的桨帆船是如此轻盈灵活，而且像往常一样排列得井井有条[63]。相反，基督徒的桨帆船处境窘迫，不仅笨重，而且排列得非常混乱，想要追捕或阻止海盗自由来去，将是徒劳的。每当基督徒的桨帆船试图追捕巴巴里海盗的时候，巴巴里海盗就会嘲笑并玩弄基督徒，使其疲于奔命，自己却像鱼一样滑行，就好像在向基督徒挥手致意。这样的航海像一门艺术。通过不断练习，海盗们技艺娴熟，并且如此大胆、放肆和幸运。离开阿尔及尔后，他们带着无数珍宝和俘虏回来了。他们能够在一年内进行三到四次航行，如果他们愿意，还可以航行更多次。在地中海西部航行的海盗弄到战利品后，就会将战利品卖到菲斯王国的塔特湾（Tetwān）、埃尔阿赖什（El-Araish）等地。从突尼斯和的黎波里向东航行的那些人也是这样做的：他们在菲斯重新补充食物后就立刻出发，然后从基督徒那里抢劫财物，再满载而归。有时候情况比较特殊，比如，他们往往在冬季游荡很长一段时间都一无所获，于是就到西边的塔特湾、埃尔阿赖什、尤素尔（Yusale）、福门塔拉岛（island Formentara）、撒丁岛附近的佩德罗岛（S. Pedro）、科西嘉的博尼法乔港口（Bonifacio）、靠近西西里岛和卡拉布里亚岛的利帕里岛（Lipari）

---

① 译注：Marabut，北非的伊斯兰教隐士。

▲ 一艘法国帆船正在与两艘巴巴里海盗的桨帆船作战

以及斯特龙博罗岛（Strombolo）休息。有了这些宽敞的港口和便利的海湾，又有温和的气候和有幸发现的泉眼，还有许多树可以砍来当燃料，再加上疏忽大意的基督徒很少去查看要停泊的港口是否有海盗，海盗们于是伸开双腿守株待兔，等着基督徒的船。那些船傻乎乎地来到港口，落入了海盗的魔爪。"[64]

根据丹神父的描述，海盗们的攻击方式非常凶残。他们挂上外国国旗，诱使毫无戒心的受害者进入攻击范围后，船上的炮手（通常是叛逃的基督徒）迅速进行火力覆盖，水手和船夫则把划桨奴隶牢牢锁起来，免得他们临阵倒戈。战士们将火枪上膛，把弯刀磨得闪亮发光，挽起袖子只等命令跳上敌船。他们的战斗呐喊声令人心惊胆战，猛烈的攻击使敌人立刻陷入恐慌。

一旦斩获战利品，海盗和船主就会按一定比例（从五分之一到八分之一），公开严明地进行分配。有些战利品是贝伊或总督的，俘获的报废船也归他所有。剩下的东西一半归船主和军政长官，另一半归全体船员和士兵。军官可以分3份，炮手和舵手分2份，士兵、船员分1份，基督教奴隶每人分1—3份。一名文书会给分配过程做公证。如果缴获的船特别大，海盗们会立刻把它拖到阿尔及尔；如果是小型船，通常由1名中尉和1名摩尔人陪审团成员带回阿尔及尔。

毫无疑问，海盗获得了战利品。因为即将靠近港口时，他们就会鸣枪发信号。

一旦他们启程，海军上将就会撰写报告并发给总督。船只进入港口，他们就把所有桨扔进水里，然后将船拖上岸。这样，在船长和士兵不在的情况下，任何基督徒俘虏都不能逃离这艘船。岸上一片喧嚣、混乱。如果没有这些战利品，阿尔及尔的贸易市场就像往常那样沉闷而无聊，但这一刻被获得财富的喜悦给掩盖了。从前寒酸的人现在穿着华丽的衣服，到处摆阔。酒馆生意兴隆，十分热闹，每个人都尽情享受着生活的乐趣。此刻的阿尔及尔就像正在举行一场盛宴。

XVII

风帆战舰的胜利

（17 世纪）

▲ 一艘西班牙大型三桅帆船

◀ 17世纪的大型三桅帆船，朱利安·德·拉·格拉维尔绘

17 世纪初，海盗的战术发生了显著变化：他们建造的桨帆船变少了，并开始建造风帆船。忙于学习新造船法的工人挤满了阿尔及尔、突尼斯和的黎波里的船坞。西蒙·丹瑟（Simon Danser）来自佛兰德，是位旅行家。1606 年，他教会了阿尔及尔人建造平底船。一位英国人在希腊叛徒梅米船长（Memi Reïs）的帮助下，帮助突尼斯人做了同样的工作。此外，英国海盗"威尔船长"从戈莱塔的一家公司被法国大使德·布里维斯先生挖了过来。[65]

造船技术变革的原因主要有两个：第一，海盗并不是总能抓到基督徒奴隶，而花钱雇用桨手在船上工作的开支实在太大；第二，随着最后一批摩尔人在 1610 年被驱逐出安达卢西亚，他们无法与海盗里应外合，海盗再入侵西班牙海岸不像以前那样畅通无阻了。[66] 这种驱逐行动，使海盗失去了内应，失去了经常帮助他们成功突袭的向导。如果再进行攻击，海盗就需要更大的船和更多的战斗人员。此外，巴巴里海盗雄心勃勃，发誓要与他们的宿敌西班牙人争夺主要航路上的财富。由于航海科技发展迅速，海盗们觉得自己能像任何欧洲国家那样在长途航行中冒险。驾着桨帆船长时间航海是不可能的，船里的几百名划桨奴隶需要食物，多带饼干又会增加他们的劳动量。但是，船帆没有嘴，风帆船可以携带大量食物而不会感到疲倦，就像人的手臂。所以，船帆战胜了船桨。桨帆船的时代即将结束，风帆船的时代已经开始。早在 1616 年，弗朗西斯·科廷顿爵士（Sir Francis Cottington）就向白金汉公爵（Duke of Buckingham）报告说，阿尔及尔的风帆船舰队引起了西班牙普遍的恐慌："巴巴里海盗的力量和胆量现在已经增长到令人震惊的程度，无论是在大西洋还是在地中海。在本法院日常咨询的事件中，我从来没有见过比这更令人悲伤和惊恐的事情了。他们的船队由 40 艘高大的风帆船组成，每艘排水量为 200—400 吨，海军上将的旗舰则有 500 吨。他们兵分两路，18 艘帆船中的一部分将抵达马拉加（Malaga），另一部分将前往里斯本和塞维利亚之间的圣玛丽亚海角（Cape of S. Maria）。海峡内的那支船队进入了马拉加附近的莫斯蒂尔镇（Mostil），他们轰倒了莫斯蒂尔城堡的一部分，占领了这座城镇，但西班牙人立刻从格拉纳达派兵援助。海盗劫掠了马拉加的船，其中有三四艘船来自英格兰西部。不久后，他们驾驶 2 艘英国大船在距离马拉加不到 4 英里的地方重新登陆。他们上了岸，然后把船烧掉了。直到今天，海盗们还在马拉加附近把守着，拦截所有经过马拉加的船只，绝对禁止所有货物进入西班牙。"另一支海盗船队在海峡外做着同样的事。因为西班牙战舰的数量太少，建造得太笨拙，所以西班牙人海盗无可奈何。而且，"如果今年海盗舰队带走了战利品并安全返回阿尔及尔，就证明西班牙海上力量拿他们无可奈何，那么他们把基督徒打得毫无还手之力的事实就将众所周知。"

这一消息表明，巴巴里海盗已经迅速掌握了新的航行方式，就像航海之邦理应做的那样。他们早就熟悉了西班牙和威尼斯的三桅帆船——位于桨帆船和风帆船之间的一种船。因为它太重了，不能完全依靠桨（区分桨帆船和风帆船的主要方式），巨大的船帆是它的主要动力。此外，桨帆船也有帆，虽然不是特别大。因此，中世纪晚期的船员可以很快学会操纵横帆索具，驾驶风帆船。现在，风帆船流行起来，被称为大帆船、尖顶船、波拉卡、塔大拿、巴可、卡拉威尔、卡拉穆泽尔等，根据船的大小和产地而定。至于土耳其的风帆船，叫卡拉穆泽尔（caramuzel）或塔尔坦（tartan）。符腾巴赫说，土耳其风帆船在水线以上部分的高度很高，十分强大和迅速，船上有 18 名骑兵或 20 名火枪兵，以及 60 名全副武装的海盗。这是一种危险的船。

由于土耳其风帆船十分高大，可以居高临下把炮火倾泻到基督徒的船上，因此对付它的唯一办法是从正面驱赶它。如果敌人试图从火力死角进攻，土耳其人就从甲板上向敌人投掷炸弹，并且放火焚烧敌人的船。即使基督徒成功登船，他们也会发现自己进入了一个陷阱：部署在船中部的敌军确实被他们扫清了，但是船头和船尾还站着全副武装的士兵。土耳其人透过堡垒上的炮眼——像战壕一样好的掩护——向他们倾泻出冰雹般的弹雨。然后，土耳其人抓住机会冲出舱门，一拥而上，与敌人短兵相接。一场激烈的战斗爆发了，双方以死相搏。你在一旁观战的时候，如果看到卡拉穆泽尔船的主帆被卷起，有什么东西在主桅楼里移动，就准备好收一份"大礼"吧，一颗沉重的石头或者炸弹会从长三角帆的一端被抛过来，它就像是一颗炮弹，能起到扭转战局的作用。现在，是时候跟海盗保持距离了，除非你希望船底破个洞。巴巴里海盗确实是非常狡猾的进攻和防御能手，他们熟悉各种弹药，即便在水下，也会有潜水员在敌人的船只龙骨上安放炸弹，他们知道如何以惊人的准确率和速度为自己的事业服务。[67]

　　随着海盗建造了新的大帆船，他们外出打劫的次数越来越频繁：他们的活动范围不再被直布罗陀海峡所限制，也不再只往外探出一点头。他们把事业扩展到了天南海北。1617 年，巴巴里海盗驾驶 8 艘战舰通过直布罗陀海峡，逼近了大西洋的马德拉群岛（Madeira）。在那里，800 名土耳其人登陆了。接下来的事情是可想而知的：整座岛屿被毁，教堂被洗劫一空，居民要么被虐待，要么被贩卖为奴。

▶ 马德拉群岛（绿圈中的位置）

◀ 锚

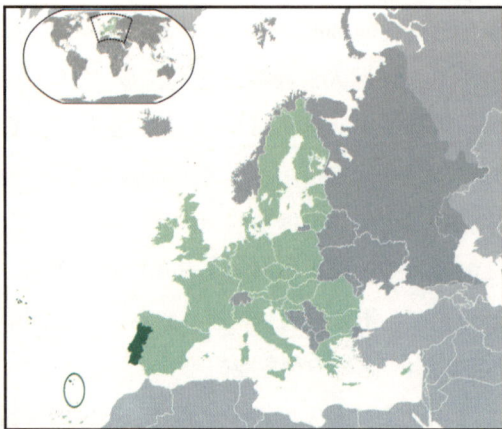

1200 名男人、女人和儿童被带回阿尔及尔，全城的人都用枪声和其他欢乐的声音欢迎海盗的归来。

1627 年，德国叛逃者穆拉德率领 3 艘阿尔及尔船向北一直航行到丹麦（Denmark）和冰岛（Iceland），他从那里劫走了 400 名俘虏，有人说是 800 名；与他同名的佛兰德人穆拉德船长（Murād Reïs），在 1631 年蹂躏了英国海岸，然后经爱尔兰到巴尔的摩，洗劫了全城，并带走了 237 名俘虏，有男人女人，还有小孩，即便是摇篮里的婴儿也没放过。"看到他们在阿尔及尔的奴隶市场上被出售，真是一件令人难过的事。"丹神父哭诉道，"海盗把丈夫和妻子分开，把父亲和孩子分开。然后，他们把丈夫卖到这里，把妻子卖到那里，从妻子的怀里把她女儿夺走，从今往后，她再也见不到自己的孩子了。"[68] 许多旁观者目睹了这些可怜的爱尔兰人的悲伤和绝望，也忍不住哭了。

现在，巴巴里海盗比以前更有信心，他们在黎凡特地区走他们最喜欢的路线，在埃及的贸易航线上游弋，那里有满载着来自开罗、萨那和孟买的货物的船只。海盗们蛰伏在塞浦路斯岛后面，掠夺了产自叙利亚和波斯或斯堪的罗纳（Scanderūn）的货物。随后，他们会出其不意地袭击意大利沿海地区，也许会从一两个岛屿上弄到奴隶和战利品，然后返回阿尔及尔，受到同伴的欢迎。而基督教世界的所有船都"惊惶失措，唯恐屈辱落入敌手。王子、王孙为人囚，唯独骑士得神佑"[69]。从 1618 年开始，当土耳其近卫军第一次推选出自己的帕夏时，实际上已经置奥斯曼帝国朝廷的权威于不顾了，土耳其与法国之间的传统友谊也中断了。从此，法国船只无一幸免，全成了海盗的猎物。据瑞瑟斯（reïses）估计，1628—1634 年，有 80 艘法国船被劫持，总共价值 472.2 万里弗尔①，另外还有1331 名法国人成为奴隶。法国国王肯定特别后悔让巴巴罗萨在土伦过冬，海盗带来的灾害是如此之大，真是"请神容易送神难"。

---

① 译注：livres，法国旧时货币单位，也称"里弗"。

XVIII

赎回俘虏

（17—18 世纪）

桨帆船不再流行，平底风帆船取代了它们，人们或许认为是海盗俘虏的基督徒奴隶变少了的缘故。然而，在现实中，与在岸上工作的奴隶相比，在桨帆船里工作的奴隶其实很少。如果西班牙历史学家说得对的话，16世纪末，阿尔及尔只有36艘桨帆船和大帆船（双桅帆船没奴隶桨手），总共有1200把桨，这对海盗的轻型帆船来说绰绰有余，甚至允许3人划一支桨，因为划桨奴隶足有3600人。然而，在1634年，丹神父在阿尔及尔和海角处又发现了25000名基督徒奴隶，这还不算8000名叛逃者。因此，到目前为止，海盗舰队的奴隶资源并没有被削弱（只是桨帆船变少了）。神父估计，阿尔及尔有不少于70艘风帆巡航舰，从装备了三四十门大炮的大舰到普通帆船和波拉卡（地中海地区的小型风帆船），不一而足。那年8月7日，他亲眼看到28艘帆船在航路上搜寻诺曼和英国商船，这些商船通常夏季到西班牙购买葡萄酒、油和香料，并在港口补充一点淡水。他补充说，突尼斯当时只有14艘双桅帆船，萨尔港有13艘非常快的轻型帆船，的黎波里则有七八艘用来防备马耳他骑士团，除了大约25艘风帆船，巴巴里海盗舰队共有120艘桨帆船和双桅帆船。

丹神父描绘了俘虏们在岸上的悲惨生活。当然，没有谁受的折磨比得上划桨奴隶。相比之下，岸上奴隶的处境还算可以。他们一上岸，就被驱赶到"贝基斯坦"

▲ 痛苦的基督徒奴隶（来自丹神父的《巴巴里的历史》）

▲ 北非的"白奴"

（Besistān）奴隶市场。在那里，他们像牲畜一样被人拍卖。拍卖商让他们走来走去，展示矫健的步伐。如果他们懒惰、疲倦或装模作样，就要挨打。买家往往都是投机者，他们打算把奴隶再次卖出去。事实上，"买入是为了看涨"。而"基督徒今天很便宜"是商业报价，就好像奴隶是股票和期货一样。漂亮的女人一般都被送到伊斯坦布尔，供苏丹选择。其余人都被牢牢地捆起来，扔进私人住宅肮脏的地牢，直到分配工作给他们做为止，或者扔进"大巴尼奥斯"（bagnios）监狱。当时的阿尔及尔还有6艘桨帆船，每艘都有15或16名奴隶。这些悲惨的监牢，挤满了各个阶层的人，无论男女，无论贵贱；他们中有牧师、商人、工匠，有名门淑女、农家少女，一些人希望得到赎金赎回自由，另一些人则不再对重获自由抱有希望。又老又弱的奴隶负责走街串巷卖水，他们牵着驴子，在街上走来走去，有人要买水时，就从驴子背上的皮囊里把水倒出来。如果没有卖到足够的钱，他们回去就要遭殃。

一些奴隶负责把面包胚运到烘焙房，再把烤好的面包运出来，因为摩尔人很喜欢吃烤面包。一些奴隶负责打扫屋子（因为穆斯林讨厌灰尘）、粉刷墙壁、洗衣服、照顾孩子。其他奴隶则负责在市场上售卖水果、照看牲畜，或者是在田里劳作。有时候，他们像牲畜一样戴轭犁地。最受罪的要数采石工了，他们要为建筑物采集所需石料，并把石头从山里运到海边。

丹神父说，他在巴巴里见到过世界上最悲惨的景象。然而，弄伤奴隶，对主人没什么好处。因为奴隶可能会被赎回或转售，而且健康的奴隶肯定比羸弱的奴隶更有价值。奴隶被囚禁时最糟糕的不是做苦工和被殴打，而是精神被折磨，既有被释无望的失落感，又有自尊心所受的创伤，还有为人驱使的低下感。当然，奴隶的主人也会有特别残忍的一面，就像约瑟夫·摩根作为摩尔人的辩护人时承认的那样，但这不是普遍现象。另一位法国牧师在 1719 年访问了阿尔及尔和巴巴里的其他地方，他的报告没有证实丹的说法。当然，我们也没有任何理由相信基督徒奴隶在 1634 年的待遇比 1719 年时更糟糕。[70] 后一份报告连同摩根的一些评论归纳如下 [71]：

阿尔及尔的奴隶并不像山地摩尔人手中的奴隶那么不幸。他们仍然是奴隶，在宗教上备受歧视，工作很重，并且很容易叛教，但当权者的政策、个人的利益以及市民的社会倾向，使他们的命运总体而言不那么悲惨。他们分为两类人：属于政府的奴隶"贝伊利克"以及属于私人的奴隶。当一个海盗通过劫掠获得了战利品，他就要递交申请，写出各个俘虏的职业和他们技能的熟练程度，然后带他们去见总督，严格检查他们在被俘船只上的位置，无论他们是乘客还是船员。如果是乘客，按规矩由他们的驻外领事领走，然后他们将被释放；但如果俘虏在船上做过有偿服务，他们就会被卖做奴隶。一般来说，迪伊会从这些奴隶中先挑选八分之一出来，他自然会挑最好的，一般是能工巧匠、外科医生和船长，这些奴隶会立刻被送到政府的监牢。船主和海盗会将剩余的奴隶评出等级，然后把他们带到贝基斯坦，在拍卖公司"迪拉斯"（dellāls）拍卖。奴隶贩子会尽力推销，直到卖个好价钱。然而，这只是正式交易的预支款订单，因为最终的拍卖必须在迪伊的官邸进行，所有奴隶贩子和潜在的买主都会去那

▲ 拍卖女奴

里。第二次拍卖的金额总会比第一次高得多，但是奴隶的卖主只能拿到第一次的交易金额，过程非常简单，第一次和第二次销售之间的差额属于政府。

政府的每个奴隶都会有一只脚戴着铁环，他们白天从事市政建设的繁重工作，比如做清洁、搬运、采石，晚上则被关在大巴尼奥斯监狱。他们每天能获得3个面包。有些奴隶劳作时则被锁着铁链。不过，他们还是有特权：星期五不用工作，每天日落前的3个小时可以自由玩耍、工作或者偷东西。摩根补充说，他们确实胆大包天，还经常把偷到的东西卖给原主，原主却不敢抱怨。有时，迪伊会把他们送到海上，这时他们会被允许保留部分赃物。其他奴隶则被允许开设酒馆，为基督徒叛逃者和普通土耳其人服务。有时，奴隶可以攒钱赎回自由。奴隶始终是奴隶，但比起在欧洲乞讨，他们中许多人在阿尔及尔的遭遇要好一些。在阿尔及尔，他们如果犯了罪，顶多被打一顿；在欧洲，他们犯了罪就要被绑在转盘上挨一顿鞭子，或被皮带绑着用刑。

然而，毫无疑问，在囚犯待遇方面，阿尔及尔存在着极端野蛮的情况。例如，一位救赎会①成员讲述了4位马耳他骑士（3位来自法国、1位来自卢卡）的痛苦经历。他们在1706年的奥兰围城战中被俘，并被带到了阿尔及尔。在那里，他们同其他2000多名囚犯和奴隶一起被关进了政府的监狱。由于监狱环境恶劣，不久之后他们又被转移到市镇的城堡，他们在那里待了两年。随后，有消息称马耳他骑士团的战舰俘获了阿尔及尔舰队的旗舰，船上除了基督徒奴隶外，有650名土耳其人和摩尔人，他们死伤无数。于是，迪伊长官怒不可遏地把囚禁的马耳他骑士送到城堡的地牢，给他们戴上了重达120磅的铁链。他们在那里的生活非常悲惨，镣铐加身，污秽不堪，那地牢就像一个腐烂的洞穴，里面满是蛇虫鼠蚁。

他们在地牢里能听到行人从街上经过，每当听到行人的脚步声时，他们就将铁链摇晃得叮当响，但是没人回应他们。最后，法国领事听说了他们的情况，他威胁说，除非改善骑士们的关押条件，否则法国将对关押在马耳他的土耳其囚犯进行类似的惩罚。迪伊不得不让人给骑士们换上了轻一半的铁链，并把他们关押在一个条件好点的房间。在那里，郁郁寡欢的骑士们又待了八年，只有在基督教的盛大节日时才会被暂时释放，好去参加法国领事馆举办的宗教仪式。有一次，他们在领事的婚礼上露出悲戚之色，当时他们头戴假发，身穿讲究的宫廷礼服。但是，在这片刻的自由时光结束后，他们就要被除去华服，重新戴上镣铐。随着时间的推移，他们的待遇越来越差，这些昔日的天之骄子，沦落到被驱使去拖动整车的石头。他们想得到一笔将近4万元的赎金来重获自由，但这实在是毫无希望，于是他们设法把锁链打开，逃到海岸去了。在海岸，令他们惊愕的是，他们期待的那艘船没有出现，于是他们就躲在一个穆斯林隐修士那里。值得赞扬的是，这位穆斯林隐修士利用他的精神影响力保护他们，使迪伊饶了他们一命。最后，3名骑士在朋友和救赎会的共同努力下，交够了赎金，回到了自己的国家。[72]

在阿尔及尔被囚禁的人中有个天才，我们应当把他放在有史以来最伟大的

---

① 译注：Redemptionist，天主教神职人员于1197年创立，致力于赎回被穆斯林奴役的基督徒。

人之列。1575 年，塞万提斯 [73] 从那不勒斯回来——他在菲格罗阿团（regiment of Figueroa）服役了六年，并在勒班陀战役中失去了左臂——重新回到了他自己的国家。后来，塞万提斯所在的"埃尔索尔"号商船遭到阿诺特·梅米（Arnaut Memi）指挥的几艘海盗桨帆船的袭击。虽然他英勇抵抗，但是由于敌我力量悬殊，他最终不幸落败，被一个名叫梅米的海盗俘虏。德利·梅米是个叛逃的希腊人，他在塞万提斯身上发现了大人物奥地利的唐·胡安的推荐信。于是，梅米断定自己抓住了一名要犯，可以拿他索要一大笔赎金。因此，这位在未来将写出《堂·吉诃德》的作者被戴上锁链，受到严酷的对待。之所以这么对他，是为了让他更盼望被赎。然而，赎金来得很慢。同时，被俘的塞万提斯好几次试图逃跑，都没有成功。他自然受到了更严格的监视，以及更严厉的对待。在被囚禁的第二年，塞万提斯设法让朋友得知了自己的情况，他的父亲随后想方设法凑够了钱，希望救出他和他哥哥罗德里戈（Rodrigo）——也陷入了同样的困境。罗德里戈的哥哥获释了，但塞万提斯认为自己不值得如此破费。

在被释放的哥哥的帮助下，塞万提斯再次筹划了一次逃跑行动。他们有位朋友住在距离阿尔及尔 6 英里的一个山洞，这位朋友在没有引起当地人怀疑的情况下，在山洞里藏了四五十个逃跑者（主要是西班牙人），并设法给他们提供食物，这种情况持续了 6 个月。根据安排，罗德里戈派了一艘西班牙船去接这个朋友和山洞里的其他人。然而，一些渔民发出了警报，船不得不回到海上。与此同时，其中一名逃跑者背信弃义，将整个计划透露给了阿尔及尔总督哈桑帕夏。哈桑立即派遣一队士兵到洞穴。塞万提斯天生就有一股骑士精神，他把全部责任都揽到自己身上。这种仗义精神令在《堂·吉诃德》里被描述为"灭绝人性的恶徒"的总督感到很惊讶。总督发现塞万提斯言行一致，无论他是威逼利诱，

▲ 塞万提斯

还是严刑拷打，都无法让塞万提斯招供出一人。塞万提斯大无畏的态度显然震慑住了总督，比他上缴的 500 枚皇冠金币还管用。

没有什么能阻止塞万提斯对自由的渴望，虽然他的尝试失败了一次又一次，但他越挫越勇。有一次，他非常接近自由时，一位多明我会的僧侣出卖了他。如果他愿意抛弃同伴，他可以从容逃脱，但他是塞万提斯，不能这样做。由于秉持骑士精神，塞万提斯陷入了死局，被关在摩尔人的大巴尼奥斯监狱长达 5 个月。尽管没有受到殴打，但他还是遭到严格的监视。1580 年，哈桑总督要被召回伊斯坦布尔，塞万提斯也将戴着锁链一同前往。正当此时，胡安·吉尔神父（Father Juan Gil）为他交纳了 100 英镑的赎金。于是，塞万提斯在被囚禁五年后，终于重获自由。就像人们所说的，即使塞万提斯从来没有写出堂·吉诃德及其他人物，"我们在这里得到的证据，也能证明他在严峻的考验下仍旧品行无瑕、坚韧不拔、乐观向上，这足以确保他流芳后世了" [75]。

奴隶们拥有房屋、商店和农场，这或许是可以容忍的，或许是不能容忍的，视情况而定。有些奴隶被视为家庭成员，主人让他们来去自由，穆斯林对信仰伊斯兰教的奴隶的正常态度也是如此；其他奴隶则被公正或不公正地诅咒和殴打，过着狗一样的生活。那些能够支付一大笔赎金的人受到了特别虐待，为的是迫使他们尽快付钱。逃跑则属于小概率事件，因为风险太大。

成千上万的基督徒奴隶意味着数以万计的人失去了兄弟姐妹、父母、妻儿和朋友。为了让不幸身陷囹圄的亲朋好友重获自由，基督徒筹集赎金时需要很努力。起初，与海盗展开谈判是极其困难的事。随着一个又一个国家在阿尔及尔和突尼斯任命领事，以维护本国的利益，领事就成了公认的谈判媒介，这种谈判能够利用双方的外交关系。但正如前文所述，领事当时的权力并没有现在大，因此他们常常失败。

除了领事，还有其他人帮助谈判。

▲ 赎回人质的神父，出自丹神父的《巴巴里的历史》

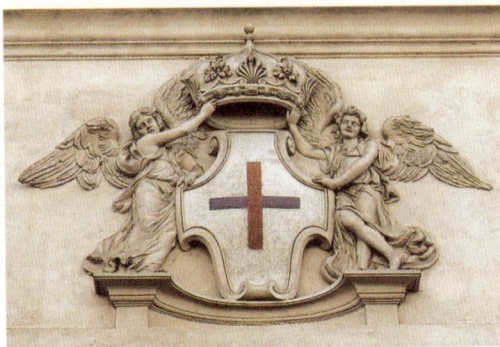

▲ 救赎会的徽章

拯救落难同胞是基督徒的责任，在 12 世纪末，让·德·马沙（Jean de Matha）不忍看着许多基督徒在异教徒的土地上受苦受难，因而建立了"神圣的三位一体秩序和俘虏的救赎会"。巴黎的马图林修道院和另一座建在罗马的西里欧山（Coelian Hill）的修道院被授予这一教令，位于莫城（Meaux）附近一个名为塞弗罗伊（Cerfroy）的修道院也加入了这一修会。许多国家，甚至印度也有类似的组织。教皇英诺森三世（Pope Innocent the Third）热烈地支持这一虔诚的计划，并用拉丁文写了一封信，向摩洛哥君主推荐救赎会。马沙的第一次航行（1199 年）就带回了 186 名俘虏。后来，大约 2 万名奴隶被好心的马沙救了出来。马沙穿着白色长袍，胸前戴着蓝色和红色的十字架——象征三位一体的三种颜色——勇敢地面对巴巴里海盗，用赎金换回俘虏。

1634 年，皮埃尔·丹神父和其他救赎会成员与土耳其派往法国的联络官桑森·勒佩奇（Sanson le Page）在马赛见面。他们用土耳其语交谈，商讨俘虏交换的事宜。[76] 作为交换条件，一些被关在马赛监狱的土耳其人被释放，换回了被囚禁在阿尔及尔的 342 名法国人。丹神父认为，巴巴里海盗是叛徒的后裔，是诺亚族长所诅咒的继承者，是非洲培育的所有非自然怪物中最残忍的，是人类中最野蛮的，是人类的害虫，是危害自由世间的暴君，是杀害许许多多无辜者的凶手。但他并没有去调查法国港口内桨帆船奴隶的状况。

1634 年 7 月 15 日，桑森·勒佩奇和丹神父抵达阿尔及尔。帕夏尽地主之谊，礼貌地接待了他们，尽管他顽固地拒绝升起法国国旗以向客人致敬。丹神父等人被迫遵守阿尔及尔的习俗，交出舵和桨，与其说是为了防止他们未经许可就离开，不如说这是为了打消基督徒俘虏乘船逃跑的念头。帕夏下达命令，让各机构尽心尽力接待使者，满足他们的需要，违者斩首。邻近法国堡垒的珊瑚渔业代理人为他们订下了旅馆房间。丹神父在旅馆搭了圣餐台以便做弥撒，并听取俘虏忏悔。两天后，伊斯坦布尔又派来了一个新帕夏，阿尔及尔和法国使团都派桨帆船去迎接，炮台里的 1500 门大炮和港口里的 40 艘桨帆船都向他致敬。土耳其近卫军和参谋部来了一大群军官、鼓手和吹号手，他们在帕夏上岸时吹吹打打，发出震耳欲聋的声音。新来的帕夏身穿缀满了宝石、有刺绣的白色丝绸长袍，骑马去了帕夏官邸。在那里，他送给法国使团 1 头牛、6 只羊、24 只家禽、48 个热面包和 6 打蜡烛。桑森·勒佩奇先生的回礼是金银钟表、深红色布匹和价值不菲的胸针。

尽管有这些礼节往来，但谈判仍停滞不前。3 个月后，法国使团便匆匆离开了"这座该死的城镇"，他们甚至连俘虏都没有看到。使者们很快就发现，海风帮了倒忙，他们被来自希腊的东风吹到了马略卡岛，然后到了布吉雅。布吉雅不再是一个重要的地方，也不再是海盗盘踞之地，因为阿尔及尔人把他们所有的桨帆船都集中在主要港口。这时，他们看到了博纳港，它还留存着 1607 年基督徒入侵的痕迹，当时法国骑士指挥 6 艘佛罗伦萨桨帆船占领了这座要塞，把不幸的守军杀了个落花流水，将 1800 人掳到了来亨（Leghorn）。最后，使团经过艰苦的努力，终于来到了法国堡垒所在的港口拉卡勒（La Calle）。这是由马赛商人在 1561 年为保护珍贵的珊瑚渔场而建造的一座漂亮城堡，里面有两个漂亮的石砌庭院，居住有 400 名法国人。桑森·纳波隆（Sanson Napolon）曾担任当地长官，但他在前往泰拜尔盖的探险队中被打死，桑森·勒佩奇随后被任命为领队，然后使团返回马赛。不久后，丹神父又和马赛的一些神职人员起航前往突尼斯。在那里，他带回 42 名法国俘虏，所有来自马赛的神职人员与俘虏一起举行了庄严的游行，并唱了一首欢快的凯旋歌曲。重获自由的奴隶快乐地在他们身旁行进，每个人肩上都戴着一条说明自己身份的链子。

这仅仅是救赎会成员坚持不懈努力的一个例子（方济会和多明我会什么都没有做），他们成功拯救了不幸的同胞。1719 年，科梅林神父（Father Comelin）和同伴救回了 99 个法国人 [77]，类似的探险在不断进行。这个组织也许是狭隘的：当他们出价 3000 银币购买 3 名法国俘虏，迪伊长官自愿在不加价码的情况下释放第四名时，他们却放弃了第四名俘虏，因为那人是新教徒。他们在巴巴里海岸建立医院和小教堂，许多时候他们会因这份勇气而被惩罚。如果迪伊很无情，他们可能被残忍地杀死，以满足迪伊的复仇心理，因为迪伊的军队或舰船从法国军队那里吃尽了苦头。天主教徒，尤其是法国人，至少有理由感谢救赎会的神父。北方国家俘虏的情况更糟：没有强大、广泛的教会组织帮助他们，统治者也很少考虑他们的苦难，多年来，他们痛哭着上书请愿，根本无人理会。

XIX

欧洲的屈辱

（16—18 世纪）

阿尔及尔和突尼斯的对外关系史，就是一场漫长的控诉，这个控诉不是针对某个国家，而是针对欧洲的所有海上力量。这场控诉指责了他们的胆怯懦弱和毫无荣誉感。他们的确可以找到些沮丧的理由，比如海盗的军备力量太强，巴巴罗萨是无敌的航海家，或者德拉古特是凶残无比的恶徒。但是，这些海盗在巴巴里海盗式的英雄时代之前，是一群可怜的吹牛者，他们那样畏缩，生意也整日受到骚扰。他们的生命时刻受到威胁，荣誉也被一群傲慢的野蛮人玷污，舰队和兵力比不上任何一个欧洲国家。如果拼实力，他们甚至连一天都坚持不了。但是他们却打败了欧洲人，这是难以置信的，但又是真的。

　　当然，政治斗争和其他斗争也在很大程度上促成了这种状况。政治斗争促使法国与阿尔及尔结为同盟，直到西班牙再也无法威胁法国。据说路易十四（Louis XIV）曾说过："就算没有阿尔及尔，我也会想办法制造出一个。"17世纪早期，荷兰推行与阿尔及尔结盟的政策。有时，英国也会做不光彩的事情，比如补贴海盗，让他们帮英国对付敌人。英国在其他斗争——内战、荷兰战争、伟大的拿破仑战争——中全神贯注，这也许可以解释为什么英国在某些时候会对侮辱或蔑视漠不关心。但是，多年以来，没人站出来道歉。没有任何理由可以成为欧洲各国政府伪善的借口，没什么好辩解的，他们只是懦弱而已。奥斯曼土耳其帝国这样的野蛮大国确实令人感到恐怖，人们认为它拥有无穷的资源和势不可挡的勇气，就像它早年闻名于世的那样。

　　突尼斯和阿尔及尔一样，也是欧洲人感到恐惧的地方。送礼，实际上是贿赂，在50年前就已经消失。有些人仍然记得当年欧洲领事是如何卑躬屈膝，不得不从卫兵的棍棒阵下爬到贝伊面前。[78]1740年的一天，贝伊命令法国领事吻他的手。领事拒绝了，即刻便受到了死亡的威胁，于是不得不吻了贝伊的手。1762年，一名英国大使乘坐英王的船前往阿尔及尔，代表乔治三世（George III）宣布与阿尔及尔结盟，贝伊欣然迎接。在这次会面中，土耳其军官代替贝伊本人纷纷亲吻英国大使的手。迫于英土联盟的压力，奥地利也在1784年与土耳其签订条约，并每年缴纳贡赋。丹麦派了一支船队，希望允许他们在突尼斯的领事馆悬挂旗帜，贝伊要求他们支付15000枚金币买下这份特权，丹麦人绝望地离开了。在1784—1792年的战争中，威尼斯人曾多次击败突尼斯，但威尼斯仍为和平条约支付了4

万金币，并赠送了许多精美的礼物。大约同一时间，为了免受海盗的侵害，西班牙花了 10 万皮亚斯特（piastre，一种银圆）。1799 年，美国花费 5 万美元与海盗达成了一项商业条约：送给海盗 8000 人，为海盗购买 28 门大炮、1 万颗炮弹，以及大量火药、绳索和珠宝。荷兰、瑞典、丹麦、西班牙和美国都成了贝伊的忠实奴仆！

然而，我们的神父不会低估对手。1719 年，阿尔及尔"在巴巴里的所有海上力量中，是最强大的一支"。但是，阿尔及尔只有 25 艘大帆船，每艘船上有 19—60 炮，剩下的是一些小帆船和双桅帆船，他们对木材、铁、绳索、沥青和帆的需求都很低。"他们船只的保养状况好得令人惊讶，国家没提供什么资金让他们做这件事……如果他们得到的新木材（从布吉雅运来的）足以制造一艘船的底部，他们就会用先前俘获的船只的残骸完成剩下部分。他们懂得如何充分利用自己的优势，从而找到制造优良的新船的诀窍，并发现最优秀的水手。"[79] 尽管如此，25 艘大帆船吓不倒欧洲，更不至于让欧洲人瑟瑟发抖、缩成一团。1712 年，荷兰人用 10 门 24 磅火炮、25 根大桅杆、5 根缆线、450 桶火药、2500 支枪，买下了这 25 艘船的使用权。由于得到了这么多装备，阿尔及尔不到三年就违反了条约，荷兰人为第二次停战付出了更多代价。于是，强者兴旺发达了，敲诈弱者开始盛行。[80]

当巴巴里海盗被公认为是文明国家，应该被平等对待，也就是说，当领事、大使、皇家的信件开始到达突尼斯或阿尔及尔的时候，欧洲的屈辱开始了。这一时期始于多利亚在杰尔巴的灾难性战役，虽然欧洲人在勒班陀海战摧毁了奥斯曼海军的威望后，但对无情的海盗的恐惧有增无减。1560—1816 年，没有人真正试图消除地中海的灾祸，英国和其他大多数海洋国家都往阿尔及尔和突尼斯派出了领事。

约翰·蒂普顿爵爷（Master John Tipton）是第一位在外国担任领事的英国人，他是驻阿尔及尔的领事。最初，也就是 1580 年，他由新成立的土耳其阿尔及尔自治领任命为领事。1585 年，他又被英国驻奥斯曼帝国大使哈雷伯恩先生（Mr. Harebone）正式任命为英国驻阿尔及尔领事。他那漫长的领事、代理人和总领事生涯，是一段写满耻辱的历史。这 230 年里的所有事情，几乎都可以用这几句话来形容。一位领事试图使一个古板、无知、平庸的军官息怒，只因为这个军官是迪伊。基督徒的国王或者政府派出的代表受到多次侮辱后被召回，基督徒只好小心翼翼地送上礼物，派出一个更卑躬屈膝的代表。一艘皇家御用船只时不时会载着海军军官或大使在阿尔及尔湾徘徊，试图安抚一个暴君，也许是试图以毫无意义的虚张声势威胁迪伊。迪伊往往嗤之以鼻，甚至公开嘲笑。因为他心里清楚，只要他死磕到底，欧洲每个政府都会让步。领事们可能会降下旗帜，威胁要开战，海军上将可能看上去会强硬一些，甚至表现得很严肃。但是，迪伊的基督徒兄弟圣詹姆斯或杜伊勒里宫（指英国和法国政府）以及英法两国的部长都知道，不能去攻打阿尔及尔，他们甚至还可能会嘲笑领事和主战派人士。

如果要详细考究巴巴里三个政权的帕夏、迪伊（或贝伊）以及摩洛哥的赛义夫家族与各个欧洲大国的关系，将会是一项既艰巨又令人厌烦的任务。在这方面，我们可以参考代理人和总领事 R. 兰伯特·普莱费尔爵士（Sir R. Lambert Playfair）的研究。他的《基督教世界的灾难》[81] 详细阐述了英国与迪伊的主要事件，并通过引用翔实可信的官方文件来证实他的陈述。当然，他以 300 多页的篇幅揭露出来的事实，在这里可以略微触及，但读者可能会转向他有趣的叙述，以求获得更多的细节，因为这些论述很详细。

我们从兰伯特·普莱费尔爵士的研究中得出一个结论，这个结论会伤害英国人的自尊心。我们挑选领事的方法可能不高明，允许领事进行交易也是我国早期领事制度的一个重大缺陷，尤其是在海盗盘踞之地，商业利益很可能与领事的职责发生冲突。此外，有些人显然不适合担任领事。有记录称一个领事酗酒，一个为"十足的混蛋，他想与每一个跟他打交道的人打官司，借此来展示自己的法律才能，无论那人是生意场上的，还是社交场上的"，还有一个被描述为"坐在他的床上，拿着他的剑和手枪，要求一位牧师给他圣餐，让他可以心满意足地死去"。然而，领事名单中的大多数人都很正直，愿意为国家献身，渴望维护国家的利益。

领事们得到了什么回报呢？如果那些被称为"凶猛怪物"的迪伊——通常是从土耳其近卫军中选出的资质平庸的人 [82]——对他们感到不满，祖国对此无能为力，领事就要为自己的身家性命担忧了，即可能会被谋杀。如果他是个坚强且勇敢的人，拒绝屈服于迪伊，就不能指望得到国家的支持，甚至可能会被召回或者被剥夺权力，抑或降下领事的旗帜，直到另一个更温和的领事来接班。由同一政府——先前可能还支持过他的抵抗行动——任命的新领事任职的时间也许比他还短。领事可能会慷慨地为英国俘虏提供数千英镑的赎金，却从来不能从国家那里拿到一分钱。

不管发生了什么事，领事都要负责，甚至他的房子有时都会被一群气势汹汹的人包围。有时，驻阿尔及尔的领事和其他英国人都会被抓起来关进监狱，他们的财产会被洗劫一空，永远也不会被归还。许多人被迪伊和总督的索贿毁了。巨额贿赂被称为"传统礼物"，新领事上任后都必须给他们送过去。这是很容易理解的事，因为每个迪伊都干不了太长时间，他们能捞一笔算一笔。政府给迪伊的礼物永远不能满足其胃口，倒霉的领事不得不自掏腰包。在送礼的领事面前，迪伊会趾高气扬地把一块华丽的宝石手表赏给自己的首席厨师。在收到"传统礼物"之前，官邸不会接待领事。如果海湾里出现了一位前来抗议示威的海军上将，对他在阿尔及尔的同胞而言不是什么好事，因为领事很可能会被关进监狱，领事的家人可能会无家可归，流落街头，为领事工作的本地人则会被棍子打 1000 下。当法国人在 1683 年炮轰阿尔及尔时，名誉主教让·德·瓦谢（Jean de Vacher）正在阿尔及尔做领事，他为了解救那些可怜的俘虏，辛辛苦苦地工作了 36 年。不幸的是，按照梅佐·莫托（Mezzo morto）的命令，他和他的许多同胞惨遭炮决。[83]1688 年，同样的事情又发生在他的继任者身上，而且还有 48 名法国人被野蛮地处决。

最丢人的事情是在迪伊的官邸里发生的：领事必须脱掉鞋子，卸下剑，虔诚地亲吻迪伊的手。1767 年，阿奇博尔德·坎贝尔·弗雷泽（Archibald Campbell Fraser）拒绝实行这种侮辱性礼节，他是第一个敢这样做的人。然后，他被告知：在未来的几年里，迪伊都不会接见他了，他最好滚，要想获得迪伊的原谅，就要恭顺得像个仆人一样。"亲爱的国王陛下，"他给英国的乔治三世写信，"我与迪伊进行入职接洽，但是他太傲慢了！"弗雷泽先生离开了，但是，不久后他又被皇家海军的一支舰队送来复职了。海军上将彼得·丹尼斯爵士（Sir Peter Denis）开进阿尔及尔湾，得知迪伊不会再接待弗雷泽先生，便又回去了。第二年，乔治国王向他的"阿尔及尔之友"妥协，任命了一位新领事，特别关照他"以一种适合你的方式行事"。当然，他也没有亏待弗雷泽先生，每年付给他 600 英镑作为赔偿。

自然，每一位新的屈从者都会使迪伊的傲慢之心变得更膨胀。一位领事带着一个马耳他厨师，迪伊看马耳他人不顺眼，就用武力把他从领事家劫走，再给他戴上镣铐。如果领事反对，他也可以滚蛋。当英国皇家"罗穆卢斯"号（H.M.S. Romulus）的霍普船长（Captain Hope）到达阿尔及尔时，他没有得到任何礼炮致敬，阿尔及尔人逼迫领事上船，把船上装的细麻布货物留下。直到1803年，领事法尔康（Falcon）还因被罗织的罪名而遭到逮捕，并被强行驱逐。领事卡特赖特（Cartwright）习惯把阿尔及尔领事馆描述为"通往地狱的下一步"。1808年，由于通常的贡品来迟了，丹麦领事被逮捕，睡在普通监狱里与奴隶们一起劳动。整个领事机构的人团结起来多方奔走，终于让他获得自由，但他的妻子在听到他被关押的噩耗后心碎，已不幸去世。一名法国领事大约在同一时间死于类似遭遇。

这些领事是否只是因为对琐事的固执而受到虐待？某些记录能够回答这个问题。早在1582年，当英格兰与奥斯曼帝国和睦相处（这种和平保持了220年）时，出身名门的英伦绅士就开始在地中海进行一次次冒险之旅。其中，莫顿（Masters of Morton）和奥列芬特（Oliphant）的领主，在阿尔及尔被关押了多年。托马斯·罗爵士（Sir Thomas Roe）在担任驻伊斯坦布尔大使时说，如果不加以制止，阿尔及尔海盗就会胆大妄为地在海上挑战国王陛下的海军，并危及海岸的安全。并且，他报告说，海盗最近的一次劫掠活动捕获了49艘英国船只，不久之后，1000名英国俘虏将被运往阿尔及尔的奴隶市场，海盗甚至夸口说他们会杀到英国，把英国居民从床上抓起来，就像他们经常在西班牙做的那样。事实上，几年后，海盗便洗劫了科克郡的巴尔的摩，实现了他们的威胁。任何时刻，在普利茅斯港（Plymouth Hoe）或哈特兰海角（Hartland Point）附近都可以看到巴巴里海盗的桨帆船。来自布里斯托尔（Bristol）的那些富有的商人在航路上战战兢兢，生怕与敌人发生冲突，自己满载货物的帆船会沉入大海。

牧师德维雷克斯·斯普拉特（Devereux Spratt）从科克郡乘船前往布里斯托尔，在经过约尔郡（Youghal）时被海盗俘虏。他目睹了阿尔及尔许多奴隶的悲惨处境，这个善良的人感到如此痛苦。他交了自己的赎金后，顺从奴隶们的恳求，在此地多停留了一两年来安慰他们。[84] 俘虏们最需要的是像他这样的牧师：他们很少抱怨身体上受到的虐待，但他们与祖国相隔太远，面临着失去家庭、朋友、妻子和孩子的可怕命运。他们很绝望，不再相信上帝，只有牧师可以安慰他们，给他们精神支持。然而，在俘虏的悲惨圈子里，还是有婚姻和洗礼，有些被记录在兰开夏郡卡斯特梅尔的教区登记册上，就像斯普拉特先生在《阿尔及尔》中展示的那样。

情况原本就很坏，现在更糟了。1622 年之前的三四年，有 400 艘英国船被扣押。英国各大港口损失惨重的商人的请愿书像雪片一样飞到了议会大厦。可怜的领事弗里泽尔（Frizell）发来了恳求信，继续为 20 人请求帮助。请愿信石沉大海，很可能被销毁了，这对他们毫无帮助。可怜的俘虏们向英格兰发了感人的请愿书，英国海员和普通商人，本来是靠运货来养家糊口，现在他们所有东西被夺，他们写下了令人哀怜的求救信，信里充满了泪水。17 世纪 40 年代，有 3000 名丈夫、父亲和兄弟被困在阿尔及尔的监狱，他们的妻子和女儿蜂拥到英国下议院，哭着围住议员请求帮助。

政府时不时发点微不足道的钱，作为奴隶的赎金，而解救奴隶的行为却得到了另一个官方机构的大力支持，我们发现上议院为这件事花了近 3000 英镑。17 世纪的前 25 年有 240 名英国奴隶被赎回，一共花了 1200 英镑。海盗们以一种务实的态度看待这件事，他们不仅愿意为赎回人质提供一切便利，甚至派了一名特使前往圣詹姆斯法院推进谈判。到 19 世纪中叶，有更多人被官方代理人爱德蒙·卡森（Edmond Casson）救出。赎出爱丁堡的爱丽丝·海斯（Alice Hayes）花费了 1100 西班牙银币（每个银币值 2 法郎），伦敦的莎拉·里普利（Sarah Ripley）是 800 英镑，而一个来自邓迪（Dundee，苏格兰东部城市）的女人只值 200 英镑，其他女人则可能高达 1390 英镑，男人的价钱一般是 500 英镑左右。[85] 有时，俘虏会自己逃脱，但这种情况很少发生。普查斯（Purchas）[86] 讲述了一个故事：4 名英国青年被海盗俘获，他们奋起反抗，把海盗船长从甲板上扔下海，杀了至少 3 个海盗，并把剩余海盗关进船舱，然后在卡迪兹的圣卢卡把海盗卖了，换了一大笔钱。更令人兴奋的是威廉·奥克利（William Okeley）历险记，1639 年，威廉·奥克利来到了西印度群岛最边缘的玛丽岛——离怀特岛只有六天航程。他的主人，一位摩尔人，给了他部分自由，并允许他开一家酒馆，为此他每月要向主人上交 2 块钱。他用空酒桶在店里的地窖秘密建了一条轻型布帆独木舟，并为制造桨提供了条件。他和朋友偷偷把船拖到海滩，他们中的 5 人登上这艘疯狂之船开始冒险，并安全到达马略卡岛。让人遗憾的是，这 5 人得向另外 2 个本应与他们一起逃走的人道别，因为这条小船载不下这么多人。

其他几个成功逃脱的故事可以在救赎会的神父们出版的《航行》一书中读到，这本书的英文版由约瑟夫·摩根翻译。书中有个故事值得在此提及：

许多来自不同国家的奴隶（大多来自西班牙马略卡岛），密谋在晚上乘船出海（乘坐双桅帆船），准备逃脱魔爪。他们总共有70人左右，约定在一个地方会合。到了深夜，他们从阴沟一直钻到港口。但是，港口的狗非常多，它们冲着逃亡者狂吠。有人用棍棒和石头杀狗。噪声惊动了岸上和船上的人，他们喊道："基督徒！基督徒！"然后，他们聚集起来朝传出噪音的方向跑去。有40名奴隶跳到船上，他们比船上的人强壮得多，因此没费多大劲就把船上的人扔进了海里，夺下了船。他们的当务之急是赶快离开港口，但当时许多船的缆绳让他们感到很窘迫。他们想走捷径，就下定决心跳进水里，把船扛在肩上，直到缆绳脱落。尽管敌人奋力阻拦，他们还是出海了，很快就到了马略卡岛。听到这个消息，阿尔及尔的迪伊大喊道："我确信，这些信耶稣的畜生总有一天会回来搅个天翻地覆，把我们从房子里赶出去！"[87]

被赎走的基督徒和越狱的俘虏不仅仅是由新俘虏来补充。事实上，1655年，布莱克上将在与突尼斯人谈判失败后，于4月3日到达法里纳港。在那里，9艘船组成的贝伊舰队被锚固定在炮台下，由土方工事保护，布莱克一把火把它们都烧了，然后扬长而去，前往阿尔及尔。他打了阿尔及尔的守军一个措手不及，然后解救了该地的所有英国奴隶（英格兰人、苏格兰人、爱尔兰人和海峡岛民）。尽管如此，四年后，因为"火烧莫勒"的战术而臭名昭著的英奇昆伯爵（Earl of Inchiquin）以及和他的儿子奥布莱恩（Lord O'Brien）在从事一项外交活动时被巴巴里海盗从"泰格斯（Tagus）"号上抓走。实际上，这项外交行动并没有得到国内支持，因为国内的保皇党更倾向于用武力解决问题。英奇昆伯爵足足被关押了七八个月，交了7500克朗的赎金后才被释放。接下来的一个世纪，勇敢的希伯尼亚团从意大利出发后被海盗包围并被击败，约有80人被俘，他们受到了特殊的野蛮对待。在海上看到一艘英国船只——甚至曾经是一艘战舰——因通行证过期被劫持进阿尔及尔港，并不是什么稀奇事。奴隶的数量继续增加，尽管一些富有的商人，如威廉·鲍特尔（William Bowtelell）等致力于人道主义援救，但这只是杯水车薪。

海盗经常能抓到基督徒，往往是因为基督徒咎由自取。常常有基督徒会在当时与阿尔及尔交战的大国的船上服役。地中海的通行证制度为许多恶劣行为开辟了道路。船只挂着假旗航行，或者在与阿尔及尔交战期间，携带从盟国购买的通行证。阿尔及尔不愿与太多国家结盟，唯恐没有多少国家可以掠夺。我们在迪万那里读到了一场严肃的辩论的记录，这个辩论是决定应该与哪个国家决裂的。海盗之所以这么做，是因为无仗可打，他们快要破产了。这时，贪婪的迪伊接受了来自瑞典的巨额贿赂，为瑞典提供庇护。海盗们愤怒地冲进迪伊的官邸，抱怨他们已经接纳了太多盟友：“无论是在大西洋，还是在地中海，除了法国、英国和荷兰，我们都找不到其他国家的船了。我们啥也干不了，要么卖掉我们的船，让人把它们劈了当柴烧，我们回去骑骆驼，要么我们跟这些国家统统决裂。”[88]

因此，通常有一个或者两个国家能被海盗眷顾，在地中海来去自由，其他贸易商人就会向这一个或两个国家的商人借或购买通行证。当然，阿尔及尔人不会傻到发现不了自己被糊弄。“至于佛拉芒人，”海盗抱怨道，“他们是很好的民族，从来不跟我们作对，也不招惹我们，就像法国人那样。但是，他们把他们的通行证卖给其他异教徒的时候，确实是对我们要了些卑鄙的把戏。因为自从我们和他们结为盟友以后，我们很少再能抢劫到瑞典人、丹麦人、德国人——跟荷兰人肤色差不多。这些人用着荷兰的通行证，所有人都叫汉斯，说着‘走偏啦’，‘走偏啦’。”

这些假盟友的许多船上都有英国海员，而这些海员不受船主保护，很容易沦为俘虏。这类俘虏数量如此之多，尽管在 1694 年，有报道称被俘的英国人都被解救了，没有在阿尔及尔留下俘虏。但是，不久之后，贝顿的受益遗产就接到了大量申请，总金额超过 21000 英镑，目的是为了解救被俘的英国人。

一拨又一拨考察队被派去抗议、威胁，但都没有结果。大使来来去去，签订了无用的条约，阿尔及尔人仍然保留了在海上搜查英国船只的荒谬权利，并抢走人质和货物。1620 年，罗伯特·曼塞尔爵士（Sir Robert Mansell）带着 2600 人、18 艘船和 500 支枪到达阿尔及尔，并驻守在那里，但一事无成。他们一转身，海盗就劫持了 40 艘英国船。托马斯·罗爵士与海盗签订的条约成了一纸空文。布莱克短暂地震慑住了海盗，但是在 1660 年，温奇尔西伯爵（Earl of Winchelsea）又承认海盗拥有搜查权。第二年，桑威奇勋爵（Lord Sandwich）炮轰了阿尔及尔，但是他的船离得很远。托马斯·艾伦爵士（Sir Thomas Allen）四次带着自己的舰队冲进海湾并安全撤出，两次达到了目标。"这些人，"阿里阿加（Ali Aga）喊道，"他们说话的样子就像喝醉了一样，不管他们愿意与否，我们都会重新把他们变成奴隶！叫他们滚开。"[89] 在这毫无收获的 50 年，唯一令人满意的事件是斯普拉格爵士（Sir E. Spragg）袭击了在布吉雅的炮火下搁浅的阿尔及尔舰队：他像布莱克一样派出一艘火船，烧掉了阿尔及尔的整支舰队。阿尔及尔的土耳其禁卫军惊慌失措，谋杀了自己的长官，并提着长官的头来到总督的宫殿，要求总督与英国人和谈。

这是一次非常短暂的武力示威。五年后，约翰·纳尔伯勒爵士（Sir John Narborough）没有进行炮击，而是以 6 万枚"八克银币"买下了奴隶和礼遇。1681 年，赫伯特海军上将（Admiral Herbert）到阿尔及尔进行了友好巡航。后来，托灵顿勋爵也这样做了。1684 年，W. 苏梅爵士（Sir W. Soame）迫使巴巴里海盗向英国国旗致敬——鸣 21 门礼炮。于是，关于优柔寡断和软弱无能的故事将继续下去。凯佩尔海军上将（Admiral Keppel）在 1749 年的巡航很著名，因为约书亚·雷诺兹爵士（Sir Joshua Reynolds）在旗舰上做客。兰伯特·普莱费尔爵士复制的两幅草图可能就出自他的手：这两幅画是这次巡航的唯一成果。詹姆斯·布鲁斯（James Bruce）是名非洲旅行家，他在 1763 年担任代理或总领事之类的职务，曾一度在联络方面很用心，但他很快又开始旅行，然后继续进行一次又一次毫无结果的示威。无论怎么努力，准备工作都不够完善。西班牙、葡萄牙、那不勒斯和马耳他在 1784 年派遣了一支联合舰队去攻打阿尔及尔，但舰队的船很小，海盗足以应付。联合舰队的进攻既疲软又散漫，勉强坚持了两周时间，便撤走了。

XX

美国与的黎波里

（1803—1805 年）

这些黑暗的屈辱日子被一缕阳光刺穿：美国拒绝缴纳巴巴里海盗勒索的贡品。美国这个新国家从诞生之日起，就同其他海洋国家一样，接受了这种邪恶的屈辱，但现在美国有能力摆脱这个枷锁了。早在 1785 年，阿尔及尔的迪伊就在美国的商业中找到了新的耕耘地；在所有被打劫的贸易商中，没有哪国的贸易商比美国的更受海盗欢迎，美国商船的运输能力很强，却无力自保。他们犹疑不决的抗议和谈判都是徒劳的，直到后来不幸被俘的美国人的悲惨遭遇震动舆论界，引起了公众的强烈反应。公众要求国会立即通过建造一支舰队的方案。这个坏消息飞快地传到了阿尔及尔。关于美国准备筹建海军对付海盗的谣言，很快就在阿尔及尔的白墙里回荡。于是，迪伊急忙与美国缔结了一项条约。因此，兵马未动，敌已丧胆。就像所有懦弱的妥协一样，迪伊的做法是一把双刃剑；很快，从摩加多尔到博斯普鲁斯的港口，每一艘海盗船都在叫喊着要进行报复。

1800 年，的黎波里的帕夏优素福威胁说，他手下的猎鹰们将要到大洋彼岸寻找猎物，除非美国像英国、法国和西班牙那样缴纳贡赋。他抱怨说，美国政府以更高的价格贿赂了他的邻居——突尼斯的吝啬鬼，他应该像他阿尔及尔的表兄弟一样，得到一艘护卫舰或者更多的钱。他对一封总统的信的答复很有趣，回信中洋溢着甜蜜的友谊："我们想问问，你是否能说到做到，而不是只做空洞的许诺？因此，你方需要以妥善的处理方式使我们满意……但是，如果人人都只是口头奉承的话，那就无法无天了。我们恳请你们迅速答复，不要拖延时间，因为你们的拖延将会损害你们的切身利益。"

突尼斯的贝伊提出了同样傲慢的要求。他宣称丹麦、西班牙、西西里岛和瑞典已经向他做出了让步，然后宣布："除非总统马上送来 1 万支火枪和 40 门不同口径的大炮，否则和平就不可能维持下去。"他傲慢地补充道："大炮炮弹必须是 24 磅的。"阿尔及尔方面暗示，应当付给他们的保护费被拖欠了，摩洛哥则表示，己方在安排条款方面的拖延只是由于对这件事给予了充分考虑。

无论的黎波里的优素福犯了什么错，他在这件事上言行一致。由于通知美国六个月后都没有得到结果，他于是在 1801 年 5 月 14 日以砍断美国领事馆旗杆的方式宣战。基督教国家在与这些挥霍无度的人打交道时，遵循的原则就是交保护费，但美国政府厌倦了这种老办法。他们当时已经有了一支虽然规模小但是训练有素的海军，并且在刚刚结束的与法国的战争中取得了胜利，他们为此感到非常自豪。他们也厌倦了与自己崇尚的"人人生而自由、平等"完全不一样的政策，并且被"千百万用于防御，不掏一分钱用作贡品"这一口号所唤醒。

然而，当平静下来后，似乎与往常一样，承诺太多，实践太少。尽管有足够的力量采取有力和果断的行动，但在两年多的时间里，美国人还是什么也没完成。美国派遣了三支舰队，第一支舰队由戴尔（Dale）领导。由于考虑到宪法，考虑到他们对别国采取敌对措施

▲ 爱德华·普雷布尔准将

是否恰当，总统命令：在国会宣战之前，第一支舰队不得轻举妄动，这就严重妨碍了第一支舰队的行动。第二支舰队因选错了指挥官，尽管许多下级军官尽了全力，还是徒劳无功。1803 年，第三支舰队在爱德华·普雷布尔准将（Commodore Edward Preble）的领导下，在直布罗陀海峡完成集结，终于到了采取有力措施的时候了。

爱德华·普雷布尔准将的目标是的黎波里，但是当装载有 36 门炮的"费城"号（the Philadelphia）在西班牙沿海的梅斯博亚（Meshboa）附近被俘时，他的船却没有集结起来采取行动。于是，武装巡航舰"费城"号就归了摩洛哥，与之前被俘的波士顿双桅帆船"西莉亚"号（Celia）做伴去了。当然，最重要的是，要知道摩洛哥人是怎么把它们俘获的。摩洛哥的司令官是个摩尔人，名叫易卜拉欣·卢巴尔兹（Ibrahīm Lubarez），他一本正经地说，他确信是在一场已经宣战的战争中夺取的"西莉亚"号，因为他最后一次将舰队停泊在港口时，摩洛哥君主和美国领事还存在严重分歧。这种说法太牵强附会，"费城"号船长威胁说，如果卢巴尔兹不证明自己是拿钱干活的话，他就会将其吊死，就像吊死普通的海盗那样。卢巴尔兹不得不承认自己错了，他只是奉丹吉尔总督的命令去捕获美国船。于是，

被俘的船被拖到直布罗陀，普雷布尔则驶向丹吉尔，希望对方妥协。双方互相鸣放礼炮，向对方敬礼。但最终，好斗的准将获胜了。摩洛哥君主对敌对行为表示遗憾，并惩罚了劫掠者，释放了以前缴获的所有船，同意继续履行他父亲于1786年签订的条约，并补充道："我与美国的友谊应该地久天长。"

这件事已经解决了，按照普雷布尔的说法，"费城"号和"维克森"号对的黎波里进行了封锁。然而，由于季节不合适，他们无法采取下一步行动，只好准备下一阶段需要的设备。

严格来说，"费城"号和"维克森"号针对巴巴里海岸的行动，被浅滩、暗礁和未知的水流所困扰，加上突如其来的狂风的干扰和条件恶劣的避难所，他们不得不提高警惕，因为从距离遥远的供应基地获得食物和修整变得非常困难。虽然这已经很糟糕了，但更糟的是，10月，"维克森"号向东去寻找一艘据说在夜间开了小差的"的黎波里"号巡洋舰（Tripolitan cruiser）。从那时起，整支舰队的任务（主要是在沿岸追逐敌人）就落到了"深空"号护卫舰的头上。

正如库珀在《美国海军的历史》中写的那样，当时是屋漏偏逢连夜雨："到了10月下旬，从西边不停刮来的大风把'费城'号吹到了城西。10月31日（星期一），风速减缓，于是'费城'号又出发了。早上9点左右，有人看到一艘帆船向岸边驶去，驶向的黎波里。这艘帆船是来切断'费城'号的去路的。11点，'费城'号遭到炮击，由于与敌人距离太近，无法摆脱它，所以船长班布里奇（Bainbridge）命令开火，希望能除掉敌船。在将近一个小时的时间里，他们来回追逐，持续交火；这条船一直在前进，从7英尺深到10英尺深，'费城'号随着海水深浅的变化而忽上忽下。11点30分，的黎波里近在咫尺，比1里格更远一些（城市没有脚，既不能去追赶'费城'号，也不能强迫船上岸），班布里奇船长命令舵手在港口 A口就位，直接把船拖到深水中。'费城'号又一次领先了，当这个命令被执行时，只领先了8英里，紧接着是7英里、6英里，接着是半英里。这时，风快要停了，船的航速是八节。当听到'半六'①的叫声时，舵手急忙转舵，竖起船帆。'费城'

———————————

① 译注：指水深3英尺，约为人身高的一半。

号快速迎风行驶，就快要迷路的时候，船首险些撞到了一块礁石——多亏船员急中生智地朝这块礁石开了一炮，因为后坐力的缘故，船身后退了五六英尺，才没有触礁。"

人们尽一切努力把船救出来，但都是徒劳。炮声引出了9艘海盗炮艇。然后，就像使了魔法一样，成群的海盗船从岸边下水，从岩石的入口处窜出来，小船和桨帆船像秃鹫一样摆出战斗的姿态，除非这艘船投降。"费城"号开炮抵抗，战斗得十分英勇，但是敌人因占据天时之利而获胜。因为缺少风力，"费城"号无力前行。历史学家继续描述道："海盗的炮艇，开始变得越来越大胆，因为夜幕就要来临了。班布里奇在与军官们协商后，认为他们要为全体船员的生命负责，必须投降。因为此前船底破了洞，抽水的水泵又被堵住了，此时，弹药库的弹药已被浸湿。一切都表明，这艘船已走投无路。17点左右，他们不得不举白旗投降。"

随后，这艘美国军舰被洗劫，军官和士兵被搜身，有的还被脱光了衣服。那天晚上，船员们被关在一个肮脏的山洞。在一周之内，海盗们在有利的风和异常的潮汐的帮助下，不仅追上了"费城"号，还迅速将其拖入港口，将其所有的枪炮和船锚都压在礁石附近的浅水里。船底的漏洞很快被海盗修好，枪炮也被重新安好。英勇但不幸的班布里奇最后一次难过地看到他曾指挥过的"费城"号安全地停泊在城外，离帕夏的城堡大约四分之一英里。

普雷布尔在前往的黎波里的途中，在撒丁岛附近的一艘英国护卫舰上听说了这场灾难。这是一次严重的打击，因为"费城"号占了他战斗部队三分之一以上的战力，敌人俘获了他的大批人员，掌控了物质和精神上的力量，肯定会用到今后的谈判中。但是，在灾难的刺激下，精力充沛的普雷布尔只会越挫越勇，并立即制定了摧毁被俘船只的计划。幸运的是，他手上并不缺乏可用之材，在挑选指挥官时，他的下属都十分踊跃，以至于他都不好意思拒绝任何一个人。他拥有优秀的自制力和判断力，以及世界著名航海家具备的冲劲、胆量和资源。他本应取得名垂青史的胜利，但在巨大的诱惑面前，他功败垂成了。

1804年2月3日，美国人在"无畏"号帆船上装满了易燃物。于是，从锡拉丘兹（Syracuse）到的黎波里的冒险航行开始了。"无畏"号是一艘双桅帆船，拥有不同寻常的历史，它原本是一艘法国炮舰，在埃及被英国人俘获，并被送给的黎波里政府。后来，它在为大维齐尔运送女奴前往伊斯坦布尔时，被迪凯特俘获。现在，警报员查尔斯·斯图尔特中尉指挥"无畏"号，他召集了一支探险队，并奉命掩护撤退。如果条件允许，他将用这艘船协助进攻。在这种情况下，个人的感受总是最不值得考虑的因素，但如果天气实在是太恶劣，令人难以忍受的话，作战人员忍受的折磨将会大大影响最后的结果。五个军官都在船里，海军军官和领航员在一边，海员在另一边，他们像鲱鱼一样挤在一起。"一块木板横在水桶上，他们睡觉时就把水桶的表面完全盖住。在木甲板下狭小的空间里，当他们坐着时，头就会伸到水桶上去。"除了这些不便之外，甲板上也没有任何活动空间。由于这艘船以前是运载奴隶的，所以船里满是蛇虫鼠蚁，各种害虫不停地叮咬他们。而且，因为放在船里的咸肉已经变质，所以，除了饼干和水外，他们什么都没有。

经过六天的航行，美国人终于看到了那座城镇，但在强风下驶入港口非常危险。夜间刮来的大风把美国人赶到了东边，后来风减弱了，他们发现自己身在锡德拉湾（Gulf of Sidra）里，浑身都湿透了。16 日下午，他们终于抵达的黎波里。由于风和日丽，天气宜人，海面风平浪静，迪凯特决心在这天晚上进攻。按计划，警报员指挥的"无畏"号在白天藏起来了，并且其外表经过改装后与以前大不相同，使得的黎波里的人难以觉察其意图。此时，风力轻快，"无畏"号计划在夜晚前到达港口，但是不会过分接近，除非放下船帆拖拽前进（在这种情况下，水桶挂在船尾），避免城里的人发现。

美国船员们大都藏在甲板下面，每次只留6—8人在甲板上。这样，观察他们的人就觉察不出异样，因为留在甲板上的人穿着与马耳他人一样的衣服。"费城"号的前桅在礁石上被撞掉了，还没有换上新的，但它的主桅杆和后桅杆都还在，它的火炮甲板位于船舷上缘。另外，尽管"费城"号船帆索具的固定位置较低，但还是布置妥当了，其火炮里被装填上了炮弹。这艘船停泊在港口城堡的炮口附近，在"鼹鼠头"附近的新堡垒那边。紧靠在船边的还有 3 艘阿尔及尔的巡洋舰和 20 艘炮艇与帆船。为了对付这股力量，迪凯特部署了几门大炮和 70 名士兵，但这远远不够，他们是在做一件近乎绝望的事，为了挽回国家的荣誉，烧掉自己国家的船。

当"无畏"号向陆地靠拢时，西边的海浪太过汹涌，他们不得不选择北面的入口。北面的入口在岩石和浅滩之间曲曲折折，难以进入。那时已经快10点钟了，在轻柔的东风吹起之前，"无畏"号就已经漂过来了，她似乎是一个谦虚的交易者，一心想换得货物——除了一个国家的希望外，其他任何东西她都可以装。事实并非如此。

夜晚是美丽的，一轮新月在天空穿行，墙壁、塔楼和城镇以及在港口抛锚的懒洋洋的船发出的灯光，都倒映在水面上。微风吹过礁石，再吹进港口。能听见甲板上发出的吱吱嘎嘎声与街区的喧闹声。风在船头的水面上吹出波纹，在码头的柱子和台子下面激起旋涡。在白色的墙壁和灰色的天空下，能看到甲板上几个人的轮廓。当"无畏"号慢慢接近"费城"号的船头时，行动队员都蛰伏在船舱里。

"无畏"号很像本地船只，船员又操西西里口音，因此他们没有引起"费城"号哨兵的怀疑，也没有被攻击。他们向哨兵谎称，自己在大风中失去了锚，想要沿着"费城"号战舰航行，借着战舰的灯火，寻找一条穿越黑暗的航路。的黎波里人被他们骗了，放走了他们。与此同时，"无畏"号的一些船员悠闲地游向护卫舰的前锚链。当他们回来时，遇到了敌人的船只，于是他们拿起绳子，并将绳索的一端系在自己船上。他们缓慢而坚定地移动，毫无疑问，这些勇敢的人在逐渐接近"费城"号。但是在这关键时刻，他们被发现了，从敌人的甲板上爆发了惊天动地的喊声："美国佬！美国佬！"

喊声唤醒了那些在堡垒和炮台上的士兵们，也惊醒了睡梦中的帕夏。监狱里的被俘的美国人也听到了喊声，他们欣喜若狂。

过了一会儿，"无畏"号上的人利用系缆索将两艘船紧紧连在了一起。随后，迪凯特叫道："出发！"船员们便冲了过去。他们只开了一炮，就占领了甲板。

这一突然袭击是如此完美，以至于的黎波里的船员惊慌失措，蜷缩在海湾坐以待毙。迪凯特很早就把部下召集到船尾站着，让他们看到敌人。然后，他们高喊着"夺回'费城'号"冲向海盗。海盗们没有做任何抵抗，蜂拥着下了船。他们穿过船头，穿过炮口，借助升降索和搁浅的索具逃跑。他们见洞就钻，或者像水鼠一样游向邻近战舰提供的避难所。

一层层甲板，一个个船舱被清理，不到十分钟，迪凯特就占领了"费城"号，没有任何人牺牲，只有一人受了轻伤。在船上事先挑选好的位置上，他们堆起可燃物，一切准备就绪。他们的动作很快，那些被分配到后舱去纵火的士兵刚一抵达驾驶舱和船尾储藏室，他们的头上就被点着了火。事实上，当受命执行这项任务的军官完成任务时，发现船后舱里充满了类似炉火烟雾的浓烟，他不得不顺着前方的梯子逃到甲板上。

确信这项工作已彻底完成后，美国人跳上了"无畏"号的甲板，用剑和斧头砍下缆索，并把缆索抛到"费城"号上面。当灼热的火烤着甲板和船上的建筑时，"无畏"号拼命离开了。然后是为逃跑而进行的战斗，这最后的一幕可以说是这次冒险中最精彩的部分。根据参与者查尔斯·莫里斯准将（Commodore Charles Morriss）的描述，当天晚上，他是第一个登上"费城"号的人，这使他成了那个时代最杰出的海员之一。"到目前为止，"他写道，"敌人的战舰和炮兵一直保持沉默。但现在他们准备采取行动了。当船员们正为成功而欢呼雀跃时，敌人进行了一次无关痛痒的射击。当时的混乱很可能妨碍了海盗们的发挥，虽然这场大火点燃了数百艘船，烧了半个小时，但是美国人遭受的唯一损失是船帆被击穿了一个洞。我们面临的主要危险来自'费城'号，因为其舷侧是我们撤退的通道。当我们撤退的时候，'费城'号上的炮弹因受热发射了出来。我们幸运地躲过了这次攻击。船员们一边快速驾船逃跑，一边对穿梭在我们之间的炮声、船上灿烂的光芒以及炮弹落水喷出的水花品头论足，而不是对可能出现的危险担惊受怕。'费城'号的外观的确很壮观，船体燃烧时的火焰照亮了她的轮廓，她的索具和桅杆成了火柱，与船的顶部相接，幻化成了美丽的旗帜。她的炮膛偶尔会响，像是预示她并不愿意屈服。城市城墙上的炮台与泊船处巡洋舰上的火炮纷纷发射，这些明亮的火光和灯光，为这幅景象增添了一种恰到好处的陪衬。在微风的吹拂下，我们努力划船，很快就逃出了敌人的射程。在海港入口处，我们遇到了友军塞伦的船，他们是来帮我们的，并为我们的成功而高兴，同时也为未能参与这次行动而感到遗憾……此次行动的成功大大提高了美国海军在国内外的声誉，人们给予了极大的赞扬。这次行动应

纵火焚烧"费城"号

该归功于主要筹划者普雷布尔准将和自愿执行这一计划的迪凯特中尉，我们还要感谢迪凯特中尉的冷静、自持、充分准备和坚韧不拔，行动的成功在很大程度上是理所应当的。"

与此同时，普雷布尔准将正在准备一项更严肃的事，7 月 25 日，由护卫舰组成的一支舰队抵达了黎波里，包括护卫舰（也是旗舰）、3 艘双桅横帆战舰、3 艘双桅纵帆船（schooner）、6 艘炮舰、2 艘小炮艇。而他们的敌人拥有 100 多门装在岸上的炮以及 19 艘炮艇、1 艘十门炮船、2 艘各装八门炮的纵帆船、12 艘桨帆船。8 月 3 日至 9 月 3 日，美军发动了五次攻击，虽然没有攻下该城，但造成了巨大破坏，使随后令人满意的和平成为可能。普雷布尔 9 月被巴伦（Barron）解职，不是因为对他的能力失去了信心，而是出于紧急需要，因为有一项规定是：禁止政府派遣一名下级军官参加救援队伍，防止他乱插手别的事，趁机扩充自己的实力。回到美国后，他获得一枚金质奖章，国会还向他以及他手下的官兵致谢，感谢他们勇敢和忠诚的服务。

美军对的黎波里的封锁有效地维持着。1805 年，一支陆军和海军联合部队攻击了的黎波里附近的城镇德尔纳（Derna）。这支部队由曾是美国陆军上尉的总领事伊顿（Eaton）和海军陆战队的中尉奥班农（O'Bannon）指挥。敌人的防御虽然毫无条理，但战舰的炮弹却把他们击倒了。最后，他们的主要工作由奥班农和曼恩船长领导。伊顿急于向前推进，但他疏忽了增援和军事储备，很快便失去了优势。然而，所有进一步的行动都在 1805 年 6 月停止了，在阴谋、拖延和推诿之后，帕夏签署了一项条约，其中规定海盗不应再向美国索取贡品，而美国船只将永远不再被海盗打劫。这一结果令人满意，但人们往往说一套做一套。在交换了所有囚犯后，的黎波里政府要求美国支付 6 万美元，这样他们才

▲ 美国发行的纪念普雷布尔的钱币

会按条约行事。

然而，这一条约唤醒了欧洲人的良知，从签署之日起，巴巴里海盗的权力就开始被削弱。老牌强国更清楚地看到了职责所在，于是不再承认公海抢劫的合法性。对美国人来说，这一成功给了他们一个立竿见影的地位，而这一地位不可能被其他方式轻易替代。除了道义上的胜利以外，与的黎波里的竞争是巩固美国海军的最有利因素。

XXI

阿尔及尔之战

（1816 年）

众所周知，在 19 世纪初，纳尔逊①就在地中海，但镇压巴巴里海盗并不是他任务的一部分。他两次派战舰去调查领事们的投诉，都没有效果。然后，1805 年 10 月 21 日，伟大的海军上将纳尔逊在胜利的巅峰时刻倒下了。继任的科林伍德（Collingwood）并没有试图解决阿尔及尔的问题，他只往那里派遣了一个普通代理人，并送了迪伊一块手表当礼物，随后迪伊就把手表送给了自己的厨师。英国的胜利似乎给海盗留下了深刻的印象，但这不足挂齿。1812 年，我们发现海斯特伯里（Heytesbury）勋爵 A. 艾克特（A' Court）先生屈尊接受的条款，与我们的盟友葡萄牙人和海盗之间订立的相同。为了不被海盗骚扰和可以拥有释放同胞的特权，葡萄牙人支付的总额超过 100 万美元，每年支付的贡品价值 24000 美元。

美利坚合众国首先树立了一个勇敢抵抗海盗的自尊自强的榜样，这是一件荣耀的事。由于与英国正处于战争状态，美国无法保护自己在地中海的商业。他们被迫遵守当时的习俗，每年贿赂 100 多万西班牙银币，并提供大量海军用品，以此与强盗和睦相处。但是，美英两国在 1815 年签订《根特条约》（Treaty of Ghent）后，美国派遣了一支队伍到阿尔及尔，任命威廉·夏勒（William Shaler）先生为美国领事，并让班布里奇和斯蒂芬·德凯特（Stephen Decatur）担任他的顾问。1815 年 6 月 30 日，双方缔结了一项条约，所有贡金都被取消，俘虏和财产也被归还，美国从此享受最惠国待遇。美国人似乎比英国人更有雄辩力。

看到曾经的对手美国人取得令人意外的成功，英国政府深感羞愧，派埃克斯茅斯子爵（Lord Exmouth）前往地中海，在一些地中海小国也获得最惠国待遇。作为英国人的落脚之地，爱奥尼亚群岛成为英国属地。然而，埃克斯茅斯没有权力采取极端措施，也不能要求对方无条件地放弃现有利益。他向那不勒斯提出了条件，让其称臣纳贡。撒丁岛也缴纳了一笔钱来免除被占领的命运。接着，他前往突尼斯和的黎波里，从两地得到了彻底废除基督徒奴隶制的承诺。

埃克斯茅斯在突尼斯之行中表现得非常坚定，并获得了相应的成功。他于 1816 年 4 月 12 日抵达突尼斯，之后不久，一艘突尼斯海盗船在撒丁岛附近蹂躏了

---

① 译注：Nelson，英国著名军事统帅，曾击败拿破仑舰队。

一个岛屿，这激起了欧洲人的愤怒。埃克斯茅斯子爵要求彻底废除基督徒奴隶制。"威尔士王妃夏洛特①恰巧正在此地访问，享受着马赫穆德和贝伊的盛情款待。双方似乎都不愿让步，英国王室的人调解也无效，事情呈现出非常危险的一面。埃克斯茅斯子爵是无情的。王妃把自己的大部分行李送到了戈莱塔，英国商人急忙登上舰队的船，战士们做好了行动的准备，而贝伊也尽最大的努力去集结所有可用的增援部队。战争一触即发，和平解决几乎不可能实现了。4 月 16 日，埃克斯茅斯子爵在总领事奥格兰德（Oglander）及其幕僚的陪同

▲ 埃克斯茅斯子爵

下，前往巴尔杜宫（Bardo Palace）。英国领事馆把旗帜降下一半，以表明在谈判失败时将不惜诉诸武力的决心。威尔士王妃随时可能会被敌人逮捕充作人质。贝伊并没有想要宽慰她，但马赫穆德却派了一名军官去向她保证，无论如何，他都会遵循穆斯林的原则——绝不出卖自己的客人。当信使还在王妃身边的时候，埃克斯茅斯子爵走进房间，宣布他的任务圆满结束。第二天早上，贝伊签署了一项条约，以摄政的名义废除了针对基督徒的奴隶制。贝伊之所以屈服于埃克斯茅斯子爵，是因为苏丹的特使在锡拉丘兹被扣押，而这位特使带着圣旨和御赐长袍。那不勒斯政府不允许特使离开，除非英国代表团成功完成任务的消息传来。马赫穆德觉得，不能放弃宗主国对自己的正式承认。"[90]

当贝伊的管家和 6 名马穆鲁克军官陪伴威尔士王妃在迦太基遗址的柑橘园野餐时，王妃这一愉快的享受被人打断了，她非常生气。突尼斯人对贝伊向外人

---

① 译注：Caroline， Princess of Wales，后来成为英国国王乔治四世的妻子。

服软的行为感到非常愤怒，而且他们也没有因为"条约"而停止海盗行为。荷兰虽然在1819年拒绝了他们的敲诈，但瑞典在1827年仍然向他们献上了125门大炮的贡品。

在突尼斯和的黎波里取得了成功，这是埃克斯茅斯子爵意想不到的事。随后，他回到阿尔及尔，希望在那里的谈判也取得成功。他在阿尔及尔总督面前不卑不亢，坚守自己的要求。总督愤怒地拒绝了他，并且侮辱了他。他的两个随从被暴徒从马上拖了下来，双手绑在背后游街示众。总领事麦克多内尔（McDonell）先生被关押起来，他的妻子和其他家眷被阿尔及尔人从乡间别墅赶到镇上。[91]埃克斯茅斯子爵没有接到过关于这种紧急情况的指示，只好派使者到伦敦和伊斯坦布尔传达自己的建议，然后遗憾地起航前往英国。他刚回国，消息就传来了，在英国保护下的博纳港和奥兰，迪伊的军队对意大利人进行了大规模屠杀。事实上，当这位英国海军上将还在阿尔及尔的时候，迪伊就发出了这道命令。于是，埃克斯茅斯子爵立即被派去完成他的工作。

▲ 后来成为英国王后的夏洛特，她是一位著名的旅行家

同年7月25日，埃克斯茅斯子爵的旗舰"夏洛特女王"号率领一支由18艘战舰组成的舰队从朴次茅斯港（Portsmouth harbour）出发，这些战舰上搭载着从10—104门大炮不等，其中有3艘战舰搭载着74门大炮。在直布罗陀，荷兰海军上将巴伦·范·卡佩兰男爵（Baron Van Capellan）恳求英军允许他带领6艘船和36名下属 起参加这次袭击。在后来的战斗中，卡佩兰男爵与他的战舰一同英勇奋战，赢得了人们的钦佩。8月27日，他们抵达了阿尔及尔。"普罗米修斯"号（Prometheus）被派去营救麦克多内尔领事及其家人，达什伍德（Dashwood）

船长成功地把麦克多内尔太太和麦克多内尔小姐接上了船。但第二艘船就没那么幸运了，船上的外科医生把领事的孩子放到篮子里，以为孩子已经安静下来，可以瞒过哨兵。但是，这个孩子却哭了起来，把哨兵惊动了。于是，所有人都被带到了迪伊面前，迪伊释放了船员，只留下人质。由于"他仅存的人性之光"，迪伊把孩子送上了船，让船员带孩子走了。

迪伊并没有回应埃克斯茅斯子爵的停战要求，后者开始感到不耐烦，准备进行攻击。于是，"夏洛特女王"号在离海岸大约50码远的地方抛锚，锚链被绑在桅杆上，桅杆系得很紧。船很快就被风吹到了岸边，从岸上传来枪响，英军立刻

▼ 1816年，英荷联军攻击阿尔及尔

鸣枪回敬，于是战斗打响了。海军上将写道："然后，一场火灾发生了。正如我相信的那样，从2点45分到9点，船员们都没有休息，而且没有停止战斗。他们奋战到晚上11点半，始终充满了活力，这体现出了他们的坚忍不拔的意志。紧跟在我后面的那些船，尽忠职守地排在自己的位置上。他们丝毫不乱，甚至比我所能想象的最好的情况还要更有秩序。英国国旗在任何场合都没有被如此热情而忠诚地捍卫过。"

关于这场战役，有些英国人争论得相当激烈。但是，在基督教的崇高事业中，还有一群热情的人，他们聚集在城市周围的防御工事里，服从最高统帅的命令，取得了上帝和人类事业的胜利。舰队里的每个人都如此忠诚，英国女人也和她们的丈夫并肩作战。而且，在长达几个小时的战斗中，他们从来没有因危险而退缩，总是充满活力地迎难而上。

阿尔及尔的一些战斗人员受到了严重的困扰，特别是坚忍顽强的海军少将米尔恩。晚上10点左右，最重要的炮台突然哑火，一切似乎都快完蛋了。"除了护卫舰（已经起航）外，港口里的所有船只都在燃烧，火势蔓延到武器库、仓库和炮艇，呈现出一种无法形容的具有残忍美感的壮观景象。"[92]子夜1点，阿尔及尔舰队的所有东西似乎都着火了，2艘被火焰包裹的船从港口漂了出来。雷电和大雨使这一场景更加可怕。

第二天早上，夏勒先生说："英荷联合舰队在海湾里锚泊，显然没有受到什么损坏。但阿尔及尔人的炮台已成废墟，英荷联合舰队不费吹灰之力就能把它占领。于是，埃克斯茅斯子爵掌握了阿尔及尔的命运。"

然而，英国人却没有彻底拆除防御工事，而是要求阿尔及尔人对今后的行为做出承诺。海军上将与阿尔及尔方面缔结了一项条约，根据该条约，今后双方应交换战俘，且不再将战俘卖为奴隶。阿尔及尔的全部奴隶被立即释放，人数为1642人（主要是意大利人，只有18名英国人）。迪伊被要求退还那笔近400美元的钱，这是他当年向意大利人勒索的。最后，他被迫公开向不幸的麦克多内尔领事道歉。这个衣不蔽体的可怜人一直被囚禁着，和被判有罪的杀人犯们关在一起，身上戴着锁链，锁链的另一头固定在墙上。牢房极其简陋，甚至没有屋顶，他在风吹雨淋中等待着死神到来。而他现在复职了，为此公开向海军上将表示感谢。

欧洲人终于对阿尔及尔的傲慢强盗进行了一些有益的约束，这件事确实是令人满意的。如果这是最后一战的话，那才好。海盗们的舰队只剩下 2 艘船，肯定已经完蛋了。他们的防御工事严重受损，虽然它很快就被修复了。毫无疑问，把海盗们的炮台打哑火是一件好处多多的事。但要小心他们重新在炮台上部署大炮。这次胜利的道德影响似乎也是短暂的，根据 1818 年的亚琛会议上通过的某些决议，法国和英国的海军上将在 1819 年把"同文照会"的文件交给了新来的迪伊，而这位大权在握的新官员立刻不屑一顾地把文件扔到了地上。

事实上，在阿尔及尔战役前后，傲慢和暴力都继续存在。欧洲的女孩被迪伊掳走，英国领事馆被迫开放，任由迪伊的手下搜查，这些人甚至连女厕所也不放过。麦克多内尔先生仍然忍气吞声，任人欺压。直到 1824 年，哈里·尼尔爵士（Sir Harry Neale）的外交政策和他略显滑稽的被解雇事件都没有产生什么效果。麦克多内尔先生只能被召回，而迪伊像往常一样我行我素。除了彻底的征服，没有什么能阻止这一瘟疫，而最后一击来自英国以外的其他国家。

XXII

法国人在非洲

（1830—1881 年）

▲ 1830年，法国占领阿尔及尔

　　美英舰队的成功产生了效果，其最大作用与其说是逮捕海盗，不如说是鼓励欧洲国家反抗海盗。这件大好事是由法国人（与海盗面对面的人）做到的，他们是阿尔及尔海盗的天然对手，也是主要受害者。1827 年 4 月，法国领事和迪伊发生了一次争执，前者口不择言，激怒了迪伊，于是迪伊用扇子柄痛打了他。于是法国派出一支舰队对阿尔及尔进行了为期两年的封锁。在此期间，阿尔及尔人对在押法国囚犯表现出的种种野蛮行为，加深了这一矛盾。1829 年 8 月，迪伊解雇了一名法国特使，并在他离开时向他那艘挂着休战旗帜的船开火。显而易见，决战已经不可避免了。

　　1830 年 5 月 26 日，一支庞大的法国舰队驶离土伦港。这支舰队由杜佩雷上将指挥，船上装载的地面部队除了骑兵和炮兵外，还有 37000 名步兵。由于天气恶劣，舰队直到 6 月 13 日才抵达阿尔及尔，当时它停泊在西迪弗鲁吉湾（Bay of Sidi Ferrūj）。第二天，法军在阿尔及尔登陆，几乎没遇到什么反抗。于是，他们开始修筑防御工事。6 月 19 日，法军慢慢向城市推进，一支由阿拉伯人和卡拜尔人（Kabyle）组成的部队被法军击败，失去了他们的营地和粮食。防守者一直战

▲ 最后一位巴巴里海盗首领——马莱·艾哈迈德·厄尔·雷苏尼（Mulai Ahmed er Raisuni）

斗到最后一刻，似乎胜算还很大，唯一让他们惊讶的是，法军的力量是如此强大，无论是在海上还是在陆地上。虽然法军拥有巨大的优势，但也表现得非常谨慎。

7月4日，法军对这座城市的实际轰炸开始了，阿尔及尔人的弹药库被炸毁后，城堡被占领。于是，迪伊请求投降，法国指挥官向他保证，他和他的臣民的生命和财产不受侵犯。第二天，也就是7月5日，法军占领了阿尔及尔。一周后，迪伊带着家人、随从和随身物品，乘着一艘法国护卫舰驶向那不勒斯，阿尔及尔就这样与最后一位穆斯林统治者告别了。[93]

由于阿尔及尔的陷落，巴巴里海盗的故事就完完全全地结束了。我大致阐述一下法国占领期间发生的事件，也许能对过往的历史进行一些补充。法国的征服，既温和又秉持人道主义，这给法国军队带来了无限的荣誉，如果他们日后能够一以贯之地实行类似政策，那就更好了。法国向英国保证，对阿尔及尔的占领只是暂时的，而且是不必要的。后来，法国宣布永久吞并阿尔及尔。在英国对这一背信弃义的行为的默许下，法国又承诺绝不将征服的领土范围扩大到阿尔及尔的东部或西部。然而，最近他们又占领了突尼斯。如果说法国在北非的扩张令人遗憾，那么令人痛惜的是他们在阿尔及尔的统治方式。法国人占领阿尔及尔城后，又于1830年开始了征服内地部落的进程。这一进程将持续到他们最终建立起文明的政权，不实行军事管制的那一天。在1870年普法战争之前，阿尔及利亚都是法国人的耻辱。法国人在阿尔及利亚实行愚蠢而残酷的集中营统治，背信弃义，残忍地屠杀当地土著人。此外，他们往往不经过审判，就对男女老幼实施暴力。

西班牙　代利斯　贝贾亚　博纳　阿尔及尔　塞提夫　康斯坦丁　奥兰　穆阿斯凯尔　比斯克拉　特莱姆森　土尔古特　突尼斯　盖尔达耶　艾因塞夫拉　瓦尔格拉　摩洛哥　贝沙尔　利比亚　廷杜夫　阿德拉尔　因萨拉赫　毛里塔尼亚　塔曼拉萨特　马里　尼日尔

1830 1834 1840 1848 1870 1900 1930 1934 1956

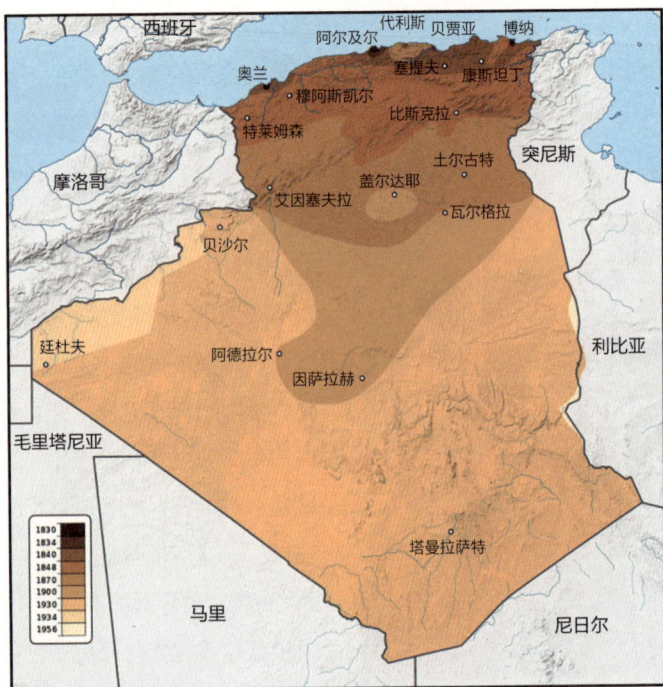

▲ 法国逐步征服阿尔及尔

　　一位又一位法国将军被派去镇压叛逆的阿拉伯人和卡拜尔人，迫使他们屈服。但是，这些将军非常无能，经常无功而返，并且百般杀戮，做尽不义之事。在人类历史上，没有比征服阿尔及尔更丢脸的记录了。征服者试图统治他们所谓的"黑鬼"，却没有试图了解这些人。法国人要想使阿尔及尔人顺服，需要热心、正义、洞察力和相互体谅，而不是40年来的军事镇压和独裁暴政。

　　在这些年惨烈的游击战中，比若（Bugeaud）、佩利西耶（Pelissier）、康罗贝尔（Canrobert）、圣·雅尔诺（St. Arnaud）、麦克马洪（MacMahon）等著名指挥官都栽了进去，尝到了失败的苦果。在这场旷日持久的战争中，我们唯一感兴趣和钦佩的是阿拉伯部落民。他们抵抗着强大的敌人，这毫无疑问是不明智的，但他们的勇敢无畏与坚持不懈却值得肯定。他们一次又一次在开阔地带击败了法国的优势部队，从敌人那里夺回防守严密的城市，甚至威胁要永远消灭阿尔及尔的外来入侵势力。这一切都是法国侵略者自作自受。如果阿尔及尔的第一位总督克洛泽尔将军（General Clausel）是个智者，阿尔及尔的人民可能会逐渐接受法国的统治。但是，他采取的暴力措施和他对"和解"这个词的无知，引起了激烈的反抗与可怕的报复，使双方陷入无可挽回的相互对抗之中，最终酿成一场旷日持久的战争。

从这场惨烈战争中涌现出一位英雄——阿卜杜·卡迪尔（Abd-el-Kādir），他是一个集阿拉伯旧式美德与多重文化底蕴于一身的人。他是一位伊斯兰圣人的后裔，勤学教义，十分虔诚，曾前往麦加朝觐；他性格坦率，慷慨大方，热情好客；他是一位出色的骑兵，也是一位不折不扣的勇士，拥有与生俱来的领袖才能与爱国热情。于是，阿卜杜·卡迪尔逐渐成为阿拉伯叛军公认的首领。这位阿尔及尔的小迪伊在很早的时候就尝尽艰辛，曾为躲避法国人而流亡埃及。当他24岁回来时，已是一个血气方刚的人。他发现自己的国家被法国人占领，自己的人民被逼到了绝望的境地。凭借往日的声誉和父亲的身份，他吸引着反叛部落聚集到自己麾下，很快就有了大批追随者。法国人认为应该暂时承认他作为马斯卡拉（Maskara）的埃米尔的地位（1834年），因为他在自己的故乡已经被公众推举为国王。马斯卡拉，他为即将到来的斗争做好了准备。当法国人在1835年找借口攻击他时，却在马斯卡河（Maska）河边被他打得溃不成军。在接下来的一年，双方一直难分胜负。直到1837年5月，阿卜杜·卡迪尔在梅蒂贾平原（plain of the Metija）[①]击败了一支法国军队。法国人出动了2万人的军队，却无功而返，因为阿拉伯人和柏柏尔人很难被困住。阿卜杜·卡迪尔的军事策略是如此成功，甚至引起了英国威灵顿公爵[②]的钦佩，并且一度使法国所有的元帅感到困惑。如今，除了几个设防的哨所之外，整个国家都在阿卜杜·卡迪尔的控制之下，法国人终于意识到他们必须对付这样一个危险的敌人。法国派出了由布格奥元帅指挥的8万人的军队。布格奥（Bugeaud）用移动阵列横扫全国的战术很快就见效了，一座又一座城镇沦

---

① 译注：此处有误，战役发生地点应为马克塔河的穆扎亚峡谷。
② 译注：Duke of Wellington，英国陆军名将，曾在滑铁卢战役中击败拿破仑。

▲ 义军领袖阿卜杜·卡迪尔

陷，一个又一个部落向法国献上降表，阿卜杜·卡迪尔政权的首都塔克迪姆特（Takidemt）被摧毁，马斯卡拉也最终于 1841 年被征服。阿卜杜·卡迪尔仍然拒绝投降，并逃到了摩洛哥。1843—1844 年年间，他两度率领人马卷土重来，企图收复失地。其中一次向奥马尔公爵（Duc d'Aumale）[①]投降，另一次则向比若投降。法军统帅佩利西耶曾经丧尽天良，他往一个洞穴里灌烟，熏死了藏身洞中的 500 人。1847 年，见人民遭受的苦难极深，胜利无望，阿卜杜·卡迪尔决定投降，条件是允许自己退居亚历山大或那不勒斯。不用说，按照法国人在阿尔及利亚行事的惯例，他们又背弃诺言了，尽管不是公爵出尔反尔，高贵的阿卜杜·卡迪尔还是被关在法国监狱里长达五年。最终，路易·拿破仑[②]允许他前往布鲁塞尔。后来，他于 1883 年在大马士革去世。在 1860 年的大屠杀中，许多基督徒向他寻求庇护，他自始至终没有出卖他们，也绝不向敌人屈服。

尽管阿卜杜·卡迪尔投降了，但是和平还是没有降临到阿尔及尔这片土地上。当地部落一次又一次反抗，一次又一次被法国统治者无情镇压。法国当局不太愿意向这片新领土移民。对法国人而言，最好的解决办法似乎是退出这样一场无意义且昂贵的冒险。然而，路易·拿破仑·波拿巴在 1865 年视察了阿尔及尔，设法安抚了卡拜尔人，并向他们保证其领土所有权将不会被侵犯。

直到拿破仑三世倒台，阿尔及尔才迎来和平的曙光——法国元气大伤，这成

---

① 译注：法国王子。
② 译注：Louis Napoleon，即拿破仑三世，拿破仑·波拿巴的侄子，法兰西第二共和国总统和第二帝国皇帝。

▲ 法属阿尔及尔的建筑，摄于1899年

为阿尔及尔的绝佳机会。于是，阿尔及尔又爆发了一场严重的叛乱。卡拜尔人从山上冲下来，而杜里尤将军有足够的把握能镇压住他们。阿尔及尔人这次叛乱的尝试以及法国政府的更迭，最终迫使法国在阿尔及尔任命了文官代替军事长官。从那以后，阿尔及利亚基本上稳定下来，尽管法国需要一支5万人的军队来维持这种稳定。此后，再也没有巴巴里海盗骚扰阿尔及利亚。

最后，需要提一下关于突尼斯的事。如果法国在1830年占领阿尔及尔是由于对方挑衅，那么法国在1881年对突尼斯的占领就不是了。[94] 这是一次纯粹的侵略，法国受到了意大利敌对势力的刺激，而由格兰维尔勋爵领导的英国外交部的胆怯又使法国的胆子更大了。法国驻英使节西奥多·罗斯坦先生（M. Théodore Roustan）巧舌如簧，他捏造了一系列子虚乌有的外交冤情。不久，谎言被揭穿——不幸的突尼斯贝伊穆罕默德·阿斯达克（Mohammed Es-Sādik）一直在反抗他们，因为法国的所作所为威胁到了他作为奥斯曼帝国总督的半独立地位。然而，除了土耳其之外，没有任何一个大国给予他们支持，而土耳其正因俄罗斯入侵而处于逆境，在影响力和资源方面十分有限。一个强大的帝国在不受有实力的对手的约束下，秘密策划侵略一个弱小但对其不恭顺的国家，是很自然的事情。最后，法国用阿尔及利亚周边部落发生骚乱这种荒谬的借口，入侵了突尼斯贝伊的领土。

穆罕默德·萨迪克（Mohammed Es Sādik）曾保证，鲁斯坦先生已在部落中恢复声望。但是，他的保证毫无结果。他向所有强有力的外援呼吁，尤其寄希望于英国，最后却是徒劳的。当时，法国政府郑重其事地向英国做了保证。于是，格兰维尔勋爵确信："即将在阿尔及利亚和突尼斯之间的边境线上展开的行动，完全是为了制止边境部族入侵阿尔及尔领土，以此捍卫阿尔及尔的独立。而突尼斯贝伊的地位及其领土的完整从未受到任何威胁。"这对阿尔及尔产生了重要影响，但对英国的影响更严重。实际上，这对法国的影响也很大，因为全地中海都知道法国人背信弃义了。在法军占领卡夫（Kef）和塔巴卡后，再抗议他们公然违背诺言已经太晚了。只要三色旗飘扬在比泽尔塔上空，无论在任何情况下，布莱阿特将军都会用枪指着不幸的贝伊卡希尔·萨义德（Kasr-es-Sa'īd），强迫他在各种条约上签字。我们很难相信，当时英国政治家的感情是用"我们都会沦落到这一天"这句话来表达的。

西迪·阿里贝伊（Sidi 'Alī）被俘，从此成为法国的傀儡，直到他死去。但是，他的人民并不那么容易被驯服。突尼斯南部省份爆发了公开叛乱，陷入混乱，法国政府一度无法控制局势。最后，法国政府采取了极端手段。斯法克斯被轰炸和洗劫，房屋被炸毁，居民死伤惨重。人们陷入恐怖统治中，遍地都是报复、屠杀和处决。除了法军设的哨所，其他地方都充斥着流血与抢劫，呈现出无政府状态。这就是佩托（petto）笔下的阿尔及尔历史。此后，情况慢慢好转，特别是罗斯坦先生被召回以后。毫无疑问，突尼斯会像阿尔及尔一样被法国征服。与此同时，法国利用突尼斯的土地资源开辟了如今世界上最好的港口之一。然而，亨利·德·罗什福特先生①在写文章时，并没有夸大其词："我们把自己在突尼斯的冒险比作一起普通的欺诈。事实上，我们错了，我们在突尼斯干的就是抢劫，而且还因谋杀加重了罪行。"所谓"阿尔及尔的冒险"也具有类似的性质。胡里安·德·拉·格拉维尔海军上将在书中写道："这件事完美结束，法国最终得胜。如果法国人在非洲的历史，因他们把地中海的南部边界——巴巴里海盗盘踞的巢穴带入文明世界而宣告结束的话，那么他们总有一天会实现这个目标。他们会埋葬不幸的过去，在墓碑上刻下乐观的座右铭：'是非成败看结果。'"（原文为拉丁文）

---

① 译注：M. Henri de Rochefort，法国政论家、剧作家，曾多次抨击法国当局的政策，因而被监禁和流放。

注释

[1] 莱恩－普尔《西班牙摩尔人的故事》（The Story of the Moors in Spain），第232—280页。

[2] 阿尔及尔在阿拉伯语中被叫作"阿尔格扎尔"（Al-Gezaïr，意思是"群岛"），据说得名于被称为"阿尔及尔"的海湾。更有可能的是，阿尔格扎尔是语法学家对特泽乌尔（Tzeyr）或特泽尔（Tzier）的解释，阿尔及利亚人通常以这个名字称为他们的城市，我怀疑这是罗马城市"恺撒利亚"（Caesarea）的音变，因为读音相似。但应该指出的是，阿尔及利亚人很少发音为"阿尔吉扎尔"（Al-Jezaïr）。欧洲人以各种方式拼写这个名字："阿尔戈尔"（Arger）、"阿尔格勒"（Argel）、"阿尔吉尔"（Argeir）、"阿勒格勒"（Algel）以及法语"阿尔及"（Alger）和英语中的"阿尔及尔"。

[3] 马斯莱特伯爵（Le Comte de Mas-Latrie）著《北非关系及与中世纪基督教国家的贸易》（Relations et commerce de l'Afrique Septentrionale avec les nations chré tiennes au moyen âge），1886年版。

[4] 马斯莱特伯爵著《北非关系及与中世纪基督教国家的贸易》，1759年版。

[5] 土耳其的权威史学家哈吉·卡利法在叙述巴巴罗萨兄弟早年的功绩和经历时，使用了《回忆录》，部分"灵感"来自海雷丁，而西班牙编年史家海多和马莫尔（Marmol）对巴巴罗萨兄弟的早年功绩和经历的叙述是无法与之调和的。冯·汉默尔自然以哈吉·卡利法的说法为准，现代作家，如朱利安·德·拉·格拉维尔上将也选择以卡利法的说法为准。海雷丁住在君士坦丁堡期间，土耳其作家的叙述可能是比较合适的。但是，在有关巴巴里海岸的问题上，还是应该采信阿贝尔·迪亚哥·德·海都修道院院长的描述。16世纪时，他居住在阿尔及尔多年，与海雷丁的许多仆人和追随者都认识，并于1612年出版了《阿尔及尔历史集》（Topographia e historia de Argel），这无疑是富有真知灼见和值得信服的权威著作。

[6] 摩根（Morgan）的《阿尔及尔史》（Hist. of Algiers）第225页。

[7] 巴巴罗萨仅仅是欧洲人对乌尔基的蔑称，而他的手下人都管他叫"乌尔基老爹"。无论如何，乌尔基才是真正的巴巴罗萨，尽管现代作家通常管他的弟弟海雷丁叫"巴巴罗萨"，他之所以被称为巴巴罗萨，是因为他与正主之间存在亲缘关系。

[8] 摩根的《阿尔及尔史》第233页（1731年出版）。

[9] 摩根的《阿尔及尔史》第257页（1731年出版）。

[10] 如前所述，"巴巴罗萨"是现代作家给海雷丁取的外号（据土耳其的海尔·尤迪所说），很可能最初是因为某种印象，这表现出了一个家族姓氏的特质。虽然海多、马莫尔和

哈吉·卡利法管他叫"巴巴罗萨"，但他的胡子其实是赤褐色的，乌尔基才是真正的"红胡子"。这两兄弟都没有被土耳其人或摩尔人称为巴巴罗萨，哈吉·卡利法只记载了欧洲人给海雷丁取的绰号。本书采用流行用法，即"巴巴罗萨"。

[11] 摩根的《阿尔及尔史》第 264 页。

[12] 朱利安·德·格拉维尔著的《多利亚与巴巴罗萨》（Doria et Barberousse）第一章第 21 页。

[13] 莱恩－普尔的《土耳其的故事》（The Story of Turkey）第 135 页。

[14] 同上，第 136 页。

[15]《土耳其海上战争的历史》（History of the Maritime Wars of the Turks）第 20 页。

[16] 哈吉·卡利法的著作第 21 页。

[17] 朱利安·德·格拉维尔的《多利亚与巴巴罗萨》第一章第 21 页。

[18] 莱恩－普尔的《土耳其的故事》第 136 页。

[19] 莱恩－普尔的《萨拉森人的艺术》（The Art of the Saracens）第 239 页。

[20]《多利亚与巴巴罗萨》第二章第 12 页。

[21] 同上，第二章第 12 页

[22]《土耳其的故事》第 170 页。

[23] 同上，第 191 页。

[24]《多利亚与巴巴罗萨》第二章第 25 页。

[25] 西班牙历史学家对这次探险保持沉默，海多却否认有这回事，并说海雷丁派遣使者拜见苏丹，但没有亲自去。不过，哈吉·卡利法对这次访问的叙述是清楚而且详细的。

[26] 关于萨拉基里奥角和奥斯曼皇宫的叙述，请参阅《土耳其的故事》第 260 页。

[27] 见第 16 章。

[28] 1543 年，驻伊斯坦布尔的法国领事让·切斯诺（Jean Chesneau）如是说。

[29] 冯·汉默尔的《奥斯曼帝国》第 2 卷第 129 页。

[30] 出自布罗德利的《突尼斯的过去和现在》第 42 页，引用了马耳他骑士团的博伊萨特（Boyssat）于 1612 年撰写的叙述。

[31] 这段关于查理皇帝突尼斯之行的描述，参考了马莫尔、哈吉·卡利法、罗伯逊、摩根、冯·汉默尔和布罗德利。最后，我们会看到简·科内利斯·维梅杨（Jan Cornelis Vermeyen）在皇帝指挥的攻城战中画的一些有趣的照片，现保存在温莎。但有关围城和占领敌方领土的叙述相互矛盾，似乎无法调和。

[32]《阿尔及尔史》第 285 页。

[33]《土耳其的故事》第 195 页。

[34] 冯·汉默尔的《奥斯曼帝国》第二卷第 142 页。

[35] 哈吉·卡利法的著作第 58 页。

[36]《多利亚与巴巴罗萨》第 2 章第 13、14 页，哈吉·卡利法的著作第 62 页，《奥斯曼帝国》第 2 卷第 155 页，《阿尔及尔史》第 290 页。

[37] 莱恩－普尔的《先知穆罕默德的演讲和谈话》（The Speeches and Tabletalk of the Prophet Mohammad）第 168 页。

[38]《阿尔及尔史》第 439 页。

[39] 布朗托姆（Brantôme）的《外国名人传》（Hommes illustres étrangers. Œuvres）第 279 页。

[40] 出自约翰斯翻译的《佛罗伦萨的王座》第 2 卷第 446、465 页。

[41]《土耳其的故事》第 170 页。

[42] 出自朱利安·德·格拉维尔的《多利亚与巴巴罗萨》第 193—215 页。

[43] 出自《野蛮人海盗》（Les Corsaires Barbaresques）第 266 页。

[44] 一系列关于圣约翰骑士团的海军和军纪的精彩论述，出自朱利安·德·格拉维尔著《拉姆斯海军最后的日子》第 9 章和《马耳他骑士团》第 1 章。

[45] 出自朱利安·德·格拉维尔的《马耳他骑士和菲利普二世的海军》第 2 卷第 71 页。

[46] 出自 H. 德·格拉蒙特（H. de Grammont）的《种族、奴役和赎回》《阿尔及尔的帕夏》《阿尔及利亚史》。

[47]《西班牙摩尔人的故事》第 278 页。

[48] 请参阅吉拉莫·科提纳（Girolamo Catena）所著的《最荣耀的教皇庇护五世的生活》（Vita del gloriosissimo Papa Pio Quinto）。

[49] 请阅读朱利安·德·格拉维尔所著的《塞浦路斯和勒班陀战役》第 2 卷第 149—205 页有关战斗的出色描写和精彩的插图。

[50] 出自《土耳其的故事》第 237 页。

[51] 出自约翰·温德斯的《梅克维内斯游记》（Journey to Mequinez, 1735 年出版于伦敦），这本书描述了 1721 年斯图尔特准将驻摩洛哥大使馆时，296 名英国奴隶获得自由，并与摩洛哥缔结了一项关于反对海盗和英国享有搜查权的条约。约翰·布莱斯韦著《摩洛哥革命史》包括 1728 年罗素先生执行任务期间做的事和观察日记。

[52]《阿尔及尔史》第 557—579、588、597、607 页。

[53] 同上，第 674 页。

[54] 摩根在《阿尔及尔史》第593—594页引用了海多的话。

[55] 朱利安·德·格拉维尔的《拉姆斯海军最后的日子》没多大价值。它对法国桨帆船体系的描述令人信服，包括招募方式、纪律和一般管理；描述不同级别的船只及其航行方式。另外还有一个超过一百页的附录描述了桨帆船的建造、装修、装配和索具的细节，以及学生想学的所有东西。如果你想要了解16世纪和17世纪的航海技术，《赛艇和帆船导航》（第9章和第10章）值得一读。

[56] 这里说的"三桅大帆船"通常指的是一种大型桨帆船，船上有三根桅杆，并配有一具方向舵。如此巨大的体型迫使它同时依赖船帆和船桨，实际上，这些三桅大帆船是桨帆船和风帆船之间的过渡船。随着时间的推移，它们将越来越像一艘风帆船。三桅大帆船通常都有很高的船舷墙，墙上有射击孔，以便于火枪射击，也多少能为船员提供些掩护。西班牙无敌舰队中的葡萄牙桨帆船每艘可以携带110名士兵和222名奴隶桨手；但那不勒斯的三桅大帆船可以携带700人，包括130名水手、270名士兵和300名划桨奴隶。参见海军上将朱利安·德·格拉维尔的《拉姆斯海军最后的日子》第65—67页。

[57] 吉恩·马特尔·德·伯杰拉克（Jean Marteille de Bergerac）是这么说的，1701年，他是一个在厨房工作的奴隶，朱利安·德·格拉维尔引用了他的话。

[58] 摩根的《阿尔及尔史》第517页。

[59] 1630年，一艘法国桨帆船由250名囚犯、116名军官（和士兵）以及水手组成。

[60] 丹神父所著的《巴巴里的历史》（Hist. de Barbarie）第268—271页，关于突尼小帆船的介绍在该书的第183页。

[61] 出自海多的《阿尔及尔地方志》（Topographia e historia de Argel）第18页。

[62] 丹神父所著的《巴巴里的历史》第270—271页。

[63] 巴巴里海盗为他们的船的外形感到自豪。所有东西都放置得非常整齐，既干净又节省了空间。锚被放进了船舱，以免干扰桨的"整修"。船上的武器被妥善保管着，从来不能随意使用。追逐敌人时，船员和士兵不允许轻举妄动，除非是为了船舶的前进和防御。事实上，这些海盗是航海家。

[64] 出自海多的《阿尔及尔地方志》第17页。

[65] 参考的是丹神父的《巴巴里的历史》第3卷第4章第273—275页、第280页。

[66] 《西班牙摩尔人的故事》第279页。

[67] 符滕巴赫的《造船学》第107—110页。

[68] 丹神父的《巴巴里的历史》第277页。

[69] 同上，第 278 页。

[70] 1728 年，摩洛哥的基督徒奴隶似乎受到了优待，比叛逃的待遇要好。他们住在一家环境尚可的客栈，有一名基督徒做领导，被允许经营小酒馆，那里的穆斯林不允许靠近他们；他们生病时有西班牙修士照料（摩洛哥君主付钱让修士医治这些奴隶）。他们中的许多人聚敛财富，拥有仆人和骡子。布雷思韦特（Braithwaite）在《摩洛哥的牧师组织》（Hist. of the Rev. in Morocco）第 343 页是这样说的。

[71] 这是关于巴巴里海盗统治下基督徒奴隶制度的标准描述，来自匿名作品《前往巴巴里的数次旅行》（约瑟夫·摩根翻译，第二版由伦敦的奥利弗·佩恩出版社出版）。奇怪的是，虽然普莱费尔爵士在《基督世界的灾难》第 9 页中有关于奴隶的记述，几乎逐句逐句抄自《前往巴巴里的数次旅行》，却没有用一个词表达他的感激。约瑟夫·摩根的名字从来没有在《基督世界的灾难》出现过，尽管提交人显然负债累累，因为他有各种事件，而在另一些人看来，这封信来自众所周知的大使弗朗西斯·科廷顿爵士（Sir Francis Cottington，普莱费尔爵士称他为科廷厄姆）。《基督世界的灾难》中的很多错误都是因为抄袭了未被承认的作家的描述，比如约书亚·布什特（Joshua Bushett）或者约翰·斯图尔特爵士（Sir John Stuart）。

[72] 《前往巴巴里的数次旅行》第 58—65 页。

[73] 这篇关于塞万提斯被囚禁的简短叙述摘自我的朋友 H. E. 沃茨先生（H. E. Watts）翻译的《堂·吉诃德》一书的前言。有关塞万提斯被囚一事的权威著作是海多写的，海多根据认识塞万提斯的阿尔及尔证人的证词写道："人人都称赞塞万提斯的勇气、坚韧、幽默和无私奉献。"

[74] 出自《堂·吉诃德》第 11 章："他每天都绞死 1 个奴隶，再刺死 1 个奴隶，他对奴隶并不怨恨，毫无理由。他这样做，只是因为他是个土耳其人，天性嗜血，喜好杀戮。"

[75] 参考自 H. E. 沃茨的文章《塞万提斯的一生》，是他翻译的《堂·吉诃德》的前言。

[76] 《巴巴里海盗史》，由三位一体修道院的院长兼高级教士皮埃尔·丹神父和赎救会在巴黎教区的神学院编修，1637 年在巴黎出版。本书由皮埃尔·罗科莱（Pierre Rocolet）先生印刷，他作为国王的御用书商和打印机制作商，享有国王颁赐的特权，可自由觐见、出入宫廷和城市。

[77] 来自《前往巴巴里的数次旅行》（Several Voyages）第二章的结尾，1736 年出版于伦敦。

[78] 布罗德利的《突尼斯的过去和现在》第一卷第 51 页。

[79] 《前往巴巴里的数次旅行》第 97 页。

[80] 同上，第 104 页。

[81] 1884 年出版于伦敦。

[82] 1618 年以前，阿尔及尔一直由苏丹直接任命的帕夏进行管理。从 1618 年起，帕夏由禁卫军和民兵选举，公然违逆苏丹的权威。1671 年，禁卫军第一次从自己人中选出了迪伊，每名士兵都有资格成为迪伊。迪伊很快就把帕夏的权力架空了。1710 年，帕夏和迪伊合二为一，权力集中在士兵选出的迪伊手中。迪伊们以前的身份不会是他们成为迪伊的绊脚石。1720 年，迪伊穆罕默德不顾礼节，对法国领事大发雷霆："我妈卖羊蹄，我爸卖牛舌头，但要是他们在铺子里售卖你这种一文不值的东西，他们会觉得丢人现眼！"还有一回，迪伊天真又庄严地向科尔领事承认："阿尔及尔人是一群流氓，而我，是他们的头儿！"

[83] 《前往巴巴里的数次旅行》第 111 页。

[84] 来自他的后裔艾德姆·斯帕特的《在克里特岛的旅行和研究》，第 384—387 页。

[85] 普莱费尔的《基督教世界的灾难》第 64 页。

[86] 《前往巴巴里的数次旅行》第 2 卷第 887 页。

[87] 同上，第 57—58 页。

[88] 《阿尔及尔史》第 674 页。

[89] 《基督教世界的灾难》第 94 页。

[90] 布罗德利的《突尼斯的过去和现在》第 85—86 页。

[91] 《基督教世界的灾难》第 256 页。

[92] 来自埃克斯茅斯子爵 1846 年 8 月 26 日的急件。也来参阅美国领事夏勒 9 月 13 日给他的政府报告，普莱费尔在其著作第 269—272 页有引用。轰炸摧毁了夏勒的大部分房屋，炮弹不断在他耳边发出震耳欲聋的声音。他的报告充满了生动的细节，他一直是不幸的麦克多内尔的朋友。据称，舰队发射了 118 吨火药、5 万发子弹、近 1000 枚炮弹。英国有 128 人丧生、690 人受伤。海军上将有三处受伤，他拿在手里的望远镜被震破，外套变成了破布条。迪伊也没有畏缩，勇敢地战斗。

[93] 参见英国总领事 R.W. 圣约翰（R.W.St.John）的日记，刊登在普莱费尔爵士的《基督世界的灾难》第 310—322 页。

[94] 有关这一丑闻的详细描述，请参阅 A.M. 布罗德利的《突尼斯的过去和现在》。

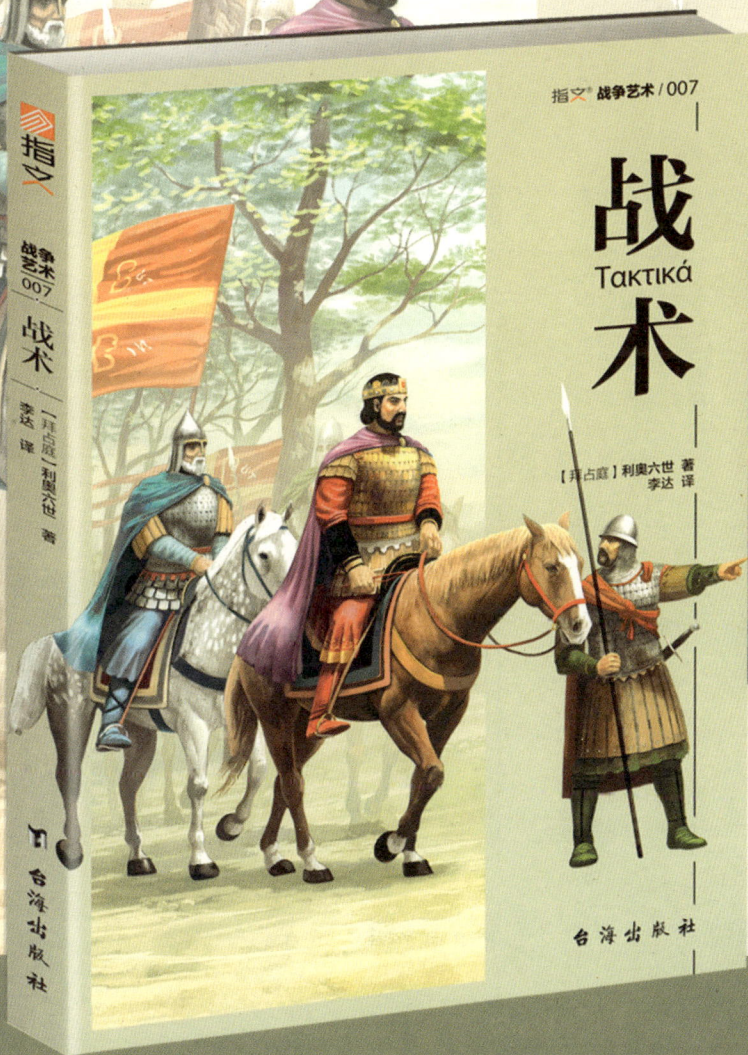

拜占庭帝国皇帝利奥六世亲笔著作

由希腊语直接翻译，详细描写了
同时期拜占庭帝国的战争艺术
是研究东罗马帝国军事思想的重要案头资料

指文 战争艺术 /007

战
Τακτικά
术

【拜占庭】利奥六世 著
李达 译

台海出版社

指文® **战争艺术** / 008

拜占庭军事思想的代表作

详细记载拜占庭军队人员、装备、
编组、阵型以及训练和作战方式

指文® **战争艺术** / 008

战略

拜占庭时代的
战术、战法和将道

[拜占庭] 莫里斯一世 著

王子午 译

台海出版社

《战争论》英译者莫德上校力作

一战期间欧洲骑兵"密集冲锋"思想的代表作

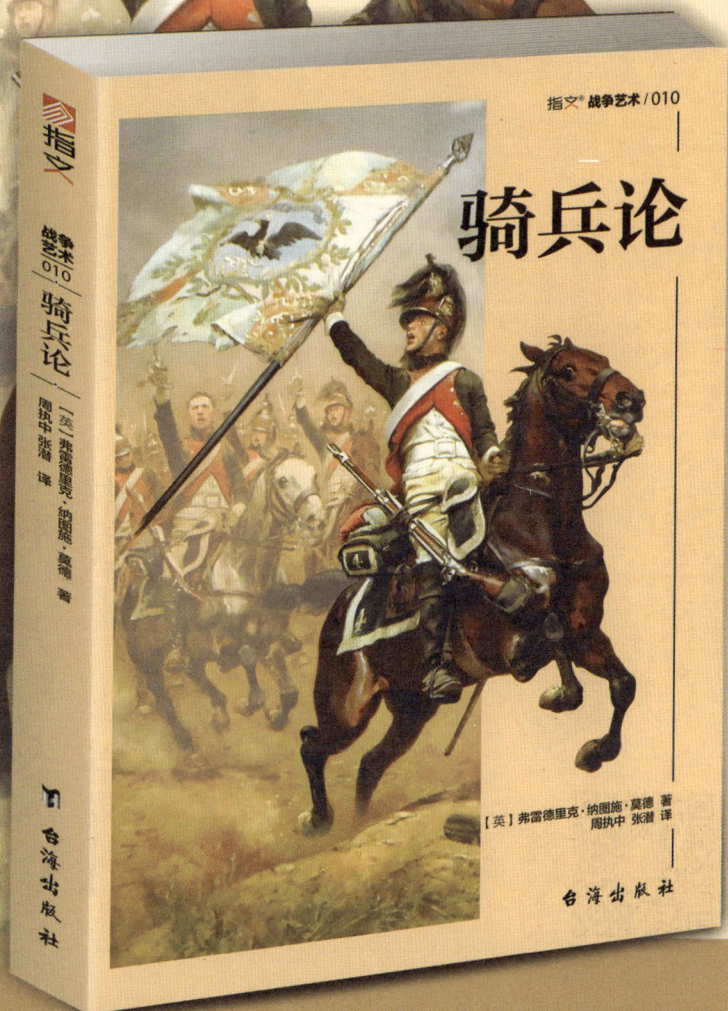

指文® 战争艺术/010

骑兵论

【英】弗雷德里克·纳图施·莫德 著

周执中 张潜 译

台海出版社

战争事典 特辑019

近四百张图片及战时地图、七十多万文字，
展示百年战争中英王亨利五世等一批杰出人物的的
功业与光辉事迹，
细致勾勒法兰西王国新君主体系建立的
关键走向与曲折过程

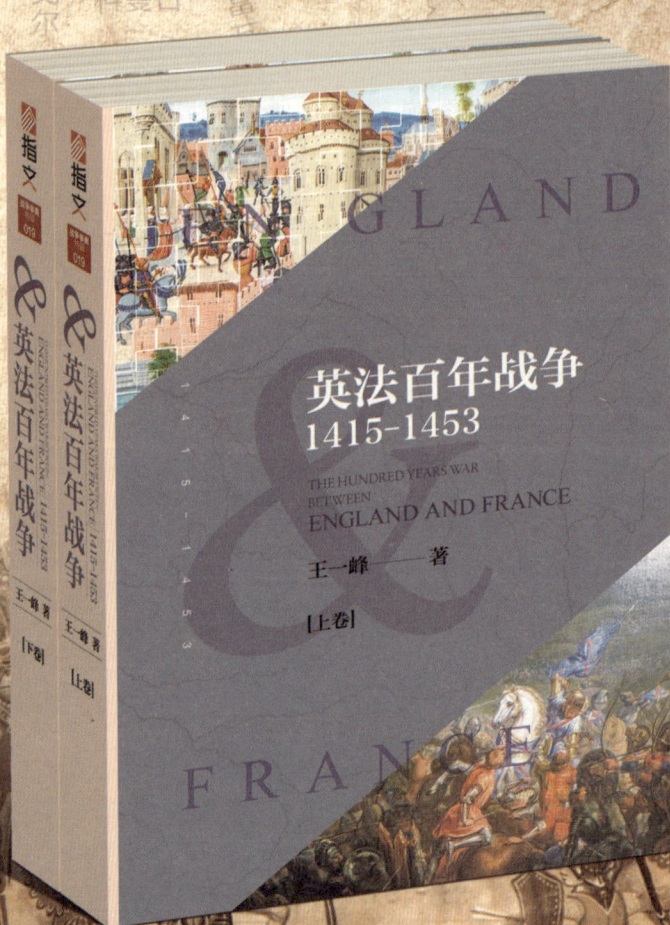

ENGLAND

英法百年战争
1415-1453

THE HUNDRED YEARS WAR
BETWEEN
ENGLAND AND FRANCE

王一峰 著

上卷

FRANCE